KB093526

오리의 신비로운 언어학 이론

THE ELUSIVE LANGUAGE OF DUCKS

주디스 화이트 장편소설
이나경 옮김

H
현대문학

차 례

어머니 베스 페더스턴께 바칩니다

프롤로그

소금

취했다.

어제 어머니가 돌아가셨고, 지금은 술에 취했다.

어머니와 나는 함께 있었다. 건강에 좋지 않다고 생각해서 잘 드리지 않았던 소금이 어머니 팔에 꽂은 주사를 통해 생명을 유지시키고 있었다. 그러던 어느 날, 의사가 말했다. 더 이상 소금으로는 안 된다고.

때가 온 것이다. 무슨 의미인지 알 수 있었다.

의사는 바다처럼 깊은 슬픔에 자꾸만 노를 쑤셔 넣는다.

이제 주사를 빼야 합니다.

괜찮아요. 우리도 어떤 상황인지 알고 있어요. 그만 가보세요.

이미 과정은 시작되었다. 호흡. 그것이 끊어졌다 이어지는 과정.

호흡이 또 멎자 이번에는 차마 볼 수가 없다. 그래서 침대 옆에 앉아 있는 동안, 프림로즈 힐 요양원에 들어오며 받은 작은 책자에서 끝날 때가 되어가면 숨을 쉬는 간격이 10초에서 30초가 되기도 한다는 설명을 읽었다.

그렇다. 머릿속으로 세어보니 다음번 숨소리가 들릴 때까지 10초에서 30초, 10분에서 30년이다.

그러다 멈추고 그러자

지금인가.

그러다 다시 들려오는 큰 숨소리에 깜짝 놀라 소스라쳤다. 그리고 또다시.

하지만…… 적막이 이어지고 다음 차례, 다음번 숨소리를 기다렸다. 엄마.

엄마?

적막이 너무나 고요해서 나중에 남편이 큰 회오리바람 소리가 났다고

바깥에서 회오리바람 소리가 들리고 나뭇잎이

하지만 그 소리를 듣지 못했다. 들은 것이라고는 적막뿐. 어머니의 숨이 멈추고…… 말소리가 멈추고

그리고

어머니의 가슴에 손을 대보니 아무것도 없었다

잠옷 단추뿐, 시곗바늘 돌아가는 기척조차 없고

어머니의 가슴에는 뼈만 앙상하게 남아 있었고

그리고 생명을 느끼게 해주는 얼굴의 핏기가 싹 사라졌다. 입술이 창백했고 입이 벌어졌으며

뺨도 하얗게 질려갔고

모든 것이 빠져나가고 있었다.

어머니가 하나하나 다른 이름을 붙였던 색조가. 황갈색, 청보라색, 군청색, 밝은 노랑, 카드뮴 오렌지, 담자색 등등. 사실 아무것도 모른다. 알루미늄 튜브에서 짜낸 색깔을 어머니는 붓에 묻혀서 마술처럼 그림을 그려냈다.

어머니가 눈을 통해 흡수하고 해석하고 캔버스에 그려내던 모든 색깔.

그 눈에 보이던 모든 색깔.

어머니에게서 그 색깔이 사라졌다.

자기 차례를 기다리며 라운지에 앉아 있던 다른 노인들에게 작별 인사를 할 때, 조이스는 모든 게 다시는 되돌아오지 않는다고 한다.

하지만 어머니가 없는 삶은 지금 계속되고 있으며 끝나지 않는다

어머니가 없는 삶.

그리고 머릿속에 이런저런 생각만 가득할 뿐, 달리 무슨 일을 해야 할지 몰라 술에 취했다.

그날 이후

그래서 지하실에서 상자들을 꺼내 어머니의 옷가지를 정리한 뒤 그것을 차 트렁크에 싣고 구세군에 가져다준다. 이런저런 추억을 너무 또렷이 떠올리는 물건들은 골라낼 수밖에 없고, 가슴속에 똬리를 튼 뱀이 가득 자리를 잡은 듯 아픔이 느껴지는데도, 한편으로는 이렇게 뻥 뚫린 느낌일 수가 없다. 뱀이 제 꼬리를 물었지만 제 몸뚱이를 삼키지는 못했다. 뱀이 아가리를 벌리고 나의 삶을 집어삼키자 시작부터 끝까지 캄캄한 암흑 속으로 빠져들어 간다.

해결책

그리고 마치 그것이 이 모든 것을 대신해줄 것이라는 듯, 그들이 선물, 새끼 오리를 가져다준다.

남편의 친척이 티 아와무투에 작은 농장을 갖고 있다. 그 지역, 해밀턴에서 사업 회의가 있었던 사이먼이 친척 부부와 점심 식사를 하러 찾아갔다. 사이먼은 거절할 수 없었다고 했지만, 사실 괜찮다고 했으면 될 일이다. 그랬다면 해결되었을 것이다. 회의는 티 아와무투에서 점심 식사가 끝난 뒤였고, 남편은 해밀턴에서 하룻밤을 보내야 했다. 그러니 핑계거리도 있었다. 하지만 남편은 새끼 오리가 바닥이 편평한 쇼핑백 안에서 기다렸다고 설명했다. 오클랜드까지의 여행을 준비하며. 지저분한 곡물 사료가 든 통과 물을 담은 뚜껑과 함께.

좋은 뜻에서 보낸 것이었고, 그것이 해결책이 될 수도 있었다. 하루하루가 진흙탕에 남은 발자국처럼 느껴졌다. 우울증이라고 했다. 너무 변했다고. 통 밖에 나가지 않는다고. 오리는 고아였다. 어쨌든 죽게 되어 있었다. 모두가 걱정했다. 그러면서 새끼 오리가 도움이 될 거라고 여겼다. 어머니가 앉던 낡은 의자 주위를 돌아다니며 똥을 싸는 노란 솜털 덩어리 오리가 생각할 거리를 줄 거라고 그들은 생각했다. 그게 그들이 생각한 해결책인가? 비장의 무기. 슬픔을 없애줄 묘책이란 말인가.

제1장

정원에 난 작은 길

봄볕이 비추는 풀밭. 어딘가 근처에서 찌르레기 한 마리가 껌 씹는 소리처럼 짹짹거리고 있다. 찌르레기는 휘파람 같은 소리를 지저귀다가, 사람들이 씹던 껌을 죽 늘여보듯이 목청을 길게 늘였다.

새끼 오리는 해나의 발목에 머리를 대고 앉아 있었다. 해나의 다른 쪽 발이 오리에게 안전한 보금자리가 되어주었다. 오리는 그 자리가 좋은 모양이었다. 해나는 오리가 해나의 발을 발이라고 생각하는지, 아니면 오리라고 생각하는지 궁금했다.

오리는 해나에게 떠맡겨진 존재였다. 그 점만큼은 분명했다. 몇 주 전 해밀턴에서 돌아온 남편은 해나가 현관문에서 인사하자 정원에 난 작은 길로 머뭇머뭇 들어왔다. 그는 의사의 왕진 가방처럼 생긴, 바닥이 편평한 오렌지색 쇼핑백을 들고 있었는데, 그 안에서 꽥꽥거리는 소리가 들려왔다. 남편은 그다지 떳떳하지 못한 얼굴로 쇼핑백을 열어 해나에게 보여주었다.

처음부터 해나는 그것이 크게 벌어진 상처에 붙여주는 반창고 같은 계획이라는 것을 간파했다. 반창고 따위는 소용없었다. 어쩐지 해나 자신의 슬픔이 무시당하는 느낌이었다.

그래서 이걸 어쩔 건데? 해나는 남편한테 물었다. 지푸라기 속에서 꽥꽥거리는 솜뭉치에게 마음을 단단히 여몄다.

당신한테 주는 거야. 클레어랑 밥이.

나는 싫어. 또 돌봐야 하는 거 싫다고.

괜찮아. 그렇게 말할 줄 알았어. 걱정 마. 어쨌든 곧 죽을 거니까. 버림받은 새끼래. 그런데 이걸 어쩌지?

냄새가 고약하네. 해나가 말했다.

맞아. 저…… 어제 아침부터 이 안에서 뛰어다니고 있었거든. 물이 사방에 튀었어.

해나는 돌아서서 안으로 들어갔다. 방에서 어머니가 불렀다. 아니, 그건 아니었지만, 늘 어머니의 음성이 해나의 머릿속에 윙윙거렸다. 마치 풍경처럼, 바람만 제때 불어주면 기억이 되살아나 울려 퍼졌다.

해나는 복도에서 거실을 지나 데크로 나가서 난간에 몸을 기대고 계곡을 바라보았다. 데크를 가로질러 자라는 목련 나무가 살그머니 잎을 틔우고 있었다. 그들은 도심의 외곽, 언덕이 많은 교외에 자리 잡은 4분의 1에이커 크기의 땅, 바로 이 집에 22년째 살고 있었다. 그곳은 그들 땅과 같은 크기로 구획을 나눈 땅 조각보처럼 이어져 있는 곳이었고, 그 땅에는 데이지가 점점이 자라는 잔디밭에 에워싸인 집들이 서 있었다. 도로에서 집으로 들어오는 작은 길가에는 꽃이 피어 있었다. 가지가 축 늘어지도록 자두가 열리는 나무들 덕분에 소스와 잼을 만들 수 있었고, 아이들이 실컷 먹고, 세탁장에 보관용 항아리를 줄줄이 늘어놓아도 새들이 먹을 자두는 충분했다. 볕 잘 드는 구석에는 과즙 많은 레몬과 자몽 나무가 자랐다. 이웃들은 울타리 너머로 인사를 건네고, 채소밭에서 딴 것을 함께 나누고, 구획을 반듯하게 고치기도 했다.

이제는 아파트와 타운하우스, 궁전 같은 신형 빌라가 잔뜩 들어섰고, 거기서는 이따금 너서리 웹 거미처럼 하얀 비닐 장막을 치고는 일꾼들이 물이 새는 곳을 고치기도 했다. 비디오카메라가 재산을 지켰다. 경보 장치가 놀란 새처럼 발작적으로 평화를 깨어놓았다. 대체로 이웃 사이에는 대화가 없었다. 예전에 해나와 사이먼은 옆집 남자 에릭과 친하게 지냈지만, 얼마 전부터는 그조차도 멀어졌다. 듣기 좋게 흘러들어 오던 그의 음악도 멈췄다.

해나.

해나를 놀라게 하는 알람. 사이먼이 데크로 따라와 옆에 서 있었다. 해나는 모아 쥔 두 손 위에 머리를 얹었다.

해나.

오리를 키우고 싶지 않아. 아무것도 필요 없어.

알아. 미안해. 들어가자. 내가 처리할게.

어떻게 처리해? 배 속에 있는 것도 아니고. 이미 태어나버린걸.

사이먼은 어떻게 해야 할지 모르겠다는 표정으로 서 있었다. 그가 동정하고 있다는 것은 해나도 알 수 있었다. 하지만 해나는 그를 밀어내고, 가까이 다가오지 못하게 하고, 절벽 끝으로 몰아가고 있었다. 오리 쇼핑백에 든 마지막 지푸라기가 된 기분이었다.

어디다 갖다놨어?

잔디밭에.

잔디밭에? 고양이한테 먹히라고?

해나는 또 그에게서 등을 돌리고 안으로 들어가 나무와 덤불, 고사리로 에워싸인 집 앞 잔디밭으로 나갔다. 해나는 쇼핑백을 집어 들고 안으로 들어와 욕실로 갔다. 그리고 오리를 두 손으로 들어 욕조에 넣었다. 오리는 반짝거리는 하얀 도자기 위에서 놀라 뛰어다녔다. 사이먼이 문가에 서서 쳐다보았다. 해나는 사료 그릇과 물그릇을 꺼냈다.

이것 좀 비료 통에 버려줄래? 해나가 쇼핑백을 건네며 말했다. 깨끗한 짚은 있어?

아, 있어. 클레어가 챙겨줬어. 새 사료도. 새끼 오리한테는 따뜻한 곳이 필요할 거야.

그가 쇼핑백을 갖고 돌아오자, 해나는 화장지로 그것을 깨끗이 닦은 뒤, 난방이 들어오는 욕실 바닥에 수건을 한 장 깔아 쇼핑백을 내려놓고 클레어가 챙겨준 새 짚을 깔아주었다. 쇼핑백은 강화 비닐 재질이었고, 모서리를 세워 상자로 만들 수 있었다. 해나는 욕조 안으로 몸을 숙여 시끄러운 오리를 양손으로 잡은 뒤 짚에 넣어주었다. 욕조 안에 그새 자그만 똥 무더기가 두 개나 생겼다. 해나는 소독제를 꺼내고 물을 틀고서 닦기 시작했다. 오리에 대해서는 정말이지, 아무것도 몰랐다. 꽥꽥거리고, 공원에서 빵을 던져주면 받아먹는다는 것 이외에는 어떤 종류의 오리에 대해서도 알지 못했다.

나중에 해나는 '새끼 오리'를 검색해서 다음과 같은 사실을 알아냈다. 오리에게는 항상 물이 필요하다. 이빨이 없어 씹지 못하므로 물이 없으면 질식할 수 있다. 새끼 오리는 주위를 엉망으로 만들고, 물을 사방으로 튀게 하며, 물그릇에 들어간다. 빵은 주면 안 된다. 또 지렁이를 좋아하지만, 너무 많이 주어서는 안 된다. 단백질을 너무 많이 섭취하면 위로 뻗치는 천사 날개를 갖게 된다. 풀과 사료를 먹는다.

그래서 해나는 상자 안에 물그릇을 넣어두었다. 찬장에서 오렌지 3분의 1쯤 되는 크기의, 초록색 꽃 모양 잼 그릇을 꺼냈다. 오리가 그 안에 들어가자 그릇은 동그란 솜뭉치 같은 오리의 크기에 꼭 맞았다. 노란 몸뚱이 주위로 꽃잎이 달걀 껍질처럼 보였다.

그것이 몇 주 전 일이었다. 불쌍한 오리가 혼자서 살 수 있을 때까지 돌보다가 티 아와무투 농장으로 되돌려 보내든지, 어딘가 공원의 다른 오리들 사이에 놓아주기로, 해나는 마지못해 결정했다.

해나는 허리를 숙이고 바위 밑에서 자라는 민들레 잎을 땄다. 오리가 너무 작아서 그 잎도 잘라주어야 했다. 그리고 오리가 물 수 있도록 부리 앞에 조그만 잎 조각을 대주었다.

돌봐줄 존재, 돌봐줄 누군가

어머니의 병이 심해지면서 함께 살게 되었을 때, 해나는 밤새 어머니가 돌아가셨을까 싶어 자다가 흠칫 놀라 깨곤 했다. 불안이 도저히 가시지 않으면 침대에서 나와 아래층으로 내려가 어머니 방 문 앞에 서서 나직하게 코 고는 소리가 들리는지 귀 기울이는 때도 있었다.

한번은 아무 소리도 들리지 않아서 문을 살짝 열고 들어가 침대 옆에 서 있기도 했다. 커튼 사이로 달빛이 새어 들어와 아무런 움직임도 없는 이불과 어머니의 얼굴, 벌리고는 있지만 숨결이 느껴지지 않는 입을 비추고 있었다. 해나는 어머니의 뺨을 만졌다. 어머니를 부르며 뺨을 찰싹찰싹 때리기도 했다. 갑자기 어머니가 숨을 몰아쉬더니 깜짝 놀라 일어나 앉으려고 했다.

아, 아, 엄마, 미안해요, 저…… 의치를 찾고 있었어요. 아무렇게나, 터무니없는 소리지만, 생각나는 대로 핑계를 댔다.

해나, 대체 왜 그러니?

아무것도 아니에요, 미안해요. 그냥, 엄마가 잘 주무시나 보려고 그랬어요. 네, 괜찮아요. 주무세요.

자고 있었단다. 의치는 어디 있니?

컵에 들어 있어요. 괜찮아요. 엄마가 의치를 잃어버린 꿈을 꿨거든요.

거기 있어?

이제 매일 아침 해나는 남편이 형식적으로 집 안을 느릿느릿 돌아다니는 바람에 잠에서 깼다. 남편의 체중에는 허리가 한몫을 하는 반면, 해나의 체중은 머리로만 돌아오고 있어서, 뺨과 입 주위의 살이 오르는 것 이외에는 겉으로 드러나지 않았다. 다만 묵직한 고민의 무게가 늘어날 뿐이었다.

해나가 맨 처음 한 일은 욕실의 상자 안에 든 오리를 들여다보고, 오리가 물그릇에 빠져 죽거나, 새끼 오리한테 꼭 필요한데 주지 못한 것이 있어서 자다가 죽은 건 아닌지 확인하는 일이었다.

해나는 동네 애완동물 가게에서 상자에 넣어줄 짚과 새끼 오리를 위한 사료를 사 왔다. 오리는 하루하루 조금씩 더 먹었다.

오리는 해나를 보면 다급하게 스타카토로 삑삑거렸는데, 무슨 의미인진 알 수 없었지만, 곧 그 소리는 가엾은 존재를 돌봐주는 것이 습관이 된 해나에게 호소력을 발휘했다.

오리를 달래주려면 해나가 안아주기만 하면 되었다. 오리가 원하는 것은 누군가에게 몸을 기대고, 팔이나 살이 접히는 부분에 머리를 대고 자는 것뿐이었다. 오리가 진정으로 원하는 것은 당연히, 어미 오리였던 것이다.

이 때문에 해나는 집에 있을 때 새끼 오리를 어깨에 얹어 머리카락으로 덮고 다녔다. 책상에 앉아 일을 할 때면 오리는 해나의 목에 기대어 잠들었다. 이 폭신하고 동그란 것이 금발 속에 자리를 잡고 있으면 이상하게 다정한 느낌이 들었다. 해나는 무릎에 수건을 깔아놓기도 했는데, 그러면 오리는 거기서도 잠이 들곤 했다. 좀 지나자, 여자는 오리를 이따금 내려놓아 주기만 하면, 오리가 해나의 몸에 똥을 싸지 않는다는 것을 알게 되었다. 야생에서는 자연의 여신이 이런 식으

로 어미 오리가 새끼들의 배설물에 뒤덮이지 않도록 도와주는 모양
이라고, 해나는 짐작했다.

마당에 나오다

차츰 몇 주가 지나면서 해나는 새끼 오리에게 바깥세상을 가르쳐 주었다. 오리를 데리고 마당으로 나가서 벌레를 찾기도 하고 잡초를 뽑기도 했다. 오리는 풀밭에서 부리로 쪼기도 하고 종종걸음으로 돌아다니기도 하면서 해나에게 바짝 붙어 있었다. 무릎을 꿇고 있는 해나 곁에 오리가 너무 바짝 붙어 위험할 정도였다. 오리는 아직 어려서 스스로 잎을 떼어내지 못했고 계속 해나가 대신해주었다. 해나는 오리한테 해로운 식물이 무엇인지 몰랐으므로, 민들레만 먹이고 다른 풀은 먹지 못하게 했다. 벽돌이나 나뭇조각을 치우자 땅에서 벼룩이 나왔다. 오리는 쥐며느리와 작은 바퀴벌레도 좋아했다. 벌레를 잔뜩 찾아낼 때마다 오리가 쩝쩝거리는 소리가 요란하게 들려왔다.

정원은 한동안 돌보지 못한 상태였다. 갈라진 땅은 수분도, 영양분도 없어 보였다. 22년 전, 처음 이곳에 이사 왔을 때, 주위는 야트막한 울타리로 에워싸여 있었고, 데이지 꽃이 가득한 잔디밭과 뒤쪽에는 자두나무, 레몬나무, 무화과나무, 귤나무가 서 있었다.

해나와 사이먼은 거름을 묻고, 새들을 끌어들이려고 그곳에서 자라는 나무들, 아마와 고사리를 사들이며 정원을 가꿨다. 둘은 나란히 말없이 정원 가꾸기에 집중했고, 해가 저물어 도구도 잡초도 어둠에 묻혀 보이지 않을 때까지 일한 날도 많았다. 그 시절 두 사람은 신발을 벗어 던지고 불도 켜지 않고서 깔깔거리며 안으로 들어가곤 했다. 그러고는 더러워진 옷을 벗어던지고 뜨거운 물을 채운 욕조에 함께 들어갔다. 햇볕에 탄 피부는 따끔거렸고, 몸에 묻은 흙으로 목욕물은 더러워졌다. 둘은 와인을 마시고, 마리화나를 피우고, 미리 준비해놓은 요리를 먹었으며, 욕조 양쪽 끝에서 깜빡이는 양초 불빛에 비친 서로의 얼굴을 바라보았다.

세월이 지나 정원은 그렇게 돌보지 않아도 될 정도로 좋아졌다. 이따금 그들은 예전처럼 열심히 정원을 가꾸며 주말 내내 잡초를 뽑고, 가지를 치고, 꽃을 심고, 거름을 주기도 했다. 하지만 보통 정원은 스스로 유지되었다. 나무들은 풍성하게 자라 바깥세상을 막아주었다. 데크에 앉았을 때만 나무들 너머 이웃집의 뒷마당, 그리고 공간만 생기면 주택과 아파트가 계속 들어서는 계곡 반대편까지 내다볼 수 있었다.

어머니와 함께 산 이후 해나는 강의를 그만두고 거의 집에서 할 수 있는 편집 일만 맡았다. 어머니와 함께 살기 시작하면서 사이먼도 날마다 출근하는 일을 그만두고 반 은퇴 상태로 바뀌었다. 사이먼은 집에서 하거나 다른 도시나 다른 나라로 며칠 혹은 몇 주씩 출장을 가야 하는 기술 쪽 일을 시작했다. 둘이 집에서 더 많은 시간을 함께 보내고 있었지만, 서로를 보살피는 시간은 줄었다. 해나는 이제 자신들의 상황을 확실히 알 수 있었다. 해나는 어머니를 돌보는 일을 맡았다. 정원은 그들을 세상으로부터 차단하는 껍질이 되었다. 그리고 두 사람은 컴퓨터를 통해 연락을 취하는 사이가 되어 각자 다른 황무지를 돌아다니게 되었고, 그러다 둘 사이의 연결이 끊어져 손끝을 만지는 일도 드물어졌다. 한때는 둘이 하나가 되었던 지점을 통과해도, 영영 만나지 못하는 평행선을 그리며 멀어지고 있었다.

그리고 어머니가 온 이후로 해나도 사이먼도 정원에 내려가지 않았고, 잡초를 뽑지도, 나무를 옮기지도 않았다. 아무도 온몸이 뻐근할 때까지 며칠, 몇 시간씩 일하지 않았다. 따뜻한 날이면 해나는 어머니를 부축해 정원으로 나가서 손뜨개로 만든 밝은 빛깔의 담요를 덮고 앉아 있었다. 해나는 어머니에게 셰익스피어를 읽어주었다. 어머니뿐 아니라 이웃이나 지나가는 사람까지 들을 수 있을 정도로 엘리자베스 여왕 시대 영어를 크게 외쳐댔고, 그 소리에 근처에 사는 개가 쩌렁쩌렁 짖어대며 청한 적도 없는 단역을 맡아주었다.

한편 근처의 고양이들도 들어와 살고 있었다. 이제 해나는 불안한 마음으로 고양이들을 쫓아냈다. 녀석들의 눈이 사악하게 빛나고 있었다. 해나가 키우던 고양이들도 이 불청객, 조그만 새가 해나의 관심을 빼앗아 가는 것이 못마땅해 기회만 엿보고 있었던 것이다.

꿈

밤이 되면 오리는 여전히 욕실 안 쇼핑백에서 잤다. 매일 아침 해나는 똥이 쌓인 짚단을 치웠다. 오리의 꿈에나 나올 법한 통통한 벌레들이 보이는 것 같았다.

최근 해나의 꿈에는 오리가 나왔다. 먹이를 찾으러 가는 꿈. 잃어버리는 꿈. 그리고 정말 우울한 꿈.

그 전날, 해나는 라디오에서 푸아그라 요리의 절묘한 풍미와 식감에 대해 떠들어대는 요리사의 인터뷰를 들었다. 요리사는 주니퍼 열매와 갈색 설탕을 넣고 뭉근하게 익힌 부드러운 오리 가슴살 요리법을 열심히 소개했다.

그러고 나서 청취자가 보낸 이메일 내용이 소개되었다. 푸아그라 요리를 만드는 것이 얼마나 잔인한 과정인지 알고 있는가? 하루에 5킬로그램의 옥수수를 목구멍에 꽂은 관을 통해 오리에게 강제로 먹이는 것을? 이 고문을 2~3주 동안 계속해 오리의 간을 정상보다 열 배까지 늘린다.

그날 밤, 해나는 뜨거운 오븐에서 오리 구이를 꺼내는 꿈을 꾸었다. 쌓아 올린 감자와 호박, 순무 뒤에 새끼 오리가 힘없이 쓰러져 해나를 쳐다보고 있었다. 바짝 탄 솜털은 살갗에 들러붙은 채.

해나는 접시에서 작은 몸뚱이를 재빨리 들어 올리며 죽지 말라고 간청했다. 하지만 오리의 눈이 하얬다. 그 뒤로 검은 눈동자가 희미하게 보이기도 했지만, 모래 늪에 마지막으로 남았다가 사라지는 동그란 자국처럼 그마저도 곧 보이지 않았다. 오리의 머리는 파르르 떨리더니 해나의 손바닥 위로 푹 꺾였다.

악몽을 꾸었을 때처럼, 해나는 베개에 머리를 묻고 엉엉 울며 깨어났다. 사이먼의 손길이 등에 느껴졌다.

괜찮아? 어둠 속에서 사이먼이 물었다.

오리가. 꿈을 꾸었는데…… 아기 오리가…… 죽었어.

아. 사이먼이 중얼거렸다. 그 오리!

내가…… 걜 배신했어.

깜짝이야. 어머니 꿈인 줄 알았더니.

사이먼은 몸을 뒤척이더니 등을 돌리고서 이내 잠들었다.

해나는 여전히 악몽의 무게에 가슴이 짓눌린 채 누워 있었다.

어린 시절, 한순간, 한순간, 한순간을 이어가며 숨을 들이쉬고 내쉬던 때를 생각하고 있었다. 밤이 무서워 어둠 속에서 부모님 침대 옆에 떨며 서 있다가 어머니가 결국 자리를 내주며 들어오라고 했을 때. 다시 마음이 놓이면서 잠으로 빠져들던 그 달콤한 느낌이 여전히 기억났다.

그리고 목구멍에 들척지근한 냄새가 들러붙었던 장례식이 떠올랐다. 벽에 붙은 거대한 시계가 딸각거리며 시간을 알렸다. 열차들이 시간표도 없이 멋대로 왔다가 떠나는 기차역에 붙은 시계처럼. 어머니는 립스틱을 바르고 뺨에 연지를 칠하고 마치 마지막 여행을 오토바이라도 타고 가는 것처럼 머리를 뒤로 빗어 넘겼지만, 그래도 상자 안에서 이미 썩어가고 있었다. 호기심에 담요를 옆으로 치워보니 어머니 살갗 바로 아래 검게 몰려 있는 혈액이 보였다.

사랑에 대한 이야기

고양이들은 해나를 먹이와 결부시켰다. 그들은 해나를 보면 귀를 쫑긋거리며 똑바로 앉았다. 하지만 다진 고기를 다 먹고 나면, 날씨가 춥거나 비가 오거나 집에 들어가고 싶은 경우가 아니라면 해나를 무시했다. 고양이 자신에게 필요할 때만 해나에게 관심을 보이는 것이었다.

오리는 해나를 보면 오로지 해나와 함께 있고 싶어 했다. 그릇이 사료로 차 있든지 말든지, 풀이 주위에 있든지 말든지, 물그릇이 차 있든지 말든지 오리는 해나 무릎에 앉아 겨드랑이에 부리를 밀어 넣고 싶어 했고, 그게 안 된다면 발치에 가만히 앉아 있는 것으로도 만족했다.

해나는 이것이 오리의 사랑인지 궁금했다.

어느 날 저녁 혼자서 오리를 재우기 전, 해나는 어쩌다 보니 레드와인 한 잔을 옆에 두고 욕실의 따뜻한 타일 바닥에 앉아 오리를 향해 중얼거리는 자신을 발견했다. 해나는 세상에는 서로 사랑하거나 자신을 사랑해주지 않는 사람들, 또는 진정으로 사랑하지 않는 사람에게 사랑받는 사람들로 가득하다고 했다. 아니, 그것보다도 아무도 사랑하지 않는 사람들, 또는 아무도 사랑해주지 않는 사람들도 있었다. 누구를 사랑하는지, 또 누구를 사랑하지 않는지, 그리고 서로 사랑하는지에 따라 모든 사람을 규정할 수 있다고 해나는 와인을 더 마시며 말했다. 마음속에 품은 사랑이 어떤 것이냐에 따라 인간은 형성되었다. 그리고 그것이 그 사람의 정체성이기도 했다.

그거야 당연하죠. 오리가 대답했다. 오리는 비극적인 사건이 방해하지만 않았다면 자기 엄마와 아빠가 영원히 서로 사랑했을 거라고 믿는다고 했다.

해나는 아주 오래전 아버지가 돌아가신 후, 어머니는 자신의 노쇠한 어머니를 돌봤다고 했다. 외할머니는 마치 생명이 어딘가로 내달리는 말이라도 되는 것처럼 거기서 떨어지지 않으려고 꽉 붙잡았고, 흰머리를 말갈기에 파묻고서 손가락에 힘을 주었다. 하지만 결국 말은 할머니를 내동댕이쳤다. 그 후 해나의 어머니는 혼자 살았다.

해나가 넋두리를 하듯이 사랑하기 힘든 사람도 있다고, 정말 그렇다고 하자 오리는 어째서 그런 사람을 사랑하려고 하느냐고 물었다.

그냥 사랑하든지, 안 하면 되는 거 아닌가요?

그렇게 간단한 일이 아니란다. 해나는 와인 잔 가장자리를 손가락으로 쓰다듬으며 말했다. 해나는 가령 자기 여동생을 사랑하는 것은 병에 가둔 꿀벌을 사랑하는 것과 같다고 했다. 그게 어떤 상황인지 오리가 과연 상상할 수 있을지는 모르겠지만.

뚜껑을 열어주기가 두려운 거야. 그 애가 날 쏠지, 날아가버릴지 알수 없으니까. 반면에 그 애는 달콤하기도 한데, 그건 아주 가끔씩만 경험할 수 있지.

여자는 바로 몇 달 전 어머니의 장례식 날 아침, 동생이 검은색 타이츠에 짧은 검은색 스커트, 전문직 종사자가 입는 재킷을 입고 크라이스트처치에서 출발해 비행기에서 내리자마자 곧장 왔다고 설명해주었다. 검은 머리를 짧게 자르고 빨간 립스틱을 바르고서. 동생은 하이힐을 신고 또각또각 소리를 내며 바삐 돌아다니면서 남편 토비가 오지 못한 것을 사과했고, 친척들과 사이먼의 친척들, 만난 친구와 만나지 못한 친구, 휘청거리는 숙부와 아무도 모르는 냄새 나는 노인과 신부님까지, 모두의 뺨에 키스했다. 장례식에 온 모든 사람들이 귓불과 입 사이에 붉은 입술 자국을 찍고 있었다. 립스틱이 입술에서 얼마나 가까운지에 따라 친한 정도를 알 수 있었다. 장례 미사 중 동생은 자신이 쓴 시를 낭송했다. 어머니를 만난 적 없는 사람도 눈시울을 적셨다. 그 후 리셉션에서 사람들은 해나에게 다가와 가슴 아픈 시였다고 말했다.

해나가 어머니의 죽음과 몇 년째 누적된 수면 부족으로 멍한 상태일 때, 매기는 모두와 이야기를 나누고, 사람들의 팔을 쓰다듬어 주고, 눈을 맞추며, 모터를 단 듯 빠르게 재잘거리면서 호수에서 수초를 걸러내듯이 사람들의 이야기를 끄집어내고 있었다. 성당에 차린 클럽 샌드위치와 아스파라거스 빵, 조그만 고기 파이, 컵케이크를 먹고 난 뒤, 해나와 사이먼, 매기는 집으로 돌아갔다. 클레어와 밥은 차를 한 잔 마신 다음 곧바로 티 아와무투로 돌아갔다.

그날 밤 그들은 그해 겨울 처음으로 난롯불을 피웠다. 매기는 계속 진을 마셨다. 사이먼과 해나는 샴페인을 땄다. 해나는 샴페인 한 잔과 남은 클럽 샌드위치를 들고는, 술을 마시는 사이먼을 두고 침실로 들어갔다. 사이먼이 샴페인을 다 마시고 나자 매기가 그에게 진을 마시라고 권했다. 난롯불 불길이 잦아들더니 성난 주먹처럼 빛나고 있었다.

두어 시간 뒤 해나는 눈을 떴다. 사이먼이 옆에 없었다. 욕실에 가려고 일어나보니 매기가 관 앞에 세워놓았던 어머니 영정 사진을 끌어안고 소파에 누워 있었다. 사이먼은 매기의 머리 쪽에 앉아서 어깨를 만지고 있었다. 사이먼이 양동이를 들고 있는 것이 보였다. 해나가 문 쪽을 쳐다보려는데 사이먼이 고개를 들었다.

왜 그래? 해나가 물었다.

처제가 속이 안 좋대. 피곤한 목소리였다. 매기는 뒤늦게 놀란 듯 고개를 돌렸다. 얼굴이 겨울 날씨처럼 젖어 있었다. 입술이 창백했다. 잉크패드가 튀어나와 있었다. 거의 비다시피 한 술병은 바닥에 놓여 있었다.

엄마 이야기를 하던 중이야. 매기가 말했다. 언니랑 나의 엄마. 다정한 형부가 이런저런 이야기를 해주고 있어. 그렇죠, 사이먼? 매기는 사이먼의 머리에 손가락을 넣어 뒤로 넘기더니 얼굴과 수염을 쓰다듬고 입술을 만지작거렸다. 사이먼은 몸을 빼냈다.

매기가 기분이 좋지 않아. 사이먼이 해나에게 설명해주었다.

나도 그런 건 알고 있어. 형부 말이 백번 옳아. 하지만 어머니가 방금 돌아가신걸. 죽었다고. 그게 믿어져? 내 엄마가. 평생 기래, 아니 기대에 맞추려고 아등바등 살았는데, 이제 엄마가 돌아가셨으니 내가 엄마의 기대를 저버리지 않았는지 알 수가 없잖아. 엄마는 점수를 안 가르쳐줬어. 합격인가? 그렇게 평생 살았는데 엄마는 어디로 가신 거야? 엄마가 날 좋아했는지조차 모르는걸.

좋아하셨어. 해나가 말했다. 널 끔찍이 보고 싶어 하셨어.

매기는 소파에서 몸을 일으켜 앉더니 머리카락을 잡아당기고는 다시 드러누워 이렇게 말했다.

언니가 엄마를 납치하기 전에 엄마 집에 전화를 했는데 애들이 함께 있는 줄 아시더라. 몇 년 동안 런던에서 아버지랑 지내는 애들이. 그 애들이 보인다고 하시면서 요리를 해줬는데 애들이 먹지도 않고, 설거지도 안 한다고 불평하셨어. 요정이랑 함께 계셨던 거지.

약 때문에 그랬던 거야. 해나가 말했다. 그렇게 헛것을 보신 적이 몇 번 있었어. 하필 그런 날 전화를 한 거네.

그래, 언니. 그래서 뭐 어쩌라고? 결국 뭐가 현실인지 어떻게 알아? 그런 건 없어.

널 자랑스러워하셨어. 해나가 말했다. 그리고 토비도. 토비도 좋아하셨어. 이혼하느라 힘들었는데, 네가 더 잘 맞는 사람을 만나서 기뻐하셨어.

나한테는 그런 말 없었어. 진짜야. 직접 들었다면 좋았을 텐데.

매기의 말소리가 느릿느릿, 서로 꼬여들었다.

너를 몹시 보고 싶어 하셨어. 만나는 사람마다 네 이야기를 하고, 참 중요한 일을 한다고 하셨고, **광고 일을 하는 딸애가**…….

나한테는 한 번도 안 하셨어. 내가 얼마나 힘들었는지 언니는 모를걸. 토비도 늘 재미있는 사람은 아닌 거 알잖아. 사람들은 내가 강하다고 생각하지만, 말만 그러는 거야. 착각이라고. 흠. 사람들의 생각일 뿐이지. 내 인생이 어떤지 언니는 모를 거야. 내가 어떤 일을 겪는지. 전혀 모르지. 아무도 몰라. 하지만, 사이먼은 알아. 이제. 그렇죠? 내가 얼마나 힘들었는지?

사이먼은 자신의 암체어에 앉아 하품을 하면서 팔걸이를 손가락으로 두드리고 발을 동동거리고 있었다. 그는 해나를 한번 쳐다보더니 의자 팔걸이에 묻은 과자 부스러기를 떼어내는 데 집중했다. 매기는 다시 몸을 일으켜 앉으려고 다리를 바닥에 내려놓더니 액자를 끌어안은 채로 신음했다.

그렇게 해야 했기에 갑옷을 입고 있었던 건데, 그걸 입고 돌아다니기가 얼마나 무거웠는지 언니는 모를 거야. 그걸 입고 철그렁거리면서 지하실을 돌아다니다가. 아, 아, 양동이 좀. 빨리, 사이먼. 양동이 좀, 빨리, 빨리, 빨리.

사이먼이 벌떡 일어나더니 양동이를 매기의 턱 밑에 대어주었다.

매기는 액자를 내려놓더니 양팔로 양동이를 끌어안았다.

아. 아 세상에.

매기의 음성이 양동이 속에서 울렸다. 매기는 요란하게 구역질을 했지만 토하지 못했고, 양동이를 밀어냈다.

아. 엄마 장례식 날에 나도 따라 죽겠네.

아냐, 매기. 사이먼이 말했다. 아니야, 그렇지 않아.

문에 기대서 있던 해나는 어머니의 장례식을 자신에 대한 관심을 요구하는 수단으로 이용하는 동생이 대단하다 싶었지만 놀라지는 않았다. 사이먼은 도와달라는 눈빛으로 해나를 쳐다보았다. 해나는 다가가서 매기의 머리에 쿠션을 받쳐주었다. 둘은 함께 새끼 낳는 암소처럼 앓아대는 매기를 옆으로 뉘었다. 사이먼은 매기의 발을 다시 소파 위에 얹었다. 그는 수납장으로 가서 손뜨개 담요와 수건을 가져왔다. 매기에게 담요를 덮어주고, 턱 밑에 수건을 깔아준 뒤 양동이를 가까이에 두었다.

형부는 좋은 사람이에요. 매기는 눈을 깜빡이며, 그의 손을 잡으려고 해초처럼 손을 흐느적거리며 중얼거렸다.

난롯불이 안전한지 확인하고 술병과 잔을 치운 후 해나가 침실로 돌아오자 좋은 사람은 옷을 다 입은 상태로 이불 위에 누워 코를 곯고 있었다. 셔츠 단추 사이로 튀어나온 배꼽이 해나에게 윙크했다.

아침이 되자 매기는 예정대로 6시 30분에 도착한 택시를 타고 떠났다. 매기가 거기 있었다는 흔적은 실내에 남은 향수 냄새뿐이었다.

해나는 무릎 위의 오리를 내려다보았다. 오리는 해나의 소맷자락에 머리를 밀어 넣고 있었고, 숨이 닿는 느낌으로 보아 자고 있는 듯했다. 하지만 해나가 움직이자 오리는 머리를 빼내더니 다시 깨어났다.

어머, 딴생각을 하느라. 여자가 말했다. 미안.

재미있었어요. 오리가 말했다. 그 매기라는 여자요. 괜찮던데요. 그런데 남자는요. 남자는 어때요?

어떻냐니 무슨 말이야?

사랑하나요?

그러자 해나는 이 질문에 대답하려니 어색한 기분이 든다는 것을 깨달았다. 복잡한 문제 같았다. 환한 그림 속에 씁쓸한 불륜의 작은 얼룩이 슬그머니 드러났다. 녹슨 자국 같은 죄책감은 결코 사라지지 않는다.

물론 사랑하지. 이렇게 대답하는 것이 가장 쉬우니 그렇게 할 생각이었고 물론 그렇게 대답했지만, 그때의 불편한 기분이 마음에 들지는 않았다.

제2장

풀숲에서

새끼 오리는 점점 키가 자라고 홀쭉해지고 있었다. 노란 털 사이에 흰 털이 듬성듬성 자라고 있었다. 또, 솜털에 가려진 꼬리 위에 노란 털이 동그랗게 자리 잡았다. 해나는 손끝으로 그것을 살펴보았다. 부드럽고 섬세하며 생김새나 감촉이 민들레 한가운데 부분과 비슷했다. 그리고 그것은 중요한 곳 같았다. 마치 깃털이 모여 있다가 점점 퍼져 나가는 곳처럼.

이것 좀 봐. 해나가 식탁에 앉아 컴퓨터로 작업 중인 사이먼에게 말했다. 해나는 새끼 오리를 팔에 끼고서 꼬리의 솜털을 뒤져 금빛 깃털을 드러내 보였다. 사이먼이 오리에 별로 관심이 없다는 것은 알고 있었지만, 그는 사소한 일에 집착하기도 했다. 그는 잔 너머로 흘깃 쳐다보더니 '흐음'이라고 말했다. 무슨 분비선 같은데.

잠시 후 그는 내내 알고 있었다는 듯 그것의 정체를 알려주었다.

그건 미지샘이라는 거야. 사이먼이 컴퓨터 화면을 보며 읽었다. 기름을 생성해 깃털에 퍼뜨려서 물에 젖지 않도록 하는 거래. 오리 같은 물새한테 잘 발달해 있지만, 모든 새한테 있는 건 아니고. 에뮤나 타조, 능에한테는 없대. 흐음. 아니 잠깐……. 당신이 찾은 건 미지심이야. 그 밑에 젖꼭지 같은 부분이 있는데, 비타민 D 전구체, 돌출 세포, 에스테르, 지방산, 지방과 수단친화성 분비 과립을 생성해.

능에가 뭐지. 해나는 생각했다. 게다가 수단친화성 분비 과립은 또 뭐야? 하지만 묻지는 않았다.

깃털에 물이 흡수되면 부력이 커져. 사이먼이 말했다. 게다가 오리는 뼛속이 비어 있거든. 석유 유출 사고 다음에 오리가 바다에서 죽는 다면, 90퍼센트는 적어도 2주 동안 둥둥 떠다닐 거야.

해나는 뼛속이 비고 미지심이 달린 새끼 오리를 바라보았다.

그렇구나. 해나가 말했다. 그렇구나. 뭐 하나 배웠네.

그녀에게 전할 말

사이먼은 늘 의사소통을 할 때 지식이나 정보에 의존했다.

어느 쌀쌀한 추수감사절, 그가 가볍게, 대학교의 하이킹 클럽 모임에 같이 가자면서 처음 데이트 신청을 했을 때였다. 모닥불이 타고 있었다. 숯이 잔뜩 묻은 감자, 소시지, 흰 빵, 토마토소스, 멀드 와인*, 웃어대는 친구들. 다 먹고 난 뒤 모두 모닥불 주위 통나무에 모여 앉아 쌀쌀한 밤하늘을 향해 고약한 노래를 불러댔다. '그녀는 산을 돌아 찾아올 거야. 머리를 무릎까지 기르고.'

그때, 아무런 예고도 없이 그가 해나의 손을 잡았다.

이리 와. 보여줄 게 있어. 그가 말했다.

해나는 통나무에서 일어나 뒤따랐다. 아니, 그에게 이끌려 풀이 자라는 모래언덕을 지나 바닷가로 내려가 바위들을 돌았고, 그들의 부츠가 썰물에 드러난 젖은 모래를 밟는 소리가 들려왔다. 다음번 베이 근처, 둘은 바위에 기대서서 외투 속으로 파고드는 차가운 바람을 피했다. 보름달의 싸늘한 파란빛이 바다 위에 부서지고 있었다. 굉장하다. 해나는 온기를 찾아 그에게 몸을 붙이며 말했다.

사이먼은 외투 주머니에 손을 넣더니 커다란 쌍안경을 꺼냈다. 그리고 해나의 뒤로 가서 어깨에 손을 얹더니 귓불 가까이에서 숨을 쉬며 눈에다 쌍안경을 대주고는 달을 보게 했다. 그의 손이 떨리고 있었다. 해나는 그에게서 쌍안경을 받았고, 초점을 맞추면서 그가 가리키

---

* 레드 와인에 다양한 향신료를 넣어 데운 음료.

는 큰 분화구와 바다, 산을 보았다. 그는 그곳의 이름을 모두 알고 있었다. 영문은 모르겠지만 해나는 키득거리기 시작했고 참아보려 할수록 웃음은 더 커졌다.

뭐가 우스워? 그가 물었다.

아냐. 해나는 이렇게 대답했지만, 그가 안절부절못할수록 끓는 주전자에서 김이 솟아오르듯 웃음이 자꾸만 터져 나왔다.

그는 몸을 떼어냈고, 그가 삐쳤다는 생각에 웃음을 더욱 참을 수 없었다.

왜 그래? 내가 뭘 어쨌는데?

해나는 잠시 참았지만 다시 걷잡을 수 없이 웃음이 터졌다.

미안해. 해나는 계속 그렇게 말했다. 미안해.

그는 쌍안경에 스트랩을 감더니 주머니에 도로 쑤셔 넣었다.

해나는 마음을 가다듬었다.

대체 뭐가 웃긴지 모르겠어. 그는 이렇게 말하더니 해나가 다시 키득거리기 시작하자 해나를 붙잡고는 입술을 포갰다. 그에게서 숯과 소시지, 토마토소스와 멀드 와인 맛이 났다. 치아와 혀의 맛이 났다. 해나가 평생 늘 원했던 모든 것의 맛이 났다. 갑자기 두 사람은 다급하게 사랑을 나누었다. 추위에 겹겹이 옷을 껴입은 채로, 해나는 바위에 등을 붙이고 있었고, 머리 위에서는 분화구와 바다와 산을 간직한 말간 달이 몸속의 모든 입자 속으로 부서지는 것 같았다.

그러고 나서 둘이 손을 잡고 모닥불로 돌아가다가, 여전히 상처가 묻어나는 음성으로 그가 말했다. 왜 웃었는지 아직도 모르겠어.

미안해. 해나는 다시 말했다. 긴장하면 자꾸 웃게 되거든.

하지만 사실 해나는 그의 작전과 너무나 빤히 눈에 보이는 준비 때문에 웃었다. 그가 해나의 어깨를 감싸 안고, 분화구와 호수 이름을 귓속말하면서 뺨을 맞댈 구실을 얻으려고 이 모든 일을 꾸몄다는 것이 우스웠다. 그는 무슨 말을 해도 되었다. 주기율표든, 좋아하는 아이스크림의 맛이든,『동물 농장』에 나오는 주인공이든. 말을 하지 않아도 상관없었다. 게다가 대학에서 보낸 몇 달 동안 그는 해나를 좋아한다는 눈치 한번 준 적 없었다. 둘은 곧바로 진학한 다른 학생들보다 나이가 많았고, 그래서 사람들과 함께 커피를 마시며 긴 토론을 벌이는 것도 좋아했으며, 가끔은 강의 시간에 우연인 척 나란히 앉기도 했다. 문득 그 모든 것이 어이없고 황당하며 근사하게 우스웠던 것이다.

그때 그가 말했다. 할 이야기가 있어.

응?

지금은 이야기하고 싶지 않지만, 내가 이 말을 했다는 걸 기억해줘. 할 이야기가 있다는 걸.

혹시 애 셋 딸린 유부남이야?

아니.

애가 열이야?

바보 같은 소리 하지 마.

호주 사람인 거 알아. 해나가 농담했다. 하지만 상관없어.

그 이야기는 괜히 했어. 재미없거든.

지금 말해도 돼. 해나가 말했다.

지금은 말해봤자 의미가 없을지도 모르니까 하고 싶지 않아. 아직 시작 단계고, 그러니까…… 이게 네게 무슨 의미를 갖는지 나도 잘 모르니까.

그래. 해나가 말했다. 그래, 좋아.

그러니까, 이제 '사귄' 지 5분밖에 안 됐잖아. 음, 7분인가. 그가 말했다.

알았어. 해나는 다시 말하고 그의 티셔츠와 외투 속으로 파고들었다. 그 말을 들으니 그가 의미 있는 관계를 원하고 있다는 것을 알 수 있었다. 여느 때라면 그게 겁나 달아났겠지만 어쩐 일인지 해나도 둘의 관계가 진지해질 것이 아무렇지 않았다.

오리와 남자

해나는 갑자기 밀려든 편집 일에 파묻혀 지쳐 있었다. 가끔 오리가 한계점처럼 느껴졌고, 그러면 해나는 사이먼에게 도움을 요청해야 했다. 그리고 오리와 함께 살게 된 데 핵심적인 역할을 한 사이먼이 오리를 수건에 감싸 무릎에 가만히 올려놓는 것 이외에는 손을 대고 싶어 하지 않는다는 사실이 밝혀졌다. 게다가 이런 일을 강요당하면 그는 눈을 감고 사색을 하는 자세로 꼿꼿이 앉아 있었다. 억지 관용을 체화한 모습으로.

오리를 세면대에서 따뜻한 물로 목욕시킨 후 처음으로 그에게 건넸을 때, 남자와 오리는 모두 싫어했다. 오리는 온몸을 비틀며 빠져나갔다.

앤 날 안 좋아해. 사이먼이 아내에게 말했다.

이 사람은 날 안 좋아해요. 오리가 여자에게 말했다.

음, 익숙해지도록 노력해봐. 여자가 둘에게 말했다. 내가 저녁 식사를 준비하려면 별수 없어. 여자가 남자에게 말했다. 네 상자를 치우고 새로 물을 갈아주고 사료를 주려면. 여자가 오리에게 말했다. 그리고 달팽이도 주워 오고. 여자는 이렇게 덧붙였다. 그리고 후식도 준비해야 해. 식사를 마친 뒤 함께 와인을 마시고 싶다면. 여자는 남편에게 덧붙여 말했다.

그녀는 사이먼의 커다랗고 매끄러운 손에서 오리를 빼주었다. 오리를 안고서 수건으로 젖은 가슴털을 닦아주었다. 오리는 여자한테 몸을 꼭 붙이고 셔츠 속으로 파고들었다. 오리는 이겼다고 생각했다.

사이먼 역시 자신이 이겼다고 생각했다. 사이먼은 하품을 하고 기지 개를 켠 뒤에 귀를 긁적였다. 해나는 둘에게 몇 마디씩 하고는 둘 다 진정되자 오리를 다시 수건으로 감싸 남편에게 건넸다. 이번에는 오리도, 남자도 단념했다.

오리가 쇼핑백보다 커져서 해나는 큰 플라스틱 상자를 사들였고, 오리는 밤이면 욕실의 그 상자에서 잤다. 하지만 오리는 낮에 좀 더 자유롭게 돌아다녀야 했다. 그리고 해나에게서 약간 압박을 받아 정원 가장 구석진 곳에 간단한 우리를 지어준 것은 사이먼이었다. 3분의 1은 나무로 지붕을 덮어주었고, 나머지는 위와 주위를 철조망으로 감싸놓았다. 언젠가 오리를 보내주어야 할 테니 간단하게 지었다.

처음엔 길이가 2미터 정도 되는 새 우리가 굉장히 크게 느껴졌지만 물그릇과 사료 그릇, 바람이 찰 때 앉을 수 있도록 구석에 수건을 놓았더니 금세 비좁아졌다. 해나는 우리를 더 넓혀야 할 것 같다고 생각하고 있었다. 오리가 새 집을 좋아할 거라고 예상했지만, 해나가 낮 동안 외출할 때 이곳에 갇힌다는 것을 알고 나자 그곳 가까이에 데려갈 때마다 못마땅한 소리로 꽥꽥거리곤 했다. 이제 오리는 철조망에 몸을 마구 던지면서 구멍에 부리를 밀어 넣어 보려고 했다. 여기랑 여기랑 여기. 오리는 구멍 어딘가는 마술의 구멍이라서 밖으로 나갈 수 있을 거라는 헛된 희망을 버리지 않고서 끈덕지게 매달렸다.

해나가 그곳에 있는 동안 오리는 먹기도 하고, 앉아서 해나를 바라보기도 했다. 하지만 해나가 등을 돌리는 순간 오리는 삑삑거리기 시작했다. 마치 문을 열어두면 소리를 내는 냉장고 같았다. 오리는 배터리를 갈아주어야 하는 화재경보기였다. 옷이 다 말랐다고 신호하는 건조기였다. 음식이 다 되었다는 전자레인지였다. 빨리 받으라는 전화기였다. 오리는 해나를 불안하게 하는, 자신을 엄마 없이 홀로 두었다고 알려주는, 그녀가 나쁘다고, 나쁘다고, 나쁘다고 하는 전자장치였다.

해나는 프림로즈 힐 양로원에 있던 어머니를 생각했다. 처음에, 어머니가 거의 비어 있는 가방을 팔에 걸치고 복도를 따라 비틀비틀 걷고 있는 것을 직원들이 다시 찾아냈던 일. 가끔 어머니는 잘 걷지 못하는 친구와 함께 서로 의지하며 모두 똑같이 생긴 파스텔 색조의 복도를 따라 모험을 나서곤 했다. 결국 어머니의 탈출을 막기 위해 직원들은 어머니가 일어나지 못하도록 양동이처럼 생긴 의자에 앉혀두었다. 결국 어머니는 어디서도 일어나지 못하게 됐다. 결국 어머니는 설 수 없게 됐다. 결국 어머니가 한 운동은 방 한가운데서 똑바로 날아오는 풍선을 오른손으로 치는 것뿐이었다.

믿느냐 마느냐

오리가 1개월쯤 되었을 때 여자는 오리를 우리에 넣어두고 입양과 정신질환의 관련성에 관해 쓴 책에 대해 긴 회의를 하려고 나갔다. 해나는 하루 종일 입양 문제와 관련해 고립되거나 우울하거나 조증을 앓는 사람들에 대해 생각해야 했다.

해나는 이 모든 일과 오리를 연관시켜 생각하지 않을 수 없었다. 그 회의에서 해나는 처음 만난 사람들에게 오리 이야기를 했다. 새끼 오리는 무리의 다른 오리들과의 관계에 따라 나중에서야 성별이 결정된다고 했다. 해나는 그 말을 믿기 어려웠지만, 그렇다 하더라도 자신이 새끼 오리의 성별에 실제로 영향을 주고 있는지 궁금했다. 언젠가, 상당히 일찍부터 해나는 오리가 수컷이라고 생각하기 시작했는데, 그런 느낌 이외에는 별다른 이유가 없었다. 의심의 여지가 없었다. 하지만 수컷은 대체로 탐욕스럽고 공격적이라는 말을 듣자 해나는 자신의 착한 새끼 오리는 어떤 성별이 되든지 그렇지 않을 거라고 믿었다.

해나가 회의에서 돌아오자 오리가 푸드득 일어나 그물로 달려들었다.

여자는 우리에서 오리를 안아 들고는 배를 쓰다듬으며 버둥거리는 다리를 진정시켜 주었다. 오리는 마치 강아지처럼 해나에게 몸을 파묻으며 반가워했다. 해나는 민들레 잎 샐러드였고, 목욕을 마친 후 솜털을 비추는 햇살이었으며, 지렁이가 가득한 들판이었고, 날개이자 어미 오리였다.

안 오는 줄 알았어요. 오리가 풀죽은 목소리로 중얼거렸다. 고양이들이 수염 난 코끝으로 킁킁거리며 우리로 다가왔다고 했다. 비도 내렸다. 오리에게 접시나 대야에 담기지 않은 물은 처음이었다. 오늘은 하늘에서 물이 떨어졌는데 해나가 곁에 없었다. 오리는 해나의 머리 밑으로 부리를 밀어 넣고 목덜미 살갗을 찾았다. 해나는 데크 계단에 앉았고, 오리는 해나의 배 위에 엎드려 팔 밑에 머리를 파묻고서야 삑삑거리기를 멈추었다. 그리고 침묵 속에서, 오리의 침묵 속에서 해나는 팔에 닿는 오리의 심장 박동을 느낄 수 있었다.

그리고 오리가 하루 종일 겪은 불안과 고독을 생각해보고, 앞으로도 오리를 키우는 문제를 놓고 고민을 할 것인지 궁금했다.

삶을 채우다

하루하루 지나면서 새끼 오리는 차츰 오리의 모양을 갖추었다. 부리는 엄지손가락으로 꾹 눌러놓은 것 같았다. 몸은 더욱 튼튼해지고 길어졌으며, 목은 몸뚱이에서 길게 뻗어 나왔다. 밤이면 솜씨 좋은 거리의 예술가가 부는 풍선 같은 모양이었다. 어느 날, 꼬리에 매듭을 지으면 오리가 하늘로 둥실 떠올라 드넓은 여름 하늘에 떠다니는 다른 하얗고 몽실몽실한 풍선과 하나가 될 것 같았다.

여자는 오리가 자라면 어떻게 될지 궁금했다. 내어줄 수 있는 모든 공간을 오리가 가득 채우는 모습을 그려보았다. 어느 날 아침 욕실에 들어가보니 오리가 커다란 플라스틱 통 짚단에서 자고 있는데, 상자의 모서리까지 가득 채운 네모가 되어버린 광경도 상상했다.

제3장

밤새 다녀가는 선생님

그리고 새날이 밝을 때마다 새끼 오리는 하룻밤 사이 오리가 되는 법에 대해 배우는 것 같았다.

여자는 오리를 데리고 나무와 수련, 웃자란 갈대로 에워싸인 작은 연못으로 갔다. 하나는 유인용, 그리고 하나는 콘크리트 조각. 실제 크기의 오리 두 마리가 연못에 모여 있었고, 미끈한 플라스틱 연잎, 석고로 만든 개구리, 흉물스러운 분수, 그리고 낡은 목재 다리가 있었다. 연못 가장자리에는 나뭇조각이 떠 있었다. 그늘에는 주황빛의 금붕어 일곱 마리가 숨어 있었다. 한때는 정성 들여 만들었지만 이젠 버려진 연못이었다.

오리가 아직 동그란 솜뭉치였을 때는 가라앉기 전까지 조그만 다리를 미친 듯이 저어가며 물 위에 떠다녔다. 그래서 놀란 오리는 맨몸 뚱이에 물에 젖은 솜털을 찰싹 붙이고 여자의 손안으로 돌아왔다.

이제 더 자란 오리는 연못 가장자리를 따라 아장아장 걸어 다니다, 물속에 머리를 담갔다가 고개를 들고 등의 물기를 닦기도 했다. 여자는 다리에 앉아서 몸을 꼿꼿이 세우고 날갯짓을 하는 오리를 지켜보았다. 그러다 오리는 조그만 자갈밭이 있는 연못 반대편으로 건너갔다. 오리는 볕에 서서 새로운 영역을 탐험하듯 가슴 털에 부리를 묻어 보고 자신이 오리임을 증명해줄 단서를 찾았다.

함께 있을 때 오리가 해나에게서 떨어져 있는 것은 새로운 변화였다. 둘은 흙탕물을 사이에 두고 있었다. 둘은 넓은 연못을 사이에 두었고, 여자는 여자였고 오리는 전혀 다른 존재인 오리였다. 오리는 다시 몸을 세우고 날갯짓을 했다. 이제 오리는 날마다 그러고 있었다.

누군지 모르지만 밤새 다녀가는 선생님이 오리에게 날 수 있을 거라고 가르쳐주었고, 오리는 날마다 오늘이 그날인지 확인했다.

기초 쌓기

여자는 아직 자라지 않아 소용없는 오리의 날갯짓을 바라보았다. 오리가 하루하루 변화하는 과정은 흠잡을 데 없이 완벽했다. 설령 지금 오리가 날 수 있다고 해도, 세상의 벽에 부딪치거나 고양이와 개, 쥐의 입속으로 떨어져서 위험해질 것이다. 일단 날게 되면 녀석은 어디로 갈까? 그리고 멈추는 법은 어떻게 알 수 있을까? 해나는 하늘 높이 떠다니는 엉겅퀴의 솜털을 떠올리고, 그것이 시험비행을 하며 땅의 생김새와 바람의 숨결, 날개 아래 스치는 바람을 확인하고는 오리에게로 전부 돌아와 대망의 첫 이륙을 하려는 것 같다고 상상했다.

어려운 나날

가끔은 예상치 못한 사건이 제대로 시작되기도 전부터 자리를 잡기도 했다. 그것은 이메일이나 전화를 통해 도착했다. 이번에 그것은 소포 상자에 든 채로 왔다. 이른 아침 문을 두드리는 소리에 집이 흔들렸다. 사이먼은 시드니의 학회에 갔고 해나는 아직 자고 있었다. 현관문을 열자 문 앞에 제복을 입고 모자를 쓴 남자가 가져온 상자가 놓여 있었다.

오늘은 오리를 상대할 시간이 없을 것이다. 해나는 욕실의 상자를 청소한 다음 오리를 이끌고 뒷마당 우리로 갔다. 오리를 우리에 넣어주자 오리는 믿을 수 없다는 듯 꽥꽥거리며 함께 파인애플 잎에 모인 이슬을 살피러 가자고 졸랐다. 오리는 해나가 긴 이파리를 벗겨주면 불난 건물에서 뛰어나오는 사람들처럼 도망치는 바퀴벌레와 쥐며느리를 잡아먹고 싶었다.

오리는 아직 어려서 혼자 풀어놓을 수는 없었다. 오리를 노리는 포식자가 너무 많았다. 그리고 오리는 해나와 함께 있고 싶었다.

해나는 오리를 다시 꺼내주고 풀밭에 쪼그려 앉았다. 오리가 해나에게 안겼다.

좋아요. 오리가 말했다.

오늘은 너랑 못 있어, 오리야. 여자가 말했다. 어쩔 수 없단다.

무슨 소리예요? 지금 함께 있잖아요. 아무 걱정 없어요.

하지만 곧 가야 해. 일이 있어. 들어가서 일해야 해.

괜찮아요. 나도 들어가면 되니까.

오리야. 해나가 말했다. 잘 들어. 오늘 바깥세상에서 상자가 하나 왔어. 우리 세상 밖의 세상에서. 그런데 상자를 여니까 집이 온통 새들로 가득 찼어. 까마귀들이 내 얼굴을 날개로 치고, 머리카락을 발톱으로 잡아당겼어. 내게 관심을 가져달라고 깍깍거리고. 나는 소리를 질렀어. 나가! 나 좀 내버려둬! 창문을 열고 몇 마리는 내보냈는데, 데크 난간이랑 지붕에 앉기도 하고, 잎이 무성한 나무에 숨기도 했어. 날 기다리고 있어.

너무하네요. 난 못 봤는데. 어떻게 했어요?

다들 쫓았어. 안에서는 한 마리가 싱크대에서 물을 마시더니 노래를 부르려는 것처럼 고개를 들더라. 또 한 마리는 식탁을 돌아다니면서 발톱으로 따각따각 소리를 냈어.

그래서요?

오리야, 한 마리씩 다 해결해야 해. 그런데 오늘은 그럴 기운이 없단다. 나는 지쳤어, 오리야. 까마귀를 잡아서 날려 보내기 전에 다리에다 색색의 리본을 묶어야 해.

그건 괜찮아요. 오리가 말했다. 그런데 그게 나랑 무슨 상관인가요?

그게 너랑 무슨 상관이냐면, 오리야. 해나는 일어나서 우리 뚜껑을 열면서 말했다. 오늘은 먹이 찾으러 못 간다는 거야.

걸어가는 해나에게 오리가 온몸을 철조망에 부딪쳐 진동하는 소리가 들려왔다. 해나는 우는 아이에게서 등을 돌리고 가는 엄마가 이런 심정일지 궁금했다.

게다가 오늘 아침, 연필깎이를 찾던 해나는 어머니 침실 서랍장의 맨 위 서랍을 열었는데 어머니가 프림로즈 힐로 떠나며 남겨둔 온갖 잡동사니가 거기 있었다. 여분의 안경, 돋보기, 빗, 생일 책, 반쯤 쓴 편지가 붙은 편지지. 어머니가 병으로 글을 쓸 수 없어졌기 때문에 그만둔 것이었다. 해나는 그 편지지를 들고 훑어보았다. **다시 행복해질 수 있을지 스스로에게 묻는다.** 그러자 그것이 돌아왔다. 가슴을 꽉 메운 아픔이 심장을 발로 걷어차고 있었다.

그날 하루가 지나는 동안 날씨가 바뀌었다. 바람이 얼음을 뚫고 불어오는 것 같았다. 해나는 창가로 갔다. 하늘이 땅에 있는 그림자를 모두 빨아들인 듯 어두웠다. 정원은 엉망이었다. 동물들이 살그머니 다가와 조심스레 철조망을 쿵쿵거렸다. 오리는 덮개 밑, 해나가 부드러운 수건을 깔아놓은 곳으로 들어가 있었다. 오리는 그곳에서 몸을 꼭 붙이고 숨으려고 했다. 해나는 다시 정원으로 내려가 오리가 춥지 않도록 방수포를 위에 덮어주고 왔다.

해나가 일을 하다가 한참 만에 오리에게 돌아갔을 때는 밤이었다. 해나는 오리를 안으로 데려와 욕실 개수대에 따뜻한 물을 채웠다. 오리는 거기 서서 온기가 몸에 스며들도록 기다렸고, 해나는 욕조 가장자리에 앉아 오리와 가만가만 이야기를 나눴다. 오리는 해나의 입에 부리를 댔다. 입을 맞추는 느낌이 들었지만, 사실 오리가 자신의 입술이 통통한 지렁이가 아닌지 확인하는 것임을 해나는 알고 있었다.

해나는 목욕을 시킨 오리를 수건으로 닦아준 후 잠시 안고 있었다. 할 일이 아직 남아 있었고, 또 까마귀를 해결해야 했으므로 해나는 오리를 상자에 넣어주었다. 해나가 욕실을 나가자마자 오리는 상자에서 몸을 빼냈다. 그렇게 할 수 있게 된 것은 어제부터였다. 해나는 오리를 다시 상자에 넣고 불을 껐다. 오리는 다시 빠져나와 해나가 식탁에 앉아서 일을 하는 주방으로 당당히 걸어 나왔다. 해나는 다시 오리를 상자에 넣었지만, 오리는 또다시 타일 바닥 위로 나왔다. 오리가 복도를 지나 해나의 발치로 보란 듯이 걸어오며 내는 타닥타닥 소리가 들려왔다. 해나는 또다시 오리를 상자에 넣었고, 욕실을 나서기도 전에 오리도 또다시 나왔다.

여자가 소리를 질렀다.

이게 마지막이야!

해나가 오리에게 걸어가다가 잘못해서 발을 밟았고, 그 바람에 오리가 복도로 밀려가서는 한 바퀴를 빙 돌아 깜짝 놀랐다. 오리는 노란 발을 벌리고 마룻바닥에 우뚝 서서는, 까만 눈으로 해나를 노려보고 있었다. 해나가 조심해야 하는 상대인지 가늠하고 있는 것이다. 그 순간까지 오리는 해나를 조건 없이 받아들였는데 말이다.

왜 그랬어요?

지쳤어.

내가 뭘 어쨌는데요?

상자에서 나왔잖아. 자꾸만.

함께 있고 싶어요.

음. 나는 너랑 있고 싶지 않아. 해나가 말했다.

오리는 다리의 힘을 빼더니 털썩 주저앉았다. 여자는 욕실 의자에 앉았다. 오리는 복도에, 여자는 욕실에 있었다.

지쳤어. 까마귀 때문에. 할 일이 너무 많아. 이젠 너까지. 어머니가 다시 여기 계신 것 같아.

어머니는 돌아가셨잖아요.

네가 그걸 어떻게 아니?

얘기해줬잖아요. 하지만 얘기 안 해줬어도 알았을 거예요. 당신 눈에 적혀 있어요. 당신 핏속에서 느껴져요.

여자는 한숨을 쉬었다. 네가 상자에 있기만 하면 돼. 자. 착하지. 부탁이야.

오리는 고개를 숙였다. 그러더니 일어나서 욕실로 뒤뚱뒤뚱 걸어와 해나에게 다가왔다. 해나가 오리를 안아 올렸다.

자. 해나가 말했다. 자든지, 아니면.

아니면 뭐요?

먹든지.

먹어요?

크리스마스 만찬. 냠냠. 크랜베리 소스. 닭다리. 흐음……

오리는 아무 말도 하지 않았다. 해나는 오리를 쓰다듬으면서 오리의 온기가 자신의 몸으로 퍼져나가는 것을 느꼈다. 팔에 닿은 오리의 발도 따뜻했다. 오리 덕분에 해나의 심장까지 따뜻해지는 것 같았다. 오리는 따뜻한 기계였다. 탕파 같은 오리였다.

착하지. 해나가 말했다.

난 착해요. 오리는 이제 해나가 상자에 넣어도 불평하지 않았다.

밤중의 공포

그러고 나서 해나는 오리가 왜 잠을 안 자려고 하는지 생각해보았다. 아침이면 오리는 편안히 상자에 앉아서 입을 벌리고 짹짹거리면서 해나가 건네는 풀을 고맙게 받아먹었다. 해나가 집안일을 하는 동안에는 잠자코 기다렸다. 해나가 욕실에 들어서면 둘은 인사를 나누지만 오리가 달아나려고 버둥거리는 일은 없었다. 해나는 아침마다 상자를 치우고 밖으로 나가기 전에 귀한 시간을 얻을 수 있어서 감사했다.

어머니가 프림로즈 힐로 가기 전, 정부에서 보조해주는 도우미들이 아침마다 집으로 찾아와 어머니가 하루를 맞이하도록 목욕을 시키고 준비해주었다. 해나는 낯선 사람들이 집 아래층을 마음대로 쓰고, 어머니의 화장품과 향수와 크림을 슬쩍 가져간다는 사실을 알았지만 결국 체념하게 되었다. 그것이 못마땅했지만 불평하진 않았다. 어쨌든 해나는 짧게나마 주어진 자기만의 시간이 고마웠다. 어머니의 목욕을 직접 돕지 못한다는 데 마음 한구석이 찔리기도 했지만.

이튿날, 아침과 밤사이에 하는 행동이 왜 다른지 오리에게 물어보자, 아침에는 기다리기만 하면 된다는 걸 알기 때문에 즐겁고, 그러면 해나가 꼭 올 것이기 때문이라고 대답했다. 해나가 오면 둘은 함께 정원으로 나갈 것이고, 먹을 것을 찾아다닐 것이기에. 오리는 하루 종일이라도 해나를 기다릴 수 있다고 했다.

그럼 하루를 마치고 나면 왜 그렇게 자러 가기 싫어하니?

밤이 되면 당신이 가버리니까요.

하지만 여긴 안전해. 네겐 아무 일도 일어나지 않아. 우리 욕실은 타일 바닥도 따뜻하고, 문도 잘 닫히고, 창문에도 커튼을 쳤잖아. 여기서 일어날 수 있는 가장 나쁜 일이라고 해봐야 물을 쏟는 것 정도야.

나도 다 알아요.

그런데 왜 그러니?

음. 당신이 돌아오지 않을 수도 있으니까요.

내가? 오리야, 나야 당연히 돌아오지.

웃지 마세요. 오리가 말했다. 저 밖에는 나쁜 것들이 돌아다녀요. 가끔 현관문이 닫히는 소리가 들려요. 문밖에서 걸어가는 발소리가 들려요. 당신이랑 남자가 밖으로 나가서 밤이 반쯤 지날 때까지 돌아오지 않아요.

가끔 영화를 보러 가거나 외식을 하러 가지만 밤이 반쯤 지날 때까지 돌아오지 않는 법은 없어. 어쨌든 꼭 돌아오잖니. 앞으로도 항상 그럴 거야. 해나가 말했다.

하지만 가끔 무슨 일이 생기기도 해요. 오리가 수수께끼처럼 말했다. 나쁜 일이. 밤에요. 나쁜 일이 생겨서 당신이 돌아오지 못할 수도 있어요. 밤에 날 두고 가면 나는 당신을 다시 볼 수 있을지 없을지 모르는 채로 남아 있어요. 왜 나랑 같이 자지 않아요?

나는 위층에서 그 남자랑 자. 해나가 말했다.

나도 침대에서 함께 자면 안돼요?

흐음, 나는 괜찮지만 그 남자가 별로 좋아하지 않을 것 같구나. 그래도 물어보긴 할게.

여자는 깃털을 채운 베개와 이불을 떠올렸다. 그걸 만드느라 오리가 몇 마리나 죽었을까? 어떻게 죽었을까? 해나는 축 늘어진 오리, 또는 꽥꽥거리는 오리의 가슴에서 깃털을 잡아 뜯는 손길을 떠올렸다. 만일에 오리를 침대에 넣어준다면 오리가 자신을 배신자로 여길 것 같았다.

감당하기 어려운 정보

처음 털을 뽑을 때는 약 60그램이 나오고, 약 6주 후 두 번째로 뽑을 때는 100 내지 200그램이 나온다. 동물 보호 단체에서는 이렇게 반복적으로 털을 뽑으면 오리가 고통스럽기 때문에 잔인하다고 말한다. 죽은 오리를 65도 정도의 물에 2분간 넣어두면 털을 뽑을 수 있다. 오리털은 기계나 손으로 뽑는다. 깃털은 건조기에서 말린다.

가끔 정보를 너무 쉽게 얻을 수 있는 것도 문제라고, 해나는 노트북을 덮으면서 생각했다.

오리털의 시간

그날 밤 해나는 학회에서 막 돌아온 사이먼과 침대에 누워 있었다. 사이먼은 아이패드를 가슴 위에 올려놓고는 한 손으로 쥐고서 읽고 있었다. 다른 쪽 손은 옆에 펼쳐두고 있었고, 그의 따뜻한 손안에 든 해나의 손이 마치 여름날 연못에서 헤엄치는 오리처럼 느껴졌다. 최근 들어 해나는 무슨 생각을 하든지 오리와 관련이 된다는 생각을 하지 않을 수 없었다.

사이먼. 해나가 불렀다.

응?

오리털 이불을 덮고 오리털 베개를 베고 자는 게 불편했던 적 있어?

없는데. 사이먼이 졸린 목소리로 대답했다. 아주 편해. 내 침대로 돌아오니 기분 좋다. 호텔 침구는 느낌이 좋지 않아. 소독한 냄새도 나고.

아니, 내 말은, 생각해봐. 오늘 검색해봤는데. 오리가 살아 있는 동안에 계속해서, 6주쯤 후에 털이 자라는 족족 뽑아서 오리털을 만든대. 어떤 괴물이 우리 머리카락을 뽑는 거나 다를 바 없잖아.

꼭 그렇지만은 않아. 사이먼이 이렇게 말하자 해나는 그가 강의를 시작할 줄 알고 있었다. 전부 다 그런 건 아니야. 고기를 쓰려고 죽인 다음에 털을 뽑기도 해. 그러니까 염려하지 마. 그리고 솜털 오리의 털은 새끼들이 떠나고 나면 둥지에서 걷어 오기도 해. 요즘은 그런 것 잘 관리한다고.

그럼 당신도 확실히 불편했구나. 조사를 한 걸 보니.

2년 전에 새로 이불을 고를 때. 제일 좋은 오리털이 뭔지 찾았어. 그런데, 공룡 중에도 털이 난 것들이 있었던 거 알아? 사이먼이 덧붙여 말했다. 프랑스에서는 공룡 시대 솜털이 호박에 보존된 걸 발견했대. 그리고 10년 전쯤에 중국의 랴오닝 성이라는 곳에서 1억 2,400만 년 된 수각류 깃털 화석을 발견했고. 공룡한테 털이 보송보송 났다는 생각은 안 하잖아? 그 녀석들로 이불을 몇 개나 만들 수 있을까.

나 심각해. 기분이 좋지 않아.

나도 마찬가지야. 어떤 과학자들은 모든 조류가 앞에서 말한 수각류 공룡에서 진화한 것이며, 사실 그 자체로 공룡이라고 여긴대.

내가 하는 말마다 과학자들이 하는 헛소리랑 연결시키지 마. 당신은 정말 공부밖에 몰라. 현실을 회피하는 거라고.

말이 나왔으니 말인데, 나도 생각하고 있었어. 어머니가 돌아가신 지 넉 달이 됐어. 몇 년 만에 처음으로 자유로워졌잖아. 당신은 지쳤어. 정말로. 휴식이 필요해. 여행을 가자. 어디 좋은 데로, 해변의 오두막이라든가, 아니면 숲속이라든가. 와이히키로 가든가. 아니면 당신이 가고 싶은 곳이라면 어디든. 배를 타든, 비행기를 타든, 어쨌든 떠나는 거야.

해나는 남편의 손에서 손을 빼냈다. 나이 든 오리가 당황해서 날고 있다.

그럴 수 없어. 어떻게? 못해.

왜?

음. 그럼 누가……?

누가……?

사이먼이 무슨 말을 하려는 건지 물었다.

누가 오리를 봐줘?

사이먼은 침대에서 몸을 일으켜 침대 헤드에 기대앉았다. 그리고 말하기 곤란할 때마다 하는 짜증 나는 목운동을 하고 있었다. 해나는 몸을 돌려 사이먼을 쳐다보았다. 헝클어진 반백의 머리카락. 해나를 쳐다보는, 음모를 꾸미는 것 같은 두 눈. 턱을 감싼 수염. 은빛 수염 가닥은 전부 입가로 몰려 있었다. 어떤 생각이 이렇게 작위적인 대화를 꾸며내고 있는 것일까?

그리고 드디어 나왔다.

그건 다른 문제고. 다음 주에 해밀턴에서 또 회의가 있어. 사이먼은 아랫입술을 턱수염 위로 쑥 내밀었다. 오리는 티 아와무투에 데려갈 게. 전에 살던 연못으로. 거긴 다른 오리들도 있고. 당신이 오리를 잘 돌봐줬지만 오리도 같은 오리랑 사는 훈련을 해야지. 게다가 이제 다 컸잖아.

해나는 남편의 쭈그러진 살갗과 처진 팔을 보았다. 몇 년 지나면 그는 예순이 된다. 언젠가 우린 둘 다 죽을 텐데, 누가 먼저 떠날까? 해나가 생각했다.

휴가를 갈 수 없어. 해나가 말했다. 곧 크리스마스잖아. 모두 찾아올 거야. 할 일이 너무 많아. 그리고 또 편집 일이 있어. 지금은 여행을 갈 때가 아니야.

흠, 그럼 크리스마스 지나고 가지. 좀 있으면 크라이스트처치에서 계약을 할 수 있어. 함께 가자.

크라이스트처치에! 지진은 어쩌고?

지진은 이미 났잖아. 이제 끝났어. 뭐, 여진은 좀 남았지만. 매기랑 토비랑 함께 지낼 수도 있어. 참, 오리는. 다음 주에 티 아와무투에 오리를 데려다줄게.

아직 그럴 때가 아니야.

해나는 침대에서 일어났다.

어디 가?

화장실에. 해나가 말했다.

하지만 욕실로 내려간 해나는 어둠 속에서, 상자 안에서 자고 있는 오리 곁에 앉아 있었다. 한참 뒤 해나가 돌아왔을 때 불은 꺼져 있고 남자는 자고 있었다. 내가 먼저 죽는다면, 해나는 밤새 텅 빈 뼈와 슬픔에 저린 가슴을 안고서 정처 없이 둥둥 떠다니는 기분으로 생각했다. 오리를 누가 돌보지?

하지만 남자가 먼저 죽는다면 적어도 오리가 해나를 돌봐줄 것이다.

예감

오래전, 어두운 방. 침대 옆 창문은 두꺼운 커튼이 드리워져 있었다.

해나는 할머니 집에서 지내고 있었고, 오후에 낮잠을 자고 막 일어난 참이었다. 밖에서는 갈매기 소리가 요란하게 들려왔다. 해나는 일어나 앉았고, 주위에는 시골 풍경 같은 더블베드에 실크 솜이불이 언덕과 계곡처럼 구불구불 펼쳐져 있었다. 통통한 손가락으로 한쪽 구석에서 비집고 나온 조그만 줄기를 자꾸만 잡아당겼더니 구멍에서…… 깃털이 나왔다! 깃털은 마치 연기처럼 해나의 숨결에도 춤을 추었다.

할머니가 방으로 들어오더니 해나를 안아 침대 밑에 놓아둔 변기에 앉혔다. 오줌을 누지 못했지만, 해나를 일으켜 세운 뒤 할머니와 해나는 함께 텅 빈 변기를 들여다보았다. 보드라운 깃털이 거기 있었다.

"봐요, 할머니. 깃털을 눴어요." 해나가 말했다.

"아이구, 예쁜 것!" 할머니는 이렇게 외치며 해나를 꼭 끌어안았다. 그리고 그 이야기는 그 방에서 다른 방으로, 다른 곳으로 전해졌다. 그 이야기는 자꾸만, 자꾸만 반복되었고 늘 웃음을 자아냈다. 이 일을 통해 어린 해나는 재미있는 말을 하면 즐겁다는 것을 경험하고 이해했다.

해나가 지금 와서 생각해보니 오리에게서 나온 깃털 덕분에 그것을 깨달았던 것이다. 그리고 오랜 세월이 흐른 뒤, 다리 달린 깃털 뭉치 한 마리가 여전히 자신을 즐겁게 해준다는 사실이 신기했다.

제4장

여자의 분석

오리는 그저 오리, 보송보송한 오리, 같은 종의 여느 오리들처럼 어릴 때는 노란 솜뭉치 같은 통칭 오리였다. 솜털은 차츰, 정해진 일정에 따라서 다운과 깃털로 바뀔 것이다. 오리한테 중요한 것을 하나도 안 가르쳤어도 녀석은 모기를 보면 잡으려 하고, 깃털을 다듬고, 진흙탕과 땅에 부리를 넣어 지렁이 찾는 법을 깨우쳤다. 무리와 헤어진 오리라면 어떤 사람, 어떤 동물을 상대로든 그랬겠지만, 해나는 녀석의 어미로 각인되었다.

그래서 둘 사이의 유대감은 전혀 특별한 것이 아니었다. 차라리 흔한 것이었다. 해나가 멀리 가거나 다시 보일 때면 불안하게 삑삑거리며 울기 때문에, 자꾸만 녀석을 지켜주고 싶은 마음이 들었다. 자연의 훌륭한 배려였다. 세상의 모든 할머니나 어머니가 손자나 아이에게 느끼는 감정처럼, 다음 세대가 다치지 않도록 지켜주기 위한 애정, 또는 이름 모를 감정이 우리에게 깊숙이 새겨져 있는 것이다.

지구상의 가장 평범한 어머니들 눈에 아기는 너무나 귀엽고 사랑스러운 존재다. 이는 너무나 보편적인 사실이라서 이에 대한 표현조차도 진부할 정도다. 사랑이란 생화학적 또는 전자기적인 반응일 뿐이었다. 어쩌면 그것은 내분비 체계의 변화를 통해 측정할 수 있는지도 모른다. 아니면 혈액을 통해서라든가. 아니면 둘 사이의 공기라든가.

그러니 새끼 오리도 마찬가지였다. 해나는 자연의 여신에게 속아 엉성하고 감상적인 계략에 말려들고 만 것이었다.

홍역(그리고 감기나 배탈, 파킨슨병)에 걸렸을 때처럼, 징후와 증세, 질병의 시작과 기간, 후유증 등은 대개 예측 가능하며, 그 정도나 부작용은 개인에 따라 다양하다. 차이는 당시 병에 걸린 사람의 상태에 따라서 결정되었다. 모든 질병은 대체로 비슷하게 진행되었다. 모든 질병은 숙주에 따라 각기 다른 정도의 몇 가지 단계를 갖고 있었다.

해나는 오리에게 숙주였다. 그것만은 확실했다. 해나는 병에 걸리듯 오리한테 걸려들었다. 그것은 의학백과에도 나오지 않는 병이었고 해나는 자신이 어느 단계인지, 불치병인지 아닌지 알 수 없었다. 게다가 부작용이 무엇인지 아는 이도 없었다.

파킨슨병

해나의 어머니는 파킨슨병에 걸렸다. 시간이 흐를수록 몸에서 유연함이 사라지고 손가락이 굳었고, 글씨는 아주 작아졌으며, 어머니 혼자서 단추를 채우지 못하게 되었다. 그리고 자유롭게 그림을 그리는 것이 점점 더 힘들어졌다. 처음에 어머니를 동정하긴 했어도 해나도, 어머니의 친구들도 그것이 얼마나 힘든지 사실 이해하지 못했다.

위로는 좋은 뜻에서 한 것이었다. 부정적인 생각은 하지 마세요. 그냥 하면 된다니까요.

하지만 그렇게 되지 않는다고, 어머니는 대답하곤 했다. 붓을 캔버스에 댈 수는 있지만, 머리랑 종이 사이에 뭔가 문제가 있어. 도저히 예전처럼 그릴 수가 없다니까.

결국 자꾸만 넘어지는 것 때문에 어머니는 어쩔 수 없이 호크스베이에 있는 자기 집에서 오클랜드에 있는 해나와 사이먼의 집으로 옮겨 왔다. 마치 밀물이 들어오는데 꼼짝 못 하고 갇혀버린 다친 갈매기처럼 밤새 세면대에 물이 넘쳐 쓰러진 어머니를. 거실의 카펫이 젖어 있었다. 우연히 수건이 거기 있었던 것인지, 아니면 겨우 끌어당길 수 있었던 것인지, 어머니는 머리에 젖은 수건을 베고 있었다. 아침에 어머니는 샤워를 도와주러 온 봉사자에게 발견되어 멍투성이로 덜덜 떨며 구급차를 타고 병원으로 갔고, 폐렴에 걸렸다. 어머니는 결코 집으로 돌아가지 못했는데, 그래서 매우 속상해했다.

바다에 데려다주렴. 어머니는 해나에게 청하곤 했다. 바다에 데려가주면 바다로, 계속, 계속, 계속 걸어가고 싶구나. 정말이야. 그러는 게 모두에게 좋겠다.

아니, 숲속 어디 좋은 곳에 데려가서 거기 두고 오렴. 애야, 진짜야. 자연에 에워싸여 간다면 좋겠구나.

하지만 대신 어머니는 고향 친구들과 헤어져, 어떻게든 움직여보려고 발버둥치는 몸을 꽁꽁 묶인 채로 3년을 더 살았다. 마치 나중에 잡아먹으려고 붙잡아놓은 벌레처럼.

도무지 찬찬히 생각할 수가 없구나. 어머니는 이렇게 말하곤 했다. 미치는 건가 봐. 네가 알려줄 거지, 그렇지, 해나? 네가 말해줄 거지?

당연하지. 해나는 어머니를 꼭 안아주며 안심시켰다. 하지만 엄마는 미친 게 아니야. 절대 아니야.

사실이었다.

가끔 해나가 프림로즈 힐에 가보면, 어머니는 고개를 젖히고 입을 벌린 채, 잠가놓은 피아노 위 항아리의 시든 꽃처럼 멍한 눈으로 앉아 있곤 했다. 아니면, 어머니는 푸석푸석 부은 얼굴로 낯익은 것을 찾아 두리번거리며 불안해했다. 어머니 주위의 라운지에는 다른 노인들이 의자에 앉아 고립된 상태를 체념하거나, 또는 연못 건너 굶주린 청둥오리처럼 늙고 갈라진 목소리로 꽥꽥거리며 친교하고 있었다. 도와줘. 도와줘. 도와줘어어어.

하지만 해나가 씩씩하게 들어서며 노인들 한 사람, 한 사람에게 밝은 목소리로 인사하면, 모두 자기 이름을 듣고 정신을 차렸다. 그것은 인생이라는 수트케이스의 손잡이에 붙은 이름표이자, 자신의 정체였다. 그들은 자신이 누구인지 상기되는 것이 반가웠다. 그들이 아기 때부터, 선생님으로부터, 속삭이는 연인으로부터, 적으로부터, 출석을 부를 때, 항상 들었던 이름이고, 이 이름이 그들의 발가락에 꼬리표로 붙을 것이다. 자녀들만이 그 이름을 쓰지 않았다. 아이들에게 그들은 모두 엄마, 어머니, 아빠, 아버지였지만 그 역시 그 어떤 이름보다 그들을 정의해주는 말이었다. 그들의 지위, 그리고 무엇보다도 유일하고 영원한 관계를 정의하는 말이었다.

그리고 해나의 어머니 얼굴도 딸을 보자마자 살아났다. 해나가 익숙한 세상과의 연결 고리였기 때문이다. 어머니가 전에 알던 사람을 이야기해도 간호사들은 무슨 이야기인지 알아듣지 못했다. 또는 간호사가 어머니의 생각의 흐름을 지켜보고 있다는 듯, 예전에 있었던 일을 불쑥 끄집어낼 때도 마찬가지였다. 해나가 오면 어머니를 전혀 알지 못했던 사람들에게 마치 고목에서 떨어지는 낙엽처럼 떨어져나가는 알 수 없는 말들이 가치를 갖게 되었다. 해나는 그 낙엽이 어느 가지에서 떨어졌는지 알기 때문에 잎 하나하나는 의미를 가지게 되었다. 해나는 이제 구부러진 어머니의 삶을 끌어안았다.

그리고 낙엽 하나하나는 대화로 들어가는 암호를, 방으로 들어가는 수단을 지니고 있었다. 모든 문이 끼익 하고 열리면 그들은 함께 그 안에 앉아 어머니 인생에 등장했던 사람들에 대해 이야기했다. 결국 약물로 인한 환각으로 정신없어지고, 병이 어머니의 사고를 뒤죽박죽으로 만들어놓고, 생각 역시 묶어버렸을 때까지.

테드가 누군가요? 어느 날 해나가 어머니에게 식사를 떠먹이고 있는데 간호사 한 명이 물었다. 간호사는 다른 쪽 식탁에 앉아 다른 환자에게 식사를 떠먹이고 있었다.

테드는 아버지예요. 엄마의 남편. 아버지는 몇십 년 전에 돌아가셨어요. 왜요?

아, 그렇군요. 남편이시군요.

왜요? 아버지 이야기를 하셨어요?

어머니는 그들 사이에 앉아 해나가 수프를 숟가락으로 떠 올리자 새처럼 입을 벌렸다.

어머니께서 오늘 아침에 그분을 찾으셨어요. 침대에서요. 간호사가 말했다. 해가 뜰 무렵에, 침대에 누워서 찾으셨어요. 막 소리를 지르신 건 아니고, 조용하게, 이상하다는 듯. 왜 그분이 여기 안 계신지 모르겠다는 것 같았어요. 작은 소리로 부르시면서, 어디 계시냐고 하셨어요.

다른 이름을 가진 오리

여자는 어느 날 밤, 세면대에서 오리를 씻기고 있었다. 여자는 욕조 가장자리에 걸터앉아 따뜻한 물을 오리에게 끼얹어주었다.

오리야. 해나가 말했다. 내가 생각해봤는데. 아직 이름을 안 지어줬네.

오리는 해나의 손안으로 들어왔다. 이름은 벌써 있잖아요. 오리의 미끈미끈한 단풍잎 같은 발이 세면대를 쓸었다. 해나는 손을 모아 오리를 안아 올린 뒤, 준비해놓은 수건으로 감싸주었다.

벌써 있다니? 해나는 화가 났다. 사이먼의 고모, 클레어가 이름을 지어주었단 말인가? 네가 잘 모르는 모양이구나. 해나가 말했다.

잘 안다니까요.

그럼? 설마 '오리'라고 하는 건 아니겠지. 그건 네 이름이 아니라 네 종류니까.

전 저예요. 오리가 말했다.

짜증 나게 굴지 마. 해나가 말했다.

짜증 나게 구는 건지는 모르겠지만, '짜증'은 제 이름이 아니에요.

그래, 그럼 뭔데.

왜 알고 싶어 하세요?

널 불러야 할 수도 있잖아. 앞으로 서로 헤어지게 되면 널 불러야 할 수도 있으니까.

우린 절대 헤어지지 않아요.

네 이름을 알고 싶어. 부탁이야, 오리야. 말해줘.

새끼 오리는 대답하지 않았다. 오리는 수건에 몸을 편안히 감싸고
부리를 까닥거리며 눈을 감았다.

이곳에 살지 않는 사람

해나는 다른 오리들 사이에서 자기 오리를 알아볼 수 있다는 확신을 얻고 싶었다. 하지만 그럴 수 있을까? 게다가 오리는 자신이 그들과 같다는 것을 알 수 있을까? 오리는 해나와 있을 때 덜 외로울까, 아니면 오리 무리 사이에서 외톨이로 있을 때 더 외로울까?

타인을 인식하고 타인으로부터 인식되는 과정은 사회의 일부, 무리의 일부로서 소속감을 느끼는 데 반드시 필요했다. 인식은 자신의 존재를 참고해서 이루어지는 일이었다. 어머니를 말기 단계에 낯선 사람들 틈에서 지내게 하다니, 참 부당한 일이었다. 어머니는 곧바로 개성도 과거도 없는 '노인'이 되어버렸다. 거기서 근무하는 사람들에게 어머니의 삶은 어머니가 들것에 실려 구급차를 타고 들어오는 순간 시작되었다. 과거에 알았던 사람이 아무도 없으니 어머니는 전형적인 노인이 되어버리고 말았다. 아무것도 없이.

노년의 익명성은 죽음과 함께 찾아오는 소멸로 가는 과정 또는 그 준비였다.

해나가 프림로즈 힐 식당으로 어머니를 만나러 갔을 때, 작은 소동이 벌어진 적이 있었다. 도우미는 당직 중인 간호사 미나를 불러 저녁 식사 중인 할머니 한 사람을 봐달라고 했다.

한국에서 지낼 때 자기 어머니를 참 싫어했다고 해나에게 말한 적이 있었던 미나는 할머니를 한번 보더니 걱정할 것 없다고 했다.

아니, 아니에요. 괜찮아요. 전에도 봤는데 괜찮아요. 아무 문제 없어요.

도우미는 여전히 염려스러운 표정으로 노인을 자세히 살피며 옆에 앉아 있었다.

이것 좀 봐요! 눈이랑 입술 좀 봐요. 도우미는 딱히 누구에게랄 것도 없이 중얼거렸다. 해나는 식당 건너편의 세면대에서 손을 씻는 척하면서 노인을 직접 살펴보았다. 소심한 눈빛으로 라운지 의자에서 세상을 살피던 작은 새 같은 노인이었다. 해나는 종종 그녀에게 말을 걸어보았지만 별로 반응이 없었고, 그런 이유에서 그 노인의 이름을 기억할 수 없었다. 손님이 찾아오는 일도 거의 없었다. 이따금 풍선 두드리기 게임을 할 때면 작은 새 같은 노인은 무표정한 얼굴로 놀랄 만큼 열심히 주먹으로 풍선을 내리쳤다.

그런데 바로 그 노인이 작은 얼굴에 여전히 멍한 표정을 지은 채로 앉아 있었다. 평소처럼 소심한 모습이었다. 하지만 도우미는 염려가 되었고, 아무도 자신의 염려에 신경 쓰지 않는 것에 화가 났다.

바로 그때 구토가 시작되었다. 어머니와 함께 앉아 있던 해나의 자리에서 듣기에 그 소리는 마치 사람이 물에 빠졌을 때 내는 소리 같았다. 도우미는 다시 도움을 청했고 미나는 돌아왔다.

침대에 눕히세요. 미나가 말했다. 그래서 노인은 휠체어를 탄 채 식당에서 침실로 밀려갔다.

미나가 지나갈 때 해나가 무슨 일이냐고 물었다.

오, 그냥 자꾸자꾸 경련을 일으키는 거예요. 그것뿐이에요. 미나가 대답했다.

이유는 알 수 없었지만, 해나는 노인이 죽을 거라고 확신했다. 실제로 그랬다. 이튿날 아침, 해나가 볕이 드는 바깥에서 어머니의 식사를 돕고 있을 때, 미나가 그 소식을 알렸다.

다음 날 신문에 부고가 났다. 거트루드 에설 윌리엄스. 그녀는 90세였고, 부고에는 자녀와 손자, 증손자 이름까지 실려 있었다. 자녀들이 많았다. 하지만 해나는 그중 한 명도 보지 못했다. 어쩌면 그들도 모두 뒷마당에 조용히 모여 있는 소심한 새일지도 몰랐다. 신문 부고에서 한 사람의 삶은 한 줄로 요약되었다. 90세에 그녀는 발밑에 아무것도 남지 않을 때까지 나뭇가지 끝에서 뛰어다녔다. 날개를 받쳐주는 바람도 없었다. 그리고 이제 그녀는 사라졌다.

이제 어머니도 사라졌다.

외로운 바다와 하늘

바다에 가자. 어머니가 말했다.

해나는 식탁에 앉아 일하고 있었다. 어머니는 편한 의자에 앉아 창밖을 내다보고 있었다. 어머니는 발치에 놓인 빨래 바구니에서 수건과 행주를 꺼내 갠 다음, 옆의 커피 테이블 위에 가지런히 놓으려고 애썼다. 잘되지 않았다. 네모나게 접을 수가 없었다. 수건을 가지런히 쌓을 수도 없었다.

밤새 태풍이 지나가 데크는 빗물에 젖었고 낙엽과 나뭇가지, 목련꽃이 여기저기 떨어져 있었다. 나무들은 이제 거의 움직이지 않았다. 땅이 또다시 공격당하는 것이 두려워 아무도 모르게 가만히 숨만 쉬고 있는 것 같았다.

그날은 월요일이었고, 해나는 어머니를 돌보면서 이런저런 일들을 처리해야 할 바쁜 한 주를 어떻게 보낼지 생각하고 있었다. 그건 단순히 차를 타고 해변으로 휙 달려가는 문제가 아니었다. 화장실을 다녀오고, 옷을 겹겹이 껴입고, 꼭꼭 감추어둔 핸드백을 찾고, 차까지 느릿느릿 조심해서 걸어가고, 차에 겨우 올라타고, 도착하면 다시 내려야 했다.

너무 춥지 않을까요? 해나가 말했다.

너무 갑갑하고 덥구나. 그냥 바닷가에 가고 싶어.

해나는 노트북을 덮었다. 어머니가 부탁을 하는 것은 자주 있는 일이 아니었다.

두 사람은 보트가 묶여 있고, 또 바다를 향해 쭉 뻗어 있는 갑에 쉽게 닿을 수 있는 작은 주차장으로 들어갔다. 태풍이 지나간 뒤라 바다는 여전히 일렁이고 있었다. 해나는 보온병에 담은 차와 케이크 두 조각을 준비해 왔고, 어머니가 차 안에 앉아 있는 것으로 만족하기를 바랐다. 바다는 추운 밤의 모닥불처럼……, 바라보고 있노라니 아련한 추억이 떠오르면서 마음이 편안해졌다. 해나는 갈매기에게 주려고 오래된 빵도 가져갔다.

하지만 두 사람은 겨우 차에서 내려 바위 쪽으로 갔다. 어머니는 보행기가 싫다고 했다.

그냥 널 잡을게.

해나는 어머니를 부축해 야트막한 콘크리트 담으로 가서 거기 앉자고 했지만 어머니는 더 가보자고, 바위가 끝나고 바다로 이어지는 곳까지 가보자고 했다. 밀물이 바위 주위를 철썩이고 있었다. 어머니는 자신을 붙잡으려는 해나의 반응에 짜증이 섞인 손사래를 치면서 팔을 빼고 걸어갔다.

바닷바람 좀 쐬자꾸나. 어머니가 말했다. 저 파란 물을 보렴. 파란 하늘이랑…….

어머니는 한 발자국을 더 내딛다가 엎어졌다. 해나는 비명을 지르며 붙잡았고, 어머니가 바다에 빠지는 것은 막아냈다. 하지만 어머니가 신음 소리를 내며 바위에 부딪쳐 머리에서 피가 나고, 팔을 접질리는 것은 막지 못했다.

해나는 어머니 머리 밑에 손을 넣어 일으켜 세우려고 했지만, 꿈쩍도 하지 않았다. 조깅을 하던 사람이 도와주러 달려왔다.

구급차가 도착했을 때, 어머니는 겨우 정신을 차렸다.

아직 죽은 거 아니니? 어머니가 말했다.

그리고 병원에서 회복한 뒤 의사들은 어머니가 프림로즈 힐 양로
원으로 옮기는 것이 좋겠다고 결정했다. 그곳에서 어머니는 날마다
같은 질문을 이렇게, 또는 저렇게 물었다. 언젠가 어머니가 찾던 대답
을 얻은 날까지.

제5장

신의 손

해나는 나무에 등을 기대어 어른어른한 그늘 아래 앉아 무릎에 올려놓은 원고를 찬찬히 읽고 있었다. 더위에 머릿속이 멍해졌다. 밀식조 두 마리가 하늘에서 푸드덕거리고 있었다. 새끼 오리는 뒤로 발 한쪽을 내밀고 앉아 있었고, 발바닥은 보드랍고 뽀얀 손바닥과 너무나 닮아 있었다. 스펀지처럼. 오리는 자신에게 사람과 비슷한 점이 있다는 것을 드러내고 있었다. 발바닥이 사람 같았다. 해나는 신을 향해 손을 내미는 아담의 탄생을 그리던 미켈란젤로를 떠올렸다. 하지만 해나가 발에 손을 대자 오리는 재빨리 발을 치웠다.

저기요. 오리가 말했다. 왜 날 찌르는 거죠?

미안해. 해나가 말했다. 그냥…… 네 다리가…… 발도. 예전에는 참 작았는데.

이제 다리는 커다란 파충류의 다리처럼 별개의 존재로 느껴졌다. 그것은 지금의 오리보다 훨씬 더 큰 것을 떠받칠 수도 있을 것 같았다. 거미줄 같은 무늬가 새겨진 발가락과 뾰족한 발톱은 오리가 더 많이 돌아다녀서 예전처럼 날카롭지는 않았다.

사이먼은 새의 굴근 힘줄*에 대해 이야기해 주었다. 그는 그 힘줄이 허벅지 근육에서 (앞이 아니라 뒤로 구부러지는) 무릎을 지나고, 또 다리를 따라 발목과 발가락 밑까지 이어진다고 설명했다. 새가 쉬고 있을 때는 체중 때문에 무릎이 구부러지는데, 이것이 힘줄을 당겨 발

---

* 몸을 굽히는 데 사용되는 힘줄.

톱으로 꽉 움켜쥐게 되었다. 그것이 워낙 효과적이라 새들은 횃대를 붙잡은 채로 죽어 있기도 한다고 했다.

날마다 해나가 오리의 몸을 자세히 살폈지만, 변화는 마법처럼 계속 일어났다. 밤새 다녀가는 선생님의 도움과 함께, 능숙한 손길만이 가능하게 할 수 있는 일이었다. 전에는 오리가 어땠는지 기억이 나지 않았다. 가령, 이런 변화가 언제 생겨났을까?

- 옆구리를 따라 생겨난 화려한 깃털
- 통통하고 흔들거리는 꼬리에 자라는 진짜 깃털
- 작은 대칭 모양으로 새로 돋는 털과 그 앞에 생겨난 삼각형 모양
- 노란 솜털을 대신하는 조밀한 털
- 금빛의 크루커트*
- 귀가 있는 자리에 새로 자라난 털
- 다리는 물론이고

마치 물속에 용해되듯이 예전 오리의 모습은 곧 기억 속에서 사라졌다. 해나는 오리가 예전에는 작고 보송보송했던 것을 기억하지만 그 모습과 현재의 오리를 연결시킬 수 없었다. 새끼 오리는 새로운 날이 밝으면 사라지는 꿈이자 망각 속으로 흩어지는 과거였다. 영원히.

---

* 짧게 깎은 머리 모양.

잊지 않도록

어제 해나는 오리의 발가락 하나에 금이 간 것을 보았고, 좀 더 살펴보자 작은 발톱 하나가 떨어져 나왔다. 해나에게 숨을 쉬라고 알려주는 작은 쉼표처럼 생긴 것이었다. 도시 아래 하수구를 헤엄쳐 바다로 나아가는, 태어나지 못한 아기처럼 생긴 작은 쉼표. 그 아이는 파도 사이를 얼마나 떠다니다가 본래의 원소로 돌아갈까?

아이들의 발소리

하이킹 모임이 있은 지 5주째였다. 해나와 사이먼은 녹색 시트와 모직 담요 세 장, 그리고 사이먼이 호주 할머니 댁에서 가져온 오리털 이불이 깔린 싱글베드에 누워 있었다. 방에는 성에 낀 창문 아래 책상이 하나 있었다. 창밖으로는 젖은 나무 울타리와, 현관문에서 집 주위를 돌아 위층에 사는 집주인이 쓰는 출입구로 이어지는 작은 길이 내다보였을 것이다. 방 한쪽에는 옷장으로 연결되는 슬라이딩 도어가 있었다. 벽에는 언덕 위에 나무 한 그루가 서 있는 사진 액자(그의 것이 아니었다)와 뭔가 복잡한 공학 설계도(그의 것이었다)가 걸려 있었다. 화장실 겸 욕실은 방을 나가서 복도에 있었고, 카펫이 깔린 계단을 올라가면 주인집과 연결되는 문이 잠겨 있었다. 방은 두 사람이 옷을 벗기에 충분히 넓었지만 딱 그 정도였다. 둘은 옷가지를 책상에서 밀려나와 있는 의자에 던져놓았다.

해나는 이 장면이 마치 어제 일인 양 생생하게 기억났다. 집주인의 아이들이 위층 거실에서 내던 쿵쿵거리는 소리가 아직도 귓전을 맴돌았다. 멀리서 들려오던 소리와 라디오 또는 텔레비전에서 나던 소리도 들리는 것 같았다. 창문을 때리는 빗소리도 들렸다. 침대에서 일어날 필요 없이 천장에서 늘어진 줄을 당겨 불을 켜고 끌 수 있었다.

해나가 팔을 베고 누워 있을 때, 사이먼은 해나의 머리를 쓰다듬었다. 해나는 이번에는 베개를 가져왔다. 담요 아래 그의 몸에서 풍기는 따뜻하고 섹시한 느낌이 코끝에 전해졌다. 한동안 만나지 못했지만 해나는 그가 첫날 밤, 할 이야기가 있다고 한 말을 생각하고 있었다.

해나는 더 이상 그게 궁금하지 않았다. 그 생각이 날 때마다 말도 안 되는 두려움이 배 속을 죄었다. 그날 아침 두 사람 사이에 그 이야기가 나올 때가 되었다는 긴장감이 감돌고 있었다. 해나는 사이먼에게 다가가 맨몸을 그의 몸에 꼭 붙였다. 오리털 이불을 머리 위로 끌어당기고 해나는 이렇게 생각했다. 여기가 내가 사는 곳이야. 이보다 더 깊이 들어갈 수는 없어. 여기서 절대 움직이지 않을 거야. 여기서 살다가 죽을 거야. 다시는 먹지도 마시지도 않을 거야. 내게 필요한 영양분은 바로 여기, 이 순간에 있으니까. 이불 위로 고개를 들면 나는 잡아먹히고 말 거야.

사이먼이 부드럽게 이불을 걷었다. 그는 고개를 돌려 해나의 이마에 키스했다.

해나. 사이먼이 부르자 해나는 기다렸다.

그러더니 사이먼이 말했다. 해나, 사랑하는 해나. 왜 우는 거야?

침대 옆에서

이따금 해나는 프림로즈 힐에 찾아가 어머니를 차에 태우고 드라이브를 하곤 했다. 그럴 때면 해나는 바다를 마주한 보트 정박장에 차를 세웠다. 해나는 주위에서 끼룩거리는 갈매기들을 향해 창문으로 오래된 빵을 던져주었다. 다음번에는 쿠션을 가져와 어머니가 좀 더 편안히 앉을 수 있도록 해줄 생각이었다. 무너져 내리는 몸을 가눌 힘조차 없었던 어머니는 차창 너머로 겨우 드넓은 모래사장을 내다볼 수 있었다. 어머니는 갈매기들에게는 눈길을 주지 않았다.

한참 뒤 어머니는 거의 들리지 않는 소리로 중얼거렸다. 무서웠어. 그 아기는 정말 무서웠다.

해나가 묻자 어머니는 공포에 질린 얼굴로 고개를 돌렸다.

그 아기 일을 모르니?

응. 무슨 말이에요, 엄마?

네 아기가 죽었잖아.

난 애가 없잖아요, 엄마. 해나는 이렇게 말했지만, 순간 가슴에 얼음 덩어리가 닿는 기분이었다. 갈매기들이 싸우며 차 보닛을 긁었고, 깃털과 날개와 부리가 한데 엉켰다.

그래, 그렇지, 이젠 없지. 죽었으니까.

엄마, 무슨 말을 하는 거예요?

어제 아기를 봤어. 어젯밤에 있었던 일이야. 아기가 물에 빠졌는데, 내가 잘못해서 그렇게 된 거야. 너도 알아야 한다. 내 잘못이었어.

아냐, 엄마. 엄마가 꿈꾼 거예요. 말도 안 되는 소리야. 그만해요.

자. 너는 해나지. 너의 남편은 사이먼이고. 나는 여왕님이랑 프림로 즈 호텔에 살아. 파킨슨병에 걸렸고.

음, 그래요. 다 맞는 말이에요. 좋아요, 엄마. 하지만 그건 틀렸어.

그럼 알겠지. 다른 게 맞으면 그 말도 맞아. 네 아기가 죽었는데 내 잘못이야.

엄마. 엄마, 쉿. 그렇지 않아요. 내가 알아요.

해나는 어머니의 머리, 관자놀이, 이마를 쓰다듬으며 어머니의 엄 청난 걱정을, 무시무시한 혼란을 달래주려고 했다.

내가 들었어. 어젯밤에. 모두 내 침대 주위에 둘러서서 나를 쏠 건 지 말 건지 의논하고 있었어. 내 눈앞에서 모두 결정을 내리고 날 쏴 야 한다고 했어. 그러다 난 잠이 들었어. 아직 살아 있을 때.

하지만 엄마, 지금도 살아 있잖아요.

어머니는 불안 가득한 모습으로, 화를 내며 해나를 쳐다보았다. 어 머니는 다시 창밖을 내다보았다.

우리 집안에 내려오는 정신병이 있단다. 너도 알아두어야 해. 전부 터 네게 말해주려고 했었어.

그러더니 어머니는 이렇게 덧붙였다. 저 갈매기들 좀 봐라.

비밀의 전달

어머니가 울고 있었다. 싱크대 위로 몸을 숙이고, 흐느끼고 있었다. 싱크대는 어머니의 눈물로 가득했고, 어머니의 팔 주변은 거품이 팔찌처럼 둘러져 있었으며, 난파된 배의 파편처럼 찻잔과 접시가 둥둥 떠다니고 있었다. 학교에서 돌아온 해나가 달려오자 어머니는 벌떡 일어나 그날 남은 기력을 모두 끌어내 진정했다. 해나는 어머니의 풍성한 스커트를 꼭 끌어안았다.

엄마. 왜 그래요?

아냐. 어머니가 말했다. 어머니는 코를 훌쩍이고, 소맷자락으로 얼굴을 닦아 뺨에 비누 거품 자국을 남겼다.

미안. 어머니는 숨을 크게 들이쉬고 힘을 냈다. 아무것도 아냐.

세월이 흐른 뒤 해나는 어머니에게 그 사건을 이야기하면서 조심스레 무슨 일로 슬퍼했는지 물었다. 어머니는 그 일을 기억하지 못하는 척했다. 해나는 그 말을 믿지 않았다. 해나는 사람들과, 또 그들이 사생활이나 괴로운 기억을 지킨다는 명목으로, 혹은 믿음을 깨뜨려 세상에 일으킬 파장을 막는다는 명목으로 어두운 기억 속에 꼭꼭 묻어놓는 비밀이 궁금했다.

어머니의 친구와 동료, 가족들이 세상을 떠날 때마다 어머니의 개인사를 이루는 사실 전체로부터 나뭇가지들이 하나씩 부러져 과거의 잔해 속으로 떨어져나갔다.

결국 이 세상에서 어머니와 어머니의 삶을 가장 잘 아는 사람은 해나가 되었다. 그리고 해나가 아는 것은 일부에 불과했고, 해나의 시각

에 맞추어진 것이었다. 해나가 인식하는 어머니는 해나의 점점 믿을
수 없는 기억력에 달려 있었다.

그래서 지금도 어머니의 존재 가운데 얼마 남지 않은 잔재조차 점
점 사라지고 있었다. 몇 가지 기념품이나 사진이 징표가 되겠지만 설
명이 없다면 그것들도 무의미해질 것이다. 곧 어머니의 존재는 사라
질 것이다. 어머니의 일생, 어머니의 사적인 정보와 데이터는 엉덩이
를 맞은 말 옆구리에 끼워진 것처럼, 완전히 보이지 않게 될 때까지
사막을 가로질러 달려가버리는 것이다. 그것이 사라졌음을 알리는 흙
먼지조차도 곧 가라앉을 것이다.

어머니의 손자들, 지금 런던에 사는 매기의 아이들에게는 어머니
의 유전자를 계속 남길 기회가 아직 있었다. 그것이 아니라면 어머니
의 그림, 어머니가 보고 물감으로 표현한 그것만이 존재하게 될 것이
다.

얼마 전 사이먼이 말했듯이 지구상에는 30억 년 이상 생명체가 살
았다.

현생인류는 호모 사피엔스의 형태로 약 20만 년 정도 살았다.

특정 인간이 태어나 죽을 때까지 산 기간은 연대표에서 점 하나의
자리도 차지하지 못할 것이다. 어느 날 오후의 영문을 알 수 없는 울
음은 참새가 지저귀는 소리 정도의 의미밖에 지니지 못했다.

통제력 상실

오리가 새로운 것을 먹기 시작할 때 해나는 그것을 알아차리곤 했다.

가령, 하루의 기록이 될 수도 있을 것이다. 민들레 잎 하나, 지렁이 하나, 작은 딱정벌레 하나, 손으로 준 사료. 그녀는 오리가 처음으로 잎 하나를 다 먹었을 때 감탄했다. 비록 잘게 부순 것이기는 했지만. 차츰 오리가 먹이를 찾으러 나가서 먹은 것들이 점점 더 많아졌다.

그리고 오늘, 해나는 오리에게 커다란 달팽이를 열둘 내지 열다섯 마리쯤 던져주었다. 오리는 양털을 쓴 어릿광대마냥 뒤뚱거리며 달팽이를 따라갔다. 입으로 쑥 들어가기만 하면, 커다란 달팽이는 하나하나 고층 빌딩의 승강기를 탄 것처럼 오리의 목구멍으로 미끄러져 내려갔다. 오리는 먹이와 사료를 열심히 먹어치웠다. 해나를 따라 걸어다니며 찾은 먹잇감과 그사이에 우적우적 씹어 먹은 풀잎은 말할 것도 없었다. 그리고 몇 시간 뒤, 그 증거가, 그 모든 것이 변한 물컹한 덩어리가 녀석의 뒤로 툭 떨어졌다.

위엄의 오만

해나는 하루 종일 외출했다. 회의를 하고, 다른 자잘한 일거리를 처리했으며, 호크스 베이에서 찾아온 어머니 친구의 휠체어를 밀고 켈리 탈턴의 수족관에 가서 물고기와 상어, 게와 펭귄이 들어 있는 수조 앞을 돌아다녔다.

집에 돌아온 해나는 곧바로 정원 끄트머리로 가서 오리에게 인사하지는 않기로 했다. 그렇게 하면 저녁 시간 내내 오리와 함께 있어야 한다. 식사를 준비하고 회의 보고서를 쓰러 가야 하는데 오리에게 이제부터 함께 있을 거라는 헛된 희망을 심어주고 싶진 않았다. 해나가 저녁 식사를 준비하는 동안 오리가 발치에서 철퍽철퍽 돌아다니고, 그날 먹은 것을 바닥에 싸놓고, 자신이 주방 아일랜드 너머로 사라질 때마다 놀라 꽥꽥거릴 것을 생각하니 기운이 빠졌다. 해나는 끊임없이 오리를 따라다니며 뒤치다꺼리를 해야 할 것이다. 그래서 해나는 사이먼과 먹을 저녁을 준비하는 동안 오리를 우리에 두었다.

해나는 식사 중에 오리를 무릎에 앉혀주어 이 일을 보상해줄 생각이었지만, 막상 닥치고 보니 그럴 수가 없었다. 사이먼이 못마땅하다고 말하지는 않을지 몰라도, 분명 티를 낼 것이다. 그리고 까마귀들이 다시 찾아 들어와 언제라도 덤벼들 태세로 기다리고 있었다. 해나는 그들의 존재를 겨우 감지할 수 있었지만, 거기 있는 것이 분명했다. 공격 시점을 기다리며.

마침내, 해가 지기 직전에 해나는 우리로 내려갔고 오리는 발소리가 다가오자 다급하게 삑삑거렸다. 오리는 천장이 덮인 곳에 쑥 들어가 있었다. 먹을 것은 없었지만 물은 충분했다. 해나는 오리의 배 밑으로 손을 넣어 들어 올렸다. 오리는 공중에서 발을 저어대다 해나의 손 위에 자리를 잡았다. 해나는 자주군자란이 자라는, 몰래 알아둔 자리로 가서 벽에서 달팽이를 몇 마리 떼어냈다. 오리는 배가 고팠다.

어디 갔다 왔어요? 오리가 못마땅한 소리로 물었다. 오후 내내.

해나는 퀠리 탈턴의 수족관에서 회색 펭귄들이 부모의 다리 사이에 서 있는 광경을 보았다고 했다. 해나는 나이 많은 펭귄이 털갈이를 했으며 매끈한 털이 온통 헝클어진 깃털로 바뀌었고, 마치 좀이 먹은 봉제 인형 같은 모습이면서도 오만하고 위엄 있게 보였다고 설명했다. 다음 파도가 남극으로 데려가주기를 기다리는 것처럼 눈 위에 날개를 뻗고 누워 있는 펭귄도 있었다고 했다. 그리고 펭귄이 물속에서 앞뒤로 헤엄치는 모습을 수조의 유리벽을 통해 볼 수 있었다고도 했다.

오리는 고개를 돌렸고 해나는 마침내 오리가 이상하게 조용하다는 사실을 알아차렸다.

왜 그러니? 해나가 물었다.

아니에요. 오리가 대답했다.

뭐 속상한 일 있어?

오만한 위엄을 연습하고 있어요. 오리가 장난스럽게 대답했다.

무슨 소리야?

당신은 아무렇지도 않게 나를 하루 종일 내버려뒀는데, 알고 보니 다른 새들을 구경하고 돌아와서는 내가 그 이야기에 감탄하기를 바라고 있잖아요.

제6장

구멍을 통해서 다시

해나가 일을 잠시 쉬는 동안 해나와 오리는 데크 아래쪽 계단에 앉아 부드러운 햇볕을 쬐고 있었다. 갑자기 근처 덤불에서 나뭇잎이 부스럭거렸다. 처음에는 부스스한 금발 머리 하나가, 그다음에는 마구 헝클어진 포니테일 하나가, 그리고 웃는 얼굴 두 개가 나뭇가지들을 비집고 나타났다. 에릭의 손자와 손녀였다. 6개월 만에 처음 보는 것이었다.

에릭은 옆집에 살았다. 그들은 이곳에 참 오래 살았지만, 그렇다, 그들이 정말로 아는 사람은 에릭뿐이었다. 전에는 편안하게 인사를 주고받곤 했지만, 몇 달째 에릭은 그들을 보면 신음 소리만 낼 뿐이었고, 그조차도 어쩔 수 없을 때만 건네는 인사였다. 적대감을 가진 것이 분명한 사람 옆에 사는 것은 불편했다. 어머니가 돌아가시기 2개월쯤 전, 에릭은 멀어졌다. 해나가 문을 두드려도, 안에 있는 것을 알고 있어도 에릭은 나와보지 않았다. 해나가 밖에 있을 때면 에릭이 절대 정원에 나오지 않았고, 이미 밖에 있을 때는 안으로 들어가버리곤 했다. 해나가 문 밑으로 밀어 넣는 쪽지는 접은 종이에 '반송'이라고 휘갈겨 적힌 채 우편함으로 돌아왔다. 대체 무슨 영문인지 해나는 알 수 없었지만, 아마 사이먼이 해나가 그 집 낡은 응접실에서 새 커튼을 다는 일을 도와주며 시간을 너무 많이 보낸다고 에릭에게 언질을 준 모양이라고 짐작했다. 에릭은 이혼한 지 오래되었지만, 딸 실라가 자주 찾아왔고 가끔 그에게 두 아이를 맡기고 가기도 했다. 그러면 아이들은 할아버지와 함께 덤불 속 구멍을 통해 쉽게 놀러오곤 했다.

아줌마를 보러 왔어요. 맥스가 의기양양하게 말했다. 맥스는 빨간 플라스틱 자동차를 들고 있었다.

안녕, 꼬마들. 해나가 말했다. 많이 컸구나!

해나는 맥스의 머리에서 나뭇잎을 떼어주었다. 참 금방이네. 해나는 생각했다. 덤불이 자라고, 기억이 사라지고, 우정이 사라지는 것이.

네, 맞아요. 로즈메리가 말했다. 아이스크림도 먹었어요.

할아버진 어디 계시니? 해나가 말했다.

저기요. 맥스가 울타리 너머를 가리켰다.

너희들 여기 온 거 아시니?

하지만 아이들은 해나의 무릎에 앉은 오리를 보더니 가까이 다가왔다.

로즈메리는 이미 통통한 손으로 오리의 목을 잡았고, 오리는 미친 듯이 몸을 비틀었다. 오리는 조심스러운 손길 이외에는 그 어떤 것에도 익숙하지 않았다. 해나는 작은 보아 뱀 같은 손을 떼어준 뒤 부드럽게 만지라고 했다. 맥스는 고슴도치를 살짝 건드리듯 오리 가슴털 가장자리를 살그머니 만지면서 가르쳐주었다.

할아버지께서 너희 여기 있는 걸 아시니?

주무시러 갔어요. 안아봐도 돼요?

아냐. 내가 안을래.

내가 먼저야.

잠깐만. 맥스, 나랑 말 좀 하고. 잠깐만 얘기 좀 해주렴. 할아버지가 언제 주무시러 가셨니?

아까요. 우리가 여기 오기 전에요.

해나는 일어나 덤불 구멍으로 가서 나뭇가지를 들어 올리고 옆집의 잔디밭을 살폈다. 에릭은 플라스틱 정원 의자에 앉아 턱을 셔츠 사이로 삐져나온 가슴털에 묻고 잠들어 있었다. 해나는 우리로 달려가 오리를 던져 넣고 오리가 그물에 대고 짜증 부리는 것을 무시하고는 덤불로 다시 달려갔다.

자, 돌아가자. 해나는 아이들에게 말했고, 모두 함께 두 집 사이 손쉬운 통로였던 구멍을 통해 서로 부딪치며 기어갔다. 그런 다음 모두 몸을 일으켰고, 해나는 아이들의 끈적이는 손을 잡고 한 명씩 키스했다. 아이들이 그리워했던 것이다.

쉿. 해나는 이렇게 말하며 아이들을 이끌고 잔디밭을 살금살금 걸어 에릭에게 갔다. 에릭은 헝클어진 머리에, 며칠째 면도를 하지 않은 듯 부드러운 턱에 잿빛 수염을 기른 모습이었다. 그는 해나가, 아니 그들이 2년 전 크리스마스 선물로 준 파란색 면 셔츠를 페인트가 묻은 팔뚝 위로 걷어 올리고 있었다. 그들이 나누던 대화를, 와인을 마시며 주고받던 익살스러운 토론을, 그 우정을 망가뜨린 것은 무엇일까?

해나한테 오리가 있어요. 로즈메리가 알렸다. 에릭은 요란하게 코를 곯았다. 그러다 눈을 번쩍 떴다. 에릭은 눈을 껌뻑이더니 해나를 알아보았다. 해나는 가슴이 쿵쾅거렸지만 물러서지 않고 잠자코 서 있었다. 왜 이렇게 가슴이 뛸까? 에릭이 눈을 비비며 일어나 앉았다.

뭐? 무슨 일이냐? 에릭이 으르렁거렸다.

에릭. 해나가 말했다.

에릭은 양손으로 머리를 감싸 쥐더니 얼굴을 마구 문지르며 고개를 저었다.

아이들이 절 찾아왔어요. 주무셔서.

해나한테 오리가 있어요. 로즈메리가 말했다.

새끼 오리예요. 해나가 말했다.

흠. 그거 잘됐군. 에릭이 말했다. 내가 그걸 몰랐겠소. 이 동네 사람들이 아무도 모를 줄 알았소.

에릭. 해나가 불렀다.

자, 얘들아. 안으로 들어가서 뭘 좀 먹자.

에릭은 해나를 쳐다보지 않고 아이들을 불러 모았고, 아이들이 손을 빼자 해나의 손이 비었다. 해나는 눈물을 글썽이며 돌아서서 덤불 속 구멍을 통해 다시 기어 나갔다.

아름다운 음악

솔직히 말하면, 에릭에게는 사연이 더 있었다. 에릭은 페인트칠 사업을 했다. 그는 뮤지션이기도 했다. 젊은 시절 그는 바이올린과 첼로를 연주했다. 몇 년 동안은 컨트리 음악 밴드 에키타 훈스에서 활동하기도 했다. 여름에는 투어를 하면서 컨트리 홀에서 공연을 했다.

해나는 그의 아내에게는 관심이 없었지만, 에릭의 말에 따르면 아내는 그의 음악을 참지 못했고, 딸의 초등학교 잔디밭을 깎아준 남자에게 반해 떠났다고 한다.

음악에는 뭔가 특별한 것이 있었다. 음악이 사랑을 키우는 양분이라면, 계속 연주하라.* 계속 연주하라, 내 연인이여. 사이먼은 우간다에 갔었다. 해나는 그 일을 생각하지 않으려고 했다. 그해 부활절. 해나는 빨래를 널고 있었고 그는 정원을 파고 있었다. 그들은 지금보다낮았던 덤불 너머로 종종 수다를 떨곤 했다. 햇볕이 좋고 바람이 불어빨래가 잘 마를 날씨였다. 해나는 시트를 널고 있었다. 에릭은 삽을고무장화로 밟고 손잡이를 붙잡고서 이야기를 했다. 에릭의 머리카락틈새로 빛나는 머리가 보였다. 해나는 가볍게, 자연스럽게, 언제 그의밴드 연주를 듣고 싶다고 했다.

음……. 그는 삽 손잡이에서 긁고 있던 무엇인가를 빤히 쳐다보며말했다. 그러더니 그는 해나를 올려다보았다. 내일 오후 커러맨들의컨트리 뮤직 페스티벌에서 공연을 해요. 좋아할지는 모르겠지만, 가

---

* 윌리엄 셰익스피어의 희극 〈십이야〉의 한 구절.

고 싶으면 아침에 나랑 출발해도 돼요. 하지만, 너무 촉박하니…….
에릭은 어깨를 으쓱였다.

에릭은 귀 뒤로 옅은 갈색 머리카락을 넘겼다.

에키타 훈스는 네 명의 남자들로 구성되었다. 보컬 및 기타, 베이스, 바이올린, 드럼. 모두 50세 정도에, 모두 약간은 지친 모습에, 모두 약간은 섹시한 남자들이 검은 셔츠에 청바지를 입고 공연했다. 모두 뭔가 알 수 없는 농담을 주고받는 것처럼 장난기 가득한 시선을 끊임없이 주고받았다. 모두 조금씩 노래를 불렀다. 그들은 즐기는 법을 알았다. 그랬다. 해나는 에릭이 바이올린과 첼로를 연습하는 소리를 종종 들었지만, 연주하는 것을 본 적은 없었다. 그의 몸은 유연하게 살아났고, 활은 바이올린을 열렬히 연주했다.

해나는 잔디밭 깔개에 자리를 잡았다. 음악이 너무나 가볍고 붕붕 뜨는 기분을 느끼게 해주어, 해나는 맨발로 멋대로 뛰어다니고 머리를 흔들어대며, 햇살을 받아 뺨이 반짝거리는 사람들과 함께 일어나 춤을 추고 싶었다. 가수는 유혹적이었고, 가사는 우습고 로맨틱했다. 가슴이 뛰면서 몸을 땅바닥에 붙여놓는 수줍음과 싸우고 있었다.

연주가 끝나자 에릭이 와서 해나 옆에 앉았다.

정말 좋았어요! 해나가 이렇게 말하고 그에게 팔을 둘러 짧게, 하지만 열렬하게 그의 뺨에 키스하고는 스스로도 놀랐다. 음악 덕분에 친밀감이 생겨난 것이다.

고마워요. 에릭은 음악의 증기와 에너지를 모두 비우려는 듯, 카우보이모자를 들어 올리면서 중얼거렸다. 에릭은 모자를 다시 쓰더니 해나가 준비한 아이스박스에서 차가운 맥주를 꺼내어 마셨다. 오후의 햇볕이 그의 검게 그을린, 말끔하게 면도한 피부에 내리쬐었다. 그의 모자가 땅에 떨어졌다. 머리를 짧은 포니테일로 묶고 있었다. 날렵한 턱선은 나이가 들면서 부드럽게 변하기 시작했다. 해나는 모자를 들어 그에게 건넸다. 모자 밴드에 녹색 깃털 하나가 꽂혀 있었다. 왜 이런 자잘한 것들을 기억할까? 그의 새파란 눈동자. 그렇다. 델피늄 같은 파란색. 아니, 그랬던가? 아니다. 지금은 분명 그렇지 않았다. 눈동자도 나이가 들면 색이 바랠까? 아니면 상황에 따라서?

11년 전, 사이먼이 3개월 계약으로 우간다에 갔을 때였다.

그들은 이튿날 돌아오기 전, 모텔에서 각자 방을 예약했다. 그들은 해변에서 피시 앤 칩스와 함께 와인 한 병을 마셨다. 그리고 바보처럼 웃었다. 해나는 그를 그렇게 오래 알고도 그가 그렇게 웃긴 줄은 몰랐다. 정말로 그가 그렇게 재미있었을까? 무슨 이야기를 했을까? 해나가 방으로 돌아오기 전, 그들은 포옹하며 인사를 나눴다. 그리고 키스를 했다. 키스를 하며 함께 녹아들었다. 그들은 함께 들러붙은 아이스크림처럼 되어버렸다. 해나는 몸을 뺐다. 당황스러웠다. 그리고 어색하게 그를 향해 웃었다.

잘 자요. 해나는 바보처럼 뒷걸음질 치다가 커다란 화분에 부딪쳤다. 해나는 식물을 깔고 앉은 것을 느꼈다. 그래서 웃기 시작했다. 무릎을 끌어당기고, 발을 구르며, 엉덩이로 화분을 깔고서. 에릭이 해나의 손을 잡았다. 즐거웠어요? 그가 해나를 끌어당기면서 말했다. 진흙탕에서 정체불명의 생물을 끌어당기듯이. 해나는 자신이 누군지 알 수 없었다. 붉은 제라늄은 납작해졌다. 해나가 바로 세워보려고 했지만 소용없었다. 오, 이런. 해나는 이렇게 말했고, 그를 다시 쳐다볼 수 없어 돌아서서 방 열쇠를 찾느라 가방을 뒤졌다. 해나는 돌아섰다. 그가 거기 서 있었다. 그녀를 기다리면서. 해나의 손이 떨렸다. 열쇠가. 해나가 말했다. 그건 주머니에 있었다. 해나는 문을 열었다. 에릭은 아직도 거기 서 있었다. 가만히. 처마 안쪽, 완벽한 전구 아래서. 검은 파리들이 신나게 춤을 추었다. 해나는 아이처럼 손가락을 움직이며 손을 흔들었다. 그리고 문을 닫았다. 그리고 밤새 그를 생각했다.

이튿날 에릭은 베이스 주자를 집까지 데려다주어야 했다. 해나는 뒷자리에 앉겠다고 했다. 해나는 두 사람의 장난스러운 대화를, 음악과 뮤지션들에 대한 어린아이 같은 잡담을 들으면서 졸았다. 사이먼은 대체로 훨씬 더 진지했다. 저스틴이 내린 뒤 해나와 에릭은 딱 10분 동안만 단둘이 있었다. 해나는 뒷자리에 앉아 창밖을 내다보고 있었다. 두 사람은 빳빳이 긴장한 채 말없이 앉아 있었다. 돌아온 그들은 가방을, 그리고 그의 경우에는 바이올린을 들고 집 앞에 서 있었다.

즐거웠어요. 고마워요. 해나가 말했다.

네, 나도요. 에릭은 열심히 고개를 끄덕였다. 모자가 땅에 떨어졌다. 해나는 허리를 숙여 그가 쓰지 않는 끈에 손가락을 넣어 들어 올린 뒤 모자를 그의 팔에 끼워주었다. 그리고 헤어졌다. 에릭은 자기 집으로, 해나도 자기 집으로.

두 사람이 서로에게 느낀 매혹은 약 2주 동안 끓어오르며 터져나가기를 기다리고 있었다. 해나는 침대에 누워 그의 우울한 첼로, 또는 밝고 유혹적인 바이올린 소리를 듣곤 했고, 그가 자신을 위해 연주하는 것임을 알았다. 그리고 집에 난 모든 창에서는 두 사람이 함께 들이쉬는 공기가 흘러들어 왔다. 해나는 두 사람이 창가에 몸을 기대고서 혀를 길게 늘여 서로 닿게 하려는 모습을 떠올렸다.

해나가 사이먼을 배신하고 싶어 할 이유는 없었다. 전혀. 하지만 2주 뒤쯤 어느 날 오후, 미친 듯이 휘저어놓는 태풍이 지나갔다. 나뭇가지가 날아와 지하실 창문을 깨뜨려놓았다. 세탁실로 비가 들이쳤다. 해나는 지하에서 커다란 나무판자를 끌어다 깨진 창문에 붙이려고 했지만 바람이 세서 판자를 놓치고 말았다. 문득 고개를 들어보니에릭이 옆에 있었다. 해나가 판자를 들었고 에릭은 망치질을 했다. 바람 소리 때문에 둘은 거의 고함을 지르다시피 해야 했다. 정말 고마워요. 해나가 이렇게 말했고, 둘은 서로의 얼굴에서 떨어지는 빗물을 게걸스럽게, 그렇다, 게걸스럽게 마시고 있었다. 그의 차가운 손이 해나의 우비 깃 속으로 미끄러져 들어와 어깨의 살갗을 지나 등으로 넘어갔다. 이번에는 부인할 수 없었다. 에릭이 해나의 손을 잡고 흔들리는 덤불을 지나 오솔길을 걸어 자기 집으로 이끌고 갔다.

한 주 동안 계속되었다. 아니, 11일하고도 반. 아직 불길이 꺼지지 않았을 때 멈췄다. 멈추지 않았더라면 끝나지 않았을 것이므로 멈췄다. 서로를 미워하고 싶지 않았으므로 멈췄다. 서로를 완전히 불살라버렸을 것이므로 멈춰야 했고, 그래서 멈췄다. 이른 아침, 해나가 그와 함께 침대에 있었을 때 십 대인 그의 딸이 갑자기 찾아왔기 때문에 멈췄다. 실라는 현관으로 그냥 들어왔고, 계단을 쿵쿵거리며 올라가는 소리가 들려왔다. 해나는 벽과 침대 사이 깔아놓은 카펫으로 몸을 던졌고, 담요 밑에 누워 있었다. 그리고 한 시간 동안, 에릭이 가운을 입고 실라와 아래층 식탁에 앉아 커피를 마시며 남자친구 문제에 대해 이야기하는 동안 해나는 꼼짝도 하지 않았다. 해나는 자신의 삶과 결혼, 자신이 내려야 하는 결정에 대해 생각할 수밖에 없었다. 그때 그녀의 나이는 마흔이었다.

6주 뒤 해나는 자신이 임신했다는 걸 알게 되었다.

태아의 자세

복통과 출혈이 시작되자 해나는 무슨 일이 일어났는지 알 수 있었다. 이 몸속에 또 하나의 생명이 들어설 자리가 없는 것이었다. 그런 것일까? 이 결혼에 침입자가 들어설 자리가 없는 것일까?

금요일 오후였고 집에 돌아오자마자 배가 아파 숨을 쉴 수 없었다. 해나는 반가웠다. 안 된다고 마음을 다잡았다. 안도했다. 사실이 아니기를 간절히 바랐다.

해나는 욕실로 들어가 비틀거리다가, 통증이 심해지자 샤워실 바닥에 무릎을 꿇고 앉아 움켜잡았던 플라스틱 의자에 몸을 기댔다. 등에 닿는 물은 자신을 따뜻하게 어루만지는 것 같았다. 그러나 출혈이 심했고, 마침내 적갈색의 핏덩이가 흘러나와 하수구로 내려갔다. 근육이 소중한 아기를 몸에서 짜내어버리겠다고 결심한 모양인지, 해나는 납작하게 눌린 느낌으로 긴 신음을 내뱉었다. 그리고 해나는 확신했다. 거의, 틀림없이 확신했다. 그 아이를 보았다고. 좀 다른 모양의 덩어리가 스테인리스스틸 하수구 뚜껑에 잠시 걸려 있었다. 해나는 그것을 잡으려고 몸을 던졌고, 마개를 자리에서 떼어냈지만, 아이는 빠져나가 하수구로 내려갔다. 아이는 떠나기 전 아주 잠시 그녀를 쳐다보았다. 재미있게 지낼 수 있었을 텐데요. 마치 그렇게 말하는 것 같았다.

그럼. 해나가 말했다. 난 이미 널 사랑하는데.

해나가 아이를 거부한 것일까, 아니면 아이가 해나를 거부한 것일까? 아들인지, 딸인지, 꼬마 음악가일지, 발레리나일지, 작가일지, 마술사일지, 외과 의사일지. 해나는 이미 계획을 세우고 있었고, 사이먼이 얼마나 기뻐할지도 상상했었다. 비록 불가능한 일이 되었지만. 통증과 출혈이 계속되다가 차츰 줄어들면서 이제 해나는 겨우 일어설 수 있게 되었다. 샤워기를 껐다. 몸을 닦고 패드와 수건으로 몸을 감싼 뒤 침대로 기어 들어갔지만, 이 일을 전할 사람이 아무도 없었다. 아무도. 그것이 바로 비밀의 문제였다. 에릭에게 아이를 잃었다고 말하고 싶었다. 모텔 방 앞에서 어쩔 줄 몰라 열쇠를 찾던 일이 떠올랐다. 내내 주머니에 들어 있었던 열쇠를. 그리고 이 아이도 내내 기다리고 있었다. 옆집으로 달려가 다시 시도해보고 싶었지만 물론 그럴 수 없었고, 닷새 뒤 사이먼이 돌아왔다.

제7장

다른 관점

그들은 바다 근처에 살았다. 창밖으로는 산이 바다에서 서서히 솟아오르며, 거리를 지나 모래사장으로 산책하러 오라고 그들을 향해 손짓했다. 이날 해나는 물 위를 떠가는 갈매기 한 마리를 보았다. 갈매기는 거기 있는 것만으로도, 넘실거리는 파도 위를 날며 물의 움직임에 따르는 것에 만족하는 것 같았다. 마치 오리처럼.

가끔 내리는 비 이외에 해나의 오리가 경험한 물이라고는 물그릇, 세면대, 또는 좁고 얕은 연못뿐이었다.

그날 밤, 해나는 오리를 세면대에서 씻기는 대신 욕조에 넣었다. 오리는 하얗고 반짝이는 에나멜을 가만히 살피더니 해나를, 그리고 수도꼭지에서 거품을 일으키며 쏟아지는 미지근한 물을 쳐다보았다. 오리는 달아나보려고 했지만 욕조 가장자리가 너무 높았다. 해나는 안심시키려는 듯 오리를 달래주었다. 오리는 물을 좀 먹었다. 해나는 양상추를 찢어 오리에게 먹였다. 오리는 야금야금 씹고 삼켰고, 또 물을 쭉 빨아들였다. 수위가 높아지자 오리는 발을 들고 돌아다니기 시작했다. 사뿐사뿐. 그러더니 물에 떴다. 믿을 수 없었다. 오리는 욕조 가장자리를 우아하게 발로 밀더니 반대편으로 헤엄쳐나갔다. 해나는 수도를 잠갔다. 고요함. 오리는 가벼웠다. 지구 끝으로 달이 씩 웃으며 떠오르는 우주 공간에서 유영하는 우주인 같았다. 또다시, 노파의 손가락이 둘만 아는 비밀을 알리려는 듯 친구의 팔을 쿡 찌를 때처럼, 커다란 노란 발이 욕조 가장자리를 밀었다. 오리는 물론, 이것이 오리의 행동임을 기억하고 있었다. 여자는 자신도 오리와 하나가 된 것 같았다. 하얀 욕조, 하얀 오리, 맑은 물, 고요함. 해나는 모든 것의 무게를 떨치고 오리의 머릿속에 함께 있었다. 엄청난 기쁨이 밀려왔다.

그리고 오리가 씻기 시작했고, 몸이 움직이자 욕조 한쪽에서 다른 쪽으로 물이 넘실거렸다. 오리는 몸을 위로 세우더니 날개를 푸드덕거렸다. 욕조 반대쪽으로 가다가 다시 돌아왔고, 그러는 사이 물이 넘쳐 해나의 티셔츠와 바닥을 적셨다. 한참이 지나고 나서야 오리는 만족했다. 오리는 욕조 가장자리로 목을 뺐다. 해나는 수건을 꺼내 오리를 감싸주었다. 오리는 해나의 입술에 부리를 댔다.

재밌었어요. 오리가 말했다.

당연하지.

바로 그 순간 사이먼이 들어와 문 앞에 섰다. 그는 욕조에 떠다니는 나뭇잎과 바닥에 가라앉은 것들, 흠뻑 젖은 욕실 바닥, 그리고 오리를 가슴에 꼭 안고 있는 해나를 보았다.

내가 치울게. 해나가 말했다. 자, 소독제도 있고, 걸레도 있어. 청소만 하면 돼. 염려 마.

그것 때문에 걱정하는 건 아니야. 사이먼이 턱수염을 쓰다듬으며 말했다. 그는 더 이상 아무 말 없이 돌아갔다.

의견 분열

이튿날 아침 해나가 일어나보니 사이먼이 옆에 앉아 해나의 어깨에 손을 얹고 있었다. 가슴이 철렁했다. 오리! 오리한테 무슨 일이 생겼어!

왜? 왜 그래?

쉿. 아무것도 아냐. 해나, 왜 그렇게 신경이 예민해.

아, 미안. 근데—

노는 날이야. 씻고 차에 타. 잠깐 하이킹이라도 가자……. 폭포로. 가고 싶었어……. 그리고 돌아오는 길에 레스토랑에서 저녁도 먹자. 당신이 일어나기를 기다렸는데, 더는 시간을 낭비할 수 없어. 벌써 아홉 시가 넘었다고. 도시락은 쌌어. 차에 다 실어놓았어.

사이먼이 해나의 엉덩이를 가볍게 쳤다.

빨리. 예전처럼 해보자.

해나는 하품을 했다. 예전처럼. 5, 6년은 되었을 것이다. 그들은 늘 이런 피크닉을 갔다. 삶이 지루하다는 느낌이 들 때 이것이 활기를 불어넣어 준다고 여겼다. 그들은 거칠고 위험한 바다에 나가고, 서해안의 날카로운 바람을 맞고, 그저 자연 속에 서 있는 것만으로 활력을 얻었다. 하루를 보내고 외식을 하면 늘 친밀하고 행복한 느낌이 들었다.

미안해, 사이먼. 갈 수 없어. 일해야 해.

일요일인걸.

알지만 마감이 있어. 늦어지면……. 그리고 오리도 챙겨줘야 하고…….

오리는 챙겨놨어……. 깨끗하게 우리에 있다고.

뭐? 오리를 우리에 넣었어? 아무튼, 먹을 것도 줘야 해.

사이먼은 오리를 만진 적이 없었다. 해나는 일어나 앉아서 옷에 손을 뻗었다.

먹이도 줬어. 상자는 깨끗해. 우리에 먹을 것도 있어. 모두 다 준비해놨어. 달팽이까지 찾아줬어. 사이먼은 목소리에서 만족감을 감추지 못했다. 더 이상 핑계거리는 없다고.

안 돼. 도저히 안 되겠어. 미안해, 사이먼. 갑자기 이러면 어떡해.

대체 왜? 이런 걸 즉흥이라고 하는 거야. 해나, 기억 안 나?

피곤하고, 일도 해야 해. 당신도 알잖아. 당신도 계약대로 일해야 하는 때가 있잖아. 해나는 급하게 옷을 입고 있었다. 오리가 자신에게 무슨 일이 생긴 줄 알고 초조해하고 있을 것이다.

해나는 사이먼을 밀쳤지만, 사이먼이 해나의 팔을 꽉 잡았다.

날 봐, 해나.

해나는 사이먼을, 그의 진지하고 신중한 얼굴을 보았다. 차라리 벽을 보는 편이 나았다.

어젯밤에 꿈을 꾸었어. 사이먼이 말했다. 날 봐, 해나.

해나는 그의 턱, 잿빛 턱수염 사이의 입술을 보았다. 갓 샴푸한 수염에서 향기가 났다.

당신을 찾아다니는 꿈을 꾸었어. 우리가 산에 갔는데, 당신이 먼저 달려가더니 모퉁이를 돌아 사라졌어. 당신을 따라갈 수 없었어. 당신을 불렀지만, 따라잡을 수가 없었어. 모퉁이까지 가도 당신은 보이지 않았지. 하늘이 정말 새카맸어. 앞의 좁은 길이 눈밭을 돌아 빽빽한 수풀로 이어져 있었어. 당신을 잃어버린 거야……. 그러다 깼는데 당신이 내 옆에 있었어.

사이먼은 해나의 몸을 돌려 마주 보게 했고, 끌어안아 가슴 쪽으로 당겼다.

해나는 사이먼의 깔끔하고 빳빳한 셔츠에 머리를 묻었다. 어째서 일까? 왜, 어째서 그와 하나가 되기란 이렇게 힘들까?

마음을 놓아버리면, 해나는 그의 꿈속으로 떨어질 것이다.

사이먼은 해나의 목에 손을 올려 머리카락을 만지작거리며, 해나의 머리를 자기 가슴에 더 꼭 붙였다.

해나는 천천히 그에게서 몸을 빼어 나왔다. 머리카락은 어깨 위로 떨어졌고, 사이먼은 팔을 풀었다. 해나는 가만히, 침대에 누군가 자고 있을 때 빠져나오듯 살며시 움직였다.

해나는 가만가만 아래층으로 내려와 주방을 지나 밖으로 나간 뒤, 데크에서부터는 서둘러 정원을 지나 오리에게로 갔다.

오리는 평소처럼 해나를 향해 빽빽거렸다.

미안해, 오리야. 해나가 우리 밖으로 오리를 안아 들며 말했다.

한참 만에 안으로 들어온 해나는 식탁 위에 놓인 쪽지를 발견했다. **나는 갈게. 피크닉 준비를 허비할 수는 없어. 하루를 허비할 수도 없고. 인생을 허비할 수도 없어.**

제8장

귀가

오늘 어머니가 집에 오셨어. 여자가 오리에게 말했다.

해나는 일을 해야 했지만, 노트북을 가지고 밖으로 나왔다. 다리가 배기는 의자에 앉아, 유리를 얹고 손톱으로 누르면 자국이 나는 녹색 천으로 덮은 테이블에서 일했다. 해나는 오리를 우리에서 꺼내 주위 풀밭에서 놀 수 있도록 밖에서 일하기로 했다.

해나는 공장식 양계장의 잔인함이 늘 싫었다. 오리가 양계장 오리처럼 사는 것 같다는 생각이 든 적도 있지만, 그렇게 되기를 바라지는 않았다. 아니면 오리가 태엽 장난감처럼, 마룻바닥이나 오솔길, 또는 데크처럼 편평한 곳에서 날개를 파닥이며 뒤뚱뒤뚱 걸어 다니는 스위치 달린 장난감처럼 되는 것도. 오리가 달리면 스위치가 너무 빠르게 맞춰져 몸이 균형을 잡지 못하고, 한쪽 발이 다른 쪽 발과 보조를 맞추지 못하는 것 같았다. 하지만 오리의 뒤뚱거리는 몸놀림에는 우아함이 있었고, 그 모습을 보고 있으면 해나는 늘 웃음이 났다. 오리는 해나의 마음속 깊이 감추어져 있던 행복, 오랫동안 느끼지 못했던 행복을 끌어내주었다. 해나는 마지막 연주를 끝내고 뚜껑을 닫아 거미줄 가득한 찬장에 보관해둔 아코디언 같았다.

이제 해나는 오리를 안고 있었다. 해나는 오리가 자유를 즐기며 풀밭을 뛰어다니고, 풀잎과 돌 사이를 부리로 쪼아볼 줄 알았다. 하지만 오리는 의자 아래 해나의 발치에 앉았다. 해나는 오리가 자신에게 의지하도록 훈련시킨 것은 아닌지, 지금부터 먹이는 늘 자신의 손에서 받아먹게 될지, 둘이 혹시 헤어진다면 오리가 굶어 죽지는 않을지 궁금했다.

바람이 선선했고 늦은 오후의 그늘이 살갗에 느껴지기 시작했다. 오리는 해나의 배에 자리를 잡고서 머리를 가슴 아래 묻고 있었다. 오리는 눈을 감고 있었지만, 어딘가에서 차 문이 열리거나, 계곡 건너에서 못을 박거나, 갑자기 소리만 나면 눈을 번쩍 떴다.

해나는 컴퓨터에 손도 대지 않고 오리의 변화를 살폈다. 이제 솜털은 절반쯤 남았고, 절반은 깃털이었다. 오리 등은 꼬리부터 등뼈 절반쯤까지 세모꼴로 심어놓은 토이토이 풀 같았고, 오리가 깃털을 다듬을 때면 잡초가 무성한 곳에 바람이 불 때처럼 흰 솜털 사이에 노란 깃털이 서 있었다. 털이 없던 날개에는 흰 깃털이 가득 자랐다. 통통한 꼬리는 갈색이었다.

내 말 못 들었니? 해나가 말했다. 해나는 머리에 남아 있는 노란 솜털을 갖고 놀고 있었다. 손끝에 침을 묻혀 그 털을 모호크 족 머리 모양처럼 다듬어주었다. 펑크 오리.

뭘요? 오리가 말했다.

오늘 어머니가 오셨다고.

아. 오리가 말했다. 들었어요. 날 시험하는 거죠. 어머니가 돌아가신 거 알아요.

그래. 해나가 말했다. 그렇지. 하지만 어머니가 집에 오셨어. 검은 옷을 입은 여자가 갈색 종이봉투에 든 상자에 주황색 장미랑 내 어머니를 담아서 찾아왔어. 그 여자는 안으로 들어와서 부엌 바닥에 그 봉투를 놓았어. 차 한 잔이랑 생강 쿠키를 들고, 나랑 크리스마스 이야기를 한 다음 떠났어. 그리고 어머니는 남았지. 너랑 비슷해. 너도 쇼핑백에 담겨서 왔잖아.

하지만 난 죽지 않았어요.

맞아. 하지만 너도 쇼핑백에 담겨 왔고, 냄새도 비슷했어.

왜 냄새가 났어요?

차를 오랫동안 타고 왔거든. 그리고 해밀턴에서 하룻밤을 보냈고. 똥 냄새가 났어. 하지만 내가 씻겨주고 지푸라기를 치워주었더니 데이지 꽃처럼 좋은 냄새가 났지.

어머니도 냄새가 났어요?

아니. 너도 어머니를 만나보렴. 어머니도 널 좋아하셨을 거야. 어머니는 늘 돌아가신 다음에 갈매기가 되어 돌아올 거라고 하셨는데.

난 갈매기가 아니에요.

나도 알아. 하지만 오리잖아.

무슨 상관인지 모르겠네요.

음, 갈매기도 너처럼 깃털이 있고, 물갈퀴가 달린 발이 있고, 모양도 거의 비슷하잖아. 바다 위를 날기도 하고.

어머니가 왜 갈매기를 좋아했어요?

갈매기가 자유롭다고 생각하셨어. 어머니도 자유로워지기를 원하셨지. 바람의 흐름을 타고 높이 날아올라 세상을 돌아다니는 걸 좋아하셨어.

해나는 오리를 보았다. 오리가 궁금하다는 표정으로 고개를 갸우뚱했다. 문득 어머니가 오리로 환생했을지도 모르겠다는 생각이 들었다. 심지어 이 오리로. 그렇다면 우스운 일이 될 것이다. 어머니의 가장 근본적인 자아는 아직도 갇혀 있으니. 어찌 보면 자유롭지만, 그래도 여전히 해나에게 묶여 있는 게 아닌가. 게다가 오리는 아직 날개도 다 자라지 않았다. 어쩌면 죽음은 해방이 아니라 다음번까지 잠시 멈추는 것이라는 말이 맞는지도 모르겠다. 그리고 멈춘 자리에서 다시 계속하는 것이라고. 어쩌면 근본적으로는 늘 죽기 전, 예전과 같은 것인지도 모른다.

네가 어머니니? 해나가 오리에게 물었다.

말도 안 되는 소리 하지 말아요. 무슨 소리예요? 난 오리예요. 당신 어머니도 오리였어요?

아니. 하지만 오리를 많이 좋아하셨어. 그래, 그러셨지. 나랑 같이 공원에 가서 그들에게 먹이를 주곤 하셨어.

그들요?

응, 아주 많았어.

많아요? 뭘 먹였어요? 달팽이요?

아니, 빵.

오리가 많아요?

응, 많아.

나 같은 오리가요?

너 같은 오리도 있고 좀 다른 오리도 있지만, 오리는 오리야. 하지만 너는 하나뿐이야. 하나뿐인 오리. 그들은 여러 오리고…….

오리는 잠시 생각해보더니 이렇게 말했다. 네. 이제 기억나요. 많은 오리들이.

알에서 나온 하나

그리고 해나도 과거로 돌아가 발과 손에 닿는 돌과 구름 낀 여름날의 따사로움, 팔다리가 그을린 채 짧은 바지와 하늘거리는 블라우스를 입고 옆에 있는 어머니를 느낄 수 있었다. 바위 위로 기어오르고 있었다. 한쪽으로는 파도가 바위 가장자리로 부딪쳤고, 다른 쪽으로는 풀이 자라는 절벽이 하늘로 솟아 있었다. 사설 농장의 캠프장에서는 아버지가 어린 동생을 돌보고 있었다.

그들은 계속해서 이리저리 돌아다니며 웅덩이와 조개껍질, 뼈들을 살피다가 바위 사이에 웅크린 채 부리를 벌리고 있는 통통한 생물과 마주쳤다. 어머니도 그것이 뭔지 알 수 없었는데, 참으로 이상한 일이었다. 세상을 누가 만들었는지, 세상이 언제 시작하고 언제 끝나는지. 그리고 하늘이 어디서 끝나며, 반대편에는 무엇이 있는지만 제외하면 모든 것을 아는 어머니가. 그리고……

하지만 땅에 사는 이 생물은 수수께끼다. 갈퀴가 달린 검은 발에 돌과 모래, 유목의 색으로 점박이 무늬가 난 솜털을 하고 있다. 새일 것 같기도 하지만, 너무 뚱뚱하다. 차라리 동그란 호박 같다. 그런 것을 본 경험이 떠오르지 않는다. 그것을 살피는 사이 갈매기들이 주위를 맴돌며 끼룩거린다. 짜증을 내며. 공격적으로. 몇 마리는 그들 머리 위로 달려들기도 한다.

그들은 어정쩡한 기분으로 물러나 호기심과 완벽한 만족감을 느끼며, 모퉁이를 돌 때마다 무엇이 있을지 궁금해하며 계속 나아간다. 작은 만에 도착하자 그들은 해변에 앉아 초콜릿 한 조각을 나누어 먹는다. 먹을 것이라곤 그것뿐이다. 가벼운 제비갈매기가 그들 앞을 돌아다니며 집으로 가는 방향처럼 생긴 화살표 발자국을 모래 위에 남긴다. 그리고 모르는 사이 시간이 지났음을 어머니는 문득 알아차린다. 그들은 캠프장으로 먼 길을 걸어가는데, 지나가는 길에 다시 갈매기들의 요란한 감시를 받는 보송보송한 생물을 살펴본다. 그들이 해가 지기 시작할 때 도착하자 아버지는 그들 쪽으로 불안한 시선을 고정시킨 채, 바위 옆 모래밭에서 10개월 된 매기를 안고 걷고 있다.

그들은 몇 시간 동안 생각에 잠겨 있었다. 어머니와 딸이 아닌, 진정한 자신의 모습 그대로 나란히 걸어가는 두 영혼으로서 자신이 살고 있는 세상에 경외심을 느끼며.

어디로 갈까

그리고 잠시 해나는 어머니가 거기 상자 안에, 냉장고 옆, 손잡이가 달린 종이봉투 안에 들어 있다는 사실을 잊었다. 그리고 해나는 그 앞을 지나가다가 '안녕'이라고 인사하면서 어머니를 어디에 둘지 고민했다. 상자를 들어 무게를 가늠하고 나서야 해나는 그것이 어머니임을 느낄 수 있었다. 어머니를 의자나 욕조에서 부축하거나 또는 거실이나 거리에서 넘어졌을 때 일으켜 세우던 일이 생각났다. 그 무게가 바로 그 상자에 들어 있었다. 어머니의 웃음, 어머니가 즐거워하던 것, 어머니의 몸을 꼿꼿이 세워주었던 그 가벼움, 그 모든 가벼움은 사라지고 없었다.

해나는 어머니가 든 종이봉투를 방 반대편으로 가져갔다. 어머니를 소파에 둘까 생각했지만, 그건 불경스럽게 느껴졌다. 어머니가 돌아오자 어떻게 해야 할지 알 수 없었다. 생전에 어머니가 아파 함께 살기 시작했을 때도 마찬가지였다. 창틀에 내리쬐는 햇살 한 가닥이 따스하게 느껴져 당분간 어머니를 거기 두었다. 버려진 쇼핑백처럼 생긴 종이봉투에 든 상자째로.

사이먼이 그날 저녁 귀가했을 때, 해나는 그가 창틀에 놓인 봉투를 알아차리기를 기다렸지만 그는 일에 정신이 팔려 있었다. 아니면 그런 척했다. 아무 말도 없었다. 서해안에 다녀온 일에 대해서도, 해나가 함께 가지 않은 것에 대해서도 아무 말이 없었지만, 그의 꿈 이야기가 해나의 마음속에 비집고 들어왔다. 그 벌거벗은 땅이 그들이 함께 경험한 곳인 양. 그가 꿈에서 본 것이 사실인 양.

저녁 식사가 끝나고 사이먼이 자러 간 뒤 해나는 어머니를 예전 방으로 가져가 빈 서랍에 넣었다. 공기가 들어가도록 서랍을 조금 열어두었다. 해나는 돌아왔다. 그리고 어머니를 다시 꺼냈다. 서랍에 넣는 것은 옳지 않은 것 같았다. 해나는 어머니가 독립된 생활에서 프림로즈 힐에 갇힌 생활로 넘어가던 사이에 지냈던 침대의 이불을 걷고, 봉투와 상자를 깨끗한 시트 사이에 두었다. 해나는 다시 침대를 정리하고 어머니의 존재가 눈에 잘 띄지 않도록 이불을 덮었다. 충분히 지켜워진 삶을 치워놓는 느낌으로.

어머니가 말해준 것들

입에 음식을 넣고 말하지 말고, 어리석게 굴지 말고, 단추가 떨어졌을 때 옷핀을 꽂지 말고, 여드름 짜지 말고, 집안이 평화롭지 않은데 어떻게 세계 평화를 기대하겠니. 거짓말하지 말고, 말대꾸하지 말고, 심술궂게 굴지 말고, 할머니께 다정하게 대하고, 노려보지 말고, 담요를 덮고서 손전등 켜고 책 읽지 말고, 모두에게 친절하고, 사람들 앞에서 이 쑤시지 말고, 사람들 앞에서 손톱 깎지 말고, 방 정리하고, 그렇게 뺨을 잡아당기지 말고, 일을 하기로 했으면 잘하고, 립스틱이라도 좀 바르고, 잔을 비우지 않으면 다시 채워줄 수 없다는 걸 기억하고, 찡그리지 말고, 문 앞에서 키스하고 헤어지고, 결혼한 뒤에 섹스하는 것이 좋고, 아니, 적당한 선을 지킬 줄 알아야 하고, 어리석게 굴지 말고, 머리를 자르든지 잘 정리하고, 구멍 난 곳은 수선하고, 연락하고, 상냥하게 굴고, 어리석게 굴지 말고. 착하게 살아라.

어머니가 가르쳐준 것들

어머니는 자신의 삶을 통해 본보기로, 사랑에 대해서, 아름다움에 대해서, 색채에 대해서, 동정심에 대해서, 헌신에 대해서, 충성심에 대해서, 용기에 대해서, 이타심에 대해서, 친절함에 대해서, 단정함에 대해서, 너그러움에 대해서 해나에게 가르쳐주었다. 상냥함과 위엄에 대해서. 겸손에 대해서. 이타적인 봉사에 대해서. 정직과 존중에 대해서. 우정에 대해서. 모든 좋은 것들. 사라진 다른 것들과 남은 좋은 것들.

그리고 해나는 이제 그 모든 훌륭한 자질에 대해서, 모든 것에 대해서 전체적으로 돌이켜보며 어머니와 이야기할 수 있었으면 했다. 어머니가 돌아가시기 전에 한 인간으로서 어머니를 높이 평가한다고 말하지 못한 것이 아쉬웠다. 어머니가 병들기 전에. 해나는 좀 더 다정하지 못했던 것이 아쉬웠다. 전에는 이해하지 못한 것들을 이제는 훨씬 더 잘 이해할 수 있었고, 어머니가 이런 일, 저런 일을 한 이유도 알 수 있었다. 그때는 모두…… 황당하거나 불필요하다고 여겼던 일들이었다. 조금 더 감사했더라면 얼마나 좋았을까. 그러나 모두 지난 일이고, 어머니를 가진 사람들에게 해나가 하고 싶은 말은 이것뿐이었다. 기회가 있을 때 활용하라.

하지만 해나에게는 오리가 생겼고, 이 오리가 어쩐지 두 번째 기회처럼 느껴졌다.

아기가 아니에요

해나의 작업은 사이먼이 보낸 문자에 중단되었다. 동료 둘이 부인과 함께 저녁을 먹으러 온다고·했다.

미안, 오리야. 해나는 양배추 잎에 사료를 뿌려주며 말했다. 오늘은 그만 놀아야겠다. 까마귀도 까마귀지만, 청소도 해야 하고, 장도 보고, 저녁 식사 준비도 하고, 좀 꾸미기도 해야 되거든. 갑자기 할 일이 너무 많구나.

나는요? 너무해요. 나한테는 신경도 안 쓰고. 돌아와요. 돌아와. 돌아와요ㅇㅇㅇㅇ.

저녁 모임은 어색하기 짝이 없었다. 해나는 손님들을 잘 몰랐고, 볼품없는 웨이트리스가 된 기분이었다. 부인 두 명은 해나가 듣지도 못한 책 이야기를 했다. 해나는 오리 이야기로 분위기를 좀 밝혀보려고 했지만, 사이먼이 발을 꾸욱 밟는 것이 느껴졌다. 해나는 말을 채 맺지도 못하고 멈췄지만 아무도 알아차리지 못하는 것 같았다. 지저귀다 멈춘 앵무새처럼. 손님들이 작별 인사를 하며 나갈 때 부인 한 명은 해나를 해리엇이라고 불렀고, 그 남편은 "말이 많아" 미안하다고 말로만 사과했다.

그리고 모두 돌아간 뒤, 오리에게 달려갔다.

우리에서는 냄새가 났다. 보통 때는 해나가 깨끗하게 치워줬지만 오늘 밤 양배추 잎에는 똥이 가득했다. 불빛에 놀란 파리들이 풀 위를 날아다녔다. 해나는 오리를 들어서 가슴에 꼭 안았고 오리는 해나의 어깨에 목을 기댔다. 이제 오리가 너무 커져서 해나의 품에 편히 안기기 힘들었다. 오리는 다급하게 인사하며 해나의 턱 아래 부드러운 피부를 오물거렸다. 오리한테서 축축한 소 우리 냄새가 났다. 방치당한 냄새를 풍겼다.

집에 들어오자 사이먼이 접시를 치우고 있었다. 그는 싱크대에서 고개를 돌렸다.

솔직히 말하면 말이야. 사이먼이 말했다. 그 꼴이 뭐야. 아기도 아닌데. 진심이야.

해나는 울지 않으려고 애썼다. 그것은 최후의 결정타였다. 해나와 오리 사이를 보고 빈정거리는 소리를 하는 사람들이 있었다. 놀리고, 조롱을 감추지 않는 말이 들려왔다. 해나는 하고 싶은 말이 너무나 많지만 아무 말 없이 남편을 지나쳤다. 욕실에서 해나는 거울을 들여다보았다. 너무나 가련하고, 거칠고, 외롭고, 늙어 보였다. 해나는 사라지고 있었다. 자신의 모습은 안개 낀 황량한 오후의 늪지대를 정처 없이 쏘다니는 미친 여자 같았다. 사실, 오리는 포대기에 싼 인형일 수도, 기형의 얼간이일 수도 있었다.

해나는 오리를 플라스틱 상자에 내려놓고 싶었다. 그러나 해나는 오리를 욕조에 넣고 물을 틀었다. 오리는 이제 목욕에 익숙해졌다. 해나는 늘 빈 욕조에서 시작해, 뒤뚱거리던 오리가 우아하게 물에 떠오르는 과정을 감상했다. 물이 차오르고 몸이 떠오르면 오리는 꾸르륵거리기 시작했다. 오리는 몸을 아래로 숙여 해나가 던져주는 사료를 찾아 자맥질했고, 콧구멍을 비우며 가벼운 콧소리를 내기도 했다. 오리는 헤엄치는 오리답게 행복해했다. 해나의 우울도 오리의 등에서 물이 튕겨져 나가듯 사라졌다. 오리는 앉아 있다가, 헤엄을 치다가,

훨씬 깔끔해졌다. 오늘 밤 해나는 웃는 대신 오리 구경에 심취해 있었다. 영원히 바라보고 있어도 좋을 것 같았다. 이 모든 감정이 대체 무엇인지 궁금했다. 그리고 그런 생각을 해야 하는 것이 싫었다.

오리는 빽빽한 깃털로 지은 보트를 타고 떠다니는 것 같았다. 언제 다 난 것일까? 오리의 가슴을 손가락으로 눌러보면 첫째 마디까지 보이지 않았다. 손가락이 쌓인 눈밭을 걸어 다니는 다리 같았다.

남자가 해나를 불렀다.

무릎을 꿇고 있던 해나는 자리에서 일어나, 오리를 보면서 뒷걸음질로 욕실에서 나갔다. 오리의 새카만 눈에 긴장감이 맴돌았다.

뭐라고 했어?

미안하다고. 그런 소리 하지 말아야 했어.

해나는 남편을 마주 보았고, 말문을 막았던 분노가 다시 치밀어 올랐다.

당신만 아니었으면 나는 애가 있었을 거야.

오리가 빽빽거리기를 멈췄다. 남자는 자리에서 꼼짝하지 않았다. 긴장이 모두를 짓눌렀다. 해나는 둘 사이 복도에 서서, 오리가 보이는 자리에서 돌아서 사이먼을 마주 보았다. 그의 말을 기다렸지만 사이먼은 아무 말도 하지 않았다. 사이먼은 해나의 말을 듣고 돌처럼 굳어버렸다.

한편 해나가 사라지자 오리가 발버둥을 치기 시작했다. 물이 철썩거리고, 욕실 가장자리에 몸을 부딪치는 소리가 들려왔다. 해나가 욕실에 다시 들어가자 오리 머리가 잠망경처럼 욕조 가장자리로 튀어나와 이리저리 움직이며 해나를 찾고 있었다.

둘만의 평화로운 순간이 깨졌다. 시간이 좀 지나고서야 오리는 진정했고, 해나의 심장 박동도 제 속도로 돌아갔다. 해나는 오리 옆에 무릎을 꿇고 손으로 수면을 부드럽게 건드리면서 숨쉬기에, 평소처럼 숨쉬기에 집중했다.

그때 사이먼이 문가로 다가오더니 거기 어정쩡하게 서 있었다. 해나는 돌아보지 않았다. 그가 돌아가는 소리는 들리지 않았지만, 자신의 어깨에서 차츰 긴장감이 빠져나가는 것이 느껴졌다.

티핑 포인트

1966년, 해나는 아기를 가졌었다. 학교에서 돌아오니 어머니와 아버지가 거실에서 손을 잡고 타원형 나무 스탠드에 올려놓은 요람을 들여다보고 있었다. 요람에서는 불그스름하고 노란 생명체가 고성으로 울며 작은 주먹을 휘두르고 있었다. 부모님은 해나를 부드럽게 떼어냈다. 조심하렴, 얘야. 요람이 쓰러지지 않게.

하지만 그보다 먼저 쓰러진 것은 바로 해나였다. 해나는 새로 태어난 동생의 다급한 두 눈, 애원하는 두 눈에 그대로 빠져들고 말았다. 팔이 한 짝뿐인 곰 인형과 눈을 떴다 감았다 하는 머리카락 없는 인형 패멀라의 존재는 그 순간 잊어버렸다.

어머니가 노련한 손놀림으로 블라우스의 단추를 풀고 가슴에 담요를 잘 덮고 있어도, 해나는 가끔 동생의 젖 묻은 입으로 어머니의 가슴이 제자리를 찾아갈 때 젖꼭지를 보곤 했다. 해나는 자신의 역할이 부차적인 것을 알고 있었지만, 그럼에도 불구하고 식탁 위에 플라스틱 욕조를 올려두고 아기를 씻길 때면 옆에서 도와주며 쭈글쭈글한 아기 피부에 따뜻한 물을 적셔주곤 했다. 해나는 요람에 얼굴을 바짝 대고 잠든 동생의 못생겼지만 예쁜 얼굴을 들여다보았다. 순간, 매기가 예전에 사진에서 본 괴상한 원숭이로 자란다 해도 상관없이 사랑할 것 같은 기분이 들었다.

하지만 엄마 젖을 먹은 아기는 쭈글쭈글하던 몸에 통통하게 살이 올랐고 붉은 피부는 하얘졌으며 눈도 커졌다. 그리고 자신이 여동생을 웃길 수 있다는 걸 알게 된 순간부터 삶의 목표가 바로 그것이 되었다. 그것은 너무나 단순했다. 행주로 얼굴을 가렸다가 까꿍 하기. 화장지 뭉친 공을 위로 던지면서 '휘이이'라고 외치기. 빨간 고양이 인형을 들었다가 떨어뜨리기. 매기의 통통한 얼굴에 웃음이 번지고, 온몸을 흔들며 입에서 흘러나오는 소리는 방 안을 휘감았다.

매기가 혼자 아장거리며 걷기 전, 해나는 매기의 손을 잡고 어머니와 아버지의 품으로 데려다주곤 했다. 매기가 걸을 수 있게 되었을 때, 해나는 동생을 이끌고 집 안을 돌아다니고, 정원으로 나가 거리로, 그리고 시내로, 길 끝까지, 학교 운동장까지 다녀오기도 했다. 1년 동안 학교를 함께 다닌 후 해나는 중학교로, 그리고 고등학교로 자전거를 타고 다녔고, 매기가 고등학교에 다닐 무렵엔 지역 라디오 방송국에서 카피를 쓰고 있었다.

해나의 머리는 금발이었고 매기는 새카만 흑발이었다. 해나가 작고 창백하며 꿈꾸는 듯했다면, 매기는 강하고 활발했으며 긴 다리와 그을린 피부, 호기심 가득한 검은 눈을 가졌다. 그들은 백설 공주와 흑장미였다. 매기는 어릴 적 예쁜 드레스 대신 펑키한 드레스를 입었고, 독립적이고 거칠고 반항적인 소녀로, 남의 손가락을 잡기보다는 물어뜯는 아이, 모든 것을 알고, 재빠르고, 심술궂고, 순종을 거부하고, 문을 쾅쾅 닫고, 말대꾸로 집안을 뒤흔들어 놓는 아이였다. 매기는 친구가 너무 많아서, 해나가 자기 방의 문을 닫아야 조용하게 지낼 수 있을 정도였다. 장난꾸러기들 때문에 집이 엉망진창이 되는 것 같았다. 해나는 가만히 책을 읽거나 청바지를 입고 뒷마당 버드나무 옆에 앉아 새소리를 들었다.

해나가 호크스 베이에서 하던 일을 그만두고 대학에 갈까 생각하던 때, 매기는 밤이면 창문으로 몰래 빠져나가 친구들과 어울려 담배를 피우고 검은 가죽 재킷을 입은 청년들과 오토바이를 타고 다녔다. 어느 날 새벽, 문을 두드리는 소리에 부모님이 잠에서 깼다. 찾아온 경찰 둘은 딸이 강가에서 오토바이 사고를 당해 병원에 있다고 알렸다. 아뇨, 착각하셨어요. 그 애는 자고 있는걸요. 부모님이 경찰에게 말했다.

그건 그저 갈비뼈가 부러지고, 다치고, 신뢰가 부서진 것뿐이었다. 그들은 열세 살짜리 딸이 자신들의 통제권에서 빠져나가는 것을 느낄 수 있었다. 게다가 그 애는 교사의 딸이었다. 그들의 아버지. 둘 중 나쁜 아이가 누군지 모두 알고 있었다. 해나는 너무나 착실했다. 해나는 아무 문제도 일으키지 않았다. 그 후 무슨 일이 있었기에 모든 것이 그렇게 틀어져버렸을까?

1년 뒤, 어느 토요일 밤 귀띔을 받은 해나는 아버지와 함께 시외로 차를 몰고 가 강가의 방목장으로 들어갔다. 십 대들이 여기저기 흩어져 모닥불 주위에 앉아 있었다. 밤중에 휴대용 카세트 플레이어에서는 미친 듯한 음악 소리가 울려 퍼지고 있었다.

이게 다 무슨 일이지? 차에서 내리면서 아버지가 말했다. 남자아이 하나가 나무에 대고 토하고 있었다. 다른 두 아이는 풀밭에서 나뭇가지를 가져다 모닥불에 넣고 있었다.

매기는 어디 있지? 얘들은 다 누구니? 취했어. 술에 취했어!

사실 그랬다. 사방에 술병이 흩어져 있었다. 매기가 어디 있는지 아무도 몰랐고, 아무도 알려주지 않았다.

다른 부모들도 차를 타고 따라왔다. 남자아이 몇 명은 숲으로 달아났다. 나무 옆 어딘가에서 자동차 두어 대가 부르릉거리며 움직이기 시작했다. 오토바이 한 대가 방목장으로 지나갔다. 일어날 수 있는 여자아이들은 몸을 못 가누는 친구들을 부축하느라 바빴다. 하지만 일어나도 어디로 가야 하는지 알지 못해 전조등 불빛만 멍하니 쳐다보았다. 침낭에서 자는 아이들도 있었다.

해나의 아버지는 코트 단추를 당기며 뭐라고 말하려는 듯 입을 벌렸다. 아이들 절반은 그의 학생들이었다. 무슨 말이 나왔을까? 아무도 알지 못했다. 그는 한 발자국 뒤로 물러나더니 휘청거렸다. 그 순간 음악이 멈췄든가, 꺼졌다. 모닥불이 타닥거렸고 강은 거세게 흘러갔으며 불빛이 아버지의 일그러진 얼굴 위로 어른거렸다. 아버지가 코트 단추를 잡아 뜯고 있었다. 조금 떨어진 곳에서 여자아이 하나가 아무것도 모른 채 재잘거리고 있었다. 차 문이 닫히는 소리가 들렸다.

잠시 후 매기가 엉망인 상태로 딸꾹질을 해대며 나타났다.

해나는 아버지가 쓰러진 자리에서 고개를 들었다.

이것 봐! 해나가 외쳤다. 네가 무슨 짓을 했는지 보라고.

제9장

일정한 거주지 없음

자고 갈 손님이 올 예정이라 해나는 어머니를 아늑한 침대에서 꺼내야 했고, 어디에 둘지 다시 고민해야 했다. 해나는 봉투를 들고 집 안을 돌아다니며 햇볕 잘 드는 구석을 보았다가, 계곡 경치가 좋은 창틀을 보았다가, 어머니가 결혼하기 전 시트니 수건이니 잠옷을 모아 두었던, 여전히 좀약 냄새가 나는 의류함을 뒤져보기도 했다.

해나는 어머니가 어디서 가장 편할지 상상해보려고 했다. 아름답고 영감을 불어넣어 주는 곳. 아마도 자연 속의 어딘가. 해나는 창밖을 바라보며 곰곰이 생각에 잠겨 있었다. 아버지의 유골은 호크스 베이의 바위에 서서 천둥이 치고 비가 쏟아지는 가운데, 장미 꽃잎이 날아오르고 갈매기들이 날아다니는 가운데 바닷물에 뿌렸다.

갈매기들.

최근 해나는 바닷가 갈매기들을 좀 더 유심히 보았다. 그 커다란 날개를. 부스스한 새끼 오리와 달리 갈매기의 깃털은 모두 제자리를 빼곡히 채우고 있어 매끈한 도자기 같은 느낌을 주었다.

해나는 갈매기들이 노인처럼 불안정한 무릎에 가느다란 붉은 다리로 모래사장을 돌아다니며 빵 조각을 찾는 모습을 보았다.

오리의 다리는 그와 비교하면 울타리 기둥 같았고 무릎은 깃털에 가려져 잘 보이지 않았다. 오리의 다리는 예쁜 깃털 바지 밑으로 그물 스타킹을 신은 모양이었다. 커다란 몸집에 잘 맞는 다리였다. 오리가 얼마나 커질까? 부리에는 마치 곰팡이가 생긴 것처럼 검은 대칭형 얼룩이 양쪽으로 나 있었다. 해나는 검은 얼룩이 지워지는지 손톱으로 한번 긁어보았다. 지워지지 않았다. 부리에는 분홍색 혹이 생기고 있었고, 이 역시 검은 무늬가 있었다. 더러운 데서 돌아다녀서 썩는 걸까?

오리를 바다에 데려가면, 위로 가득한 하늘과 아래에 펼쳐진 바닷속에서 어떤 일이 벌어질지 궁금했다. 오리는 어쩌면 따사로운 여름 해를 따라 점점 더 작아지며 해나에게서 멀어질지도 모른다. 외로움을 드러내는 새카만 두 눈으로는 해나를 가만히 쳐다보면서.

그 순간 문을 두드리는 소리가 들렸다. 벌써 손님이 왔다!

해나는 어머니를 찬장 뒤로 밀어 넣고 달려 나가 문을 열었다.

주위의 압력

밤이 되었다. 오리는 아직도 우리에 있었다. 해나는 그걸 견딜 수가 없었다. 오리가 깔고 앉을 깨끗한 수건을 가지고 나갔다. 오리는 작은 우리에서 나오며 해나가 안아주기를 기대했다. 해나는 배신자가 된 기분이었다. 비겁자가 된 것 같았다.

오리를 안에 데려가지 않은 이유는 간단했다. 손가락질이 두려워 서였다. 호크스 베이 퍼커티리에서 농장을 운영하는 두 형제가 며칠 지내러 왔다. 욕실에서 자는 오리를 보면 그들이 분명 뭐라고 할 것이 다. 그들은 해나를 어리석은 중년 부인이라고 여길지도 모른다. 그러 고는 이렇게 비웃을 것이다. 허어! 집에서 오리를 키우다니! 후회할 걸! 그건 동물이라고!

실제로 우리에 있는 오리를 본 그들은 요리 재료로 취급했다.

오, 바버리 오리, 맛있지. 다른 오리처럼 기름기가 많지 않거든. 크 리스마스 만찬에 딱 좋겠는걸. 오리를 좋아하는 줄 알았으면 냉동고 에서 두어 마리 가져오는 건데.

해나는 손바닥에 심장을 든 적이 있었다

해나가 열세 살쯤 되었을 때, 아버지는 차고에서 모터가 달린 평지선을 끌어냈다. 아버지는 그것을 팔아 더 큰 것을 살 생각이었다. 햇볕에 그을린 오리 사냥꾼 둘이 배를 보러 왔다. 그들은 반바지에 카키색 셔츠를 입고 있었고 말끝마다 욕설을 섞어 썼다. 망할 이것, 망할 저것, 젠장 맞을, 그 새끼. 맑고 더운 날이었고, 그들은 함께 집 앞에 서서 배값을 흥정하고 있었으며, 어린 해나는 집 뒤 계단에 서서 구경하고 있었다. 거래가 성사되었고 남자들은 배를 가져갔다.

몇 주 뒤 그중 한 명이 오리 두 마리를 들고 뒷문으로 찾아왔다. 그의 굵직한 손가락에 가엾은 오리 두 마리가 목을 늘인 채 매달려 있었다. 배가 고맙다는 인사였다.

그가 돌아가자 부모님은 오리를 어떻게 할지 의논했다. 그들은 어쩔 줄 몰랐다. 털을 뽑고 내장을 빼낼 자신도 없었고, 사실 오리 고기는 좀 기름기가 많았다. 해나는 무엇이든 내부가 궁금했다. 학교에서 개구리를 해부하고 양의 눈을 해부하는 것은 해나에게 참 신기한 경험이었다. 그래서 해나가 오리 요리를 준비하겠다고 했다.

그때의 기억은 이제 희미해졌지만 살에서 깃털을 잡아 뽑으면 닭살, 아니 오리살이 드러나는 느낌과 마지막 남은 깃털은 하나씩 뽑았던 기억이 여전히 남아 있었다. 그리고 쏟아져 나오던 창자와 미끈거리는 내장, 어떤 부분인지 만져보려고 하나하나 손가락으로 누르던 느낌. 그중 심장이 해나의 손바닥에 놓였다. 그건 그저 통통한 심장일 뿐이었다. 이제 와서 그 일을 해나의 오리와 관련해 생각하니, 살아 있는 오리의 모든 기관에 혈액을 보내주는 엔진이라고 생각하니, 속이 메스꺼웠다. 그때는 냄새 때문에 속이 메스꺼웠다. 해나는 오리를 손질하면서 헛구역질을 해대던 것이 기억났다. 그리고 그때쯤 머리는 어떻게 되었을까? 해나는 콘크리트 통과 어머니가 과일 잼을 유리병에 넣어 선반에 올려둔 것을 기억했다. 부모님이 해나가 호기심에 그 모든 것을 해내는 것에 흥미로워했던 것을 기억했다. 그리고 그 모든 일이 끝난 뒤, 식사는 별로 맛이 없었다. 이제 기억나는 것은 부모님이 오리에서 냄새가 난다고 불평했던 것뿐이었다.

하지만 물론 해나가 오리한테 이런 이야기를 할 생각은 없었다.

신사 클럽

농장에서 온 친구들은, 농장에서 키울 생각이 없는 수컷 오리는 잡아먹히게 되기 때문에 그 오리들을 모으는 여자 이야기를 해주었다. 그 여자는 이제 열여덟 마리의 오리를 시골집에서 키우고 있었고, 오리들은 몰려다니며 물장난을 치고, 그 여자가 뿌려주는 곡식을 먹고, 그 여자가 엄마 오리라고 생각했다.

해나는 한 마리도 사랑해주기 어려운데 어떻게 한 사람이 열여덟 마리나 보살필 수 있는지 의아했다.

어쨌든 해나와 오리 사이에 변화가 있었다. 요즘 해나는 예전만큼 오리와 시간을 보내지 않았다. 함께 정원을 돌아다니며 먹이를 찾거나 잡초를 먹지 않았다. 그리고 그럴 때도 오리가 전만큼 해나한테 달라붙지도 않았다. 오리는 해나에게서 좀 떨어진 곳에 앉아서도 잘 지냈다. 바로 며칠 전, 해나가 가파른 둑으로 올라가 식물을 보살폈지만 오리가 예전처럼 불러대지 않았다. 그 순간 걱정이 된 것은 해나였다. 해나가 일어나 정원에서 오리를 찾았고…… 오리는 거기 있었다. 해나에게는 보이지 않는 곳이긴 했지만, 오리는 해나를 볼 수 있는 곳에 있었다. 헤어져 당황한 사이 환하게 빛나는 신호. 어쩔 수 없는 사태에 대비해 연습하듯, 독립된 자세였다.

체념과 비슷한 느낌이었다. 오리는 점점 더 길게 늘어나다가 언젠가 툭 끊어져 그녀로부터 하늘을 향해, 새 날개를 파닥이며 날아갈 낡은 밧줄 뭉치 같았다.

손님들의 시간

농장 친구들이 머문 지 사흘째 되는 저녁이었고, 그들이 파티에서 막 귀가한 때였다. 해나는 손을 씻으러 욕실로 갔다. 해나를 뻑뻑거리며 맞이하는 소리가 들리지 않았다. 오리의 부재가 욕실 안을 가득 채우고 있었다. 뭔가 사라진 후의 적막감뿐이었다.

농장 친구들과 사이먼은 식탁에 앉아 위스키를 마셨다. 해나는 앉아서 남자들이 하는 이야기를 들었다. 그들은 모스크바에서 여섯 명의 남자들을 가짜 우주선에 태우고 화성으로의 여행 시뮬레이션을 하는 실험에 대해 열띤 토론 중이었다. 러시아인 세 명과 프랑스인, 이탈리아인, 중국인 한 명씩이었다. 그들이 문화적 차이를 이해하는 데 18개월이 걸렸다. 중국인은 그들에게 중국어를 가르쳤다. 지구에 있는 가족과 동료에게 보내는 이메일과 대화는 화성에서 지구까지 도달하는 데 20분이 걸렸다.

사이먼은 이 실험에 대해 잘 알고 있었고, 할 말이 있었다. 그 여행은 우주선과 연결된 모듈을 통해 우주비행사 세 명이 모래 구덩이를 뛰어다니면서 끝날 예정이었다. 그것이 화성 착륙으로 간주되는 것이었다.

음. 해나가 말했다. 다들 그렇게 사는 거 아닌가? 삶이 끝날 때까지 여행 시뮬레이션을 하는 거 말이야.

남자들은 대화를 멈추고 해나를 잠시 쳐다보았다.

어이쿠, 해나. 브루스가 말했다. 그거 실감나는데.

그의 동생 로이가 따뜻하고 거친 손으로 해나의 어깨를 만졌다. 당신은 항상 좀 철학적인 구석이 있어. 그가 상냥하게 말했다.

해나는 세 사람이 모인 곳에서 일어났다. 손전등을 들고 바깥으로 살그머니 나가, 자갈을 밟고 연못을 지나 우리로 갔다. 전날 밤처럼 오리 눈을 비춰 놀라게 하지 않도록 손전등 불빛을 가렸다. 오늘 밤, 오리는 구석에 놓인 수건에서 일어나 어둠을 향해 목을 길게 빼고서 아주 작게, 머뭇거리며 소리를 냈다. 어둠 속에서 오리는 하얀 그림자처럼 보였다. 마치 유령 같았다.

해나는 풀밭에 앉아 오리를 달래주었다. 오리는, 갈매기가 되고 싶었지만 밤중에 오리의 몸을 찾아 이거면 되겠지 하고 생각한 어머니의 유령이었다. 오리는 죽음과 삶의 경계에서 일어나 해나의 마음 한 구석으로 돌아와서는, 이 세상에서 믿을 수 있는 단 한 사람이 뭔가 건넬 것이 있는지 확인하는 어머니의 유령이었다.

그런데 바로 그 사람은 어머니를 양로원에 혼자 두고 가버렸다. 잔디밭을 지나, 불빛과 웃음이 있는 집으로.

그리고 해나는 자신이 이렇게 잠시, 무의미하게 찾아온 탓에 오리가 실망만 했다는 것을 잘 알고 있었다.

리빙스턴

해나는 다시 사랑에 빠졌다. 오리와 다시 자유롭게 사랑할 수 있었다. 농장 친구들이 떠났고, 해나는 자신을 이해하지 못하는 사람들에게 강박적이라거나 이상하다는 반응이 나올까 염려하지 않아도 되었다. 오리는 해나만의 비밀이었다.

이제 날카로운 빵 칼과 가위, 빨간 손잡이가 달린 제초기를 들고서 그들은 정원 끝까지 전진했다. 집에서 보이지 않는 곳, 썩어가는 목재 문이 달린 돌담 너머, 이 구역은 몇 년째 방치되어 있었다. 전에 이곳은 채소밭이었고 콩이나 양상추, 토마토, 옥수수 등이 잘 자랐다. 이제는 키쿠유 그래스가 폭신하게 자라는 땅이었다. 예전에는 밀식조가 아마꽃에서 즙을 빨아 먹기도 했지만, 이제는 아마의 기다란 줄기가 엉클어진 풀 사이에서 썩어가고 있었다. 나무 고사리가 돋아나고 있었다. 캐비지 야자나무의 이파리가 두껍게 자라고 있었고, 사이사이 속이 빈 나뭇가지가 흩어져 있었다.

해나와 사랑하는 오리는 사파리 복장을 하고 있어도 좋을 것 같았다. 덤불들을 헤치며 켜켜이 쌓인 죽은 잎과 가지를 치우고 언제라도 공격할 태세를 갖춘 벌레들을 날려 보내고 있었으므로.

오리는 새로운 영역을 경계했다. 해나가 헤치고 나가는 동안 오리는 가만히 앉아 반짝이는 거미와 쥐며느리를 잡아먹고 있었다. 도마뱀들이 어디론가 사라졌다. 이따금 종려나무 뿌리께 고여 지렁이와 달팽이가 우글거리는 빗물 웅덩이를 지나치기도 했다.

숱한 나뭇가지와 이파리를 헤치고 가던 해나는 얼굴과 팔이 가려웠다. 마침내 오래된 오두막, 남자의 작업실 근처 작은 빈터에 다다랐다.

자, 다 왔어. 해나가 오리한테 말했다. 마침내 문명 세계가 나왔네.

해나는 금속 문손잡이를 잡고 밀었다. 나무 문이 어딘가 걸렸든지 아니면 잠겨 있었다. 해나는 거미줄이 가득한 창문을 들여다보았다. 몇 년 만에 처음이었다. 오두막은 엉성하지만 깔끔했고 선반 높은 곳에 책과 공책이 있었다. 한쪽 벽에는 작업대가 길게 놓여 있었다. 오두막 길이만큼 긴 의자도 있었다. 바닥에는 이것저것, 석회와 석고가 든 포대가 벽에 기대어 놓여 있었고, 안에 든 내용물이 바닥에 쏟아져 있었다. 칠을 하지 않은 벽과, 정원에서 쓰는 도구 몇 개와 다양한 깡통이 기둥 못에 걸려 있는 모습도 보였다. 천장부터 거미줄이 가득했다.

흠. 해나가 오리한테 말했다. 조금만 손을 보면 여기는 아주 아늑한 오리 호텔이 될 거야.

해나가 돌아서서 집으로 돌아오자 오리는 아쉬운 듯 뒤뚱거리며 따라왔다. 데크에 올라와 해나는 오리를 안아주었다. 장화를 벗고 안으로 들어갔다. 사이먼이 컴퓨터로 일하고 있었다. 그는 고개를 들더니 턱수염을 쓰다듬으며 해나 쪽을 쳐다보았다. 그의 시선이 오리에게 닿았다.

잘 있었어. 해나가 밝게 말했다.

왜 그래?

아, 차 한 잔 가지러 왔어. 밖이 굉장히 덥네.

아니, 그걸 왜 안에 가지고 왔냐고. 둘 다 심하게 더러운데.

정원을 손보고 있었어. 아, 참. 열의가 사그라진 해나가 물러섰다. 그럼 마실 것 좀 갖다 줄래? 물이면 돼. 당신 말이 맞아. 씻고 점심 먹으러 올게. 할 일이 있어.

사이먼은 바닥에 의자를 요란하게 끌며 일어나 해나에게 물을 한 잔 따라주었다. 해나는 물을 마시고 잔을 다시 건넸다. 그리고 돌아서서 오리를 우리에 데려갔다.

남자가 우리 사이를 방해해요. 오리가 말했다.

그런 거 아니야. 여자가 말했다. 좀 유난스러운 것뿐이야. 오리가 낯설어서 그래. 신경 쓰지 마. 우린 재미있었잖아. 그리고 진짜야. 할 일이 있어.

하지만 그날 밤 잠자리에 든 해나는 사이먼에게 다가가 그의 등에 몸을 대고 있었다. 그의 다리에 다리를 붙이고, 그의 불룩한 배에 팔을 감았다. 목욕을 하고 난 뒤 그의 부드러운 피부와 비누 향기가 늘 좋았다. 그에게 다가간 해나는 친밀한 느낌에 젖어들었다. 그런데 갑자기 그가 움찔거렸다. 심하게. 꿈결에 그의 온몸이 그녀를 거부했다. 마치 그가 새총이라면 그녀가 돌멩이라는 듯, 그녀는 그에게서, 침대에서, 창문으로 튕겨져 나갔다. 팔다리를 허우적거리는 돌멩이처럼, 그녀는 밤하늘을 가로질러 날아올랐다가 지상으로, 침대로 곤두박질쳤다. 그리고 해나는 이불을 홱 잡아당겨 덮고, 그에게서 멀리, 멀찍이 떨어져 잠을 청했다.

제10장

참을 수 없이 우아한 똥 누기

오늘 저녁 해나는 여자들과 함께 디너파티에 참석했다. 애완동물 이야기가 나왔다. 강아지, 늙은 개, 늙은 고양이, 새끼 고양이, 창밖 둥지에 사는 개똥지빠귀의 이야기.

그런데 난 오리를 키워. 해나가 말했다.

어머, 오리! 모두 어색한 목소리로 합창했다. 오리가 어디서 났어?

해나가 정신을 차리고 보니 식탁 위로 주먹을 내밀고 있었다. 처음에는 내 손바닥 위에 올라왔어. 노란 솜뭉치였어. 어미가 없었고. 무리에서도 쫓겨났어.

귀엽기도 하지! 모두 외쳤다.

지금은 축구공보다 커. 아주 통통해. 못생겼고 부스스하게 생겼어. 어디든 졸졸 따라다녀.

변절자가 된 기분이 들었다.

그런데 똥은 안 누니? 물론, 누군가 이렇게 말했다.

아, 누지. 해나는 에릭의 손자 맥스가 변기 위에 앉아 있을 때 나눈 대화를 떠올렸다. 그럼, 모든 생물은 똥을 누지. 엄마도 똥을 누고. 아빠도 누고. 제인 고모도 누고, 할아버지도. 그럼, 나도. 사이먼? 사이먼도. 새도 똥을 누고 고양이도 똥을 누고 개도 똥을 누고 코끼리도 똥을 누고. 아기 코끼리? 그럼, 아기 코끼리도, 애벌레도. 오리도.

누군가 상당히 큰 소리로 힘주어 말했다. 그럼 누지. 물론이야. 여기저기다. 끊임없이 눈다니까.

해나는 이 이야기를 꺼낸 것을 몹시 후회했다. 매일 아침 우리를 치워주고, 요즘은 오리가 밖에서 잠을 자서 우리를 이삼 일에 한 번씩 옮겨주고, 고무장갑에 엄청난 돈을 쓰고 있으며, 잔디밭에 물을 뿌리고, 데크에 떨어진 똥이 있으면 다 치운다는 말은 하지 않았다. 집 안에서는 화장지와 빗자루, 양동이를 늘 손에 닿는 곳에 둔다는 것도. 어머니를 몇 년째 돌보고 나니, 오리가 똥 조금 누는 것은 아무렇지도 않다는 이야기도 하지 않았다.

그때, 해나를 도와주려는 뜻으로 다른 여자가 말했다. 오리도 성격이 있지?

아, 그럼. 해나가 말했다. 그렇고말고.

어떤데? 같은 여자가 물었다. 자기 고양이가 끈기 있고, 고집이 세고, 영리하고, 오만하고, 머리가 좋다고 한 사람이었다.

음, 걔는 음…….

말문이 막혔다. 정말로 오리한테 성격이 있었나?

잘 달라붙어. 해나가 겨우 말했다.

응, 그런데 구체적으로 성격이 어때? 잘 달라붙는 건 알겠는데, 성격이 어떠냐고. 네 마음에 드는 부분이 있어?

해나는 애정이 많은 오리라서 누가 안아줘야 하고, 머리카락 속에, 턱 밑에 부리를 묻고, 헤어졌다 만나면 셔츠 밑으로, 팔 밑으로 머리를 들이민다는 말은 하지 않았다. 해나는 생각에 잠겨 식탁 가운데 촛불 위를 멍하니 바라보았다. 누군가 샐러드를 넘겨주고 와인을 권했고, 또 다른 누군가는 화장실에 가려고 일어났다. 해나의 머릿속에서 흘러나온 어색한 침묵은 다시 잡담 소리로 바뀌었다.

그리고 집으로 돌아가는 중에도 그 질문이 뇌리에서 사라지지 않왔다. 오리의 성격. 무엇이든 마음에 드는 점. 해나는 오리를 얼마나 잘 아는 것일까? 오리한테 왜 끌리는 것일까? 오리가 웃게 해줘서? 심란한 질문이었다. 어머니를 돌보는 데 지쳐 누굴 돌보고 싶은 심정 따윈 사라져버렸다. 더군다나 자신에게 의존하는 생물은 필요 없었다. 그렇다면 이건 무엇일까? 어쩌면 오리와의 사랑은 어머니와 해나 사이에서 계속되는 사랑일지도 몰랐다. 하나가 죽으면서 다른 몸으로 옮겨 간 사랑일지도.

해나가 죽어서 달팽이가 되고, 오리가 해나를 먹는다면 그 사랑은 어떻게 될까?

하지만. 성격은?

아가야

해나가 정원에서 더 많은 시간을 보내자 주위 고양이들은 해나가 자기 영역을 되찾은 것으로 간주했고, 그래서 고양이들의 위협이 줄어들었다. 덤불 속에 도사린 채 우리를 주시하는 하얀 긴 털 고양이를 향해 해나가 지른 고함소리는 계곡 반대편에서도 들렸을 것이다. 하지만 지난 두어 주 동안에는 놀라운 사건들이 있었다.

헤어져 있을 때, 오리가 관목들 사이 꼬불꼬불한 통로를 따라 자신의 발치까지 도달하는 가장 가까운 지름길을 어찌나 빨리, 또 능숙하게 찾아내는지 해나는 늘 놀라웠다. 하지만 어느 날, 해나가 오두막 옆 빽빽하게 자란 풀을 처리하며 돌담 뒤에 있었을 때였다. 지름길을 찾는 논리에 따라, 오리는 덤불에 난 구멍을 통해 담 너머 해나에게 찾아왔고, 그러느라 집을 따라 나 있는 공용 도로를 걷게 되었다. 오리가 담장 반대편에는 해나에게 갈 수 있는 통로가 없다는 사실을 깨닫고 애원하는 울음소리를 내자 해나는 깜짝 놀랐다. 해나도 당황해서 담장을 따라 내달려 덤불 사이 틈으로 돌아갔다. 해나는 가로막고 있는 담장을 잘라내고 문을 연 뒤 길로 나가서 오리를 찾아와야 할 것이라고 생각했지만, 그 일들을 다 하고 나면⋯⋯. 갖가지 생각에 벌써 가슴이 죄어왔다. 크리스마스 저녁거리를 발견한 이웃들. 자동차. 개들. 단순한 실종. 그 사이 해나는 나무 아래 젖은 낙엽을 밟고 서서 어쩔 줄 몰라 하며 외쳐댔다.

오리야! 오리야!

오리는 덤불 반대편에서 우왕좌왕하면서 해나를 바라보았다. 해나는 사이먼을 불렀다.

여보! 여보! 도와줘! 여보!

가슴이 미친 듯 뛰었다. 오리야, 이리 와. 해나 스스로가 듣기에도 민망한 온갖 호칭이 쏟아져 나왔다. 아가. 어서 와, 엄마한테 와.

그리고 당연히 오리는 그 구멍을 다시 찾아 해나의 품안으로 돌아왔다. 사이먼은 사색이 되어 집에서 달려 나왔다.

해나? 왜 그래?

해나는 오리의 발을 붙잡고 숨을 몰아쉬고 있었다.

오리가. 오리가 빠져나갔어. 바깥 길로.

사이먼은 우뚝 멈춰 섰다. 아, 그놈의 오리. 그렇게 불러대니 걱정했잖아. '늑대야'라는 줄 알았어. 괜히 착각했네.

해나는 사이먼의 뒷모습을 바라보았다. 사이먼은 플라스틱 병을 걷어찼다.

그리고 오늘, 맥스와 로즈메리가 불현듯 덤불 틈으로 찾아왔고 맥스가 오리를 괴롭히기 시작했다. 오리는 집에서 달아나 파인애플 밭을 지났고, 군자란 주위를 돌고 잔디밭을 달리고 나무를 지나서 열려 있던 현관문으로 들어갔으며, 철퍽철퍽거리며 복도로, 주방으로, 거실로 내달리다가 데크 구석을 지나서야 질주를 멈췄다.

맥스도 멈췄다. 해나가 따라왔다. 오리는 땅에서 5미터 높이의 난간 없는 부분에 붙은 기둥 뒤에서 맥스로부터 피신처를 찾았다. 해나는 돌처럼 굳은 채 양쪽 발을 번갈아 들어 올리며 아래 공간을 바라보고 있었다.

동생은 어디 있니? 동생을 봐야지. 가서 로즈메리를 데려오렴! 해나가 외쳤다.

아이는 동생을 찾으러 달려갔다. 오리는 쉽게 미끄러져 내려간 틈을 통해 다시 돌아오려고 했지만, 돌아올 때는 깃털이 걸려 방해가 되었다. 해나는 기둥과 집 사이로 손을 넣어 오리를 끄집어냈다. 그리고 오리를 팔에 끼고 아이들을 찾으러 갔다. 로즈메리를.

로즈메리는 해나가 연못에서 생물을 더 기를 생각으로 커다란 그릇에 모아둔 올챙이를 발견했다. 로즈메리는 맥스의 도움을 받아 올챙이 다섯 마리를 연못 다리에 일렬로 늘어놓고는, 더 잡으려고 그릇 안에 손을 넣고 있었다. 그리고 손으로 올챙이의 미끈거리는 감촉을 살피며 실험하고 있었다. 해나는 올챙이들을 도로 그릇에 넣었지만, 그중 하나가 둥둥 떠올랐다.

해나는 그 올챙이를 건져 손바닥 위에 놓았다.

봐. 불쌍한 올챙이를 보렴. 이제 죽을 거야.

괜찮아요. 맥스가 말했다. 죽으면 개구리가 될 거예요.

옆에 불쑥 나타난 오리가 해나의 손에서 올챙이를 낚아채 부리로 물더니 한꺼번에 꿀꺽 삼켜버렸다.

아무렇지도 않은 척하던 아이들이 깜짝 놀랐다.

오리가 올챙이를 먹었어요. 먹었어요. 다 먹어버렸어요.

맥스. 로즈메리. 그런데 여기서 뭘 하는 거니? 할아버지는 어디 계셔?

정원에요.

음, 할아버지가 너희들 찾으시겠다. 너희를 부르시는 것 같았어.

해나는 아이들을 돌려보냈다. 에릭이 정원을 파고 있었다.

아이들 걱정하셨죠. 해나가 말했다.

어디 있는지 잘 알고 있소. 그가 말했다. 귀는 들리니까.

음, 애들이 내 올챙이를 건드리는 소리는 못 들었잖아요.

너, 역겨워. 해나가 말했다.

네?

올챙이를 먹다니. 그것도 애들 앞에서 그렇게.

그 남자애는 괴물이에요. 날 그렇게 쫓다니. 게다가 그걸로 어쩌라고요? 구경만 해요? 맛있었다고요. 혹시 더 없나요?

욕심 좀 보라지. 해나는 어이가 없었다. 애들이 뭘 보고 배우겠니? 정원에 온갖 동물들이 살고 있는데, 봐, 네가 다 먹어치우고 있잖아.

애들한테 정원에 사는 작은 생물들에 대해 가르쳐준 거예요. 오리가 말했다. 그리고 그것들을 먹기 좋아하는 큰 동물에 대해서도요.

크리스마스 만찬으로 오리 고기라든가. 해나가 말했다.

착한 척하는 인간들의 잔인성도 가르쳐줬죠. 오리가 이렇게 말하자 어머니의 목소리가 들려왔다. 네겐 잔인한 구석이 있어. 정말 그렇단다. 오리가 정원 뒤쪽으로 가자 어둠에 가려 잘 보이지 않게 되었고, 불러도 돌아오지 않았다. 밤이 되어 우리에 넣기 전, 해나는 군자란 틈에 쭈그리고 숨어 있는 오리를 찾아다녀야 했다.

나무 아래에서

가끔 해나는 팔다리가 돌덩이처럼 무거워지고, 심장에서 혈관으로 뻑뻑한 진흙을 내보내는 것 같을 때가 있었다. 볼이 미어지도록 돌멩이로 가득 찼고, 입은 아래로 늘어지는 것 같았다.

그리고 바로 이날, 오리가 해나의 메마른 연못 같은 무릎 위로 낑낑 올라오더니 깃털이 자라고 있는 날개로 해나를 감싸 안고는 하늘로 휘익 날아올랐다. 오리가 작은 날개로 해나의 눈을 가려 해나는 내면을 보게 되었다. 저 아래 진흙 웅덩이와 흰 솜털이 깔린 빈 둥지가 보였다. 근처의 들판에는 오리의 시체가 하얀 깃털 사이에 쓰러져 있었다. 목이 꺾여 있었고, 날개 한쪽이 풀밭에 펼쳐져 있었다.

해나는 마른 낙엽이 바스락거리며 함께 날아오르는 것을 보았다. 해나와 오리는 소용돌이에 말려들어 빙빙 돌았다. 그리고 이제 그들 아래, 어머니가 턱 밑에 수건을 깔고 침대에 누워 있었다. 창백한 뺨에 핑크색 분을 바르고, 머리는 이마에서 베개로 빗어 내려져 있었으며, 가슴 위 시트에는 카네이션 한 송이가 놓여 있었다.

해나는 어머니가 모은 손을 빼더니 앙상한 두 팔, 깃털처럼 가벼운 두 팔, 마른 깃털 날개를 들고는 커다란 흰 날개를 퍼덕이며 날아올라 다가오는 모습을 보았다. 어머니가 해나와 오리를 폭신한 날개로 감싸주었다. 그들은 앉아 있던 자리로 내려왔다. 해나는 나무에 기대앉아 보드라운 초록 풀밭에 발을 대고서 무릎 위에 새끼 오리를 안고 있었고, 가슴에는 뭔가 다른 것이 북받쳤다.

색칠하기

해나는 이제 그림 그리는 과정에 좀 더 관심을 가졌더라면 싶었다.

집 안 여기저기에 수채화 액자가 걸려 있었다. 호크스 베이에서 존경받는 화가였던 어머니가 그린 그림이었다. 사람들이 어머니에게 좋아하는 풍경이나 시골 농가를 그려달라고 의뢰하는 일이 종종 있었다. 어머니에게는 보통 힘이 많이 드는 일이었다. 하지만 겸손하고 자기 능력에 자신감이 없던 어머니는 평소에는 부드럽게 그리던 선도 뻣뻣해지곤 했다. 어머니에겐 솜씨라기보다는 타고난 열정이 있었다고 하는 편이 그녀의 직관적인 창조력을 더 정확하게 설명하는 것이었다. 어머니는 주위 세상을 팔레트와 구도, 미학과 연관하여 끊임없이 관찰했다. 그리고 몇 분 만에 몇 가지 선과 색으로 어떤 장면 또는 얼굴을 포착해냈다. **아냐, 그냥 스케치만 한 거야.** 어머니는 자신의 능력을 이렇게 아무렇지 않게 치부하곤 했다.

호크스 베이에서 이사하기 전, 어머니가 가입한 회화협회에서 어머니 작품으로 전시회를 열었다. 관심의 대상이 되는 것이 어색했던 어머니는 강하게 거절했다. 그 무렵, 어머니는 손과 눈의 협응 능력이 파킨슨병으로 망가지는 바람에 특히 화가 자격이 없다고 느끼고 있었다. 친구들이 찾아와 오랜 세월 동안 모아놓은 그림 상자에서 좋아하는 것을 골라낼 때까지도 어머니는 전시 작품 고르기를 거부했다. 하지만 어머니는 어쩔 수 없는 상황에 굴복했고, 전시할 작품을 최종 선정하는 데 참여했다. 그림에 액자를 맞추고 전시를 열었다. 모두 모여 그림 거는 일을 도왔다.

해나와 사이먼은 개막식에 참석했다. 새로 장만한 체리핑크 드레스에 구불구불한 은발, 찬찬하면서도 그윽한 눈동자와 도착하는 사람들을 맞이하는 미소는 너무나 아름다웠다. 갤러리 주인은 노인 손님들을 보살피고, 개회사를 맡은 전국적으로 유명한 지역 출신 화가에게 알랑거렸다. 그의 연설이 끝나고 어머니의 친구들과 동료 화가들이 하나씩 앞으로 나와 어머니의 재능을 칭찬했다. 어머니는 몰래 사람들 틈에서 빠져나와 수줍게 웃으며 벽에 등을 대고 서 있었다. 해나는 어머니가 핼쑥한 얼굴로 지팡이를 짚고 휘청거리는 것을 보고 튀어 나가 겨우 부축했지만, 어머니는 황급히 밀어준 의자에 쓰러지듯 앉았다. 갤러리 주인은 전시품 가격 목록으로 부채질을 해주었다. 어머니는 정신을 차렸지만 상황 파악을 하지 못했다. 어머니는 염려하는 얼굴들을 올려다보았다. 해나가 물을 한 잔 권했다.

해나. 대체 무슨 일이니? 그걸로 뭘 하고 있는 거야? 어머니가 날카롭게 속삭이는 소리가 모두에게 들렸다.

엄마가 또 쓰러졌어요.

제발 좀. 그런 일은 없어. 나는 아무 문제도 없다. 어머니는 물을 밀치며 말했다.

모두 따뜻하게, 그러나 어색하게 웃고는 다시 그림을 보면서 와인을 홀짝이고 치즈와 클럽 샌드위치를 먹었다. 저녁때가 되자 거의 모든 그림 옆에는 빨간 스티커가 붙었다. 스티커가 붙지 않은 것은 한 장뿐이었다. 갈매기 한 마리가 폭풍우 치는 바다 위를 날아가는 그림이었다. 그리고 그 그림은 아직도 해나가 가장 좋아하는 그림이었다. 그래서 작업 테이블 옆의 벽에 걸려 있었다.

어머니가 프림로즈 힐에 들어간 뒤 해나는 원장에게 어머니가 한때는 훌륭한 화가였다고 말하며 그림을 계속 그릴 기회가 있는지 물어보았다. 일주일에 한 번씩 어머니가 미술과 공예 시간을 가질 수 있게 되었고, 해나는 그때 함께 앉아 있도록 허가를 받았다. 그때가 되었을 때, 두 사람은 미술실로 안내를 받았다. 탁자와 마분지, 가위, 붓, 어린이용 물감 튜브가 든 트롤리가 있는 작은 방이었다.

다른 할머니 네 명도 보행기를 밀고 들어왔고 탁자 주위에 앉았다. 강사가 돌아다니며 물감을 짜주고, 카드와 붓, 나무와 별, 꽃잎과 나뭇잎이 새겨진 유치한 스텐실을 나누어주었다. 모두 작은 그릇을 하나씩 받았다. 나무와 잎은 녹색으로, 별은 노란색으로, 꽃은 파란색이나 빨간색으로 채우는 것이 과제였다. 물감이 흐르면 키친타월로 닦았다.

해나의 어머니는 아무 말도 하지 않고 카드와 다른 도구를 바라보았다. 그러더니 어머니는 해나에게 물을 달라고 했다.

물 드실 분 계세요? 해나가 물었다. 아무도 대답하지 않자 해나는 주방으로 가서 물을 한 잔 들고 돌아왔다. 어머니는 앙상한 손으로 그 물을 받더니 허리를 숙이고 그릇에다 모두 따랐고, 물은 사방으로 흘러넘쳤다.

엄마, 왜 그래요? 이것이 반항인지 사고인지 알 수 없었던 해나가 외쳤다. 강사가 서둘러 키친타월을 자꾸만 뽑아내 물감과 물을 닦아냈고, 해나는 미안하다고 사과했다.

괜찮아요. 강사는 해나에게 눈짓을 하며 입 모양으로만 말했다. 모두 다시 자리를 잡자 어머니는 깨끗한 키친타월을 들더니 탁자 위에 펼쳐놓았다. 어머니는 집중해서 물을 섞어 옅어진 파란색에 붓을 담그더니 종이 가장자리에 대고 있었다. 물이 종이로 번졌다. 이 말도 안 되는 퍼포먼스를 멍하니 구경하는 모두를 무시한 채, 어머니는 그 행동을 반복했다. 그러더니 붓을 노란색 물감에 담그고 같은 행동을 반복한 뒤 물감이 섞여 파란색과 노란색이 녹색이 되어 만나는 것을 흐뭇하게 바라보았다.

　해나는 문득 이해했다. 어머니가 가엾고, 어머니의 남다른 행동을 비판한 자신에게 화가 나서 울고 싶었다. 어머니는 꿋꿋이, 그러나 조용히 유치원 활동을 거부하고 자신이 가장 사랑하는 일을 한 것이다. 색을 갖고 노는 일을.

새로운 피

해나가 곁에 있을 때 새끼 오리는 더 오랫동안 자유롭게 돌아다닐 수 있었지만, 해나가 자리를 비울 때면 집에 사이먼이 있더라도 반드시 우리에 들어가야 했다. 해나는 자신이 없을 때 사이먼이 오리를 봐줄 것이라고 믿을 수 없었다.

해나가 오늘 아침 우리를 치우고, 정원에서 양상추를 던져 넣고, 이파리 사이에 달팽이를 숨겨놓는 동안 오리를 풀어주었다. 하지만 안으로 들어간 오리는 달팽이를 모두 찾아내 먹어치웠다. 해나가 우리 지붕 갈기를 마쳤을 때, 오리도 달팽이를 다 먹어치웠다. 달팽이 열한 마리와 민달팽이 다섯 마리. 해나는 오리가 하루에 걸쳐 달팽이를 가끔 발견하며 즐기기를 바랐다.

해가 지기 직전 해나가 집에 돌아왔을 때, 오리는 몹시 배가 고팠다. 우리 안쪽에는 녹색 똥이 잔뜩 쌓여 있었다. 지붕이 없는 풀밭에는 똥이 별로 없었다. 해나는 오리가 하루 종일 우리 안에만 있었던 모양이라고 짐작했다. 해나는 오리를 끌어냈고, 오리는 해나에게 몸을 꼭 붙이고 목덜미에 부리를 댔다. 그리고 둘은 정원을 한 바퀴 달렸다. 해나는 웃으며 달렸고, 오리는 해나를 따라 잡으려고 뒤뚱거렸다. 그리고 둘은 연못으로 갔다. 사이먼은 오리가 지내는 동안 더 편하게 해주는 일이 내키지 않았지만, 해나와 함께 지난 2주 동안 연못을 치웠다.

해나는 다리 위에 섰고 오리는 뒤로 물러나 무슨 일이냐는 표정으로 해나를 쳐다보았다. 저녁에는 날씨가 쌀쌀해졌다. 오리는 돌 위를 몇 발자국 걸어 다리 위로 올라왔고 물속을 내려다보았다. 오리는 가장자리로 머뭇머뭇 다가갔다. 25센티미터도 안 되는 높이였지만, 오리는 다이빙대에서 용기를 내보는 미스터 빈처럼 굴었다. 마침내 오리는 물속으로 뛰어들었다. 해나와 연결된 끈을 끊고, 자연스러운 자신이 되어 물속에 뛰어든 오리는 첨벙거리며 깃털을 씻었다.

헤엄을 마친 오리는 돌 위로 올라가 똑바로 서서 날개를 푸드덕거렸다. 그러다 중심을 잃어 깜짝 놀랐다. 해나도 놀랐다. 날개가 바람에 날린 것이다. 하루 종일 오두막에서 웅크리고 지낸 것은 유용했다. 오리가 모든 힘을 날갯짓에 쓸 수 있었으므로.

해나는 슬픔에 가슴이 저렸다. 오리는 곧 날 수 있게 될 것이다. 해나는 오리를 안아 날개 주위를 살펴보았다. 전에는 아무것도 없었던 작은 살덩이가 이제 정교하게 디자인한 깃털로 덮여 있었다.

흰 곰팡이가 생긴 것처럼, 날개 깃털이 보송보송했다. 해나는 그것을 알아차리고 있었다. 하지만 가장자리를 따라 솟아난 두 줄의 깃털은 영양분을 공급하는 혈액이 붉게 돌고 있었다. 그 깃털들은 부드럽고, 힘차며, 열심히 자라고 있었다. 그것은 마치 두 줄로 세운 생일 촛불 같기도 했다. 뜨거웠다. 오리는 해나가 그 사이에 손을 넣고 깃털을 펼쳐 살펴볼 수 있게 해주었지만, 그건 아무에게나 허락하는 일이 아니었고, 해나는 아주 조심스럽게 다루어야 했다. 예전에 푸드덕거리기만 하느라 아껴놓은 힘과 에너지가 이제 날개로 보내지고 있었다. 밤새 다녀가는 선생님이 오리에게 나는 법을 가르치고 있었다. 그의 연습 날갯짓이 시험을 통과한 것일까?

어머니가 한 말이 해나의 머릿속을 떠다녔다. **내가 원하는 건 세상 위**

로 높이 날아오르는 것뿐이야.

그리고 해나는 몇십 년 전, 처음으로 우주에 간 사람인 유리 가가린이 떠올랐다. 출발할 즈음에 그는 온 세상 사람들에게 이렇게 말했다. **안녕, 곧 다시 봅시다. 내 친구들. 진동이 더 잦아지고 소리가 더 커집니다. 그 후, 지구의 지평선이 보입니다. 아름다운 파란색 후광이 있습니다. 하늘은 까맣습니다. 별들이 보입니다. 그 후, 바다의 움직임이 보입니다.**

안녕, 내 친구. 새끼 오리가 출발하기 전에, 이 모든 것의 영원 속에서, 파란 하늘의 외로운 점이 되어, 어디로 가는지 어떻게 멈출지 모르는 채 새로운 날개를 파닥, 파닥, 파닥거리기 전에 해나에게 이렇게 말할지도 모른다. 진동이 잦아지고, 적막이 깊어지고, 바다의 움직임이 보이고, 바다가 무엇인지, 자신이 오리인지도 모르면서.

사이먼 가라사대

깃털의 줄기는 우축이라고 부르는데, 깃털이 형성되는 동안에는 혈액으로 가득 차 있다. 날개와 꼬리 깃털은 가장 크기 때문에 혈액 공급이 가장 많이 되며, 그래서 혈액 깃털이라고 부른다. 그것은 인간의 머리카락과 마찬가지로 피부의 모낭에서 자라난다. 또 그것은 혈관과 마찬가지로 조류의 혈액 통로와 비슷하다. 우축이 동맥과 같은 기능을 하는 혈액 깃털을 다쳐 피를 흘리다 죽는 새들도 있다. 그 깃털이 모두 발달하면 혈액은 다시 오리의 몸으로 흡수되는데, 이를 통해 속이 빈, 훨씬 더 가벼운 깃털이 만들어진다. 우축에서부터 이어진 깃가지라 불리는 가지에서는 작은 깃가지가 뻗어나간다. 작은 깃가지는 벨크로나 지퍼처럼 깃털을 연결해준다. 깃털은 서로서로 엮여 있다. 깃털을 '반대' 방향으로 문지르면 작은 깃가지가 풀리고 '올바른' 방향으로 문지르면 다시 엮인다. 작은 깃가지는 아주 미세해서, 이를 구별하려면 확대경이 필요할 정도다.

혈액 깃털이 손상되어 출혈이 일어나면 그 깃털을 뽑고 모낭을 옥수수 가루로 막아두면 된다.

제11장

찬장에 놓인 사랑

그날 밤 해나는 공포에 질려 꼼짝할 수 없는 상태로 깨어났다. 어머니는 아직도 냄비 찬장 구석에 놓여 있었다. 어머니를 완전히 잊고 있었던 것이다. 해나는 깜짝 놀라 일어난 뒤 불을 켰다.

왜애애애? 사이먼이 고개를 들더니 눈을 껌뻑였다. 왜 그래?

미안. 생각난 일이 있어서.

사이먼은 머리를 눕히더니 팔로 불빛을 가렸다.

그래. 사이먼이 중얼거렸다. 그래야지. 이야기 좀 해. 하지만 나중에.

엄마 오리

유골 항아리 바닥에 나사가 있었다. 열기 쉽지 않았지만, 해나는 한참을 씨름한 끝에 그 나사를 돌려 열었고, 그 안에는 또 비닐봉지가 들어 있었다. 해나와 어머니의 유해 사이를 가로막고 있는 것이었다. 어머니가 마신 모든 차와 로스트 디너와 버터와 크림, 어머니의 젖, 그리고 어머니가 내쉰 숨, 어머니가 읽은 모든 글, 어머니가 지녔던 아름다움, 온몸에 담았던 사랑과 실망, 슬픔과 분노, 포기, 기쁨, 웃음과 같은 감정들이 이렇게 졸아든 것이다. 해나는 얼굴을 찡그리며 스테이크 나이프로 비닐을 찔렀다. 어머니를 조금만, 발가락 한 개 정도만 세라믹 접시에 따랐다. 그랬더니 어찌나 아무 색깔도 없는 잿빛이던지, 어찌나 바짝 말라 있던지. 해나는 유골 항아리를 다시 세우고 나사를 돌려 끼우며 우울해졌다. 항아리를 상자에 넣은 뒤, 당분간은 욕실 선반에 올려두기로 했다.

해나는 그 세라믹 접시에 사료와 물 몇 방울을 더한 뒤 스푼으로 저었다. 작은 가마솥 같았다. 〈맥베스〉에 나오는 마녀들이 떠올랐다. 아름다운 것은 추하고 추한 것은 아름답다.*

맨발로 이슬 맺힌 풀밭을 지나 오리의 우리로 갔다. 어머니는 발바닥에 닿는 젖은 풀밭의 느낌을 좋아했다. 그리고 어머니라면 새벽이 밝아올 때 나뭇잎과 풀잎을 하나하나 적시는 특유의 금빛에 이름을

* 〈맥베스〉에 나오는 마녀들의 대사.

붙여주었을 것이다. 레몬옐로, 번트시에나, 옐로 오커, 울트라마린 블루. 해나는 아무것도 알 수 없었다.

해나는 오리를 풀밭에 풀어주었다. 그리고 사료가 든 접시를 놓아주었다. 확신이 없어 무거운 마음으로 해나는 오리가 어머니를 먹어치우는 광경을 지켜보았다.

자, 엄마. 해나가 말했다. 가방을 싸세요. 어느 날엔가, 엄마도 바람을 타고, 영영 자유롭게 날아오를 거예요.

바이올렛

　매번 항아리를 열지 않아도 되도록 해나는 재를 좀 덜어 바이올렛이 그려진, 뚜껑 달린 도자기 설탕 그릇에 담아두었다. 어머니는 바이올렛과 고급 도자기를 좋아했다. 아침마다 해나는 오리에게 줄 사료에 재를 조금씩 넣었고, 오리가 사료를 하나도 남기지 않고 먹어치우는 모습을 지켜보았다. 해나는 그 그릇을 빈방, 해가 잘 드는 창틀에 두었다. 항아리는 어머니가 자던 침대에 다시 눕혀놓았다.

째깍째깍

어제는 정말 오랫동안 안 왔잖아요. 오리가 어느 날 아침 해나에게 불평했다. 그리고 그 전날도요.

해나는 오리를 우리에서 꺼냈을 뿐인데 오리는 품에서 버둥거리며 발톱으로 해나의 재킷을 긁어댔다.

알아, 알아. 해나는 버둥거리는 오리의 몸뚱이를 안아보려고 하다가 놓치고 말았다. 미안해. 다시는 그러지 않겠다는 말은 할 수 없었다. 중요한 편집 일 마감이 있었고, 17일 후면 크리스마스였다. 손님들이 와서 묵고 갈 예정이었다. 동생 매기와 매제 토비가 올 것이다. 사이먼의 형도 호주에서 오기로 했다. 살 것도 많고, 할 일도 많았다. 준비할 것도. 오리와 조용히 앉아 있거나 느긋하게 먹이를 찾아다닐 시간이 없었다.

오리는 풀을 뒤지다 고개를 들었다. 풀도 좀 깎아야겠네. 해나가 생각했다.

하루 종일 앉아만 있어요. 당신이 우리를 치워주는 건 알아요. 날마다 깨끗한 흰 수건을 덮은 플라스틱 쿠션을 놓아두는 것도 알아요. 새로 준비한 사료랑 먹이도 줘요. 우리 벽 밑으로 시금치랑 양상추를 끼워줘서 내가 찢어 먹기 좋도록 해주고요. 내가 찾아 먹게 양상추에 달팽이를 감추어놓고, 그릇에 물도 새로 채워주지요.

더 말하지 않아도 돼. 해나가 말했다.

아뇨, 말해야 해요. 말하고 싶어요. 당신이 해주는 일이 고맙지 않은 건 아니에요. 우리 사이가 어떻게 되는 건지도 묻고 싶어요. 나랑

174

이제는 놀아주지 않잖아요. 옛날처럼 말이에요.

해나는 옷을 더럽히지 않도록 조심하면서 풀밭 바위에 걸터앉았다. 회의에 가야 했다. 갖고 내려온 수건을 무릎에 펼쳐놓고 해나는 오리를 그 위에 앉혔다.

늦어지고 있었다. 머릿속으로 계산을 해보았다. 5분. 5분만 주기로 했다. 화장은 차에서 하면 되니까.

내 말 들었어요? 오리가 까만 눈을 굴리며 물었다.

응, 들었어. 우리 사이는 변한 게 없어. 해나가 말했다. 나는 요즘도 네 생각을 하면서 자. 그리고 눈을 뜰 때도. 오늘 아침에는 새벽에 무슨 소리가 들려서 깼어. 잠이 채 깨지도 않았지만 침대에서 벌떡 일어나 밖으로 달려 나와서 정원으로 왔어. 네가 무사한지 보려고. 믿을 수 있니? 난…… 뭔가가 네 우리에 들어가려고 하는 줄 알았단다.

당신을 봤어요. 오리가 말했다. 날이 반쯤 밝았을 때, 새들이, 나무에서 자유롭게 사는 새들이 막 지저귀기 시작할 즈음에요. 하지만 당신은 인사도 하지 않았어요.

겨우 다섯 시쯤이었으니까 안 했지. 네 우리가 안전한 걸 확인하고서 자러 돌아갔어. 내가 하고 싶은 말은. 널 정말 소중히 여긴다는 거야.

흠. 그건 그렇고, 또 문제가 있어요.

뭔데?

5분이 거의 다 되었다.

그 남자요.

그 남자가 왜?

그 남자가 무서워요.

바보 같은 소리 하지 마. 왜 그 사람이 무서워? 너를 다치게 하지 않아.

글쎄요. 당신이 없을 때 어떤 일이 있는지 모르잖아요.

해나는 사이먼이 오리를 데리고 살기는 하지만, 그다지 좋아하지 않는다는 것을 알고 있었다. 사실 사이먼은 날아다니는 것들을 대체로 그다지 좋아하지 않았다. 밤중에 나방이 머리카락 속에 들어갔을 때 그가 크게 놀랐던 일이 떠올랐다. 바닷가에서 피시 앤 칩스를 먹을 때 주위에 몰려든 새들을 쫓아냈던 일도 기억났다. 사이먼은 오리를 '그것'이라고 불렀다. 비록, 해나가 집 쪽을 올려다보지는 않았지만, 사이먼이 책상에 앉아 해나의 강박적인 행동을 비판하며 바라보고 있을 것 같은 느낌이 들었다. 그도 해나가 시간이 촉박하다는 것을 알고 있었다.

염려 마. 그 사람은 괜찮아. 해나가 오리의 목을 긁어주며 말했다. 널 다치게 하지 않을 거야. 그건 확실해.

그 남자에겐…… 뭔가…… 이상한 점이 있어요.

미안하다, 오리야. 좀 더 구체적으로 말해야지. 있잖아, 어쩌면 그 사람이 약간 질투하는 것일지도 몰라. 둘이서 서로 질투하는 것 같다. 자. 이제 됐다.

말도 안 돼요! 내가 질투할 게 뭐가 있어요?

해나는 이 말을 들었지만 무시하기로 했다.

함께 달아나요. 오리가 불쑥 말했다. 당신이랑 나랑.

오리야. 해나가 말했다. 그럴 순 없어. 어디로 가? 그리고, 솔직히

176

말하면 이제 가야 해. 늦었어.

알겠어요. 그러니까 이 대화가 아무런 의미도 없다는 건가요?

아니야. 정말이야. 다시 와서 이야기하자. 잊지 마. 까마귀에 대해서 내가 한 말 기억하지? 그만 가야겠다.

내가 한 말을 기억해요. 해나가 집으로 달려간 뒤 오리가 말했다. 모든 것이 보이는 것과 같지는 않아요.

그리고 해나의 이성은 무시하려고 노력했지만, 그 말은 터져버린 베개에서 날아오른 깃털처럼 해나의 주위를 하루 종일 둥둥 떠다녔다.

제12장

해명을 통한 치료

해나는 한밤중에 논리적인 자신과 싸우다 깨어나곤 했다. 해나는 늘 자신을 이성적이고 생각이 깊은 사람이라고 여겼다. 그녀는 밤새 다녀가는 선생님이 오리뿐 아니라 자신의 마음속에도 들어올 가능성이 있는지 상상해보았다.

해나는 오리 사냥철에 대비하기 위해 1년 내내 살던 호수를 떠나는 오리들이 있다는 이야기를 들은 기억이 났다. 심지어 안전한 오리의 은신처로 날아가는 경우도 있다고 했다. 지구상에서 오리를 멸종시켜도 된다는 살해 허가를 가진 인간 사냥꾼들의 존재를 어떻게 미리 알 수 있을까? 밤새 다녀가는 선생님이 오리 무리 전체에게 가르침을 준 것이다. 정확히 무엇인지는 모르겠지만 교육이나 설명을 통해서는 알 수 없는 어떤 일이 벌어지고 있었고, 해나는 그 속으로 빨려들어 가고 있었다.

어머니의 말도 머릿속에서 떠나지 않았다. **우리 집안에 내려오는 정신병이 있단다. 너도 알아두어야 해. 전부터 네게 말해주려고 했었어.**

결국, 밤새 깊이 잠들지 못한 해나는 새벽에 침대에서 살그머니 빠져나와 종이와 펜을 들고 식탁에 앉아서 이메일은커녕 컴퓨터도 없는 클레어에게 편지를 썼다. 만년필과 잉크가 필요한 중대한 사안 같았지만, 볼펜으로 대신해야 했다.

클레어 아주머니께.

오리 때문에 한참 전부터 편지를 드리려고 했어요. 그리고 [해나는 이 부분에서 망설인다] 감사 인사도 드리려고요. 몇 가지 여쭤볼 것이 있어요. 새하얀 오리가 될 줄 알았는데, 부리 주위에 붉은색 테두리가 생기고 있어요. 이게 정상인가요? 종양이 아니었으면 좋겠어요. 미운 새끼 오리가 나오는 한스 크리스티안 안데르센 이야기가 생각나요. 지금은 좀 부스스해 보이거든요. 머리에는 노란 솜털이 모호크 스타일로 나 있어요.

하루에 얼마나 먹여야 되는지 모르겠어요. 많이 먹여도 되나요, 아니면 오리가 알아서 그만 먹나요?

어미랑 다른 오리들은 어떻게 되었는지도 궁금해요. 사이먼은 아주머니도 모르신다고 했는데, 혹시 아세요? 그리고 연못은 어떤 게 있나요? 아주머니 댁 오리들은 밤에 어디서 자나요? 모두 모여서 자나요? 집에서 키우시나요, 아니면 오리들이 원하는 대로 돌아다니다가 들어오나요?

오리 때문에 궁금한 게 생길 때마다 사이먼이 클레어 아주머니께 물어보지 그러냐고 해서 편지를 드려요. 안녕히 계세요.

해나 올림.

며칠 뒤 우편으로 답장이 왔다.

해나에게.

우리 오리 덕분에 어머니 돌아가신 후에 기운을 차렸다고 해서 참 기쁘구나. 따지고 보면 어머니는 잘 사셨고, 건강 때문에 편히 지내실 수 없을 때 네가 최선을 다했으니까. 사이먼이 네가 감정적으로 힘든 것 같다고 걱정이라고 하더구나. 나도 그런 일을 겪어봐서 아는데, 가끔은 딴 데 정신을 파는 것이 상황을 파악하는 데 도움이 되더라. 오리 키우기가 혹시라도 힘들면 다음번에 사이먼이 찾아올 때 로스구이를 잘해서 보내주마!!!!! 아주 훌륭한 레시피도 있단다!

어쨌든, 아가. 네가 키우는 새끼 오리는 백조가 아니라 머스커비 오리란다. 부리 주위에 붉은 혹이 있다는 말을 들으니 아마도 수컷인가 보다. 머스커비는 보통 흰색, 회색, 베이지색, 검은색이 있단다. 풀을 먹는데, 우리 오리는 옥수수랑 사료를 먹는다. 녀석들은 먹을 게 떨어질 때까지 계속 먹어치우지.

오리는 사실 밥이 맡아서 키운단다. 밥이 저녁때가 되면 오리들을 몰아서 우리에 넣어줘. 가끔은 녀석들이 달아나 밤에 돌아다니기도 해. 아마 달빛 아래에서 달팽이나 벌레를 찾는 모양이야. 잘 때는 모여서 자는 모양이더라. 그런데 가장자리에 있는 녀석들은 안 자고 주위를 살핀단다. 설령 잠든다 해도 푹 자지 않고 포식자가 다가오는지 살핀대. 재미있지! 지금까지 나도 몰랐던 사실이야.

우리 농장 연못은 크지 않지만 오리들은 만족하고 있어. 머스커비 오리는 청둥오리랑 짝짓기도 하지만, 그렇게 생긴 새끼는 알을 낳지 못해. 그래도 먹기는 좋지. 말이랑 당나귀한테서 노새가 나오듯이, 그렇게 태어나는 새끼를 뮬라드라고 한단다. 오리한테 먹을 것만 잘 먹이면, 딴 데 도망가지 않을 거야.

네 오리의 어미는 죽은 것 같더라. 밥이 물통 옆에서 오리 시체를 보았대. 그 어미한테서 새끼가 여섯 남았는데, 며칠이 지나도 죽지 않은 건 네 오리뿐이란다.

우리는 여기서 오리를 키워 식용으로 팔기도 한다. 머스커비 오리 수컷은 크기가 커서 인기가 좋아.

여기 앉아서 창밖을 내다보니 밥이 도끼를 들고 창고에서 나오는 게 보이는구나. 수탉 한 마리가 말썽을 일으켜서 처리해야 한다고. 밥이 털을 뽑고 내장만 치워주면 나머지는 내가 알아서 하지. 밥은 살이 좀 찌는 것 같아서 걱정이야. 하지만 염려 마라. 머리는 빠지지 않았으니까.

[클레어의 머리카락은 물에 적신 솜처럼 숱이 줄어든 채 머리에 바짝 붙어 있었다.]

그럼, 잘 지내렴. 크리스마스에 만나기를 기다리고 있단다. 네가 힘들면 오리를 데려오자는 이야기도 했다. 얼마나 컸는지 궁금하구나. 필요한 게 있으면 알려주고. 오리 구이를 가져갈까? 농담이란다.

클레어와 밥.

해나는 균형을 잃지 않으려고 허리를 주방 아일랜드에 바짝 대고 종이를 구겼다. 한낮의 햇빛이 실내를 비추며 나뭇잎 그림자를 벽에 드리웠다. 그 순간 사이먼이 들어오면서 해나의 표정을 살폈다.

왜 그래? 사이먼이 물었다.

아냐.

속상한 일이 있나 본데. 손에 그건 뭐야?

클레어한테서 편지를 받았어.

그래? 뭐라셔?

오리가. 머스커비래.

그건 알고 있었잖아.

아니, 몰랐어. 음, 나는 몰랐어. 말을 안 해줬잖아.

묻지 않아서. 아는 줄 알았지. 두 분 댁에서 머스커비를 키우는 걸 아는 줄 알았어.

오리를 키운다는 것만 알았어.

어쨌든, 머스커비가 왜? 무슨 차이가 있어?

머스커비 오리에 대해서는 아무것도 몰라. 그것뿐이야.

음, 속은 왜 상했어?

그런 거 아니야.

사이먼은 해나의 손에서 편지를 받아 주방 벤치로 가져가서 손바닥으로 반듯하게 펼쳤다. 해나는 편지를 읽는 그의 얼굴을 보았다. 한 지점에서 사이먼이 시선을 들었다. 해나와 눈이 마주친 후, 사이먼은 다시 읽었다. 글을 읽느라 바삐 움직이는 동공이 보였다. 초점을 맞추느라 바쁜 움직임.

사이먼은 편지를 접었다. 당신 오리가 머스커비라는데 왜 속이 상했는지 모르겠군. 뭘 기대했어? 백조인 줄 알았나?

······**딴 데 정신을 파는 것이 상황을 파악하는 데 도움이 되더라.** 해나가 클레어의 말을 그대로 옮겼다.

그래, 그건 좀 경솔했어. 그래, 약간······ 배려가 없는 말이었어. 하지만, 좋은 뜻으로 쓴 말이잖아. 요령은 없지만.

아, 뭐. 해나가 말했다.

뭐? 사이먼이 말했다. 그것 때문에 그래?

그럼? 내 오리를 빼앗으려고 뒤에서 수를 쓰고 있잖아.

무슨 소리야? 뒤에서라니? 그냥 지나가듯 하는 말이지. 좋은 뜻에서 당신이 원한다면 그렇게 해준다는 거야.

사이먼은 팔을 뻗고 해나에게 다가왔다.

그렇게 예민하게 굴지 마, 해나. 다들 돕고 싶어서 그러는 거야. 진짜로. 당신은 모두를 밀어내고 있어. 나는 더 이상 어떻게 해야 할지 모르겠다고.

해나가 흠칫 물러서자 사이먼의 손이 갈피를 잡지 못하고 멈췄다. 도움은 필요 없어. 해나는 오리와 함께 정원을 살피러 나가며 이렇게 말했다. 머스커비 오리와 함께라면.

하나뿐인 오리

문제는, 솔직히 말하면 문제는 오리가 머스커비 오리라든가, 또는 어떤 종류든 오리라는 사실을 알게 되는 것이 싫다는 점이었다. 해나는 그가 오리 무리라든가 떼라든가, 무엇이든 다른 오리들과 같은 존재라고 생각하기를 거부했다. 오리를 분류하는 것이 싫었다. 수컷인지 암컷인지도 알고 싶지 않았다. 해나는 본능적으로 오리가 수컷이라고 짐작했지만, 이유는 알지 못했고 별로 궁금하지도 않았다. 오리가 누구랑 짝짓기를 하는지도 마찬가지였다. 자신의 관찰 이외에 다른 출처를 통해 오리에 대해 알고 싶지는 않았다. 자신의 오리가 누구든, 무엇이든, 지금 그대로의 하나뿐인 오리 이외의 그 무엇이 되는 것도 원치 않았다. 전에는 알고 싶었지만, 지금은 마음이 변해 알고 싶지 않은 내용이 들어 있었으므로 해나는 벤치 위에 구겨져 놓여 있는 클레어의 편지가 싫었다.

윌리엄 드레이크*의 사색

오리야, 오리야, 한밤중 어둠 속에서
환하게 빛나는
어느 신의 손이 또는 눈이
너의 무시무시한 대칭 형태를 만드실 수 있었니?
어느 먼바다나 하늘에서
네 눈 주위에 빛나는 불길을 지피셨니?
그분이 작품을 보고 웃으셨니?
속죄양을 만드신 분이 널 만드셨니?

* 영국의 낭만주의 시인 윌리엄 블레이크를 수컷 오리를 뜻하는 'drake'로 바꾼 말장난.
  아래의 시는 블레이크의 「호랑이The Tiger」를 패러디한 것이다.

제13장

전쟁

까마귀들이 돌아오기 시작해 바위에, 모퉁이에 자리를 잡고는 서로 음울하게 까옥거렸다. 설상가상으로 까마귀들은 해나의 꿈속으로 슬그머니 비집고 들어와 얼마 되지 않는 행복한 꿈을 쪼아댔다.

그리고 날씨는 덥고 끈적였다. 해나는 바깥 테이블에 컴퓨터를 들고 나가 오리를 발치에 앉혀두고 일했다.

오리는 배가 고팠다. 풀밭에 둔 그릇에서 쉽게 먹을 수 있는 죽이나 사료가 먹고 싶은 건 아니었다. 오리는 해나와 함께 먹이를 찾으러 가고 싶었다. 달팽이와 민달팽이, 바퀴벌레가 먹고 싶었다. 오리는 자기 뜻을 알리기 위해 해나의 발가락을, 아프지는 않지만 짜증 날 정도로 깨물었다. 그러다 깨무는 강도가 세졌다. 해나는 다리를 치웠지만 오리는 종아리를 강하게 물었다.

야! 그만해!

오리는 다시 한번 종아리를 아주 세게 물었다. 해나의 살갗을 잡아당겨 비틀었다. 해나를 잡아먹을 기세였다.

그만하라니까! 해나가 외쳤다. 해나는 오리를 밀쳤다. 오리는 또 소리를 내면서 해나의 다리에 달려들었다. 해나는 손등으로 오리 가슴을 쳤다. 세게 친 것은 아니지만, 전보다 확실하게. 오리는 멈추더니 해나를 쳐다보며 뒤로 물러났다.

이게 뭐니. 해나가 오리를 안아 들며 말했다. 오리는 해나 무릎에 가만히 앉았다.

왜 이러는 거야?

오리는 대답하지 않고 해나가 일하는 동안 무릎에 가만히 앉아 있었다.

시간이 지나고 해나는 은빛 길을 따라가 연못 가장자리에 모아둔 달팽이를 한 움큼 가져왔다. 오리는 삼킬 수 없을 만큼 커다란 한 마리만 빼고 모조리 삼켜버렸다. 큰 달팽이는 결국 물속으로 떨어졌다. 해나는 물에 손을 넣어 달팽이를 잡으려고 했다. 오리는 해나에게 달려들더니 손을 강하게 밀쳐냈다. 해나는 오리한테 소리를 지르며 몸을 피했다.

나가! 나가라고! 앞으로는 먹을 것을 직접 구해.

해나는 계단을 통해 데크로 올라가더니 집 안으로 들어가버렸다.

오리는 평소와 달리 해나를 따라가려고 하지 않았다. 한참 뒤, 해나가 창문으로 살짝 내다보니 오리가 아직도 연못 주위에서 첨벙거리며 가장자리에서 후루룩거리고 있었다. 보통 때라면 데크 밑에서 해나를 기다리다가 해나를 보고 강아지처럼 꼬리를 흔들었을 것이다.

그날의 공격으로 둘 사이가 끊어진 것 같았다. 오리가 끈을 물어뜯고 자유로워졌다. 해나도 자유로워졌다. 둘은 서로에게서 자유로워졌다. 그냥 그렇게. 해나는 밤새 다녀가는 선생님이 오리더러 해나한테 너무 들러붙는다고 놀린 게 아닌가 하고 상상해보았다. 오리는 마침내 가르침에 따라 다이빙을 하고, 25센티 높이의 다리에서 독립의 물속으로 뛰어든 것이다. 흠, 하지만 해나는 아무렇지도 않았다!

해나는 사이먼게게 손등에 난 혈액 수포 세 개를 보여주었다. 상처는 보이젠베리처럼 변하고 있었다. 이제 끝났어. 해나가 말했다. 오리랑 나 말이야. 우린 끝났어.

사이먼이 해나를 능청스럽게 바라보았다. 공교롭게도 그들의 결혼 기념일이었다.

그럴 때가 됐지. 사이먼이 말했다. 돌아온 걸 환영해. 그리고 이렇게 덧붙였다. 현실 세계로 말이야.

어머니가 프림로즈 힐에서 알 수 없는 이유로 해나에게 화를 내고, 해나가 찾아갔을 때 냉랭하게 대했던 적이 있었다. 처음에 해나는 그러다 말겠지 싶었지만 이튿날 어머니의 반응은 더 심해졌다.

가라! 썩 물러가! 어머니는 벌레를 대하듯 자줏빛 손을 내저으며 말했다. 빨리 사라져버려! 집으로 가.

해나는 주말 동안 어머니를 찾아가지 않기로 했지만, 월요일에 갔을 때도 어머니는 노발대발했다.

엄마, 무슨 화나는 일 있었어요?

그렇다.

하지만…… 왜요? 내가 뭘 잘못했어요?

어머니는 너무나도 거만한 말투로 이렇게 말했을 뿐이었다. 네가 더 잘 알잖니.

엄마 기분이 그렇다면, 그만 돌아가는 게 낫겠어요.

그래, 그게 좋겠다.

하지만 이튿날 해나가 양로원에 갔을 때 어머니는 딸이 돌아오지 않을까 봐 두려워 얼굴이 벌겋게 달아올라 있었다. 해나를 보자 어머니의 두 눈은 안도감으로 빛났다. 지금까지도 해나는 어머니가 무슨 말을 듣고, 또 무엇을 착각해 그렇게 화를 냈는지 궁금했다.

어머니의 어두워져 가는 머릿속에서 가끔씩 비이성적인 판단이 내려지기도 하고 혼란이 일어나기도 한다는 것을 알고 있었고, 오리가 자신으로부터 먹을 것만 바라는 굶주린 동물이라는 것도 알고 있었지만, 그들의 공격에 해나는 움츠러들 수밖에 없었다. 둘 다 평소에는 감추어둔 약점을 발견하기라도 한 것 같았다.

해나는 그날 내내 오리를 찾아가지 않았고, 오리는 결국 데크 밑으로 옮겨 갔다. 밤이 되어 해나가 우리에 넣어주러 가보니 오리는 순해져 있었다. 둘 다 상대에게 아무 말도 하지 않았다. 억지 평화였다.

결혼해요, 하지만 지금은 모르겠어요

결혼하기로 한 결정은 거의 건성으로 내린 것이었다. 그들은 영화를 한 편 본 후 소나기를 만나 복잡한 거리를 달리고 있었다. 흠뻑 젖어 숨을 헐떡이며, 웃으면서 차에 도착했을 때, 그들은 키스했다. 결혼하자. 사이먼이 말했다. 좋아. 해나가 대답했다.

그들은 한 달 뒤 랜지토토 섬에서 식을 올렸다. 수트를 입고 빨간 보타이를 맨 사이먼은 몇몇 사람들의 시선을 끌었는데, 그날을 위해 머리를 밀었던 매기는 말할 것도 없었다. 매기는 찢어진 블랙진에 주황색 어깨 패드가 달린 검은색 재킷을 입었다. 부루퉁한 입술은 자주색으로 칠하고, 눈가에는 새카만 아이라이너를 두껍게 발랐다. 당시 매기의 남자친구는 청바지에 옷핀으로 장식한 조끼 차림으로 팔뚝을 드러냈고, 삐죽삐죽한 검은 머리와 눈썹에는 피어싱을 하고 있었다.

그들은 화산 꼭대기까지 올라가는 오솔길에 모여든 독특한 집단이었다. 해나는 산을 오르기 위해 반바지에 티셔츠를 입었지만 분화구 가장자리에 도착했을 때는 심플한 흰 드레스를 입었다. 사이먼의 부모도 그의 형도 호주에서 찾아오지 못했지만, 해나의 어머니와 클레어, 밥은 세미 정장 차림으로 산을 올랐고, "결혼식이든 아니든" 보기 좋은 구두를 신어야 한다고 주장하면서 기분 좋게 불평했다. 어머니는 얇고 넓은 챙이 달린 자홍색 모자를 썼다. 해나는 지금도 어머니가 정상에 오르는 순간 거대한 나비처럼 팔락이던 그 모자의 모습이 눈에 선했다.

초대한 친구는 여섯 명뿐이었다. 서로에 대한 믿음이 너무나 당연하게 느껴져 그것이 운명이라고 여겼다. 예식에 쓸 선서는 직접 썼고, 앳된 얼굴의 대학 사제가 주례를 서주기는 했지만, 요란한 결혼식은 옳지 않게 느껴졌다. 날씨는 아주 화창했다. 파란 하늘에 파란 바다, 그리고 바다와 섬과 도시의 경치가 사방에 펼쳐져 있었다.

해나는 공부를 막 마친 상태였고 사이먼은 휴가를 받았다. 그들은 사흘 후 네팔로 5주간의 고된 트레킹을 떠났다. 그리고 이제 22년이 지난 뒤, 그들은 결혼기념일을 축하하기 위해 외식을 하러 나왔다.

멋진데. 사이먼이 말했다. 새 옷이야?

해나는 대답하지 않았다. 어머니 것이었던 우아한 검은 드레스를 입고 있다는 사실을 인정하고 싶지 않았다.

그리고 메뉴를 보다가, 해나는 당연히 오리와 마주쳤다. 으깬 고구마와 자두즙을 곁들인 바삭한 새끼 오리 고기.

그걸로 해. 사이먼이 말했다. 어서.

새끼 오리라니. 해나가 말했다. 그냥 오리도 아니야. 새끼 오리래.

해나는 어깨에 앉아 머리카락에 몸을 붙이던 노란 솜털 뭉치를 떠올렸다. 그렇게 옛날 일도 아니었다.

고기야. 사이먼이 말했다. 어서 시켜. 당신 좋아하잖아.

아니, 그렇지 않았다. 해나는 손등에 난 상처를 엄지로 눌렀다. 정말로 멍이 들어서 욱신거렸다.

웨이터는 프랑스인이었다. 해나는 그에게 오리 요리에 대해 물었다. 큰 오리인지, 새끼 오리인지. 그는 그것이 배만 한 크기의 다리라고 프랑스어를 섞어가며 설명했다. 모양도 배 같다고 했다.

배라고요? 메뉴에는 새끼라고 적혀 있는데. 오린가요, 새끼 오린가요? 해나가 다시 물었다.

네, 부인. 오리 다립니다.

해나는 사이먼을 쳐다보았다. 어째서 사이먼은 해나가 오리를 먹는지 먹지 않는지 신경 쓰는 걸까?

오리로 할게요. 해나가 말했다. 심장이 두근거렸다. 해나는 샴페인을 한 모금 마셨다.

착하군. 사이먼이 말했다. 기념일 축하해.

정말로 고기의 크기와 모양은 배와 비슷했다. 작고 통통한 새끼 오리 모양과 크기이기도 했다. 고기에 뼈가 튀어나와 있었다. 다리를 토막 낸 것이다. 접시엔 검은 즙이 담겨 있었다. 피였다.

어때? 양고기를 씹던 사이먼의 턱수염과 턱에 기름이 주르르 흘러 있었다.

좋아. 해나는 거짓말했다. 사실은 너무 구워서 작은 지렁이 같은 식감이 났다.

나도 먹어봐도 돼?

그럼. 원하는 만큼 먹어. 해나는 뼈에서 고기 절반을 잘라 포크로 집어 사이먼의 접시에 놓아주었다.

흠. 사이먼이 말했다. 흠, 맛있네. 그렇지 않아, 흠.

응. 해나는 그 순간 사이먼을 미워하며 무뚝뚝하게 대답했다. 결혼한 지 얼마나 되었던가? 요즘 그렇게 오랫동안 결혼 생활을 유지하는 사람은 없었다. 그렇다. 이만하면 됐다.

이튿날 해나는 아침 일찍 내려가 오리를 우리에서 꺼내어 꼭 안아주었다. 오리는 해나의 뺨에, 목덜미에 고개를 묻었다. 해나는 햇볕이 내리쬐는 바위에 앉아 오리를 무릎에 앉혔다. 오리에게 변한 구석이 있는지 살폈다. 날개에 깃털이 잔뜩 자라나 있었다. 오리의 날개는 이제 배에 난 깃털까지 이어져 있었다.

정말로 사랑해, 오리야.

나도 사랑해요. 오리가 말했다.

왜 날 그렇게 쪼았니?

오리는 말이 없었다. 해나는 오리의 등을 쓰다듬어 주고, 날개 밑 뜨거운 부분에 손을 넣었다. 그런 다음 충동적으로, 다리 위의 깃털에 손을 쑥 넣어보았다. 해나는 통통한 다리 살이 만져지자 충격을 받았다.

식사 시간의 대화

어머니가 돌아가시기 전, 해나는 종종 노환을 겪는 부모를 둔 사람들과 이야기를 나누곤 했다. 마치 그들은 말로 표현할 수도 없는 질문에 대한 답이 든 상자를 찾아, 춥고 너른 모래사장에서 장난감 삽으로 힘겹게 모래를 파고 있는 것 같았다. 결국 그들의 대화는 다시 덮지 못할 정도로 깊은 구덩이를 잔뜩 파헤친 난장판으로 끝나곤 했다.

그리고 이제 어머니가 돌아가셨으므로 해나는 자신들이 무슨 말을 했는지, 무엇이 자신의 생각을 그처럼 완전히 사로잡았는지 잘 알 수 없었다.

하지만 오늘 밤 해나와 사이먼은 오랜 친구 우디와 프리서의 집에 초대를 받았다. 프리서는 오리를 좋아해 뒷마당에 연못을 만들어 오리를 모았다. 프리서와 함께 사는 우디는 사냥꾼이었다. 멧돼지, 사슴, 토끼, 오리를 잡았다. 오리와 개구리가 많이 사는 호숫가에 살았던 친구 한 명도 초대를 받았다. 저녁 내내 대화 주제는 오리였다.

왜 오리를 안 데려온 거야? 프리서가 해나에게 물었다. 그러게, 이제 와서 해나는 스스로에게 물어보았다. 왜 안 데려왔을까?

그리고 이 대화 주제를 모래사장에 비유하자면, 노인 간호라는 닳고 닳은 주제에 비해 따뜻하고 매끄러웠다. 해나와 오리 좋아하는 프리서가 모래사장에 뛰어들어 깃털과 알껍데기, 뼈로 장식한 모래성을 지었다. 해나는 기뻤다. 예전에는 프리서가 왜 오리에 관심을 갖는지 제대로 이해하지 못했다.

프리서는 해나에게 우산을 건네더니 비가 내리는 바깥으로 데려가 연못을 자랑했다. 정말로 줄기가 대롱대롱 늘어진 좀개구리밥이 자라는 곳이었다.

꼭 가져가. 프리서가 무릎을 꿇고 물을 떠올리며 권했다. 코트 등판에 비가 들이쳤다. 프리서는 좀개구리밥을 찰랑찰랑 채운 플라스틱 통을 해나의 손에 쥐여주었다.

해나는 고마운 마음으로 그 통을 차에 싣고서 안으로 들어가 와인을 마시고 안주를 먹는 친구들과 합류했다.

그들은 아기 이야기를 함께할 수 있는 엄마들 같았다. 프리서는 게걸스럽게 먹어대는 오리들, 배고픈 오리들, 레즈비언 오리들, 우두머리 오리들, 가족을 잃은 오리들과 연못 이야기를 해주었다. 해나는 깃털이 나는 과정과 놀라움, 우정과 외로움에 대해 이야기했다.

어머, 그 앨 정말 사랑하는구나!

음, 그 애가 옆에 있을 때, 그 애를 지켜볼 때, 좋아. 해나가 수줍게 대답했다.

정말이구나, 정말! 정말 사랑하네!

언젠가 그 애는 날아가서 짝을 찾을 거야. 호숫가에 살던 친구가 말했다.

알아. 해나가 말했다.

평생 짝하고 살아?

그런 오리들도 있지만, 머스커비는 아니야. 해나가 말했다. 늙은 오리들은 다 그런 건 아닌 모양이야.

인터넷으로 검색해보았다.

결국에는 서운한 마음이 들겠지. 프리서가 말했다.

날개를 자르는 사람들도 있어. 우디가 커피 테이블 주위를 돌며 와인을 채워주면서 말했다. 너도 날개를 잘라서 날아가지 못하게 할 수 있어. 헤어지는 게 싫으면. 날개 깃털을 잘라주면 다시 자라지만, 날개 자체를 자르면…….

해나는 깃털에서 피가 붉은 분수처럼 솟구치는 날개의 모습을 떠올렸다. 배 속이 메슥거리면서 온몸이 움찔거렸다.

게다가, 수컷인지 어떻게 알아? 우디가 물었다.

사실은 몰라. 그냥 늘 수컷이라고 생각했어. 아닐지도 모르지. 어쩌면.

엄마들한테는 육감이 있지. 프리서가 말했다. 참, 오리한테도 페니스가 있어?

침묵이 흘렀다. 결국 호숫가에 살던 여자가 그런 것 같지만 확실하지는 않다고 말했다. 오리들 근처에서 사는 동안 페니스를 본 적은 없다고 했다.

프리서가 말했다. 음, 그럼 짝짓기를 할 때 대체 뭘 하는 거야? 뭔가 어디로 들어가야 할 거 아냐.

뭐가 어떻게 되는 거든, 눈 깜빡할 새 끝나. 사냥꾼이 말했다. 하는 동안은 아주 취약하니까. 포식자들 때문에 빨리 끝내야지.

참 재미있는 이야기이긴 하지만, 그만하면 됐어. 그때까지 입을 다물고 있던 사이먼이 말했다. 정말이야. 이렇게 말해도 될지 모르겠지만, 나는 거기서 좀 벗어나길 바랐어. 오리 이야기는 그만하자. 부탁이야.

나도 찬성. 우디가 말했다. 꽥 꽥 꽥 꽥 꽥.

머스커비 오리는 꽥꽥거리지 않아. 해나가 받아쳤다.

어쨌거나, 오리 소리는 그만 좀 하지. 사냥꾼은 이렇게 말하면서 매력적인 웃음으로 무마시켰지만 해나는 한마디 질러주고 싶었다.

새가 하늘에서 떨어지는 기분이 드는 날

비가 계속 왔다. 갈라진 먼지투성이 땅을 흠뻑 적실 정도의 비였다. 나뭇가지와 야자수 잎이 흔들릴 만큼 바람이 불었고, 마당은 지저분한 개가 바깥에서 흠뻑 젖어 엉덩이에 붙은 벼룩을 전부 다 털어내며 짖어대는 형상이었다.

유럽 전역에서는 눈이 내리고 있었다. 그쪽 세상은 얼어붙고 있었다. 다뉴브 강도 꽁꽁 언 얼음과 눈으로 덮였다. 그리고 한국은 날씨 때문에 전쟁을 미루고 있을지도 몰랐다. 런던의 비행기들은 하늘로 날아오르지 못했다. 바닷가에 모인 추운 날의 새들처럼 비행기들은 공항에 모여 있었다.

그리고 여기서도 하늘에서 죽은 새들이 떨어지고 있었다.

그날 아침 해나는 산책을 하다가 증거를 발견했다.

1. 녹색의 작은 동박새 한 마리가 길 위에 짓이겨진 붉은 동백꽃 사이에 떨어져 있었다. 개미들이 머리 주위에 잔뜩 모여 있었다.

2. 만조의 흔적이 남은 모래 위, 해초와 유목 사이에 갈매기 한 마리가 떨어져 있었다. 이미 뭔가 쪼아 먹어서, 갈비뼈가 건조 중인 선체처럼 드러나 있었다.

3. 펭귄의 시체가 배영으로 파도를 타는 사람마냥 뒤집힌 채로 떠다녔다. 파도가 미친 듯이 치는 바람에 마치 살아 있는 것 같았다.

4. 머리에 솜털이 난 어린 개똥지빠귀가 하수도에 쌓인 갈색 낙엽

옆에 떨어져 있었다. 빗물이 근처의 하수구로 콸콸 쏟아져 내려가고 있었다.

5. 높은 나뭇가지에서 빈 둥지가 떨어졌다.

비가 그치자 여름 더위에 땅에서 김이 모락모락 났다. 그 후 습한 날씨 속에서 모든 것이 번식했다. 모기들이 맨살에 자석처럼 들러붙었다. 작은 사마귀가 고치에서 튀어나와 빛나는 나뭇잎을 먹어치웠다.

비 덕분에 달팽이들도 많아졌다. 해가 지면 해나는 비닐봉지를 들고서 노란 가로등 불빛 아래 빗물에 반사되어 빛나는 거리를 살폈다. 달팽이들은 풀밭에서 풀을 뜯는 양 떼처럼 가족끼리, 또는 이따금 혼자서 평화롭게 먹이를 찾았다. 해나는 덤불과 담장 밑, 길가의 잔디밭, 축축하게 썩어가는 풀밭에서 달팽이들을 주워 모으며 마치 늑대가 된 듯한 기분을 느꼈다. 자신이 어두운 곳에 도사리고 있는 포식자 같았다. 미끈거리는 사냥감으로 봉지가 무거워졌다.

집으로 돌아온 해나는 달팽이를 안 쓰는 어항에 쏟아부었다. 아마백 마리쯤 되는 것 같았다. 이튿날 해나는 달팽이에 풀잎과 채소 조각을 먹이고 뚜껑을 덮었다.

그 후 며칠 동안 해나는 달팽이를 몇 마리씩 오리에게 던져주었고, 오리는 뒤뚱거리며 먹잇감을 찾았다. 오리는 뚱뚱하고 못생기고 우스꽝스러웠다. 공놀이를 하는 강아지 같았다. 공을 먹어치운다는 점은 달랐지만.

삼키기 딱딱한 것

크리스마스가 다가오면서 해나는 신경 쓸 일이 많아졌다. 오리는 해나가 곁에 없으면 어떻게 행동해야 할지 모르는 것 같았다. 데크 맨 위에서 해나는 오리가 풀밭을 뒤뚱거리며 돌아다니는 모습을 몰래 지켜보았다. 오리는 어쩔 줄 몰라 하는 것 같았다. 해나는 밤새 다녀가는 선생님이 오리한테 성가신 일들을 이야기할 기회를 갖는다고 상상했다. 오리는 비참한 표정으로 나뭇잎이나 돌멩이, 나뭇가지를 쪼아보았다가, 당황스러운 몸짓으로 떠돌아다녔다. 마치 다음에 뭘 해야 할지 모르는 오리처럼.

크리스마스이브에는 장을 마저 보고, 요리를 하고, 손님들 맞이할 준비를 해야 했다. 그래서 해나는 주방 작업대 옆에 서서 햄 껍질 아래 칼을 꽂아 살갗을 잘라내고 육즙이 많은 흰 비계가 드러나게 했다. 해나는 기름에 마름모꼴을 칼로 긋고 정향을 꽂았다. 온 세상 사람들이 죽은 동물을 가지고 음식을 준비하고 있었다. 해나는 채식을 할 때가 된 것 같았다.

사이먼이 잔디 깎기를 마치고 들어와 장화에 붙은 흙을 문 앞에서 털었다. 청바지는 종아리까지 젖어 있었고, 자른 풀이 잔뜩 붙어 있었다.

흐음, 맛있겠네. 사이먼이 해나 쪽으로 몸을 숙여 물 한 잔을 따르면서 말했다. 갈색 체크 셔츠 소매를 팔꿈치까지 걷어 올리고 있으니, 어딘가에 긁혀 피가 난 상처가 보였다. 사이먼이 물을 마시는 동안 풀 냄새와 땀 냄새가 섞인 익숙한 체취가 풍겨왔다.

사이먼은 잔을 내려놓더니 해나의 머리카락을 들고 목덜미에 가볍게 키스했다.

오리털을 다 뽑고 내장도 뺐어. 어디다 둘까? 사이먼이 물었다.

당신 엉덩이에나 처박아. 해나가 그를 밀치며 받아쳤다. 오리를 잡아먹자는 농담이 지겨웠다.

시간이 흐른 뒤 해나는 연못가에 앉아 완두콩 껍질을 깠고, 오리는 해나가 뿌려준 민들레 잎을 순식간에 먹어치운 뒤 금붕어를 향해 달려가보았다가 물가의 돌멩이를 쪼아대고 있었다.

갑자기, 오리가 돌을 삼키려고 하는 것이 보였다.

안 돼! 안 돼, 오리야. 안 돼! 해나가 오리를 잡아 머리를 젖히느라 완두콩을 담은 그릇이 엎어지고 콩이 굴러가 연못에 빠졌다.

오리는 할퀴고 몸을 비틀고 날개를 퍼덕여 몸을 빼내더니 물속으로 들어가 수면 아래로 머리를 넣었다. 해나는 돌멩이를 먹는 것이 사람이 강박적으로 머리를 잡아당기거나, 손을 씻거나, 자해를 하는 것처럼 정신적인 문제인지 궁금했다. 그리고 오리가 허전함을 달래려고 돌멩이를 먹고 또 먹어서 돌이 되어버린 뒤, 땅속에 반쯤 묻힌 무덤 앞에 세운 묘비처럼, 그곳에 이미 절반쯤 묻힌 오리 석상이 되어버리는 모습을 상상해보았다.

의미를 찾아서

해나는 오리 다리를 잡고 거꾸로 들고 있는 꿈을 꾸었다. 부리가
벌어져 있었고, 오리는 꿈쩍도 하지 않았다. 부리에서 회색 자갈이 하
나씩 떨어져 발치 앞에 돌무더기가 소복이 쌓였다. 돌에는 해나가 알
수 없는 외국어가 적혀 있었다. 마침내 폭포가 멈췄다. 해나가 오리를
흔들자 돌이 하나 더 나왔다. 그것은 완두콩이었다. 해나가 또 흔들자
완두콩이 더 나왔다. 해나는 오리를 다시 똑바로 세웠지만, 오리는 비
어 있었다. 오리는 솜털이 난 핸드백이었고, 해나는 오리의 머리를 찾
을 수가 없었다. 머리를 찾아 오리를 이리저리 자꾸 뒤집었다. 핸드백
에 지퍼가 있었고, 그 안에 가죽 지갑이 있었으며, 또 그 안에는……
아무것도 없었다. 뭔가 있어야만 했다. 해나가 지갑 안을 더듬어보자
흰머리가 몇 가닥 붙은 빗이 나왔다. 파우더 퍼프와 립스틱도 있었다.
옆에 달린 주머니에서는 두 번 접은 닳은 종이가 나왔다. 그 안에는
아주 작은 글씨가 적혀 있었다. **해피 크리스마스, 우리 아기.**

제14장

파파라치

크리스마스. 점심 식사 전, 로즈메리와 맥스가 달팽이 한 상자를 들고 덤불 사이로 찾아왔다. 로즈메리는 핑크색 드레스를 입고 머리에 핑크색 리본을 달고 있었다. 맨팔은 포동포동하고 솜털이 나 있었다. 맥스는 깨끗한 반바지에 체크 셔츠를 소매를 걷어 단정하게 입고 있었는데 마치 청년 같았다. 머리카락은 물을 묻혀 이마 뒤로 넘겨놓았다. 해나는 에릭이 아이들을 이렇게 꾸며주었는지 궁금했다. 보통 에릭은 직접 찾아오곤 했다. 해나는 잔디밭에 무릎을 대고 아이들과 마주 보았고, 오리는 아이들의 선물을 먹어치웠다.

이제 가야 해요. 맥스가 말했다.

아이스크림 먹을 거예요. 로즈메리가 말했다. 해나는 아이들 머리카락에 차례로 코를 묻었다.

맛있는 냄새가 나네. 해나가 말했다.

하지만 먹으면 안 돼요. 맥스가 몸을 비틀어 빠져나갔다.

나도 안 돼요. 로즈메리도 따라 말했다.

아이들이 에릭에게 돌아갈 때, 해나는 초콜릿을 한 상자 주었다. 나눠 먹어야 해. 그리고 커다란 호두도 하나 주었다.

이건 할아버지 선물이야. 꼭 드려야 해. 안 그러면 초콜릿을 먹을 수 없단다. 해나는 호두의 껍질을 벗기고 그 안에 쪽지를 넣어두었다. 해나가 읽은 어느 단편소설에서, 한 어머니가 딸의 생일 파티 때 비슷한 일을 했었다. 호두 속을 '패스 더 파슬*' 게임의 상품으로 바꾸어놓은 것이다. 해나는 그 아이디어가 마음에 들어서 늘 직접 활용해보고 싫었지만, 아이가 없었기에 기회가 오지 않았다.

이 경우 해나는 에릭에게 쓸 말을 서너 차례 다시 골랐다. 어떤 것은 너무 의미심장했고, 어떤 것은 심술궂었고, 어떤 것은 씁쓸했고, 어떤 것은 심오했으며, 어떤 것은 불분명했다. 결국 해나는 이렇게 적었다. **우리의 우정이 이렇게 텅 빈 것이었나요? 크리스마스 즐겁게 보내요, 에릭. 해나.** 그리고 해나는 껍질을 풀로 다시 붙였다.

티 아와무투에서 클레어와 밥이 아스파라거스 빵과 양념한 달걀 요리를 들고 도착했다. 밥은 몸에 꼭 맞는 붉은 셔츠를 입고, 숱 많은 머리의 가르마를 일직선으로 타고 있었다. 티티랑기에 사는 해나의 사촌과 남편은 병아리콩 샐러드를 준비해 얼굴이 빨간 십 대 쌍둥이 아들들을 데리고 왔다. 아이들은 마음에 안 든다는 듯 집으로 들어왔고, 해나는 그 애들이 하루 종일 말도 하지 않고 휴대전화에서 눈을 떼지 않을 것임을 알고 있었다. 더 어린 사촌과 그 애의 새 남자친구가 샤워하고 머리도 채 말리지 않고서 늦게 도착했다. 사이먼의 형 데니스는 호주에서 그 전날에 도착했다. 그리고 매기와 토비는 공항에 도착하자마자 바로 이동하여 일주일간 지낼 요량으로 불룩해진 수트케이스 두 개를 손님방으로 끌고 들어갔다. 매기는 모두에게 기운차게 큰 소리로 인사를 건네고, 웃고, 농담하고, 쌍둥이들의 뺨을 꼬집어 둘에게서 비웃음을 샀다. 뭐, 그건 대단한 일이었다. 토비는 예민하고 마른 데다 우아한 재킷이 등에서 헐렁거리고 있었으며, 해나가

---

* 생일 파티 등에서 자주 하는 게임으로, 꾸러미를 돌리며 노래를 부르다가 노래가 끝났을 때 꾸러미를 든 사람이 선물을 받는다.

발뒤꿈치를 들고 그의 주근깨 난 뺨에 키스했을 때 담배 냄새가 났다.

어머니 일은 유감입니다. 토비가 어색한 몸짓으로 이렇게 말했다. 장모님을 좋아했는데. 우린 참 잘 맞았거든요.

어머니가 돌아가신 이후로 그와 이야기를 한 것은 이번이 처음이었다.

고마워요. 해나가 말했다. 이제 괜찮아요.

매기가 멋진 작별 행사를 했다던데요.

오, 그랬어요? 맞아요, 엄마가 좋아하셨을 거예요.

그러니까 이것이 크리스마스 패키지였다. 이것이 지난 몇 주의 카운트다운이 끝나는 순간이었다.

그런데 모두가 원하는 것은 오리를 보는 것뿐이었다.

먼저 클레어와 밥이 데크 계단을 내려가 풀밭으로 갔고, 거기서 그들은 햇볕 아래 오리를 에워쌌다. 오리는 다리를 벌리고 서서 해나에게 애원하는 표정을 짓고 있었다.

오, 제법 크네. 그들이 말했다.

하지만 순하고 수컷처럼 꼬리가 나지 않았어요.

게다가 모호크 머리 장식도 없네. 볏도 별로 없고. 좀 있기는 하지만. 알을 낳으면 알게 되겠지. 그들이 말했다.

하지만, 그래도 덩치가 크니까 아닐 수도 있어요.

그러고 나서 나머지 사람들이 손에 스파클링 와인 잔을 들고 계단을 내려왔다. 쌍둥이들까지도 서로 부딪쳐가며 따라왔다. 해나는 평소처럼 오리를 안고 날개 뒤에 손을 넣어 가슴에 꼭 붙였다. 그 동작은 침착하게 준비만 하면 우아하게 해낼 수 있는 실용적인 것이었다. 평소에 하듯 오리는 해나의 뺨 아래에 부리를 댔다. 이번에는 수줍어서 더 오랫동안 해나의 턱 밑에 숨어 있었다.

갑자기 해나는 새카만 눈동자들에 에워싸인 것을 깨달았다. 모두가 해나와 오리를 향해 카메라를 들고 있었다.

사이먼이 뒤에 지키고 서서 팔짱을 끼고 매기에게 뭐라고 중얼거리고 있었다.

비록 결혼은 했지만, 피가 섞인 혈족은 아니잖아. 그게 위로가 돼.

해나는 매기가 뭐라고 대답했는지 들리지 않았지만, 동생이 자신을 상대로 형부와 한패가 되어 웃어대는 것이 마음에 들지 않았다.

크리스마스 다음 날

크리스마스 다음 날. 햄 유행이 지나고, 또 한 해를 돼지고기로 보내는다는 생각에 지친 사람들이 선망하는 이상적인 크리스마스 만찬, 로스구이를 오리는 모면할 수 있었다. 아무도 몰래 들어와 오리를 훔쳐 가지 않았다.

어머니가 노쇠한 몸을 견디지 않아도 되는 첫 크리스마스였다. 지난 몇 년 동안 어머니의 몸은 영혼을 근근이 담아내고 있었다.

그리고 크라이스트처치에는 또 한 차례 4.9 강도의 지진이 일어났다. 매기와 토비는 이웃에게 전화하여 이번에도 집이 무사하다는 사실을 확인했다. 몇 가지가 바닥에 떨어지고, 그릇이 몇 개 깨진 정도였다.

그것 참 다행이네. 매기가 말했다.

토비가 매기의 어깨를 쓰다듬었다.

산책하고 올게. 토비가 말했다. 평소에는 하얗던 그의 얼굴이 잿빛이 되었다. 얼음 밑에 갇힌 작은 낙엽마냥, 주근깨가 살갗 아래 퍼져 있었다.

토비가 매기와 결혼한 지 10년이 되었지만, 해나는 그를 잘 몰랐다. 그와 매기는 열심히 일하고, 술을 많이 마시고, 신나게 즐겼다. 그들은 모두 이전 배우자 사이에 낳은 아이가 있었고, 아이들은 해외에서 살고 있었다. 토비는 크라이스트처치의 고급 레스토랑에서 요리사로 일했다. 해나가 그와 가끔 대화를 나눠본 결과, 그는 마치 거친 물결이 일렁이는 호수에서 붕붕 떠오르며 수상스키를 하는 사람처럼 느

껴졌고, 그 뒤에는 운전대를 잡고 있는 조종사, 매기가 있는 것 같았
다.

제15장

자동 주행 장치

그리고 이제 크리스마스에서 새해로 가는 지루한 날들이었다.

사이먼을 만나기 일 년 전쯤, 해나와 친구 한 명은 크루즈 여객선 아킬레 라우로를 타고서 시드니로 여행을 갔다. 배가 오클랜드의 터미널에서 출발하는데 승객들이 부두에서 손을 흔드는 사람들을 향해 헤어지지 말자는 뜻으로 긴 리본과 화장실 휴지를 던졌다. 해나는 아래에 모인 사람들의 조그만 얼굴들 사이에서 어머니의 얼굴을 구별할 수 있었지만, 무엇보다 놀라운 것은 어머니가 자신을 보고 있는지, 혹은 머리가 아니라 시선이 다른 쪽으로 기울어져 있는지 알아볼 수 있다는 점이었다. 점처럼 작은 얼굴들 사이에서 어머니와 해나의 시선이 연결되었는지 확인할 수 있었다. 어머니의 눈이 보이는 것은 아니었지만, 어머니가 자신을 보고 있다는 걸 알 수 있었다.

적어도 이틀 동안 해나는 출발지에서 목적지로 이동하는 수백 명의 승객들과 한배에 갇혀 있었다. 탈출구는 없었다. 바다와 하늘이 온통 에워싸고 있었다. 그 안에서 그들은 술과 음식과 음악과 춤과 쫓아다니는 남자들을 즐기고 있었다. 마치 하나의 섬이나, 우주선 또는 날아다니는 씨앗 주머니 속에 들어 있는 듯한 기분이었다. 그들은 물에 떠다니는 오리의 내장에 사는 기생충 같았다. 그들 가운데 몇몇 승객은 계속 항해하여 남아공이나 영국의 집으로 돌아가든가, 혹은 거기서 새 인생을 시작할 예정이었다. 모두 같은 배에 타고 있었다. 만약 배가 바다 한가운데서 가라앉았다면 그들은 한꺼번에 죽었을 것이다.

여러모로 보아 크리스마스와 새해 첫날 사이 기간은 그것 같았다.

그들은 크리스마스와 새해 사이의 시간을 따라 움직이는 배에 탄 승객이었다. 반대편에 다다르면 배에서 내려 계속해서 삶을 살아갈 것이다. 해나는 폭풍우가 오지 않기를 바랄 뿐이었다. 무엇보다도, 침몰하지 않기를 바랐다. 수면 바로 아래 암초가 도사리고 있음을 알았으므로.

무더위

무더위가 닥쳤다. 배가 밧줄에서 벗어나 해안에서 점점 멀리 떠가고 있었다. 매일 아침 사이먼은 해수욕을 하곤 했지만, 다른 누구에게도 같이 가자고 설득할 수 없었다.

토비는 청바지와 검은 티셔츠를 입고, 마른 하얀 발을 움찔거리며, 붉은 머리카락도 열기에 시들어버린 것처럼 이마에 축 늘어뜨린 채 소파에서 자고 있었다. 다른 사람들은 과식했다고 중얼거리며 정원으로 나가 눅눅한 습기에서 벗어나보고자 했다.

사이먼의 형 데니스는 불행한 표정으로 다리에 걸터앉아 두 발을 연못에 담그고 있었다. 두 번이나 이혼을 한 그는 바로 얼마 전 정리해고까지 겪었다. 너무 뚱뚱해져 자신의 몸을 겨우 지탱하는 사람마냥, 턱을 손바닥에 괴고, 팔뚝은 허벅지에 괴고 있는 그의 모습 전체가 무겁게만 느껴졌다. 등은 굽었고 배는 벨트 위로 힘없이 처져 있었다. 그의 꼼짝 않는 몸뚱이에 호기심이 생긴 금붕어 한 마리가 다리털을 살펴보았다.

반면 매기는 플라스틱 통에 얼음과 벨기에산 맥주를 채우고서 사이먼과 함께 그늘 아래 깔개에 앉아 캐비지 야자나무에 등을 대고 있었다. 오리마저도 기운 없이 나무 그늘에서 쉬고 있었다. 파리들이 햇볕에서 윙윙거리며 날아다녔다. 새들은 부리를 벌리고, 날개가 부러진 것처럼 몸에서 펼치고서 풀밭 주위를 서성거렸다.

해나가 호스를 가지고 나와 데크 밑에서 똥을 치워주자 오리는 비로소 살아났다. 해나가 오리 발에 물을 뿌리자 오리는 방금 오줌을 싼 노인처럼 두 다리를 어정쩡히 벌리고 서 있었다. 하지만 해나가 물을 공중에 뿌리자 오리는 연못 주위 풀밭을 가로질러 달아났다. 해나는 오리 꼬리를 향해 물을 뿌리지 않을 수 없었다. 오리는 꼭 지나가는 버스를 잡아타려고 달리는 노인네 같았다. 해나는 웃었다. 물을 무서워하는 오리라니!

다른 사람들은 멍하니 해나를 지켜보았다. 해나는 그들의 즐거움이었지만, 해나의 즐거움을 공유하기 때문은 아니었다. 대신, 그들은 모두 함께 경멸했다. 사이먼은 동지가 생겨서 기뻤다. 사실, 사이먼은 전에도 그런 광경을 보았다. 하지만 매기는 무릎에 턱을 괴고 맥주를 마시면서 열심히 지켜보았다. 해나는 매기의 엉덩이에도 물을 뿌려주고 싶은 충동을 느꼈다.

오리는 덤불 뒤에서 해나를 지켜보고 있었다. 해나는 물을 끄고 호스를 연못가에 두었다.

다리에 앉아 있던 데니스가 고개를 들더니 해나를 향해 억지로, 어색하게 웃어 보였다.

괜찮아요? 해나가 물었다.

네, 네. 고마워요. 데니스는 다리에서 일어나 물기를 털어내더니 사이먼과 매기 옆으로 옮겨 가 털썩 앉았다. 그도 매기가 건넨 맥주를 마시기 시작했다.

해나도 그들 곁으로 가서 깔개 가장자리에 앉아 시원한 풀밭의 감촉을 발가락으로 느꼈다. 오리는 해나의 다리 사이에 자리를 잡았다. 어색한 침묵이 감돌았다. 매기가 맥주를 건넸다. 해나는 직접 맥주를 따서 한 모금 마셨다. 주위의 열기가 끓어오르고 배가 점점 더 멀리 떠가는 사이 아무도 입을 열지 않았다.

중간 무렵

나흘 뒤에도 그들은 모두 부유하고 있었다. 매일 아침 해나는 아무도 몰래 오리에게 줄 특별 사료를 만든 뒤, 오리가 그것과 자주군자란 뒤 콘크리트 벽에서 떼어 온 달팽이 방계가족 몇몇을 먹어치우는 모습을 지켜보았다.

결국, 암초

목적지까지 이틀밖에 남지 않은, 나른하고 지루한 날이었다. 해가 머리 위에서 내리쬐고 있었다. 그들이 만약 요트를 타고 있었다면 돛이 축 늘어져 있었을 것이다. 토비는 저녁 식사 준비를 하겠다고 약속한 뒤 방으로 자러 들어갔다. 나머지 사람들은 산책을 나가서 거리를 지나 엉덩이처럼 생긴 언덕을 꼭대기까지 올랐다.

해나는 파란 하늘에서 작은 종소리처럼 울리는 종달새 소리를 들었다. 해나는 손으로 해를 가리고 하늘 높이 솟아오르는 작은 점을 보았다. 오리도 언젠가 종달새를 따라 커다란 날개로 바람을 때리며 하늘 한쪽에서 반대쪽으로 날아다니는 모습을 상상해보았다. 하늘로부터 내려온 진자의 추가 작은 새에 매달린 것처럼.

매기와 사이먼은 대화 소리가 들리지 않는 맨 앞에 섰고 데니스는 그들 바로 뒤에서 따라 걸었다. 그는 참 외로운 사람이라는 느낌을 주었다. 매기는 사이먼이 한 말을 듣고 웃더니 그의 팔을 찌르고는 고개를 젖혔고, 그러자 검은 머리가 어깨에서 물결쳤다. 그리고 갑자기, 둘이 돌아서서 해나를 똑바로 쳐다보았다. 해나는 손을 흔들고 속도를 높였지만 둘은 다시 돌아서더니 더 빨리 걷기 시작했다.

데니스는 해나를 기다려주었고, 모두 함께 길을 따라 내려가 언덕을 오른 뒤, 다시 내려가 부두를 따라 산책한 후 레스토랑에 도착했다. 그들은 노포크 소나무 아래 테이블에 앉았고, 아이들이 미끄럼틀과 그네를 타고, 사다리를 올라 튜브를 지나다니는 모습을 멍하니 구경했다. 해나는 아이들이 놀면서 내는 고함 소리와 비명 소리에 적응이 되지 않았다. 그 소리를 들으면 늘 긴장되고 불안해졌다.

매기는 소비뇽 블랑을 한 병 주문했다. 해나는 잔을 치워두었다. 한낮에 와인을 마시기에는 너무 더웠다.

물론 술은 못 마시겠지. 오리를 돌봐야 하니까. 매기가 말했다. 이렇게 오래 혼자 두다니 놀라운걸. 아니, 데리고 오지 않은 것이 더 놀랍다고 해야 할까.

오리한테 이름이 있어요? 데니스가 부드러운 말투로 물었다.

아, 내가 맞춰볼게. 매기가 말했다. 가브리엘이겠지. 아냐? 아, 알겠다. 오리워리. 아니면, 꽥꽥이? 아니면, 그냥 당신?

해나의 오리가 수컷인 거 알지, 매기? 사이먼이 말했다. 게다가, 진짜 오리도 아니야. 유전학적으로는.

매기가 어이없다는 표정을 지었다. 진짜 오리가 아니라뇨?

음, 오리이긴 하지만, 오리가 아니거든. 보통 오리랑 같은 유전자를 갖고 있지 않아. 학명이 카이리나 모스카타 모멜라노투스거든. 그건 오리도, 거위도 아니야. 숲에서 사는 큰 오리 종류지. 그 사람들, 그러니까 과학자들이 그것들의 위치를 정하기가 어려웠나 봐. 물에 사는 오리, 숲에 사는 오리, 그리고 황오리. 오릿과 카이리나 속. 카이리나 속에는 두 가지 종이 있지만, 멸종 위기의 카이리나 스쿠툴라타, 그러니까 흰죽지숲오리와 외부 형태학적으로는 관련이 없어.

침묵이 흘렀다. 모두 그를 쳐다보았다.

젠장, 덥기도 하네. 매기가 말했다. 꽥 소리 나기 전에 식사하고 돌아가죠.

집으로 돌아오니 토비가 없었다. 식사를 준비한 흔적도 없었다. 매기는 얼음통과 맥주, 책 한 권과 깔개를 들더니 풀밭으로 나갔다. 사이먼은 컴퓨터 앞에 앉았고 데니스는 방으로 들어가 문을 닫았다.

해나는 주방에 서 있었다. 사이먼은 화면을 들여다보고 있었다. 해나는 식탁으로 가서 그가 일하는 모습을 바라보았지만 그는 고개를 들지 않았다.

해나가 말했다. 못 참겠어.

사이먼의 눈이 흔들리더니 입술을 깨물었지만 그래도 계속 화면만 쳐다보았다.

괜찮을 거야. 그가 말했다.

미칠 거야.

괜찮아질 거야.

해나는 그에게서 벗어나 오리가 데크 밑에서 기다리는 바깥으로 나갔다. 해나는 오리를 안았다. 책 읽느라 꿈쩍도 안 하는 매기를 피해, 해나는 정원 뒤쪽으로 가서 창고 계단에 걸터앉고는 오리를 무릎에 올려놓았다. 이제 오리가 너무 커져서 무릎 이쪽저쪽으로 미끌어졌다.

먹이 찾으러 가나요? 오리가 말했다.

쉬잇. 해나가 속삭였다. 조용히 있어야 해.

무슨 일이에요?

아무도 날 좋아하지 않아. 모든 것이 목을 죄어서 슬퍼.

난 당신을 사랑하는 거 알잖아요.

쉬잇. 말했잖아. 그렇게 크게 말하면 안 돼. 어쨌든, 넌 오리잖아. 게

다가 난 네 이름도 모르는걸.

배고파요.

네 이름이 뭐니, 오리야? 다들 네 이름이 궁금하대.

다른 이름을 불러도, 내 냄새는 똑같이 향긋할걸요.

바보 같은 소리 마. 여기 함께 앉아서 가만히, 숨죽이고 있자.

좋아요. 같이 있어요. 근데 그다음에는요? 달팽이 찾아요?

인간 세상에서는 모든 게 좀 이상해지고 있어. 정확히는 모르겠지
만, 마음에 안 들어.

달팽이는요? 바퀴벌레는요? 민달팽이는요?

해나는 층계에서 몸을 숙여 풀을 한 움큼 뜯어낸 뒤, 오리에게 흩
어지는 작은 바퀴벌레들을 가리켰다. 해나는 나뭇가지로 여기저기를
찔러 벌레를 더 찾았다. 돌맹이가 하나 걸리기에 그것을 파냈다. 그
아래, 돌에 납작하게 눌린 밀폐 비닐봉지가 들어 있었다. 해나는 그것
을 땅에서 떼어냈다. 안에 열쇠가 들어 있었다. 창고 열쇠였다.

이것 좀 봐, 오리야. 네가 앞으로 쓸 호텔 열쇠야. 아직은 아니지만.
협상을 좀 해야 해.

해나는 문을 열어볼 생각은 하지 않고, 열쇠를 도로 땅에 묻어두었
다.

기온이 떨어지자 모두 주방에 모였고, 토비는 슈퍼마켓 봉지를 늘
어놓고는 다지고, 뜨고, 이리저리 뛰어다니며 움직였다. 매기는 스파
클링 와인을 따더니 모두에게 한 잔씩 돌렸다.

건배. 매기는 모두 잔을 부딪치며 자신과 눈을 마주치게 했다. 자,

눈 좀 마주쳐봐요. 날 보라고. 그게 규칙이에요. 연결되지 않으면, 건배도 없어. 유럽에서는 그러지 않으면 야만적인 거래. 데니스, 데니스. 그대 눈을 들어요. 본다고 안 죽어.

매기는 당나귀처럼 시끄럽게 굴었다.

그리고 눈이 마주칠 때마다 표현되는 것도 있다고 해나는 생각했다. 모든 사람은 자신에 대해 뭔가 밝혔다. 토비는 바빴고, 데니스는 언제나 그랬듯이 무언가 험하고 추한 일 때문에 우울했고, 매기는 가차 없었고, 사이먼은 너무 멀어져서 알아볼 수도 없는 지경이었다. 그렇게 멀리 있는 사이먼의 생각을 파악하려면 쌍안경이라도 있어야 할 것 같았다.

그들은 올리브와 계속 나오는 맛있는 카나페를 먹었고, 저녁 식사 준비가 되었을 무렵에는 이미 스파클링 와인을 두 병이나 비우고 있었다. 토비는 소용돌이처럼 작업대와 오븐 사이를 뛰어다니며 일하는 동안 모두를 무시했다. 곧 김이 모락모락 나는 홍합, 새우, 참돔에 크림을 곁들인 요리와 야채 샐러드가 나왔다. 그리고 해나는 해가 거의 진 것을 알아차렸다.

어머, 오리. 해나는 깜짝 놀랐다.

하지만 요리가 나왔잖아. 오늘은 오리 좀 그냥 둬.

해나는 밖으로 달려 나가 오리를 잡았고, 오리는 투어 드 프랑스 경주에라도 나갈 기세로 발을 버둥거렸다. 다행히 물과 사료는 이미 준비되어 있었다. 해나는 달팽이를 두어 마리 잡아서 양상추와 함께 우리로 던져주었다. 안에서 불평하는 소리가 들렸다.

돌아와보니 모두 먹고 있었다.

기다릴 수도 있었잖아. 매기가 음식을 우물거리며 말했다.

모두 식사를 하는 동안 잠시 조용했다. 또 와인을 한 병 더 따서 잔에 따랐다.

토비, 안 먹어요? 정말 대단한데. 해나가 말했다. 토비는 무관심한 표정으로 홍합을 깨작거리고 있었다.

먹어요, 먹어. 요리를 하고 나면 배가 별로 안 고파서.

그냥 놔둬. 매기가 와인을 잡으며 잘라 말했다.

엄마가 식탁에 늘 소금을 놔두신 거 기억나니. 해나가 말했다. 요리에 필요 있든, 없든 말이야.

맞아. 매기가 말했다. 엄마가 언니랑 함께 사실 때 언니가 소금을 못 넣게 한다고 아주 불평이 많았지. 티슈에다 소금을 좀 싸서 갖고 있다가 언니가 매의 눈으로 쳐다보지 않을 때 몰래 넣는다고.

몸에 안 좋다고 그랬지. 해나가 후회하는 심정으로 말했다. 항상…… 동맥경화 얘기를 들었잖아…….

그래, 조금만 아는 게 위험하다고들 하잖아. 엄마는 저혈압이라서 소금이 필요했는데. 진단을 받고 난 다음에 엄마는 당당해졌어.

사실은. 해나가 말했다. 사실은, 건배를 하고 싶어요. 해나가 매기를 흘낏 쳐다보며 말했다. 지난 며칠 동안 엄마에 대해서 별로 말하지 않았고, 엄마를 놓고 싸운 편이지만, 이제 엄마를 인정해야 할 때가 된 것 같아요. 그러니까, 자, 사랑하는 엄마를 위해 건배.

우아한 부인을 위해. 토비가 말했다.

어머니를 위해. 사이먼이 말했다.

데니스도 잔을 들어 보였다.

매기는 마지못해 잔을 들었다.

그래, 좋아. 그럼. 엄마를 위해. 불쌍한 엄마. 하지만 이 말은 해야 되겠어. 엄마는 여기 계시는 걸 싫어했어. 그거 알았어? 불행했다고. 아는 사람들, 친구들, 자기 인생하고 떨어져 지냈잖아. 추억에서…… 아빠한테서…… 결혼 생활 전부가 거기 있는데, 엄마를 여기 데려온 건 잔인한 짓이야. 솔직히, 엄마한테 그런 짓을 하다니 믿을 수 없었어.

해나는 몸속의 모든 세포가 무너져 내리는 듯했다.

엄마 친구들이랑 이웃들이 나한테 전화해서 도와달라고 사정했어. 해나가 말했다. 달리 방법이 없었어. 그럼 어떻게 해야 되겠니?

집에서 사셔야지. 엄마 바람대로.

하지만 계속 쓰러지고, 기절하고, 헛것을 보고. 너도 봤잖아. 넘어져서 손이랑 팔다리, 머리에 난 상처 못 봤어? 살갗이 접착 필름처럼 떨어져 나왔어. 햇볕에 너무 오래 타서 피부가 다 상했다고.

그래서 뭐? 쓰러져 있다가 돌아가신들 뭐 어때? 그다음에 몇 년 동안 겪은 일을 안 겪어도 됐잖아. 잔인한 짓이었어. 제대로 산 것도 아닌데. 엄마는 그걸 싫어했어.

그때는 아무 말도 안 했잖아.

묻지도 않았잖아.

그렇지 않았어. 너한테 계속 연락했잖니. 모두 다 이야기했어. 어쨌든, 이제는 네 의견을 주저 없이 말하는구나. 너도 알잖아, 쉬운 일은 아니었어. 엄마 돌보는 거. 즐거운 일은 아니었다고. 해나는 한숨을 쉬었다. 그런데 지금 이 이야기를 꺼내는 의도가 뭐니?

매기는 매니큐어를 바른 손가락으로 입가를 톡톡 두드렸다. 일본 인형 같은 머리를 뒤로 넘기더니 눈을 가만히 깜빡였다. 그러더니 잔인한 시선을 들어 해나의 심장에 그대로 꽂았다.

사실. 이제 와서 진짜 대화를 하고 있으니까, 정말로 알고 싶은 건 이거야. 그놈의 오리는 대체 뭐야? 모두 언니가 미쳤다고 생각해. 모두가. 더러운 새잖아. 정말 더러워. 게다가 언니가 그걸 다루는 것도 그래. 그것하고 말하는 것도. 형부가 어떻게 참는지 모르겠어. 욥처럼 인내심이 많아.

해나는 새우 껍질에서 살을 발라내느라 나이프와 포크를 열심히 놀리고 있는 사이먼을 쳐다보았다. 그리고 식탁에 잔을 내려놓고 밖으로 나갔다. 집에서 나와 정원으로 갔다. 벌레 우는 소리가 들려왔고, 어디선가 고슴도치가 움직이는 소리도 났다. 길 건너, 시끄러운 음악과 즐겁지 않은 웃음소리가 들렸다. 해나는 정원 길을 걸어 나가 층계를 오른 뒤 거리로 나갔다. 뒤에서 따라오는 발소리가 들렸다. 누구지? 매기가 사과하러 나온 걸까? 사이먼이 괜찮은가 싶어 따라 나온 걸까? 아니면 혹시 동네 강도?

아니, 토비였다. 해나는 너무 놀라 충격을 받지도, 화를 내지도 못했다.

토비는 해나의 팔짱을 끼더니 함께 걸었다. 그의 옷과 피부에서 담배 냄새가 진동했다. 함께 밤거리를 걷는 동안 해나는 그의 앙상한 갈비뼈가 팔에 닿는 것을 느꼈다. 토비를 잘 몰랐기 때문에, 해나는 마음을 다잡았다. 가로등이 비추는 우편함 아래, 살진 개가 풀밭에 똥을 누는 것을 기다려주는 노인을 지나쳤다. 더 걸어가니 층계에서 아이들이 물총새처럼 키득거리며 놀고 있었다.

바닷가에 닿을 때까지 토비도 해나도 아무 말 하지 않았다. 사람들이 둘씩 또는 여럿이 돌담에 모여 앉아 있었다. 그들 뒤에는 분수대 뱀들의 아가리가 물을 뿜으며 무지개를 만들고 있었다. 토비는 사람들과 떨어진 자리에 해나를 데려가 앉혔고, 차갑고 딱딱한 돌이 해나 다리에 닿았다. 가로등의 부드러운 불빛이 해변을 밝히고 있었다. 토비는 재킷 주머니에 손을 넣더니 담배를 꺼냈다. 해나가 지켜보는 가운데 그가 라이터를 탁, 탁, 탁 켜자 빛이 얼굴에 반사되었고, 그는 불꽃이 비밀이라도 된다는 양 손을 모아 가리며 담배를 깊이 빨아들였다.

끊을 생각은 안 해요? 해나가 물었다.

오리를 없앨 생각은 안 해요? 그가 맞받아쳤다.

해나는 마음이 무거워졌다.

오, 토비도 그러는군요. 인정도 없이.

아뇨. 누구나 집착하는 대상과 중독되는 대상이 있는 거죠. 잘못도 있고, 계략도 있고. 가끔 그걸 버리려고 하지만, 그럴 수 없다는 걸 알게 돼요. 아니면, 아직은 그러고 싶지 않다거나. 빈자리가 두려우니까요.

오리에 집착하는 것 같아요?

해나는 토비가 자신을 쳐다보고 있다는 것을 느꼈지만, 모래사장 건너 들쭉날쭉한 해변에 치는 작은 파도를, 그리고 하늘을 배경으로 랜지토토 섬까지 새카맣게 펼쳐진 바다를 응시했다.

나쁜 의미에서의 집착이라고는 생각하지 않아요. 토비는 조심스레 말했다. 결혼 생활에 영향을 줄 수는 있지만, 건강에 영향을 주는 것 같지는 않으니까. 어쩌면 상당히 흔한 의인화의 일종일 수도 있죠. 오리 때문에 암에 걸리는 것도 아니고, 행복해 보여요. 그렇지 않나요?

해나는 고개를 끄덕였다. 글쎄요. 그런 것 같아요. 왜 오리가 결혼 생활에 영향을 준다고 생각해요?

아뇨, 그렇게 말하지 않았어요. 그럴 수도 있다고 했죠. 추측형이었어요. 결혼이란 당사자 두 사람만이 상호 합의하에 정한 규칙과 조건을 알 수 있는 복잡하고 다양한 제도죠.

꼭 변호사처럼 말하네요.

아뇨. 한 곳에서 다른 곳으로 옮겨본 사람으로서 말하는 거예요. 보세요. 이게 문제가 아니에요. 동생 얘기 듣지 마세요. 매기는 자기 문제 때문에 그러는 거예요. 아침이 되면 다 잊어버릴 거예요. 매기를 포함해서 우리 모두는 해나가 어머니께 최선을 다한 걸 알고 있어요.

토비는 다리를 뻗더니 모래사장으로 뛰어내렸다가 다시 해나 옆에 앉았다.

사이먼도 마찬가지예요. 내내 함께해줬잖아요. 장모님도 고마워하셨고.

그의 말이 해나의 가슴을 쳤다.

그래요. 그 사람에게 늘 쉬운 일은 아니었죠. 해나가 마지못해 말했다.

수평선을 따라 불빛이 타올랐다. 어둠 속에서, 마치 깜빡이는 전기 디스플레이 패널처럼 빨강, 초록, 노랑 불꽃이 보였다.

토비가 불쑥 물었다. 우주의 나이가 137억 년이라는 거 알아요?

1000억 년이 되기 전에 우리은하 바깥의 별이나 은하계는 보지 못하게 될 거예요. 빛이 닿지 않을 테니까. 암흑 물질이나 에너지로 우주 팽창이 가속화되어 우주 지평선 너머로 가버리기 때문이에요.

해나가 웃었다.

정말이에요. 토비가 숨을 들이쉬며 말했다.

아뇨. 해나가 말했다. 생각해보니까, 몰랐던 것 같아요.

그러다, 알 수 없는 이유로 해나는 불안해졌다. 그래서 일어나 손가락으로 머리를 훑었다.

감당할 수가 없어요. 미안해요. 모든 걸 감당할 수 없어요. 사실 난 아무것도 몰라요, 토비.

토비는 앉은 채로 해나의 머리에서 손을 떼어내더니 담배를 옆으로 치웠다.

이봐요. 토비가 말했다. 초조해하지 말아요. 괜찮아요. 그때가 되면 우리는 없을 테니까, 염려 말아요. 사실, 지구도 존재하지 않을 거예요.

해나는 신발로 모래를 차면서 중얼거렸다. 그럼. 죽으면 우린 어떻게 되나요?

죽죠. 끝장. 결말. 죽음. 다 끝나는 거예요, 베이비 블루.

그렇게 생각해요?

추호의 의심도 없어요. 그러니 최선을 다해 살아요.

해나는 토비 옆에 털썩 주저앉으면서 말했다. 젠장.

토비는 안주머니에 손을 다시 넣더니 가느다란 마리화나를 꺼냈다. 그러고는 불을 붙여 얕은 숨으로 연기를 마시고는 해나에게 건넸다.

그렇게 생각하지 않았어요?

어머니가 돌아가신 이후로 죽음에 대해 여러 가지 생각을 했어요.

그렇다면 삶에 대해서 생각할 때가 된 것 같네요. 토비가 말했다. 잃어버린 것 말고, 지금 갖고 있는 소중한 것에 대해서요.

해나는 말뜻을 이해하느라 머뭇거리다 마리화나를 받았다.

아주, 아주 오랫동안 이거 안 했는데. 하지만, 뭐 어때요. 까짓것.

해나는 마리화나를 피우고는 숨이 막혀 콜록거리다가 다시 진정하고 연기를 들이쉬었다. 어둠이 주위에 내려앉아 해변 돌담에 앉아 있는 해나와 매제를 휘감았다.

토비, 사실 난 끔찍한 짓을 했어요.

이제야?

그래요. 정말이에요. 무서운 짓이에요.

아무 말도 하지 말아요. 알고 싶지 않아요. 아무것도 알고 싶지 않아요, 알겠어요?

토비는 팔을 열심히 긁어댔다.

하지만 말하고 싶어요. 아무것도 해주지 않아도 돼요.

나는 듣지 못해요. 무슨 이야기건 할 만한 상대가 아니에요. 부탁이에요, 해나. 하지 마요. 네? 하지 마요.

왜요?

그만해요. 그래요, 그만해요. 당장.

해나는 한숨을 내쉬었다. 알겠어요. 현명한 사람 같군요.

고마워요. 하지만, 나는 당신한테 말할 수 있어요. 새들에 대해서요. 사후 세계와 관련해서 새들에 대해 이야기할게요. 오리가 새 이야기를 했을 거예요. 분명히.

무슨 말이에요?

죽고 나서 말이에요.

토비는 해나에게 다정하게 몸을 붙였다. 그리고 무릎을 긁었다.

하늘 말이에요, 해나 아주머니. 자. 하늘이 어디서 끝나는지 알죠?

사실, 그건 늘 궁금했던 거예요.

물론 그렇겠죠. 하늘을 궁금해하는 사람은 보면 알아요.

토비는 마리화나를 해나에게 도로 건네며 말했다. 하늘이 끝나는 곳, 새들이 죽을 때 가는 곳, 그리고 지렁이가 어떻게 생기는 것인지. 관심 있어요?

또 과학 강의를 하는 건가요?

당신이 그런 문제를 어떻게 보느냐에 달렸어요. 모든 것이 존재하는 방식이죠. 하늘은 세상 끝에서 생겨나요. 그거 가끔 보잖아요. 지평선에 가득 널려 있는 물결구름 말이에요. 아니, 나도 지구가 둥근 것은 알지만, 바람 부는 날이면 하늘이 거기 모이죠. 달리 갈 곳이 없어서 거기 모두 모여 바람이 방향을 바꿔주기를 기다려요.

아, 그래요? 해나는 마리화나를 만 종이 끄트머리를 손가락 사이에 끼우고 있었다. 토비가 그것을 받느라 둘의 손끝이 닿았고, 토비는 마저 한 모금을 빨고 꽁초를 모래에 던지더니 발로 밟았다.

흠, 간단해요. 새들은 거기로 가요. 죽으러. 음, 거기 닿기 전에 땅에 떨어지거나, 고양이한테 먹히거나, 사냥꾼 총에 맞거나 하는 불운한 새들도 있지만……, 새들은 거기 모여요. 생각해봐요. 나무랑 하늘이랑 온통 새들이 그렇게 많은데, 죽은 건 태풍이 지나간 뒤 한두 마리정도밖에 못 보잖아요. 새들이 늘 죽고 있을 텐데 말이에요. 그러니까, 새들은 때가 되면 거기로 가요. 날고, 또 날아서, 아마도 바람의 도움을 받아서 그곳 대기실로 가요. 거긴 말하자면 새들의 천국인 셈이죠. 소리를 상상할 수 있겠죠. 해가 지기 직전, 나무에 새들이 가득 모인 셈이에요. 새들이 충분히 모이면 밤새 폭풍이 불어와 새들을 빨아들여요. 사실은 다지기 기계랑 비슷하게 작동하는 것이죠. 새들은 기분이 아주 좋아요. 해나의 오리도 그것에 대해 잘 알 거예요.

무시무시하네요. 해나가 말했다.

그게 없으면 새들 시체가 썩어나갈 걸 생각해봐요. 사방에 죽은 새들 때문에 미끄러지고 자빠지고 할걸요. 그건 블랙홀이랑 비슷하지만, 출구가 있어요. 새들은 그냥 사라지는 게 아니에요. 다지기 기계 반대편에는 말이죠. 어떨 것 같아요?

지렁이요.

정답. 내 말을 이해하는군요. 잘했어요. 지렁이가 나와요. 그래서 비가 오면……, 비가 오면 왜 지렁이가 온통 나와 있는지 알아요? 바나나 나무 중간쯤이랑 하수구에서 지렁이를 봤어요. 지렁이가 거길 어떻게 들어갔을까요? 바람에 날아와 비와 함께 떨어진 거죠.

재미있는 분이네요.

토비는 해나에게 팔을 두르더니 잽싸게 꼭 안았다. 해나는 이 산책이 자신을 위로해주려는 것임을 깨닫고는 그에게 고마움을 느꼈다.

재미있는 이야기예요. 해나가 말했다.

이야기라고요? 이건 사실이에요. 새들이 왜 지렁이를 좋아하겠어요? 자신을 보충하는 거예요.

그래요. 그럼 깃털은 어떻게 되나요?

당연히 구름이 되죠. 해나의 오리 같은 오리들이랑 거위들은 흰색과 회색 구름이 되고, 까마귀들은 먹구름, 앵무새랑 공작새는 당연히 석양이 되죠.

당연히 그렇겠네요. 해나가 말했다.

토비는 모래에서 다리를 들더니 반대편으로 몸을 홱 돌리며 일어나서는 바지를 꼼꼼히 털었다.

돌아가는 게 좋겠어요. 저기 저 색깔로 퍼져 나오는 물뱀을 보세요.

해나는 아직 담에서 몸을 일으키고 있었다. 토비가 손을 잡아주었다. 자, 어서 가요.

그리고 두 사람이 팔짱을 끼고 걷는데, 토비가 불쑥 말했다. 장모님은 멋진 분이셨어요. 참 좋아했어요. 대화를 하면 즐거웠어요.

그랬어요? 정말? 무슨 얘기를 했어요?

뭐, 이런저런 이야기요. 미술이나. 음악이나. 세상 이야기 같은 거. 장모님은 잘 들어주셨어요. 그리고 항상 세심하게 생각하셨어요. 인생의 섬세한 것들의 가치를 아셨죠.

그런 이야기를 해줘서 고마워요, 토비. 사람을 당연하게 여기기가 쉬운데. 노인들은 무시하기도 쉽고요. 엄마를 오래 안 것도 아니었잖아요.

몇 년이었죠. 장모님 건강이 나빠지시기 전엔 우리와 가끔 함께 지내셨어요. 함께 있으면 참 좋았는데.

환생을 믿어요?

전에도 말했지만, 안 믿어요. 하지만 착각은 일어날 수 있어요. 아버지가 돌아가신 다음에 갑자기 레스토랑에 오기 시작한 사람이 있었어요. 항상 혼자, 일주일에 두세 번쯤, 늘 점심시간에 왔어요. 그전에는 본 적이 없는 사람이었어요. 늘 생선 요리를 주문했고, 아버지가 제일 좋아하신 요리였거든요. 그리고 아버지랑 비슷한 이미지였어요. 행동도 같았고. 주방에서 식당 쪽만 보이는 거울로 홀린 듯이 그 사람을 쳐다보곤 했어요. 특히 촉촉하고 신선한 생선만 요리해주었고, 추가로 앙트레나 맛있는 디저트를 슬쩍 끼워주기도 했어요. 그 사람을 쳐다보느라 꼼짝도 못 했죠. 그러다 어느 날, 점심시간이 끝나갈 때쯤, 레스토랑이 거의 비었을 때 그 사람이 웬 여자를 데려왔어요. 그 사람보다 훨씬 젊은 여자였어요. 금발을 커다랗게 부풀려서 드라이하고, 빨간 립스틱을 바르고, 눈썹을 칠하고, 가슴골에 커다란 캥거루 목걸이를 한 여자였어요. 믿을 수가 없었죠. 아버지가 좋아할 만한 여자가 아니었거든요. 다만, 아버지가 어떤 유형을 좋아하는지 모르긴 했어요. 어렸을 때 어머니가 스키를 타다 사고로 돌아가셨고, 아버지한테 여자 친구가 몇 명 있었다는 건 알았지만, 모두 보수적이고 지적인 분들이었거든요.

어쨌든, 저는 식당으로 들어가 앞치마에 손을 닦고 그 테이블 옆에 서 있었어요. 심장이 죄는 것 같은 기분으로 떨고 있었죠. 그들이 메뉴를 보다가 고개를 들었어요. 거기서 내가 뭘 하고 있었는지도 난 몰랐어요. 코코뱅*을 권해도 될까요? 이런 말을 하면서 말이에요. 남자는 아직도 앞치마를 주물럭거리는 날 보더니 말했어요. 생선은 왜 안

* 프랑스의 가정식 요리로, 일종의 닭고기 스튜.

됩니까? 늘 생선을 먹었는데. 좋습니다, 선생님. 그렇게 하죠. 그리고 돌아와서 웨이트리스에게 맡겼어요. 그 사람 목소리를 들으니 환상이 완전히 깨어졌어요. 벽돌로 거울을 깨뜨린 느낌이었죠. 그 몇 마디로. 미국식 억양. 굵은 목소리. 콧소리. 징징거리는 듯한. 아버지가 아니었어요. 게다가 가까이서 보니 아버지랑 닮지도 않았더군요. 눈가가 붉었고, 아버지와는 다르게 입가가 비틀어져 있었어요. 그리고 참 우습게도 그 후로 그 사람은 다시 오지 않았어요. 다시는 못 만났죠.

둘은 가로등 아래 잠시 멈췄고 토비는 담배를 한 대 더 피웠다. 거리는 텅 비어 있었고 조용했다. 땅 위의 사람들은 모두 잠자리에 들었다.

해나가 말했다. 그럼, 한동안은 정말로 그 사람이 아버님이라고 생각했어요?

논리적으로는 아니죠, 물론. 하지만 마음속 깊숙이 아버지가 돌아가시지 않았다고 믿고 싶었던 것 같아요. 아버지가 그리웠어요. 그리고 그 사건 이후로 기분이 나아지고, 사실을 받아들이게 되었어요. 실은 그러고 얼마 후에 매기를 만났죠.

대문 앞에 도착한 그들은 해나가 빗장을 여는 사이에 걸음을 멈췄다.

고마워요, 토비. 해나는 발뒤꿈치를 들고 토비의 뺨에 입을 맞추었다. 이젠 기분이…… 글쎄요. 어쨌든, 고마워요.

토비는 해나의 어깨를 꼭 쥐어주었고, 담배를 한 모금 깊이 빨더니 남은 꽁초를 하수구에 버렸다.

그들은 기분 좋게 안으로 들어가 아직도 술을 마시며 식탁에 앉아 있는 사람들을 만났다. 그들은 모두 해나의 표정과 기색을 살폈다.

두 사람이 들어가자 대화가 뚝 끊어진 느낌이 들었다. 매기는 부루 퉁하고 긴장한 얼굴이었다. 해나는 사이먼이 눈길을 피하는 것을 느꼈다. 데니스는 멍하니 아이폰을 만지작거리고 있었다.

자, 이탈자들이 합류하셨군. 대체 어디 갔다 왔어?

지렁이랑 죽은 새를 찾으러. 해나가 말했다.

토비는 싱크대로 가더니 물을 한 잔 따랐다. 아무도 말하지 않았지 만 해나를 바라보는 사이먼의 얼굴이 너무나 무표정하고 차가워서 해나의 마음이 편할 수가 없었다.

나중에 사이먼과 해나는 옷을 갈아입으며 서로 시선을 피했다. 그들은 마지못해 시트로 기어들어 가, 마치 수영장에서 깊은 물에 빠져 드는 게 두려운 사람들마냥 침대 가장자리를 붙잡고 있었다.

사이먼이 손을 들어 불을 껐다.

해나는 빈방에 대고 말했다. 당신이 매기랑 죽이 맞아?

사이먼은 벽에 대고 말했다. 당신은 토비랑 죽이 맞아?

그의 음성은 신랄했다.

해나는 어색하게 뒷발질로 그의 물렁한 종아리를 찼다.

사이먼은 아무 말도 하지 않았다. 움직이지도 않았다.

그래서 두 사람은 밤새도록 굳은 채 누워 있었다. 마침내 그가 드 르렁거리는 소리가 들렸다. 아래층에서는 누군가 움직이다 가구에 부 딪치는 소리가 들려왔다.

오리는 우리에서 머리를 날개에 파묻고 있었고, 해나는 어머니가 어디 있는지 알 수 없었다.

새해 전날

열다섯 명쯤 되는 친한 친구, 친척들과 신년회를 열었다. 그들은 만찬을 즐기고 스파클링 와인을 마셨으며, 이제 거의 자정이 되었다. 해나는 혼자 데크 발코니에 기대어 오리가 자고 있는 캄캄한 정원을 내다보고 있었다. 어둠 속에서 우리 모양이 겨우 보일 듯했다. 그러다 해나는 들릴 듯 말 듯 자갈을 밟는 소리를 알아차리게 되었다. 어둠 사이로 풀밭에 고양이가 숨어 있을 것이라고 생각했다. 하지만 문득, 사람의 형체가 연못가 바위에 걸터앉아 있는 것이 보였다. 해나는 인사를 건네려다 그만두었다. 집에서 새어 나오는 불빛에 그림자가 드러나고, 눈이 어둠에 적응하자, 해나는 그 사람이 뭔가에 열심히 집중하고 있다는 것을 알 수 있었다. 하얀 팔, 짧게 반짝이는 바늘, 살을 문지르는 엄지손가락이 보였다. 해나는 신들의 무대에 올린 연극을 보는 기분이었다. 그러다 검은 셔츠 소매가 다시 내려오고 하얀 손만이 팬터마임의 장갑처럼 보였다. 그가 일어났다. 해나는 손뼉을 쳤다. 그는 걸음을 멈췄고, 두 사람의 시선이 마주친 후, 다시 집 쪽으로 다가왔다.

그리고 자정이 되었다. 그들은 〈올드 랭 사인〉을 부르며 신나게 손을 흔들었고, 팔짱을 끼고 노래를 계속했다. '다시 만날 그날 위해 노래 부르네.' 옆집에서는 에릭이 창문을 쾅 닫는 소리가 들렸다. 언덕 너머에서 불꽃놀이를 하느라 하늘이 번쩍였다. 지난해가 새해에게 바통을 넘길 때 불분명한 순간이 있었다. 모두는 모두와 포옹했고, 해나는 노래할 때 곁에 있었던 사이먼을 찾았지만, 사이먼은 해나의 친구들, 티 아와무투에서 온 고모와 고모부, 자기 형, 해나의 동생과 포옹하고 있었다. 해나는 그를 쳐다보았지만, 그렇다, 그는 해나를 찾지 않았다. 해나는 그에게 다가가 말했다. 새해 복 많이 받아.

사이먼은 놀란 표정을 지었다.

인사 안 했던가? 이렇게 말한 사이먼의 입술은 낯선 사람의 입술이었다. 그 입술 밑에는 감추고 하지 않은 말이 있었다. 이렇게 구더기가 우글거리다니 오리가 한 바퀴 돌아야겠다. 언제 이렇게 된 것일까?

토비는 해나의 머리카락에다 대고 다시는 그것에 손대지 않을 것이고, 지금이 전환점이며, 마지막이라고 속삭였다. 그러고는 데크에 털썩 주저앉아 벽에 등을 기댔다. 눈 밑 다크서클은 마치 때가 되면 그가 빠져버릴 우물처럼 보였다. 그는 창백하고 전형적인 방탕아였고, 해나는 그를 지켜보며 세상은 서글픈 곳이며 거기 사는 사람들에게는 알 수 없는 점이 너무 많다는 결론을 내렸다.

모두가 주위에서 파티를 하는 동안 해나는 쿠션을 세 개 찾아 두 개는 그의 등에 대어주고, 하나를 깔고 옆에 앉았다. 토비는 억지로 눈을 뜨더니 아쉬운 듯 미소를 지었다. 고마워, 꼬마. 그가 속삭였다.

해나는 얼음장처럼 차가운 그의 손을 쥐고 자기 겨드랑이에 넣었다. 그는 해나를 뚫어져라 바라보았고, 무슨 말인가 하려고 입술을 움직였지만 혀가 제대로 움직이지 않았다. 왜……? 그는 이렇게 말하고 있었다. 왜……? 왜 여기 앉아 있어요? 나는 왜 여기 있어요? 왜 세상이 이렇게 제멋대로 돌아가요? 온갖 추상적인 가능성 속에서 답을 찾는 동안, 해나는 사실, 그가 물을 달라고 청한 것임을 깨달았다.

제16장

항구로 돌아온 배

새해 첫날, 대청소를 마치고 매기와 토비는 크라이스트처치로 돌아갔다. 데니스도 공항에서 차를 빌려 2주쯤 여기저기 돌아다니며 관광을 할 계획이라 그들과 함께 떠났다. 사이먼이 그들을 공항에 데려다주었다.

나도 갈게. 해나가 말했다.

괜찮아. 사이먼이 말했다. 그럴 거 없어. 짐이 많아서 비좁을 거야. 오는 길에 할 일도 있으니까 당신은 오리랑 있어.

무슨 일인데? 새해 첫날에.

공항 옆에 좋은 철물점이 있어. 당신이 좋아할 곳은 아냐.

그랬다. 그건 아니었다. 그래서 해나는 문 앞에 서서 사이먼을 포함한 모두와 포옹하며 작별 인사를 나눴다. 동생은 파우더를 바른 뺨을 해나의 뺨에 스치며 우쭐거리면서 포옹을 하고는 사이먼 옆, 조수석에 올라탔다. 그리고 토비. 그에게는 애정과 염려가 솟아났다. 몸조심해요. 해나가 이렇게 말할 때, 토비는 앙상한 가슴을 해나의 뺨에 갖다 대며 머리에 키스했다. 토비는 유령처럼 핼쑥했다. 그는 데니스 옆자리에 탔다. 모두 우스꽝스러운 꼴이라고, 언덕을 올라 모퉁이로 사라지는 차를 보며 해나는 생각했다. 그러고는 그들이 보이지 않을 때까지, 뒤쪽 창문으로 보이는 흰 손과 흐릿한 얼굴을 향해 손을 흔들었다. 그리고 집으로 들어갔다.

해나는 아무도 없는 사이에 오리에게 목욕을 하게 해주고 욕실에서 사이먼의 셔츠를 다리기로 했다. 사실, 오리는 이제 욕조에 들어가기에도 너무 커져서 열심히 헤엄을 치면 욕조 물이 다 넘쳤다. 하지만 그렇게 하면 오리는 깨끗해지고 즐거워할 것이고, 다림질도 끝날 것이다. 해나는 셔츠를 가지러 침실로 올라갔다. 방 안은 엉망이었다. 옷가지와 책, 잡지. 크리스마스 선물 포장. 다른 데 신경을 쓰느라 쌓인 먼지. 가사에 관해서라면 해나가 가장 관심을 기울이지 않는 곳이 이 방이었다.

흐트러진 침대 위, 구겨진 이불 사이로 봉투 하나가 튀어나와 있었다. 해나는 별것 아니라고 여겼다. 화해하자는 말이 적힌 신년 카드라고 생각했다. 사이먼의 상냥한 말을 듣고 싶은 기분이 아니었던지라, 해나는 그것을 그냥 둘 뻔했다. 봉투는 봉해져 있었다. 해나는 봉투를 찢었다.

편지는 사이먼이 각자 떨어져서 시간을 가져야 한다고 생각하고, 해나는 무엇이 중요한지 정리해야 하며, 자신도 상황을 판단해야 하므로 잠시 떠나겠다고 알리는 내용이었다. 앞에는 베아트릭스 포터의 제미마 퍼들덕이 깃털 둥지 안에서 문 뒤에 숨어 있는 사악한 여우의 감시를 받는 그림이 있었다.

멋지네.

당신도 새해 복 많이 많아.

해나는 밖으로 나가 오리 옆 풀밭에 주저앉았다.

남자가 갔어. 해나가 오리한테 말했다. 어디로 갔는지, 언제 올지도 몰라.

아, 그래요. 오리가 말했다. 그 사람은 날 별로 안 좋아했어요.

나는 좋아했었어. 해나가 대답했다.

내가 당신을 좋아하잖아요.

이상한 점은 사이먼이 그걸 숨겼다는 것이다. 왜 말하지 않았을까? 왜 내게 알리지 않고 그냥 가버렸을까?

오리는 해나의 다리를, 그리고 발을 부리로 치더니 처음에는 부드럽게, 나중에는 세게 발가락을 잡아당겼다. 해나는 발을 치웠다.

아파. 해나가 말했다. 내 발가락을 먹을 수 없다는 건 알고 있지. 하지만, 먹을 수만 있다면 날 먹어치울 거지? 그렇지?

해나는 이미 지친 기분으로 일어났다. 오리는 해나를 쳐다보았다.

달팽이는요?

넌 상관하지 않는구나. 아무도 신경 쓰지 않아.

신경 써요. 그냥 배가 고파서 그래요.

모두 배가 고프지. 해나가 말했다. 그리고 모두 날 먹으려고 하지.

오리도 일어나 날갯짓을 했다. 날개가 얼마나 자랐는지 해나는 믿을 수 없었다. 오리는 망사 스타킹을 신은 것 같은 다리로 여기저기 돌아다니더니 한 발자국 푸드덕 날아올랐다.

언젠가 너는 하늘이 아주 크다는 걸 알게 될 거야. 해나가 말했다. 심술궂게 말할 생각이었다. 거기 도착하면 뭘 할 계획이니?

무슨 말인지 모르겠어요. 난 아무 계획도 없어요.

아침마다 우리에서 꺼내주기만 하면 넌 날개를 시험해보잖아. 연습을 하고 있는 거지. 언젠가 너도 날 떠날 거야.

말도 안 되는 소리 하지 말아요. 어딜 간단 말이에요?

사실이었다. 오리는 아무 데도 가지 않았다. 그리고 오리가 태어난 곳은 비극적인 곳이었다. 오리는 쇼핑백에 담겨 해나에게 배달되었다. 그런데 오리가 어디로 간단 말인가? 오리는 세상에 대해서 아무것도 몰랐다. 해나는 아무것도 가르쳐주지 않았다. 하지만 밤새 다녀가는 선생님이 있었다. 해나가 모르는 사이, 어떤 비밀스러운 지식이 전수되었을까? 그리고 어머니는 어디로 갔을까? 어머니는 늙은 육신에서 벗어나는 것이 계획된 일이라는 듯, 너무나 쉽게 날아가버렸다.

그리고 사이먼은 어디에 있을까?

셔츠 차림으로

그날 밤 잠자리에 들기 전, 해나는 사이먼의 서랍을 하나씩 열어 무엇을 가져갔는지 확인해보았다. 해나가 보기에 모든 것이 평소대로였지만, 그의 옷가지를 모두 꺼내어 바닥에 쌓고 서랍의 먼지를 진공청소기로 치우고 닦기 시작했다. 해나는 바닥에 앉아 그의 티셔츠를 갠 뒤 깨끗한 서랍 안에 도로 넣었다. 속옷 하나는, 그가 좋아하던 연한 올리브색 셔츠 주머니에 넣어둔 붉은색 볼펜 자국이 묻어 있었다. 어느 바비큐 파티 때 있었던 일이다. 둘은 주인의 욕실로 달려갔고, 거기서 사이먼이 셔츠를 벗자 해나는 그것을 비누로 문질러 물로 헹궜다. 다시 셔츠를 입었을 땐 붉게 젖은 자국이 그의 가슴에 번져 있었다. 아, 이런. 그러고는 사이먼이 해나에게 키스를 했고, 둘은 웃음을 터뜨렸다. 아이고, 해나가 심장을 샀나? 그들이 욕실에서 나왔을 때 누군가 이렇게 말했다.

이제 해나는 그 속옷을 얼굴에 대고 옛일이 된 친근감의 잔향을 맡았다. 바보. 바보. 바보. 해나는 속옷을 쑤셔 넣고 서랍을 닫은 뒤 팬티와 양말을 개어 도로 넣었다. 그리고 일어나서 낡은 셔츠를 꺼낼 생각으로 장롱을 열었지만, 그것은 그들이 함께 보낸 가장 행복한 시절, 캠핑을 하거나 정원에서 시간을 보낼 때 입었던 옷이었다. 게다가 거기 붉은 얼룩이 진 올리브색 셔츠도 있었다. 그가 가장 좋아하던 셔츠가 바로 이것이었다. 해나가 버리면 아쉬워할 편안한 옷들. 해나는 그것을 하나씩 꺼내본 뒤 다시 쓰다듬어 걸어놓으면서 허전함을 느꼈다.

새로운 피부

이튿날 해나는 철물점으로 가서 페인트를 샀다. 사이먼 말대로 그건 해나가 좋아하는 분야가 아니었지만, 인도인 주인에게 물어보니, 그는 딱딱한 말투로 무엇을 해야 하고, 또 무엇을 사야 하는지 알려주었다. 흑사탕 비누. 밑칠용 보조제. 롤러와 쟁반. 몇 가지 사포. 페인트 붓. 그리고 새틴 아크릴 페인트. 흰색. 흰색에 그렇게 많은 종류가 있는지 몰랐다. 해나는 가장 하얀 색을 골랐다. 북극여우 색.

집에 돌아온 해나는 지하실에서 사다리를 끌고 나와 침실로 올라갔다. 사이먼과 침대에 누워 이런저런 이야기를 하면서, 갈라지고 얼룩이 생긴 벽 구석구석을 훑어보며 몇 년째 계획만 세우던 프로젝트였다. 늙은 침실이 허물을 벗고 있었다. 그 방은 둘이 함께 보낸 음울한 세월을 너무 많이 흡수하여 더는 버틸 수가 없었다.

그 후 며칠 동안 해나는 사다리를 오르고, 내리고, 오르고, 내리며, 깡통에 적힌 사용법을 읽어가면서 씻고, 금을 채우고, 사포질을 하고, 칠하고, 칠하고, 또 칠했다. 팔꿈치와 옷, 머리카락에까지 페인트 막이 생겼다. 해나는 식사를 잊고 거른 탓에 더 이상 일할 수 없을 때까지 일했다. 그리고 일하는 동안, 생각했다. 머리가 터질 것처럼 느껴질 때까지 일했다. 남편에 대해서 생각하고, 어머니에 대해서 생각하고, 동생에 대해서 생각하고, 토비에 대해서, 그리고 그와 좀 더 함께 있었다면 나눌 수도 있었을 모든 이야기에 대해서 생각했다. 한때는 친구 사이였던 옆집 남자 에릭에 대해서 생각했고, 그의 손자들에 대해서도 생각했다. 그리고 오리에 대해서 생각했다.

끈적끈적한 페인트를 벽에, 그리고 서랍장과 옷장 문에 바르는 동안 해나의 삶은 텅 빈 공백이 되어버린 것 같았고, 그것이 전부 자신의 탓처럼 느껴졌다.

매일 저녁 해나는 낮 동안 야채를 충분히 먹지 못했을까 봐, 불평을 해대는 오리에게 옥수수 한 자루, 양상추 한 통을 넣어주었다. 그리고 밤늦도록 무더위가 기승을 부려도 계속 일했다. 열어놓은 창밖으로 어둠이 해나의 침실에서 흘러 나가는 전등 불빛과 섞였다. 딱정벌레와 모기가 날아와 젖은 페인트에 내려앉았다. 해나는 족집게로 벌레를 떼어내고, 그 자국 위에 다시 페인트를 칠했다.

마침내 일이 끝났다. 해나는 마룻바닥에서 시트를 걷고 깡통과 장비를 모두 밖으로 치웠다. 벽과 천장은 눈부시게 하얬다.

해나는 홍차를 끓이고 토스트를 구워 데크 아래 층계에 앉아 먹어치웠다. 오리가 풀밭을 가로질러 뒤뚱거리며 다가왔다. 해나는 토스트 한 조각을 찢어 오리에게 던져주었다. 오리는 그것을 다 먹어치우더니, 늙은 여주인이 손가락질로 사람을 부리듯 부리로 땅을 탁탁 쳤다.

달팽이를 안 먹은 지 나흘째란 말이에요. 오리가 말했다.

남편이 사라진 지 나흘째야. 해나가 대답했다.

와병

다음 날 해나는 하루 종일 잤다. 온몸이 아팠다. 머리까지 이불을 뒤집어썼다. 새로 칠한 페인트 때문에 눈을 뜰 수 없는 것 같았다. 하지만 일이 아직 끝나지 않았다.

해나는 욕조에 몸을 담가 살갗에 붙은 페인트를 벗겨냈고, 머리를 감으며 페인트 조각을 떼어냈다. 몸을 말리고 깨끗한 옷을 입었다. 그제야 해나는 오리를 떠올렸다. 정원으로 달려 나가 우리 문을 열고 오리를 풀어주었다.

오리는 밖으로 나오더니 꽁지를 꼿꼿이 세우고 연못가를 돌았다.

미안, 오리야. 해나가 오리의 거만한 태도에 웃어대며 말했다. 다른 생각을 하느라.

해나는 우리를 치우고 호스 물을 틀어 풀밭에 밤새 쌓인 똥을 씻어냈다. 그리고 허리를 숙여 말린 옥수수를 그릇에 담아주었다. 문득 요란하게 날갯짓하는 소리가 들리더니, 오리가 해나의 등에 달려들어 부리로 살을 한 움큼 물었다. 해나는 벌떡 일어나 몸을 흔들었지만 오리는 잠시 발톱으로 해나를 꽉 잡고 붙어 있다가 굴러떨어졌다. 오리는 다시 달려들었고, 해나는 호스를 꽉 쥐고 오리 가슴을 향해 물을 쏘았다. 오리는 물살에 뒤로 밀려났지만 발에 힘을 주고 잠시 더 버텼다. 그러고는 달아났다.

대체 왜 그러는 거야? 해나가 외쳤다.

해나는 물을 끄고 안으로 달려 들어갔다.

욕실 거울에 등을 돌린 채, 셔츠를 올려보았다. 벌써 커다란 자줏빛

멍이 생기고 있었다.

공룡

녀석은 거대했다. 머리만 해도 처음 도착했을 때의 몸뚱이만큼 커졌다. 가느다란 목 끝에 눈이 하나 달리고, 그 끝에서 부리가 튀어나온 공룡이었다. 녀석은 달팽이 덩어리에 깃털 옷을 입은 어머니 절반을 합친 데다 나무 둥치 같은 다리를 달아놓은 것이었다. 속죄양을 만드신 분이 널 만드셨니? 호랑이를 만드신 분이 널 만드셨니? 고양이들도 멀찌감치 거리를 두고 지나가면서 똑같은 질문을 하고 있었다.

오리가 몸치장을 하는 동안 펼친 날개는 경첩이 떨어져 덜렁거리는 문짝만큼 커다랬고, 오리는 그 아래 폭신한 털에 부리를 깊이 밀어 넣었다. 날개 길이는 몸 전체 만큼 길었다. 가끔 오리는 어릴 때 해나를 따라 달리던 연못 주위를 돌기도 했다. 오리는 여전히 같은 코스를 같은 방향으로 돌면서 날개를 퍼덕였다. 그 작던 날개가 이제 천사의 날개만큼이나 거대해졌다. 하지만 가브리엘인지 루시퍼인지 해나는 알 수 없었다.

그는 라이트 형제나 리처드 피어스처럼 커다란 기계로 날아보려 하고 있었다.

하얀 캔버스

해나는 다시 차를 타고 밖으로 나갔다. 하얀 시트를 샀다. 하얀 이불도 샀다. 침대 옆에 놓을 하얀 모직 러그도 샀다. 하얀 천과 하얀 나무 액자를 샀다. 하얀 면직 잠옷도 샀다.

집에 돌아온 해나는 새 시트와 이불을 빨아 건조기에서 말린 뒤 침대에 깔았다. 베개 밑에 새 잠옷을 밀어 넣었다. 그리고 재봉틀에서 먼지를 털어냈다. 커튼을 만들었다.

예전에는 해나가 집의 모든 커튼을 만들었지만, 집을 새로 단장할 의욕이 사라졌다. 젊을 때는 사이먼과 열심히 집을 꾸미며 만족했지만, 자연스럽게 손을 놓고 버려두었다.

한참 뒤 해나는 침대 위 하얀 벽에 못을 박았다. 자신과 사이먼이 함께 찍은 사진 중에 가장 마음에 드는 것을 액자에 넣을 생각이었지만, 특히 매력적이고 이상하게 유혹적인 오리의 사진도 걸어보았다. 그들 침대 머리맡, 하얀 벽에 잘 어울리는 사진 같았다. 결국 해나는 하얀 캔버스를 그냥 두었다.

사이먼은 떠난 이후 한 번도 연락이 없었고, 해나도 연락을 하지 않았다.

스멀스멀 기어드는 짜증

그날 밤 해나는 침실에서 옷 몇 가지를 꺼낸 뒤 문을 닫았다. 아래층으로 내려간 해나는 그 옷을 어머니가 쓰던 방 빈 서랍에 넣었다. 그리고 옷을 벗은 뒤, 차가운 시트 사이로 들어가 어머니가 베고 자던 바로 그 베개를 베고 누웠다. 해나는 희미한 꽃무늬 벽지를 바른 분홍색 방과 문을 둘러보았다. 어머니가 프림로즈 힐로 가기 전, 이곳이 어머니의 땅이자 어머니의 세계였다.

해나는 시트를 얼굴까지 덮고 눈을 감았다. 어머니의 목소리가 들리는 것 같았다. **있잖니, 네 피가 천천히 온몸을 돌아서…… 돌아서……**. 그 다음 말은 잘 들리지 않았지만, 어머니는 해나가 이해한다는 것을 알았다.

어머니의 온몸이 꼼짝도 하지 않았고, 숨을 들이쉬고 내쉬는 것도 상관없어지는 것. 혈액이 원래 돌아다니는 길에서 벗어나 중력에 이끌리듯 무덤을 향해 흘러갔으며, 마치 폭탄처럼 그 아래에 모였다. 어머니는 주위에서 움직이는 해나를 느낄 수 있었다. 그곳에서 사이먼의 존재도 느낄 수 있었다. 둘 가운데 한 사람은 어머니의 머리를 만져주고, 머리카락을 쓰다듬기도 했다. 하지만 대체로는 머리 주위를, 앞뒤로 움직이는 걸음걸이를 느꼈다. 딸, 해나. 뒤에 서 있는 사이먼. 그는 자상하고 인내심 있는 사위였다. 좋은 사람이었다. 그 점에 있어서는 행운이었다. 마거릿은? 바쁜가? 그 애는 늘 중요한 일이 있었다.

더 이상 아무 감정도 없었다. 슬픔도. 두려움도. 분노도. 그저 의식뿐이었다. 삶이 끝났으며, 사랑하고 사랑받았다는 의식. 떠나는 동안 시간이 줄어들고, 또 줄아든다는 의식. 색채가 사라졌다는 의식.

제17장

비상

계단에서 정원 바닥까지, 땅에서 몇 피트 정도 몸을 띄운 오리는 날개를 퍼덕이며 날았다. 오리는 목을 쭉 뽑고 연못가 돌에 발을 미끄러뜨리며 해나 옆에서 멈췄다.

와, 오리야. 잘하네!

해나는 오리가 자랑스러웠다.

해냈구나!

오리는 '그래서 뭐요?'라고 말하는 것처럼 고개를 끄덕였다. 해나는 축하의 뜻으로 안아주려고 했지만, 오리는 거칠게 꿈틀대더니 해나의 팔을 할퀴고 풀밭에 떨어졌다.

아기의 첫 걸음마였지만, 오리는 해나에게서 멀어지고 있는 것 같았다.

사후 세계의 꿈

  그리고 어머니는 이제 확실히 오리의 일부였다. 어머니의 유해는
오리의 성분과 섞이는 과정 중에 있었다. 날마다 2티스푼씩, 오리는
사료와 함께 먹었다. 그리고 언젠가 오리는 어머니를 데리고 세상 위
로, 자유롭게, 새처럼, 어머니의 살아생전 꿈처럼 날아오를 것이다.

싸움

어느 날 아침, 해나가 정원에서 몽롱한 기분으로 양배추 잎을 따고 있는데, 깃털 달린 괴물이 달려들더니 발가락과 발목, 다리를 먹어치우려고 했다. 해나는 달아나 연못을 뛰어넘어 다리를 오른 뒤, 식물들 사이를 지나 반대편으로 갔다. 소용없었다. 괴물은 여전히 해나의 다리를 쪼며 날개를 퍼덕이고 있었다.

해나는 잔디 위에 놓여 있던 의자 뒤로 달려가, 그것을 방패 삼아 몸을 숨겼다. 괴물은 전략을 바꾸었다. 해나는 의자를 내려놓았다. 그리고 몸을 날려 괴물을 잡았지만, 괴물은 기다란 목을 돌려 해나의 손을 물었다. 해나는 그것을 내던졌다.

괴물은 다시 전투태세를 갖췄다. 해나의 청바지 자락을 물었다. 둘은 빙 돌았다. 사방으로 이것저것 튀었다. 깃털이 여기저기 날렸다. 춤추고, 싸우고, 끌어안고. 무엇을 하는 건지, 해나는 알 수 없었다.

둘은 잠시 멈춰 서로 노려보다가 다시 죽일 듯이 달려들었다. 해나는 몸을 던져 놈의 부리를 꽉 잡았지만, 놈은 부리를 빼냈다. 그 힘이란! 놈은 해나를 향해 날아들어 발을 쪼았다. 그러다 갑자기 공격을 멈추고 몸을 빼냈다.

해나는 숨을 몰아쉬며 오리를 쳐다보았다.

끝났다.

오리야.

해나는 조심스레 오리를 안아 들었고, 오리는 해나 무릎에 가만히 앉았다. 해나의 심장과 호흡이 진정될 때까지, 둘은 힘없이 풀밭에 앉아 있었다. 해나는 상처를 살펴보았다. 팔과 발에 울긋불긋 상처가 나 있었다. 손에서는 피가 났다.

오리가 원래 이러는 건가? 뒤뚱뒤뚱 걸어 다니던 놈들이 전부 이렇게 날쌘 닌자로 변하나? 오리가 혹시 트로이의 오리였던 걸까? 해나는 오리의 가슴 깃털에 손을 파묻었다. 오리 비듬이 해나의 옷으로, 풀밭으로 떨어졌다. 오리는 목을 쭉 뽑고 머리를 기댔다.

해나는 가만히 오리 부리에 손을 댔다. 열이 나는 것처럼 뜨거웠다. 얼굴 주위의 작은 깃털이 털갈이를 하느라 빠지고 붉은 살갗이 드러나 있었다.

오리야. 왜 이래? 정말로 다칠 뻔했잖아.

그렇게 맹렬하게 싸우던 와중에도 해나는 오리의 머리나 다른 곳을 밟게 될까 두려웠다.

며칠 후 싸움은 또 시작되었다. 해나가 오리 우리에 방수천을 덮어주고 먹을 것을 준비하던 참이었다. 오리는 다시 날개를 펼치고 해나의 발을 공격했다. 해나는 오리의 입을 꽉 잡고 소리를 질렀다. 안 돼! 오리는 머리를 잡아 빼더니 해나의 손을 물었다. 해나는 오리를 잡아 우리 안으로 던졌지만, 문을 미처 닫기도 전에 오리가 빠져나왔다. 다시 해나는 오리를 잡았고, 이번에는 문을 닫았지만 그러자마자 오리가 날아 나와 해나에게 달려들었다. 날개를 퍼덕이는 악마였다. 해나는 오리를 우리 안쪽으로 힘껏 내동댕이쳤고, 문을 닫고 삽으로 막은 뒤, 큰 돌을 세워놓았다. 모든 것이 잠잠해졌다. 해나는 숨을 몰아쉬면서 움직이는 소리가 들릴 때까지 서 있었다. 오리는 먹이를 먹고 있었다.

집으로 올라온 해나는 새로 생긴 멍을 살폈다. 무엇 때문에 이렇게 공격하는 것인지 분석해보려고 했다. 달팽이가 부족해서? 먹이 찾기가 부족해서? 관심이 부족해서? 오리가 해나를 미워하는 것일까? 어머니가 아니라 정신병자의 유해를 먹이고 있었던 것일까?

이튿날 내내 해나는 오리에게서 멀찌감치 떨어져 있었고, 아침에 조심스레 우리에서 잠시 꺼내주기만 했다. 잠시 데크 위에서 가만히 지켜보고 있으니 오리는 풀밭에 놓인 지푸라기 하나를 쪼아댔다. 그러더니 오리는 고개를 들고 해나를 쳐다보았다. 둘 다 아무 말도 없었지만, 오리가 적대적인 것을 해나는 느낄 수 있었다. 물리지 않고 오리를 재우고 나서야 마음이 놓였다.

그다음 날, 오리는 상냥하고 침착해 보였고, 해나가 잡초를 뽑을 때 나타나는 딱정벌레와 메뚜기를 쫓아 이리저리 뛰어다녔다.

이러니까 좋네, 오리야. 해나가 말했다. 다시 친구 사이가 됐잖아.

무슨 말이에요? 우린 항상 친군데.

이봐. 해나가 말했다. 그렇게 공격할 땐 언제고. 머릿속으로 무슨 생각을 하고 있는 거니?

오리는 부리로 가슴을 톡톡 쳤다. 질문에 대답할 생각이 없는 것이었다. 해나는 대답을 기대하지도 않았다. 이해 불가능한 일이었다. 대답은 동물 행동 전문가의 책에 나와 있을 것이다. 사랑이나 배신과는 무관한 일이었다. 적어도 해나는 그렇게 생각했다. 오리는 해나에게서 떨어져 걸어가더니 흙에 부리를 댔다가 커다란 노란 잎에 고인 물을 마셨다.

그다음 공격이 일어났을 때는 해나가 막 긴장을 풀기 시작한 시점이었다. 그리고 오리는 더욱 강하게 공격했다. 해나가 빨랫감을 들고 들어오는데, 오리가 데크 밑에서 해나를 공격했다. 오리가 빨래 바구니 주위의 빨래를 콕콕 쪼고 있었다. 그러다 옷가지 위로 뛰어올랐다.

왕 놀이를 하는 거니, 오리야? 해나가 말했다. 하지만 빨래에서 내려가주면 좋겠구나.

해나가 흰 수건을 빨랫줄에서 내렸다. 오리는 옷가지에서 날아 해나가 들고 있던 수건으로 다가왔다. 해나는 수건을 내려 다리를 감쌌지만, 오리는 해나가 신고 있던 샌들을 잡아당겼다. 그리고 발가락을 물었다. 아주 세게.

안 돼!

해나는 오리를 수건으로 때렸다.

안 돼! 그만해!

오리가 멈췄다. 불길하게 날개가 펼쳐졌다. 그러더니 오리는 다시 공격했다. 해나는 오리 얼굴 쪽을 향해 수건을 휘둘렀지만, 그 때문에 오리는 더욱 맹렬히 발과 다리, 팔을 공격했다. 둘은 야생동물처럼 싸웠다.

오리가 다리를 벌리고 해나를 노려보며 섰다.

오리야. 해나는 헉헉거렸다. 아냐, 아냐. 이러지 마. 그만하자. 착하지.

마침내 오리가 정신을 차렸다. 해나는 오리의 상냥하고 애정 넘치는 양어머니였고, 함께 먹이를 찾으러 다니는 소울메이트였다.

오리가 뛰어올라 해나의 얼굴을 향해 날아오르더니 목을 할퀴었다. 날개가 해나의 머리를 때릴 때, 뜨거운 사향 냄새가 풍겼다. 해나는 휘청거리며 오리를 쳐냈다. 오리가 다시 달려들자, 해나는 수건을 오리에게 덮어씌우고 날개를 접은 뒤 풀밭에 주저앉혔다. 얼마나 힘이 센지 믿을 수 없을 지경이었다. 오리는 수건 밑에서 미친 듯이 머리를 움직였다. 해나는 수건을 오리 밑에 깔고 느슨하게 묶었다. 그리고 오리가 다치지 않게 조심하면서 땅에다 꾹 누른 다음, 손을 놓고 달렸다. 돌아보니 오리는 수건을 풀고 있었고, 해나는 무사히 집으로 들어갈 수 있었다.

해나는 만신창이가 되었다. 팔다리는 마치 노인 같았고, 피부는 상처투성이였다. 눈가가 벌써 붓기 시작했다. 해나는 소독약과 항생제 연고를 목에 난 상처에 발랐다. 만약 오리가 어머니라면, 어머니는 해나를 죽이고 싶은 모양이었다. 그러나 그냥 오리라면, 오리는 해나가 알던 오리가 아니었다. 올챙이가 하이드 씨로 변하고 있었다. 고양이가 호랑이로 변해버렸다.

해나는 전화기를 들고 소파에 맥없이 앉아 문자메시지를 보냈다.
안녕. 보고 싶어. 어디 있어? X.
삭제.
다시. 무사히 잘 있겠지. 생각 즐겁게 하길 바라.
삭제.
안녕. 생각은 어떻게 되어가고 있어?
전송.

함께 떠나자

어머니가 정말로 해나가 죽길 바랄 수 있었을까? 떠오를 때마다 웃어넘기려고 해도, 그냥 지워버리려고 해도 늘 머릿속에서 사라지지 않는 사건이 프림로즈 힐에서 있었다. 그날 아침에 찾아갔을 때 벌어진 일은 여전히 생생하게 몇 겹의 사실을 드러냈다.

수간호사가 침대에 앉아 있는 어머니의 팔을 살피고 있었다. 두꺼운 살갗 한 겹이 안쪽의 뼈와 인대로부터 벗겨져 나온 것이었다. 살이라곤 없었으므로, 살이라고 부를 수가 없었다. 해나는 침대 옆에 앉아서 간호사가 살갗을 제자리에 덮고 작은 반창고를 붙이는 과정을 지켜보았다. 그 주위에 그렇게 찢어진 상처들이 많았다. 마치 힘들고 고달픈 삶을 견디기엔 너무 얇아진 천을 꿰매고 수선해놓은 것 같았다.

간호사가 나가자 해나는 탁자에서 초콜릿 상자를 꺼냈다. 세 개만 남아 있었다. 그 전날엔 가득 들어 있었는데. 상자 안에는 번쩍거리는 금색 플라스틱 통이 들어 있었고, 초콜릿이 낱개로 포장되어 있었다. 해나는 상자를 침대 위에 놓았고, 번쩍이는 것을 싫어하던 어머니는 놀라며 입을 딱 벌렸다.

어머, 어머, 참 아름답구나. 정말 아름다워.

어머니는 상자를 들고 반한 표정으로 빛이 반사되도록 이쪽저쪽 돌려보았다. 해나는 상자에서 초콜릿을 꺼내 껍질을 벗겨내고 부드러운 알맹이만 남겨 어머니 입에 넣어주었다.

해나는 공동 주방으로 가서 차를 한 잔 끓였다. 방으로 돌아와 어머니에게 치즈 한 조각을 올린 짭짤한 비스킷을 먹였다. 어머니가 가

장 좋아하던 간식이었다. 어머니는 그것을 열심히 씹곤 했다. 나중에
야 그것이 어머니 입속에 초콜릿과 함께 남아 있다는 것을 알 수 있
었다. 해나가 뱉으라고 하자 어머니는 곧 뱉었다. 차를 두 모금 마시
더니 그만두었다.

해나는 어머니에게 삼킬 의지도, 기운도 없다는 것을 깨달았다. 스
스로를 굶기고 있는 셈이었다. 음식을 삼키지 않고 입안에 머금어 해
나가 얼마 전부터 느끼기 시작한 악취가 풍기는 것이었다. 게다가 사
람들이 묽게 끓인 과일즙에 약을 갈아 넣어 먹였고, 그것도 어머니의
치아와 뺨 사이에 남아 있다가 팩에 든 이상한 냄새가 나는 액체와
더해졌다. 치아를 제대로 닦지 않으면, 하수구 안의 죽은 쥐처럼 거기
서 모든 것이 썩고 있었다.

이제는 일시적인 간호에 불과했다. 그것이 증거였다.

해나는 어머니의 힘없는 손을 잡아 뺨에 댄 뒤 다시 담요 위에 올
려놓았다. 그러고는 일어나 방 안을 걸어 다녔다. 그리고 걸음을 멈추
고 안내판에 붙여놓은 것을 보았다. 해나는 가족사진 한 장을 떼어냈
다. 어머니와 아버지, 십 대 초반의 해나와 매기가 모두 잠옷을 입고
부모님의 더블베드에 모여 있었다. 모두 나른하게 졸린 표정을 짓고
서 검게 탄 팔을 드러내고 있었다. 호크스 베이의 여름이었으니 날씨
가 더웠을 것이다. 카메라는 그들 앞, 창가에 작은 삼각대를 세워 얹
어놓았을 테지만, 모두 사진이 이미 찍혔다고 생각했거나, 카메라 작
동이 잘 안 된다고 생각한 듯 긴장을 풀고 있는 표정이었다. 아버지가
매기 뒤로 팔을 넣어 어머니의 목덜미를 잡고 있었고, 손가락은 어머
니 머리카락에 묻고서 서로 다정하게 바라보고 있었다. 해나도 아버

지를 쳐다보는 것을 보면, 아버지가 뭐라고 말을 한 것 같았다. 매기만 카메라를 똑바로, 대들듯이 쳐다보며 알 수 없는 표정을 짓고 있었다. 파란 곰 인형을 안고서.

해나는 그 사진을 어머니에게 가져가 어머니가 얼굴을 하나하나 살피는 모습을 지켜보았다.

엄마예요. 아빠랑, 저랑, 마거릿이랑. 해나가 한 사람씩 가리키며 말했다.

어머니는 해나를 한번 쏘아보더니 다시 사진을 보았다. 어머니의 머릿속에서 돌아가는 영상을 들여다보고 싶었다. 어머니의 사고 과정이 과거로 돌아가, 평생 얽히고설킨 관계의 의미를 기억할 수 있을 만큼 온전했을까? 해나의 생각을 읽기라도 한 듯, 어머니는 갑자기 고개를 들더니 해나를 똑바로 쳐다보았다. 해나, 얘야. 너는 내게 최고의 딸이었단다. 정말이야. 그냥 하는 말이 아니라.

놀란 해나는 허리를 숙이고 어머니의 차가운 뺨에 입을 맞췄다. 사랑한다고 말하고 싶었지만, 어쩐지 싸구려 같은 표현이라 싫었다. 둘은 그때 서로 바라보며 웃었다. 어머니의 정신이 흙탕물 같은 데서 벗어나 맑아지는 것 같았다. 그 텅 빈 초콜릿 상자의 빛깔. 어머니가 실제로 본 것은 무엇이었을까? 빛나는 금색이 무엇으로 변했을까?

그때 어머니가 말했다. 이 사람은 네 아버지가 아니란다.

무슨 말씀이세요? 이상한 말씀 하지 마요, 엄마.

네 아버지가 아니야. 내가 전에 그 이야기 안 했니?

당연히 아버지죠. 왜 그런 말씀을 하세요?

난 아니까. 내가 겪었으니까. 그러니까 하는 말이야.

매기는요?

매기는 맞아. 하지만 넌 아니야.

그럼 제 아빠는 누구예요?

그 순간 양로원 담당 신부가 들어왔다. 그리고 어머니가 깨어서, 방에 있는 것을 보더니 너무나 반가워했다.

해나는 그를 돌려세워 내보내고 싶었다. 어머니는 그 신부와 오래 이야기하고 싶어 하지 않았다. 호크스 베이에서 어머니는 성당에 다녔고, 더는 갈 수 없게 되자 신부님이 찾아와 성찬을 베풀어주곤 했다. 하지만 이곳에서는 그러지 않았다. 어머니가 믿음을 잃었거나 이 붉은 얼굴에 누런 안경을 쓴 육십 대의 신부를 좋아하지 않거나, 둘 중 하나였다. 그는 가식적인 웃음을 지으며 치아를 가득 드러냈다. 할머니를 한 명 잡아먹고 또 찾아다니는 늑대처럼.

하지만 늘 예의 바른 어머니는 신부에게 해나를 최고의 딸이라고 소개했다.

신부가 말했다. 부인도 최고의 어머니예요. 따님이 곁에 계시니 좋으시죠?

어머니가 의미심장하게 잘라 말했다. 이제 얼마 안 남았어요.

신부는 셔츠 깃을 당기더니 해나를 보며 이 사실을 어떻게 받아들이는지 확인했다. 그는 상황에 맞게 말을 바꾸는 데 익숙한 사람이었다.

어머니가 말했다. 이제 얼마 안 남았다고요.

그러자 신부가 말했다. 네, 그렇지만 예수께서 기다리시는 아름다운 곳으로 가실 겁니다. 외롭지 않으실 테고, 따님께서 부인을 늘 마음속에 기억하실 겁니다.

그리고 신부가 기도를 해도 되는지 묻자, 어머니의 말이 사실이든 아니든 충격에 빠져 어지러움을 느끼던 해나는 마지못해 그러라고 했다. 해나가 어렸을 때 어머니는 늘 침대 옆에 무릎을 꿇고 기도를 했으니까. **엄마, 아빠, 해나와 마거릿을 주께서 축복하시고, 병과 사고, 화재와 지진, 죽음으로부터 지켜주시고, 우리가 영원히 서로 사랑하게 해주십시오. 아멘.**

신부는 기도문을 준비해 왔고, 그것을 꺼냈다. 그는 다른 곳으로 가더라도 예수 그리스도가 함께하실 것이며, 어머니가 훌륭한 어머니였다고 횡설수설하더니 아멘이라고 말하곤 기도를 마쳤다. 그는 거친 손을 어머니의 이마에 얹더니 다른 손으로 해나의 손을 잡았다. 둥근 얼굴에는 하루 종일 마음 약한 사람들 곁으로 다가가 주님의 손길로 인도될 것이라고 말할 때 짓는 커다란 미소를 짓고 있었다. 그리스도를 위해. 그리고 사람들이 마음을 열면 그만이 그 일을 할 수 있었다. 그가 바로 자기 아버지나 형제, 그리고 무슨 말을 들어도 고개를 끄덕이던 동네 상점 주인이라고 생각하는 얼간이들에게 용서와 존경을 찾는 자였으니까. 그가 공을 떨어뜨려도 그와는 아무런 상관이 없으니까. 아멘.

기도를 마친 신부는 셔츠 주머니에서 여성용 손수건을 꺼내더니 손과 이마를 닦았다. 손수건 한 귀퉁이에는 마치 핏방울처럼 장미 자수가 있었다. 그는 기도하듯 눈을 내리깔고 그것을 미심쩍은 표정으로 쳐다보았다. 그때 해나의 어머니가 두 사람 모두를 놀라게 했다.

혼자 가진 않을 거예요, 아시죠.

신부는 어리둥절한 표정을 지었고 해나는 불편하게 웃었다.

아, 두 분만 아시는 얘긴가요? 신부가 해나를 쳐다보며 손수건을 바지 주머니에 쑤셔 넣었다. 그는 손을 들더니 손끝을 입가에 얹었다. 어머니는 혼자 가지 않는다고, 해나를 데려갈 거라고 다시 말했다.

오, 그럼요. 해나도 갑니다.

그래요, 엄마? 해나가 말했다. 난 사실 잘 모르겠는데.

그리고 신부님도 가죠. 어머니가 말했다. 신부님도 곧 가실 거예요.

신부가 감당하기엔 너무 어색한 상황이었다. 그는 경련을 일으키는 입을 꾹 다물고 방을 나갔다. 그가 나간 뒤 어머니가 말했다. 그러지 말아야 했다고. 그러지 않는 게 좋았을 텐데, 해나.

미안해요, 엄마. 해나가 말했다. 그건 몰랐어요.

아, 뭐. 어머니가 단념한 듯 말했다. 다음에는 저 사람이 들어오지 못하게 조심하자꾸나.

하지만 아빠 이야기를 하셨잖아요?

어머니는 해나의 얼굴을 진지하게 살폈다. 축제에서 인생의 복잡함에 놀란 아이처럼 눈을 휘둥그레 뜨고 있었다. 어머니의 작은 몸 안에 아직도 지각하고, 아는 사람이 있었다. 그녀가 수면 위로 떠오를 때면 이 보석, 또는 화석이 나타났다.

바깥에서는 풀벌레들이 여전히 노래하고 있었다. 어머니도 그날 아침 출발하기 전, 나뭇가지 꼭대기로 올라가면서 노래를 불렀을까?

엄마? 아빠 말이에요. 아빠 얘길 하고 계셨잖아요.

하지만 어머니는 다시 먼 곳으로 돌아가, 소리 없이 잠들어 있었다.

그때, 잠든 어머니를 두고 나오기 전 어머니를 침대 옆에서 지켜보던 해나의 머릿속은 나선 모양의 기억과 유전자를 따라 빙빙 돌고 있었다. 아버지 문제를 다시 거론하려고 해도, 어머니는 알려줄 수 없거나 그러고 싶지 않은 눈치였다. 달리 물어볼 사람이 없었다. 그 말이 사실이 아니라고 여길 수밖에 없었지만, 그렇다 하더라도 해나의 발밑에 불편한 돌멩이가 자꾸 밟히는 느낌이었다.

해나는 방에서 나와 파스텔 색조의 복도를 걸어서, 누군가 홀로 의자나 침대에 앉아 있는 방들을 지나쳤다. 한 명만 예외였다. 늑대가 잿빛 피부의 여인에게 몸을 숙이고, 동굴 같은 입을 벌리고 있었다. 해나가 지나갈 때 그가 고개를 들었고 두 사람의 눈이 마주쳤다. 그는 뭔가 씹고 있었고, 훔친 캐러멜 때문에 그 미소를 잠시 지을 수 없었다.

해나는 어머니 방에 그가 다시 찾아오지 않을 것이라고 확신했다.

중도

아버지는 중도를 지키는 사람이었다. 도박도 적당히 했다. 아버지는 매주 골든 키위 복권에서 티켓을 한 장씩 사곤 했다. 경마에도 돈을 썼다. 가끔 돈을 따기도 하고 잃기도 했다. 돈을 따면 선물과 꽃을 사 들고 웃으며 귀가했다. 돈을 잃으면 서재로 곧장 들어가 문을 닫았고, 그러면 해나와 매기는 아버지를 방해할 수 없었다. 부모님은 자주 싸우지 않았지만, 간혹 그럴 때면 어머니는 입을 꼭 다물고 우울한 표정을 지었다. 아버지는 뉴질랜드에 카지노가 들어오기 전에 돌아가셨는데, 그러지 않았더라면 적당한 양의 돈을 날렸을 것이다.

아버지는 술도 적당히 마시고 담배는 하루에 반 갑을 피웠으며 신을 적당히 존경했다.

아버지는 고등학교 영어 교사였다. 시를 써서 크리스마스에는 모인 사람 누구에게나 읽어주기도 했다.

어릴 때 해나는 아버지 무릎에 앉아 마법과 악당이 나오는 이야기를 들었고, 아버지의 저음이 망토처럼 해나를 에워쌌다. 그러다 매기가 자라자 해나는 안락의자의 두툼한 팔걸이에 앉아서 전혀 달라진 이야기를 또 들었다.

아버지는 자기가 쓴 가사에 맞추어 옛 노래를 부르곤 했다. 아버지는 검은 머리카락과 보조개를 갖고 있었다.

아버지는 혼자 항해를 떠나 뉴질랜드 해안을 돌아다니는 꿈을 꾸었다. 아버지는 배를 만들어 진수시키곤 했지만, 멀리 나가지는 못했다. 마치 꿈을 좇는 것이 현실을 자각하는 것보다 더 만족스럽다는 듯, 아버지는 늘 더 큰 배를 만들고 있었다.

그가 바로 해나가 늘, 의심의 여지없이 아버지라고 여겼던 사람이었다.

제18장

이 변화 와중에……

해나는 사이먼으로부터 문자메시지를 받았다. 안녕. 소식 들으니 반갑네. 깊이, 열심히 생각 중이야. 크라이스트처치에 계약 건이 있어……. 여진 때문에. 잘 있지?

해나는 잘 지내고 있으며 고맙다고 말했다. 언제 돌아오는지 묻지 않았지만, 배신당한 기분이기는 해도 그가 답장을 보내 마음이 놓였다고 인정할 수밖에 없었다. 그가 매기한테 잡아먹힌 것일까? 해나는 그들이 바람을 피울 수도 있다는 생각이 들었지만, 그냥 무시해버렸다. 사이먼은 별로 멋지지 않았다. 엔지니어에, 속물에, 트위드 재킷과 검은 내복을 입었고, 베이지색 모직 저지를 헐렁한 바지 주머니 위로 내리고 다니는 사람이었다. 그는 숲을 따라 자전거를 타거나 산책하기를 좋아했다. 담배를 피우지는 않았지만, 최근에 뭔가를 선택했다면 달콤한 파이프 담배를 골라 물고 사색에 잠겨 있을 것이다. 하지만 역시 아니다. 그는 매기가 좋아하기에는 너무 상냥하고, 심오하고, 생각이 깊은 사람이었다. 매기는 음악가, 화가, 말 잘하는 사람, 변덕스러운 모험가들에게 끌렸다. 절벽 꼭대기에 서서 수평선을 바라보며 외국에서 건너온 배의 돛이 보이는지 찾고 있는 사람들.

해나는 의심을 들쭉날쭉한 상념의 골짜기 속으로 밀어 넣어버렸다.

변화

시간이 흘렀다. 너무나 많은 일들이 일어났지만, 아무것도 변하지 않았다. 새해가 되면서 세상이 다른 곳으로 날아가버린 것 같았다. 오리는 더 이상 해나를 웃게 해주지 않았다. 머리에 듬성듬성 났던 털이 빠지면서 살갗이 드러났고, 새빨갛게 빛나는 피부가 무섭게 자라나 울룩불룩해졌다. 그 붉은 살갗에 거의 대칭형으로 검은 얼룩이 퍼졌다. 부리 꼭대기로부터 번쩍거리는 사마귀가 체리 토마토 크기로 부풀어 올랐다. 오리는 당황스럽고 화가 난 것처럼 보였다.

못생겼다.

그리고 해나에 대한 오리의 행동도 계속 변하고 있었다. 해나는 오리를 경계했다. 정원으로 갈 때면 커다란 낙엽 갈퀴를 들고 갔다.

요란하게 삑삑거리던 소리도 멎었다. 언제 멈춘 것일까? 오리는 이제 여러 가지 소리를 내고 있었다. 자신이 누구인지 확인하려고, 여러 동물 소리 중에 무엇이 가장 잘 맞는지 시험하는 것처럼. 주위에서 나는 소리를 모두 듣는 밀식조 같았다. 하지만 밀식조는 검고 늘씬하고 우아하며 높은 나뭇가지 위를 옮겨 다니며 열매를 먹는 점이 달랐다. 오리는 그에 비해 하얗고, 부스스하며, 성난 표정에 큰 몸뚱이로 노인처럼 뒤뚱거렸다. 가끔 오리는 놀라 말처럼 힝힝거리기도 했다. 뱀처럼 쉭쉭거리기도 했다. 비둘기처럼 구구거려 보기도 했다. 해나가 가까이 가면 오리는 차가운 연못에서 나온 사람처럼 온몸을 떨어댔다. 오리는 꼬리를 흔들고 울거나, 개처럼 헥헥거리기도 했다. 또, 어머니가 돌아가실 무렵에 내던 소리와 크게 다르지 않는, 배 속에서 나는 신음 소리를 내기도 했다.

그 사이 더 놀라운 일이 생기기도 했다. 오리는 식사 습관을 바꿨다. 오리는 달팽이를 혐오하게 되었다. 부리에 달팽이를 넣었다가도 독이라도 되는 양 뱉어냈다. 해나는 처음에 자신이 준 달팽이가 뭔가 이상한 것을 먹었거나, 껍질이 다른 줄 알았다(그래서 해나는 혐오감에 치를 떨면서 껍질을 벽돌로 깨뜨려주기도 했다). 오리는 짓이겨진 달팽이를 열심히 입에 넣더니 다시 뱉어내고 기억하기조차 싫다는 듯 고개를 저어댔다. 아주 작고 부드러운 달팽이도 마찬가지였다.

그뿐만 아니라, 오리는 사료도 먹으려고 하지 않았다. 부리를 잠시 대보고는 가버렸다. 오리가 돌아서서 가버리면 해나가 사료를 부리 밑에 대주기도 했지만, 오리는 자꾸 피했다. 결국 오리는 쉭쉭거리며 경고하듯 해나를 쿡 찔렀다.

오리야. 해나가 말했다. 어머니를 절반만 먹을 순 없어. 어머니를 절반만 데리고 날아오를 순 없다니까. 나머지 반은 남아서 자유를 원하고 계실 텐데 어떡해. 어머니의 절반을 그리워할 텐데. 부탁이야. 매일 조금이라도 먹어줘.

하지만 그러지 않았다. 날마다 해나는 오리를 달래보았지만 오리는 더 이상 달팽이도, 사료도 먹지 않았다. 어머니를 넣었든, 넣지 않았든. 귀뚜라미, 바퀴벌레, 지렁이, 새끼 달팽이, 밀이나 옥수수 모두 다 마찬가지였다.

거기 소비뇽 블랑을 한 방울 섞어줄까, 오리야? 해나가 낙엽 갈퀴에 기대서서 비꼬듯 물었다. 오? 샴페인만? 그럼 한번 지켜볼까.

오리는 일부러 그러는 것처럼, 오만한 태도로 해나를 무시했다. 해나는 그의 태도가 자신의 화를 돋우기 위한 것이라고 확신했다.

야생이 있는 곳

어느 날 오리가 데크에 앉아 있는데 얼굴이 흰 왜가리 한 마리가 하늘에서 떨어지더니 난간에 앉았다. 해나는 안의 테이블에서 일하고 있었다. 새 두 마리가 서로를 관찰하는데, 해나는 감히 숨도 크게 쉴 수 없었다. 오리는 한 짝씩 다리를 들어 올리며 찬찬히 머뭇거리듯 고개를 왜가리 쪽으로 끄덕였다. 그리고 왜가리는 머리를 돌려 오리를 쳐다보았다. 왜가리는 오리에 비해 키가 컸고 날카로운 검은 부리를 갖고 있었다. 그들은 서로에게 매료되었고, 오리가 제자리걸음을 하는 것 이외에는 꼼짝 않고 서로를 노려보았다. 잠시 후, 왜가리는 호기심을 채운 모양이었다. 그저 뚱뚱하고 평범한 오리일 뿐이었다. 왜가리는 하늘로 날아오르며 요란하게 작별 인사를 외쳤다. 오리는 하늘을 향해 눈을 들었다.

해나가 밖으로 나갔다. 그들이 거기서 사는 동안에 왜가리가 들어온 것은 처음이었다. 왜가리가 아래의 낯선 오리를 관찰하며, 언젠가 한번 살펴봐야지 하고 생각하면서 몇 번이나 그 위로 날아갔던 것일까?

와! 해나가 말했다. 머스커비-헤런 부부로구나?

신경 끄세요. 오리는 이렇게 말하고는 깃털을 하나하나 다듬기 시작했다.

왜가리는 다시 보이지 않았지만, 다른 새 친구가 찾아왔다. 오리 주위에는 새들이 자주 와 있었는데, 주로 참새나 블랙버드 한두 마리였다. 연분홍색이나 자주색에 목 깃털이 갈색인 멧비둘기도 있었다. 멧비둘기의 날개는 생선 비늘처럼 연한 갈색이 겹치는 색이었다.

해나가 아침에 오리를 우리에서 꺼내주면 멧비둘기는 담장에 앉아 기다리고 있었다. 그 전날 우리에 남아 있는 밀이나 죽 같은 먹을 것 때문이었다. 하지만 오리와 비둘기 사이에 약간의 교감도 있었다. 어쩌면 서로 사랑하는지도 몰랐다. 멧비둘기는 평생 하나의 짝과 살았다. 멧비둘기가 주위에서 돌아다니며 구구거려도 오리는 내쫓지 않았다. 비둘기는 참새들이 방해를 하면 달려가서 내쫓았고, 참새는 비둘기가 등을 돌리면 다시 찾아왔다.

참새들의 수가 늘어났고, 비둘기는 뚱뚱해졌다. 해나는 비둘기를 탁 치면 공처럼 통통 튈 거라고 생각했다.

매일 해나는 데크 밑 물그릇에 옥수수자루를 하나씩 남겨두었다. 오리는 알이 다 없어질 때까지 옥수수를 이리저리 던지며 먹어댔다. 참새와 비둘기는 오리가 남겨놓은 옥수수자루를 속속들이 쪼아 즙이 많은 조각까지 모조리 파먹곤 했다.

그러다 옥수수자루가 이상하게 사라지기 시작했다. 해나는 데크 기둥에 옥수수 알 깊이까지 끈을 꽁꽁 묶어 매달아놓았다. 그래도 자루는 옮겨져 있었다. 오리는 이제 옥수수를 피했다. 무엇인가에 겁을 먹은 것이다.

해나는 지하에서 전기 덫을 꺼내 데크 밑에 두었다. 사흘 동안은 아무 일도 없었다. 그러다 이틀 동안 통통한 쥐 두 마리가 감전사했다. 예전에는 고양이들이 처리한 일이었다.

이튿날, 참새가 덫에 죽어 있었다. 또 하루가 지나고 쥐가 한 마리

죽었다. 그다음은 멧비둘기였다.

해나는 속이 메스꺼웠다. 오리에게서 등을 돌린 채, 해나는 손을 모아 축 늘어진 비둘기를 들고는 완벽하게 대칭을 이루는 깃털의 무늬를 살펴보았다. 비둘기는 너무나 평화롭게, 비난의 기색은 전혀 없이 누워 있었다. 해나는 덫을 치웠다. 오리를 위해, 직접적 또는 간접적으로 얼마나 많은 생물을 죽였는지.

마침내 해나는 내키지 않는 발걸음으로 시내 오리들이 사는 인공호수를 정찰하러 갔다. 해나는 차를 세우고 풀이 자라는 언덕을 넘어물가로 걸어갔다. 가방에서 빵을 넣은 비닐봉지를 꺼내고 바위에 걸터앉았다. 호수 건너편, 새들이 떼를 지어 해나를 향해 몰려왔다.

해나는 새끼 오리가 생긴 이후로는 오리들 근처에 가지 않았다. 이제 가느다란 목에 새빨간 얼굴과 부리를 하고는 러플과 프릴마냥 날개를 파닥이는 흑조들이 해나를 에워싸고 있었다. 마치 거울 앞에서 립스틱과 헤어스프레이를 들고 파티 준비를 한 것 같은 모습이었다. 새들이 호수에서 열심히 헤엄을 쳤다. 부리와 다리, 발이 하얀 검정 오리들은 물속으로 자맥질해 사라졌다가 좀 떨어진 곳에 다시 나타나기도 했다. 바위 주위에 뱀장어들이 숨어 있었다. 참새들은 등 뒤나무에서 나뭇잎처럼 바스락거렸다. 오만한 거위들이 뒤뚱뒤뚱 걸어와 합류했다. 비둘기들도 가세했다. 해나가 잘라 던지는 빵 주위에 모두가 달려들었다. 해나의 발가락에 관심을 보이는 새는 한 마리도 없었다.

해나는 집에서 자신을 기다리는 오리에 비하면 너무나 작은 청둥

오리들을 보았다. 머스커비 오리는 없었다. 해나의 오리가 최근에 자신을 반길 때처럼 몸을 흔들며 떠는 오리는 하나도 없었다. 오리는 그러느라 아주 많은 에너지를 소모할 것이었다. 녀석은 진흙 가득한 방목장에 붙잡힌 거대한 허밍버드 같았다. 맹그로브에 사는 허밍 강아지였다.

오리를 여기 데려다 놓고, 돌아오지 않는다면, 오리는 어떻게 지내게 될까?

하지만 어떻게 그럴 수 있단 말인가? 개들은? 차들은? 다른 난폭한 오리들은 어쩌고?

게다가 어딘가에서 읽은 글귀도 떠올랐다. 길들인 새를 풀어주지 말라. 죽거나, 다치거나, 오해를 일으킬 뿐이다.

게다가 또 한 가지 아주 중요한 이유가 있었다. 오리를 달리 어디에 풀어준단 말인가? 어머니가 확실히 오리의 일부가 되었는데? 적어도 어머니의 일부는 오리가 되었는데. 해나는 이렇게 자문하기도 했다. 내가 무슨 짓을 한 걸까? 어머니가 곤잘 말했듯이, 대체 무슨 생각이 머릿속에 들어간 것일까?

제19장

밤중의 손님

가끔 밤은 다른 장소가 되어버린다. 집에 혼자 있는 사람에게 밤은 그 순간까지 쌓인 온갖 비밀과 거짓말, 두려움과 후회로 가득한, 다른 영역이 되어버린다. 밤은 속삭이고, 발소리를 내고, 창문을 두드리고, 천장 위에서 긁고, 뛰어다니기도 한다. 그때의 상태에 따라 그 소리를 듣고, 알아차리고, 영향을 받을 수 있다. 아니면, 어둠이 내는 소리를 그저 무시하고, 관심을 갖지 않을 수도 있다.

바로 이날 저녁, 해나는 사이먼이 옆에서 일하던 자리에 히터를 두고서, 테이블에 앉아 편집 일을 하느라 밤을 무시하고 있었다. 추위 때문에 밖에서 들리는 소리는 전부 은신처로 돌아갔다. 새들은 한데 모였고, 나무들은 떨기만 해도 잎이 하나씩 땅에 떨어져, 다가오는 가을에 노출될까 봐 두려워 꼼짝 않고 있었다.

테이블 옆, 좁은 창문의 블라인드가 걷혀 있었다. 바깥에 떨어진 나뭇가지를 밟는 소리에 무심코 고개를 든 해나에게 보인 것은 유리에 비친 자신의 모습뿐이었다. 해나는 다시 일했다. 그러나 소리는 다시 들려왔고, 해나는 의자에서 일어나 차가운 유리창에 코와 이마를 대고 내다보았으며, 그때 마침 에릭이 보였다. 창문에서 흘러 나간 불빛이 그의 가슴과 우유처럼 흰 배를, 그리고 그가 돌아섰을 땐 처진 등과 엉덩이, 발레리나처럼 가느다란 다리까지 비추었다. 그는 마치 이성에서 탈출한 알비노 침팬지처럼 정원에 떨어진 낙엽 사이를 돌아다니고 있었다. 해나는 창문을 열고 고요한 어둠을 향해 조그맣게 말했다.

이봐요, 에릭! 에릭! 괜찮아요?

해나는 소파에서 담요를 들고 달려 나가 현관문을 열었다. 복도의 불빛이 그 너머 정원으로 새어 나갔다.

에릭?

나뭇가지들이 부딪치는 소리. 쿵, 하더니 적막.

해나는 조심스레 밖으로 나가 소리가 들린 곳으로 가보았다.

에릭.

해나는 파인애플과 고사리, 나무들을 헤치고 나가 에릭의 하얀 몸뚱이가 쓰러진 채, 뿌리에 걸린 발을 빼려고 버둥대고 있는 곳으로 다가갔다. 그리고 그 옆에 무릎을 꿇고 앉아 축축한 어깨에 손을 얹었다. 그가 진흙에서 고개를 들자, 묶여서 버둥대는 동물처럼 하얗게 번득거리는 눈이 보였다.

쉬잇. 그 옛날 하수도로 떨어져 바다로 흘러가버린, 작은 벌레의 아버지를 향해 해나가 말했다.

해나는 털썩 주저앉아 그의 등에 담요를 덮어주었다.

에릭. 왜 그래요? 제발 그만하고 말 좀 해요. 왜 이러는 거예요? 그보다, 옷은 또 어쨌어요?

그렇게 바보처럼 사정하는 것이 지겨웠다. 해나는 코를 들고 술 냄새가 나는지 쿵쿵거렸다. 아무 냄새도 나지 않았다.

에릭은 마침내 뿌리에서 발을 빼더니 해나로부터 기어 나가며 고사리와 풀들을 짓이겼다. 침팬지는 동굴인이 되어서 사슴 가죽을 양쪽에 늘어뜨리고 기어 나갔다.

설명을 원해요.

해나의 귀에도 참 당당하게 들렸지만, 그렇게 말하고 나니 무력감이 좀 덜했다.

그러자 에릭이 움직임을 멈추더니 파란 담요를 덮어쓰고 털썩 주저앉았다. 우는 것일까, 웃는 것일까? 그는 콧방귀를 뀌는 광대 꼴을 하고 있었지만, 해나의 정원에 들어올 자격은 없었다. 그는 해나가 키우는 식물을 망가뜨리고, 해나의 저녁 시간을 망치고 있었다. 그렇게 알 수 없이 입을 다물고 있더니, 이렇게 찾아오다니! 해나는 온몸이 떨리고 화가 났다. 할 일이 있었다. 그를 자기 땅에서 내보내고 싶었다.

그럼에도 불구하고, 해나는 한 번 더 물었다.

우유에 마일로 탄 거 마실래요? 한 잔 가지고 나올 수도 있어요. 아니면 함께 들어갈래요?

에릭은 담요를 두르고, 절망의 얼굴을 한 채 일어나 앉았다.

좋아요. 그가 말했다.

어? 좋아요. 그럼. 밖이 좋아요, 안이 좋아요?

여기 바깥이 좋아요. 고마워요. 미안해요, 미안. 에릭이 중얼거렸다.

해나는 벌떡 일어나 풀밭을 내달려 안으로 들어갔다. 해나는 재빨리 마일로를 끓였다. 커다란 컵에 마일로 4티스푼과 설탕을 듬뿍 담고, 우유를 가득 부었다. 전자레인지에서 2분. 맛을 보았다. 딱 좋았다. 해나는 그것을 갖고 나갔다. 에릭은 없었다. 불러보았다. 대답이 없었다. 그의 집 욕실 창문에서 불빛이 흘러나왔다. 불이 다시 꺼졌다. 그리고 바로 옆방 불이 켜졌다. 이어서 침실 불이 켜졌다. 망할 인간.

해나는 떨면서 마일로를 갖고 들어가 한 모금 마신 뒤 브랜디를 넣어 다시 채웠다. 그리고 일을 하면서 조금씩 홀짝대며 마셨다.

강박, 집착, 그리고 중독

이튿날 내내 해나의 정원을 돌아다니는 에릭의 모습이 떠올랐다. 해나는 일에 집중할 수 없었다. 그의 행동은 비이성적이었다. 딸 실라의 연락처를 알았더라면, 전화를 걸었을지도 모른다. 어째서 그는 벌거벗은 채로, 해나가 일하는 모습을 창문으로 엿보았던 걸까? 그가 문만 두드렸어도, 해나는 안으로 들어오라고 했을 텐데.

하지만 부두를 따라 걷고 있던 해나는 이 아름다운 날이 전하는 메시지가 있다고 생각했다. 바다가 밀려나 평소에는 물 밑에 가라앉아 있는 바위를 드러냈고, 지구의 울퉁불퉁한 뼈대를 보여주었다. 해나에겐 궁금한 것이 가득했는데, 이날은 그녀에게 뭔가 알려주려는 것 같았다.

그것은 오솔길 옆 돌담 위, 나이 든 부부와 함께 아기를 데리고 나온 어머니를 발견하면서 시작되었다. 젊은 여자는 통통하고 반짝이는 뺨을 가지고 있었다. 눈은 크고 촉촉했으며, 가슴에 꼭 안고 있는 아기의 머리에 키스하는 입술은 도톰했다. 아기에 대한 애정이 가득했고, 키스는 충분하고도 남았다. 하지만 그때 해나는 그 아기가 실제 크기의 인형이라는 사실을 깨닫고 마음이 약간 불편해졌다.

계속 걷다 보니 긴 잿빛 머리를 한 여자가 유모차를 밀며 지나갔다. 아이들과 부모들이 유모차에 모여 있었고, 해나도 지나가면서 살펴보니 낡은 담요 밑에 강아지 한 마리가 앉아 있었다.

해나는 해변을 산책하는 주변 가족들을 둘러보았다. 통통한 손을 잡거나, 아기를 안거나, 뒤뚱거리며 바다로 걸어가는 아이들을 따라 뛰는 부모들. 서로 꼭 끌어안은 연인들. 아이스크림을 바다달팽이 같은 혀로 핥아 먹는 휠체어 노파에게 기대선 십 대 소녀. 소녀는 할머니 가슴을 덮은 수건을 부드럽게 들어 턱에서 떨어지는 침을 닦아주었다.

그리고 이번에도 역시 해나는 한 사람과 다른 사람, 한 사람과 다른 대상, 한 사람과 개 사이의 애착을 형성하는 화학 반응이 궁금하지 않을 수 없었다. 한 남자와 다른 남자의 아내. 한 남자와 그의 첼로. 한 사람과 그녀의 어머니, 죽은 어머니. 알코올 중독자와 술. 약물 중독자와 약물. 한 여자와 오리.

이 모든 사람들이 각기 다른 정도씩 애정의 대상과 엮여 있었다. 하지만 사랑은. 사랑은 무엇이며, 그게 다 무슨 말이란 말인가? 모든 것은 연결되어 있을까? 그것도 같은 화학 반응일까? 사랑은 그저 화학 반응일 뿐이고, 중독도 사랑의 일종인 걸까? 그 모든 것의 본질은 과연 무엇일까?

해나는 사이먼을, 그리고 그를 처음 만났을 때의 강렬했던 감정을 떠올렸다. 그리고 눈가에 자글자글한 주름이 생기도록 함께한 그 긴 세월을. 그가 어디에서 무엇을 하는지 궁금했다.

그리고 어젯밤. 그것은 화학 반응이었을까, 아니면 혼돈이었을까?

해나는 오래전 자신과 에릭 사이에서 무엇이 그토록 강렬하게 타오를 수 있었는지 알 수 없었다. 지금의 에릭에게서는 그때 알던 남자를 불러낼 수 없었다. 세월의 변화가 섹시하던 그에게서 심술궂고 지저분한 늙은이를 불러온 것일까?

그리고 맥스를 안아주었던 때가 떠올랐다.

와아. 해나가 신음 소리를 냈다. 정말 무거워졌구나!

맥스가 대답했다. 할아버지 힘이 더 세요. 할아버지는 고릴라예요.

뭐, 정말 그렇네. 해나는 생각했다.

불륜의 이유(변명)

그가 팽팽한 밧줄 위에서 줄타기를 하는 해나를 밀었으니까. 그가 해나를 웃게 했으니까. 그가 해나의 가슴에 사랑의 노래를 새겨주었으니까. 그의 가슴이 지친 머리를 위한 휴식처처럼 느껴졌으니까. 그와 키스하려면 발뒤꿈치를 들지 않아도 되었으니까. 태풍이 시켰으니까. 그가 해나를 문득 외롭게 만들었으니까. 매끄러운 피부 같던 해나의 삶이 체리 풍선처럼 부풀어 올랐으니까. 그가 검은 옷을 입으면 섹시해 보였으니까. 재미있을 것 같았으니까. 재미있었으니까. 그가 해나를 놀렸으니까. 그가 거기 있었으니까. 그가 바이올린을 켜게 해주면 해나의 남자가 되어주겠다고 했으니까. 남편이 너무 멀리 있어서 괜찮을 것 같았으니까. 문을 열어보니 그가 거기 서서 목에는 빈 액자를 걸고 있었으니까. 당신 때문에 못 견디겠어. 그가 말했다. 우리 집에 와서 나와 함께 있어줄래요?

그러다 그것은 끝났다. 그들은 서로를 피했다. 해나는 집의 창문을 모두 닫고 커튼을 내려 밧줄로 안전하게 묶은 뒤, 가구를 옮겨다 놓아 그의 소리도, 그가 내쉬는 한숨 소리까지도 막아버리고 싶었다. 하지만 물론 그러지는 않았다. 그리고 염려할 필요도 없었다. 옆집에서는 더 이상 음악 소리가 들리지 않았다. 그냥 그렇게. 새가 가득 날아들던 나무를 베어버린 것 같았다.

사이먼이 우간다에서 돌아왔을 때, 그 첫날 밤 해나는 침대에서 꼼짝도 할 수 없었다. 해나가 내는 소리, 해나가 들이쉬는 숨소리를 들으려고 온 세상은 조용히 숨죽이고 있었다. 사이먼은 해나를 안고 기다렸다. 결국 해나는 울었다. 그가 그리웠었기 때문에, 그리고 에릭이 그립기 때문에 울었다. 아이를 잃었기 때문에 울었다. 배신자처럼 느껴졌기 때문에 울었다. 사이먼은 해나를 부드럽게 안고 왜 우는지 물었다. 해나는 더 울었다. 해나가 그를 처다볼 수 있을 때까지 사이먼이 안아주었다. 사이먼은 해나가 자신을 그리워했기 때문이라고 여겼다. 하지만 잘라낸 나무에 살던 모든 새들은 그것뿐만이 아님을 알고 있었다.

몇 달 뒤 에릭은 한 여자와 동거하기 시작했다. 수지라는 여자였다.

어느 날 사이먼이 말했다. 에릭이 통 보이질 않네. 한잔하자고 초대하지그래?

해나가 말했다. 아, 새 애인이랑 꽤 바쁜 모양이던데. 그냥 내버려 둬야지.

하지만 어쨌든 사이먼이 그들을 초대했다. 수지는 명랑한 수다로 어색함을 가차 없이 밀어냈다. 차츰 두 집 사이를 잇고 있던 팽팽한 그리움의 끈은 느슨해지기 시작했고, 마침내 땅에 떨어졌다. 음악이 한동안 다시 시작되었다. 수지가 그의 바이올린 소리에 맞추어 노래를 불렀고, 해나는 상관하지 않았다. 어쨌든 여자는 음치였다.

수지가 옛 애인 다윈에게 돌아가고 얼마 후, 에키타 훈스는 마지막 공연을 했다. 가수의 성대에 혹이 생겨 밴드를 그만두기로 했고, 드러머는 떠났다. 이 무렵 덤불이 자랐지만, 구멍은 자연스럽게 남아 있었다.

제20장

보초

　날 수 있게 된 오리는 데크 건너편에 자라고 있는 목련 나무의 두 툼한 가지에 앉아 상당한 시간을 보냈다. 해나는 넓은 나무 난간에 놓인, 고양이 배변용 깔개인 플라스틱 판에 물을 담아두었다. 해나는 그것을 몇 개 사다가 여기저기 놓아두었다. 그러면 일하는 동안 창문을 통해 오리가 씻는 것을 볼 수 있었기 때문이었다. 해나는 오리가 물속에서 날개를 퍼덕이며 깃털을 빛내고 물보라를 일으키는 모습을 보면 좋았다. 오리는 미지샘에 부리를 꽂았다가 노란 액체를 깃털에 묻히곤 했다. 또 나뭇가지 위를 왔다 갔다 하면서 목련 잎의 그늘에서 난간으로 넘어와 세상 구경을 하기도 했다.

　해나는 오리의 균형 감각에 감탄했다. 그것은 마치 오리가 발로 물통 가장자리를 감싸거나, 데크 난간에 섰다가 흔들리는 가지 위로 옮겨 가는 동안, 여러 가지 요소가 평형상태를 맞추려는 듯 다른 것들의 위치에 따라 제각기 변화하고 흘러가는 한 편의 시 같았다. 돌풍이 부는 날이면, 오리는 못생긴 붉은 이물을 단 배가 되어 돛에 바람을 가득 받으며 바람의 방향이 변할 때마다 자세를 고쳤다. 바람을 맞을 때마다 꼬리가 올라갔다 내려가고 몸은 아주 미세하게 위아래로 자세를 수정했다.

　해나를 보면 오리의 볏은 모호크처럼 꼿꼿해졌고, 몸 전체가 흥분했다. 해나가 안으로 들어가면 오리는 돌아서서 해나를 쳐다보았다. 오리는 언제나 해나와 시선을 교환하길 바랐다.

　해나가 가만히 일하고 있을 때, 그렇게 해나가 오리의 시야에 존재하는 동안, 오리는 한쪽 다리를 들어 날개 밑에 넣고 나머지 한쪽 다리로 황새처럼 균형을 잡고는, 흰 눈꺼풀을 내리감고서 보란 듯이 잠들었다. 그러면 새빨간 얼굴에서 두 개의 복슬복슬한 눈두덩이 어색하게 보였다. 이따금 오리는 배를 깔고 엎드려 머리를 날개 깃털에 파묻기도 했는데, 그건 해나가 가장 좋아하는 자세였다. 오리가 긴장을 풀고 편안하다는 의미였으며, 얼마 전부터 보이는 이상한 행동에도 불구하고 해나는 오리가 그러기를 바랐다.

오리에게 하얀 걸레

이유. 아무 짓도 하지 않았는데 오리가 공격하는 이유를 알 수만 있다면. 해나는 기억나는 모든 사건을 되짚어가면서 비밀을 풀어줄 수 있는 공통점이나 실마리, 방아쇠가 되는 사건을 찾아보았다.

얼마 전, 해나가 풀밭에 남은 밥을 한 덩어리 떨어뜨리고 오리가 그것을 야금야금 먹어치울 것이며, 그러지 않는다면 다른 새들이 먹어치울 것이라고 생각했던 일을 떠올렸다. 하지만 오리는 조심스레, 옆으로 걸어 밥을 피해 갔다. 해나는 포기하지 않고 오리를 안아다 밥 옆에 갖다 두었지만, 그래도 오리는 겁을 내며 울면서 피했다.

그리고 해나는 오리가 우리에서 밤에 둥지 대용으로 쓰는 흰색 비닐을 덮은 쿠션을 공격하는 것을 알아차렸다. 오리가 그것을 쪼고, 부리로 잡아 밀치고, 뛰어올라 다시 쪼는 데는 정해진 패턴이 있었다.

해나가 빨래를 널고 있었을 때, 오리가 날아든 대상은 흰 수건이었고, 해나를 공격하기 전에 뛰어든 것도 흰 빨래 바구니였다.

그리고 해나가 맨발이거나, 특히 붉은 샌들을 신고 있을 때 오리는 자주 공격했다. 오리의 시각에서는 흰 오리의 발과 붉은 얼굴로 보였을 것이다. 해나는 맨살이 공격 대상일 것이라고 짐작했지만, 지금 와서 보니 색깔이 공격성을 일깨우는 것 같았다. 주로 흰색, 그리고 붉은색 또는 검정색. 해나는 오리의 어미를 죽인 동물이 흰색이 아닐까 하고 생각했다. 아니면 밤새 다녀가는 선생님이 오리의 귀에 이렇게 속삭인 건 아닐까. 넌 뭐냐? 인간이냐, 오리냐? 저 여자를 잡아라. 저 여자를. 어서! 네가 누군지 저 여자에게 보여줘.

하지만 해나는 여전히 흥미를 느꼈다. 이것이 정상적인 오리의 행동일까, 아니면 심각한 것일까?

인터넷으로 검색을 하던 해나는 유튜브에서 머스커비 오리가 싸우는 장면이 담긴 비디오를 찾았다. 날개를 퍼덕이고, 목을 서로 감고, 부리로 쪼고. 그 부리로 어떤 상처를 내는지 해나는 알고 있었다. 놀란 음성이 외치고 있었다. 저 피 좀 보세요. 사방에 피가 튀었습니다. 서로 죽이려는 걸까요?

머스커비 오리는 죽을 때까지 싸울 수도 있다는 내용도 있었다. 영역. 머스커비 오리가 짝짓기를 할 때, 수컷이 암컷 등을 밟고 꼬리를 맹렬히 양옆으로 흔들며, 부리를 암컷 목에 들이대는 비디오 영상도 있었다. 암수는 싸우는 머스커비 오리와 별다를 바 없어 보였다.

그러다 해나는 짝짓기를 하는 머스커비 오리를 촬영한 〈뉴 사이언티스트〉의 슬로모션 비디오를 보였다. '코이투스 인테르룹투스*.' 과학을 위한 코이투스 인테르룹투스. 과학자 한 명이 코르크스크루처럼 돌돌 말린 성기를 자로 재고 있었다. 2달러 상점에서 산 싸구려 코르크스크루처럼, 목적지를 향해 빙빙 돌며 날아가는 로켓 같은 생김새였다. 과학자의 말에 따르면 성기의 길이는 20센티였다. 발기부터 사정까지 0.36초가 걸렸다. 3분의 1초. 암컷의 배설강은 수컷과 반대 방향으로 나선형을 이루고 있었는데, 자연의 여신이 암컷을 강제 짝짓기로부터 보호하기 위해 그렇게 만든 모양이었다.

어째서 자연은 좀 덜 공격적인 생물을 만들지 않았을까? 어떻게 자

---

* Coitus interruptus. 피임 등을 위해 성교를 도중에 중단하는 행위를 가리키는 라틴어.

연은 암컷과 수컷의 성기를 그렇게 반대로 고안할 수 있었을까? 수컷을 만드신 그분이 암컷도 만드셨을까?

해나는 비디오를 다시 돌려 보았다. 그리고 깜짝 놀랐다. 이런 행동이 그렇게 깃털이 많이 난 곳에서 그렇게 빨리 이루어질 수 있단 말인가? 3분의 1초 만에! '똑딱'이 1초라면 '똑'이라고 말하기도 전에 모든 것이 끝났다. 그런데 그 많은 오리들이 이를 통해 태어나는 것이다!

해나는 웃음을 터뜨렸다.

이것 좀 봐! 해나는 소리 내어 말했다. 하지만 이 모든 것에 대해 할 말이 있었을 남자는 거기 없었다.

언어

평소처럼 산책을 나갔을 때, 해나를 지나치는 낯선 사람들이 미소를 지어 보였다. 해나도 미소를 지었다. 해나는 사람들에게 웃어주었고, 사람들도 해나를 보며 웃었다.

어머니는 병 때문에 차츰 반응하지 않았을 때에도, 해나가 양로원 라운지로 들어서면 대체로 얼굴이 환해지곤 했다.

그리고 해변에서 격렬하게 논쟁 중이던 외국인 커플도 있었다. 해나는 그들의 말을 이해할 수도, 이야기의 주제를 짐작할 수도 없었지만, 적대적인 눈빛과 비틀어진 입술, 쑥 내민 턱과 말투를 보니 사이좋게 나누는 대화가 아닌 듯했다.

해나는 사이먼과, 말 없이도 해석할 수 있었던 행동거지와 표정, 아주 미세한 표정들을 떠올렸다. 코를 긁는다거나 수염을 쓰다듬는다거나 귀를 당기는 등 아주 사소한 동작부터, 진지하게 인상을 찡그리거나 입을 꼭 다물거나 목을 빼는 것까지. 눈빛 한 번이나 손짓 한 번만으로도 반대의 뜻을 나타내거나, 변덕스럽게 질문하거나, 애정을 드러내어 해나의 마음을 누그러뜨렸다.

하지만 오리. 오리는 쇳소리를 내고, 지저귀고, 콧소리를 내고, 징징거리고, 헉헉거리고, 신음 소리를 냈다. 오리는 리듬에 맞춰 고개를 이쪽저쪽으로 돌려댔다. 가로로 흔들기도 하고, 옆으로 돌리기도 했다. 정수리의 깃털이 솟아오르고, 날개는 펼쳐지고, 가끔은 똑바로 앉아 고개를 들고 몸을 꼿꼿이 세운 뒤 무시무시한 고음을 질러댔다. 오리는 마치 어린 시절로 돌아가 먹을 것을 조르듯, 마치 보이지 않는 모기를 잡으려는 듯, 마치 말할 수 없는 내용을 해나에게 전하려는 듯 하늘을 향해 부리를 벌리기도 했다. 마치, 마치, 마치. 해나가 해석하는 오리의 언어는 모두 해나의 기준에 의한 것이었다. 추측. 해나가 확실히 이해할 수 있는 소리는 함께 먹이를 찾으러 나갔을 때 오리가 즐겁게 삑삑거리는 소리뿐이었다.

밤새 다녀가는 선생님이 늘 해나를 옆으로 밀쳐냈다. 해나가 오리가 태어난 순간부터 내내 붙어 살았다 하더라도, 둘은 제대로 의사소통을 할 수 없었을 것이다. 해나가 오리를 그렇게 자세히 살폈다 해도. 오리가 다른 어떤 오리도 만난 적이 없음에도 불구하고, 오리의 언어는 이미 형성되었고, 오리가 쓰는 표현은 복잡하고 다양했다. 둘의 세상은 전혀 달랐다.

말해

우리는 전혀 다른 세상에 속해. 해나가 이렇게 말하면서 정원의 땅을 파고 (오리한테 있는 성기처럼 몸을 비틀어대는) 통통한 지렁이를 잡아내자 오리가 낚아채 갔다.

나라면 그렇게 말하지 않겠어요. 오리가 말했다. 대부분 잘 지내면서 같은 세상을 공유하고 있잖아요.

네가 무슨 생각을 하는지 나는 알 수 없어. 해나가 말했다. 너에 대해 아무것도 몰라. 네 의도가 무엇인지도 몰라. 네가 행복한지 아닌지도 모르고.

누가 행복한지 행복하지 않은지 아는 사람도 있나요? 다른 사람들이 무슨 생각을 하는지 알아요?

그 남자 말이니? 해나가 부루퉁하게 대답했다.

아니거든요. 오리가 교활하게 대답했다. 당신은 너무 많은 것을 해석하려고 들어요.

하지만, 어쨌든 오리는 정곡을 찔렀고 해나는 그것이 의도한 것임을 알았다.

여자의 철학

사이먼이 없는 것은 평소처럼 출장 중이기 때문이라고 해나가 스스로를 속이는 순간도 있었다. 해나는 혼자 지내는 것이 익숙하지 않았다. 사이먼이 더 오랫동안 출장을 나간 적은 있었지만, 보통 두 사람은 전화나 문자메시지, 이따금 이메일로 안부를 주고받았다. 빈도는 세월이 지나면서 줄어들었지만, 떨어져 있을 때는 비록 짧더라도 한 번씩 주고받는 연락 덕분에 마음이 놓이곤 했다.

친구들 역시 그의 출장에 익숙했으므로 해나는 따로 설명할 필요가 없었다. 해나는 일을 핑계로 초대를 피했다. 아무도 만나고 싶지 않았다. 세상을 피하기는 쉬웠고, 이제 거기에도 가속도가 붙어 차츰 작아지는 해나와 오리를 정원에만 남겨두고서 세상은 점점 더 멀어져갔다.

하지만 시간이 지나면서 사이먼의 가출이 일시적인 기분 탓이 아닌, 좀 더 심각한 것이 아닐까 하는 불안이 가시지 않았다. 해나는 크리스마스 연휴 내내 동생이 사이먼의 혈관에 불만을 주입했으리라고 확신했다. 크리스마스에서 신년으로 향하는 항해에서 해나는 내렸지만 다른 이들은 해나 없이 항해를 계속했다. 그들이 모두 함께 의논했을까? 그날 저녁 그렇게 친한 사이처럼 산책을 했을 때, 토비도 알았을까?

고독은 이상한 것이라고 해나는 연못 주위 자갈을 부리로 콕콕 쪼는 오리에게 말했다. 해나는 풀밭에 앉아서 오리를 보고 있었다. 우린 모두 꼼짝 못 하고 작은 섬에 갇혀 아등바등 살아보려는 존재야. 하지만 잘해내지 못하는 이들도 있는 것 같아. 발 주위를 콕콕 쪼면서 주변에서 물이 차 들어온다고 걱정하고, 나중에 후회하는 일도 저지르지.

무슨 말이에요? 오리가 말했다. 내가 아는 물은 여기 연못이랑 부리를 씻기에도 부족한 물그릇의 물이랑, 빗물이랑 당신이 사방에 뿌리는 호스 물뿐이에요. 그리고 어떻게 후회를 할 수 있어요? 한번 저지른 일은 끝난 거예요.

너야 더 단순하겠지. 오리니까.

하지만 왜 더 단순해요? 당신도 당신이잖아요. 뭐가 달라요? 모든 하루는 내일이었고, 또는 어제가 될 거예요.

넌 시키는 대로 하면 되잖아. 책임이 없어. 결정을 내리지 않아도 되고. 하지만 그렇게 간단한 일이 아니야. 정원 밖으로 나가면. 아니면, 정원에서도 마찬가지일 때가 있어.

자꾸 간단하느니, 더 간단하느니 하네요. 그게 무슨 말인가요? 사실 당신은 나랑 별로 다르지 않아요. 후회할 일이 뭐가 있어요?

후회란 지렁이나 옥수수나 바퀴벌레를 너무 많이 먹어서 배가 아플 때를 가리키는 거야.

너무 많이 먹는다는 게 어떻게 가능해요? 먹고 나서 배가 부르면 그만 먹는 거죠.

그래, 알았다. 네게 먹을 걸 주는 손을 무는 거. 그건 언젠가 후회하게 될 거야.

난 아무것도 후회하지 않아요. 말이 나왔으니 말인데, 지렁이야 있으면 좋죠. 지금 당장도 좋겠어요.

당장. 당장. 오리는 부리로 부산하게 가슴털을 들쑤시고 있었다. 당장. 해나는 오리의 목을 비틀어버리고 싶었다.

사실은, 오리야. 원래 얘기로 돌아가면.

원래요? 뭐가 원래였단 말이에요?

고독 말이야. 그건 이상해. 혼자 있고 싶다고 생각하는데. 갑자기 혼자가 되기 전에는 고독하다는 걸 깨닫지 못해. 근데 그렇게 되고 나면 이미 너무 늦었어.

네? 또 수수께끼 하는 건가요? 난 절대 혼자 있고 싶지 않아요.

바로 얼마 전만 해도 너는 그냥 예전처럼 살고 있었는데, 어머니가 돌아가셔. 하지만 어머니 몸이 한동안 안 좋았으니까 나쁜 일만은 아니라고 생각해. 어머니 몸이 얼마나 악화되었는지 몇 년 동안 눈앞에서 보았으니까. 그런 게 순리겠지. 그러니 놀랄 일도 아냐. 물론 슬프기도 하고, 어머니 생각도 많이 나지만, 외롭지는 않아. 어머니가 살아 있을 때 둘은 그저 존재한다는 사실만으로도 잘 지냈어. 두 사람의 삶이 특별히 얽히지도 않았고. 어머니의 삶과 네 삶. 그러다 어머니가 널 필요로 하면 어머니를 돌봐드리고, 또 어머니가 돌아가시면 어머니를 그리워하는 건 당연한 일이야. 하지만 오리가 나타나고, 모두가 널 미워하고, 남편이 갑자기 떠나버리고, 그러는 건 좀 이상해. 인생이 특별히 복잡하게 꼬인 것도 아니었는데, 갑자기, 갑자기, 혼자가 되어버리니까. 널 공격하는 오리만 남고 말이야. 그건 마치 삶이 널 공격하는 느낌이야. 그리고 그 사람, 남편이 그리워. 이유는 알 수 없어. 모든 것과 모두가 그립고, 너무 혼란스러워. 그리고 마치 여태까지 알던 모든 것이 네게서 멀어지는 것 같아. 네가 점점 작아지는 점

하나가 된 것 같아. 더 이상 사랑을 할 여력도 없는 것 같아.

흠. 이건 정말 감정의 폭발이군요. 하지만 적어도 우리한테는 서로가 있다는 이야기를 하고 싶어요. 우리한테 서로가 있다면 절대 혼자가 아닐 거예요.

혼자는 아닐지 모르지만, 오리야. 그래도 너무나 외롭다고 느낄 순 있어.

당신이 있으면 난 절대 외롭지 않을 거예요. 오리가 말했다.

오리야. 이제 네 이름을 알려주렴.

해나는 손을 뻗어 오리를 안아 들고 오리의 발을 허벅지 위에 얹었다. 해나는 깃털이 가득 난 오리의 가슴에 손을 얹었다. 오리의 등에 머리를 가만히 얹고 눈을 감고 싶었지만, 오리는 콧방귀를 뀌더니 쇳소리를 내고, 처량하게 울어대면서 땅으로 달아나려고 발버둥을 쳤다.

이봐, 오리야. 해나가 이렇게 말하는 동안 오리는 잔디밭을 뒤뚱뒤뚱 걸어갔다. 내 말이 바로 이거야. 너 때문에 널 알기 전보다 더 처량한 기분이 들기도 해.

오리는 걸음을 멈추더니 돌아서서 해나를 마주 보았다.

음, 이제 이야기의 핵심이 나오고 있으니 말인데, 어째서 당신은 날 그렇게 아무렇게나 다루는 거죠? 오리가 목이 쉰 소리로 물었다.

무슨 소리야?

내가 안기는 걸 싫어한다는 걸 당신도 알잖아요.

정말? 그 얘길 이제 하는 거야?

네. 이제 하는 거예요.

제21장

지구에서의 실험

지구 반대편, 모스크바에서는 창문도 없이 고립된 방에서 화성 탐사 시뮬레이션을 마친 여섯 명이 도착했다. 2월 14일, 두 명의 대원이 두툼한 우주복을 입고 로봇 로버와 함께 붉은 행성의 지표면으로 당당히 들어섰다. 그들은 가상 실험을 하고, 표본을 채취하고, 러시아, 중국, 유럽 우주국의 깃발을 꽂았다. 이제, 일주일 뒤 8개월간의 지루한 항해를 시작하기 전 그들은 세 번째 행성 지표면으로 탐사를 나가던 중이었다. 사실, 이것은 소위 궤도 선회 튜브라는 것으로부터 몇 미터 떨어진 위치의 다른 모듈이었다. 사실 화성은 모래 구덩이에 불과했다. 이후에, 지진 이후에, 해나는 상상력에 대해 궁금하지 않을 수 없었다. 즉석에서 만든 먼 행성 주위를 뛰어다니며 상상하는 우주인들이 무중력상태의 시뮬레이션 없이도 지구 반대편의 어마어마한 효과에 영향을 주었을지.

라디오에서 그 실험에 대한 토론이 방송되기도 했다. 이상하게도 사이먼이 가장 그리울 때는 이런 구체적인 사실이 떠오를 때였다. 그가 듣고 있다면 이런 세세한 이야기를 몹시 좋아했을 것이고, 과학 데이터를 살피고, 언젠가 먼 미래에 인간이 실제로 화성에 갈 수 있으리라는 가능성에 놀랄 것이다. 반면 해나는 그 일을 아무 데로도 가지 못하는 자신들의 삶과 연관시켜 생각할 뿐이었다.

라디오를 함께 둔 채, 해나는 오리와 함께 정원 손질을 할 준비를 했다.

점심을 먹고 싶지 않았지만, 대추야자 두어 개와 아몬드 몇 개를 먹고, 물을 마시고, 플라스틱 병에 물을 좀 더 채웠다. 맑은 날이었다. 밖으로 나간 해나는 오리가 공격할까 봐 장화를 신었다. 장갑, 모종 삽, 제초기, 양동이를 챙겼다. 귀뚜라미와 메뚜기가 울어대는 날이었고, 나무에서 밀식조도 시끄럽게 지저귀고 있었다. 오리는 데크 아래 횃대에서 뛰어내리더니 해나의 뒤를 따라 천천히 걸어 잡초를 뽑을 연못가로 갔다. 해나는 가져간 것들을 그늘에 던졌다.

뉴스가 나왔다.

속보.

크라이스트처치에 또 지진이 일어났습니다. 방금 있었던 일입니다. 지난번보다 더 큰 규모입니다.

그 정보뿐만 아니라, 아나운서 목소리에서 느껴지는 당혹감이 더 놀라웠다.

크라이스트처치.

해나는 라디오를 들고 집으로 달려 들어갔다. 사이먼에게 전화를 했지만 곧바로 자동 응답으로 연결되었다. 해나는 메시지를 남겼다. 전화해. 무사한 거야?

다시 전화를 했다. 여전했다. 받지 않았다. 해나는 집 주위를 서성거렸다. 제발, 제발. 문자메시지를 보냈다. **무사하면 '응'이라고만 보내줘.**

매기에게도 전화를 했다. 마찬가지였다. 문자메시지를 보냈다.

너랑 토비는 무사하니? 사이먼이 어디 있는지 아니?

토비의 휴대전화 번호는 알지 못했다. 다시 뉴스를 들었더니, 그랬다, 심한 지진이었다. 도심이 무너져 내리고, 성당도 무너졌다. 사람들이 다쳤다. 피와 시체. 버스가 깔렸다. 6.3. 강도는 지난번보다 낮았지만, 지표면과 도심에서 더 가까웠다. 도로가 끊어졌고 또 새로운 단어가 나왔다. 액화.

해나는 간절히 기도하고 있었다. 일어나다가 벽에 머리를 부딪쳤다. 해나는 머리를 잡아당겼다. 라디오에서 나쁜 뉴스들이 쏟아져 나오고 있었다. 벽돌이 떨어졌다. 사방에서 벽돌이 떨어졌다. 그리고 남편이 거기 있었다. 심장을 죄는 것 같았다.

전화를 하지 말라고, 뉴스에서는 말했다. 전화가 폭주하고 있었다. 긴급 상황일 때만 전화를 해야 했다.

해나는 집 안의 라디오를 모두 켰다. 집 전체가 나쁜 소식과 무소식으로 진동했다. 해나는 너무나 어쩔 줄 몰라 했다. 창문. 창문이 지저분해 바깥이 보이지 않았다. 해나는 세탁실로 달려 내려가 양동이에 뜨거운 물과 식초, 세제를 넣어 왔다. 거실로 돌아온 해나는 창문을 깨끗이 닦고 신문지 뭉치로 반짝반짝해질 때까지 광을 냈다. 창문은 아무것도 아니었지만, 바깥 세상을 차단하는 보이지 않는 막이었다. 그리고 해나는 걸레를 들고 돌아다니며 벽과 천장에 묻은 얼룩과 파리 자국을 지웠다.

그리고 그에게서 연락이 왔다. 문자메시지였다. **대혼란이야. 전화를 하려고 했는데, 쉽지 않았어. 난 무사해. 매기랑 토비도. 연락할게. 사랑해.**

사랑해?

그리고 동생에게서도 메시지가 왔다. **안녕. 다행히 우리 모두는 다치지 않았고, 큰 피해도 없어. 하지만 크라이스트처치는 다시 폐허가 되고 말았어. 연락 고마워. xxx**

고마워, 고마워, 고마워. 해나는 밖으로 나가 계단 밑에 앉았다. 오리는 횃대에 다시 올라가 있었다.

괜찮아. 해나가 말했다. 아니, 괜찮은 건 아니야. 끔찍해. 하지만 그 사람은 무사해.

괜찮지 않은 게 뭐예요? 오리가 대답했다. 나랑 먹이 찾으러 갈 줄 알았는데.

해나는 울기 시작했다. 소금기가 밴 양손으로 얼굴을 가린 채 울고, 또 울었다. 그러고는 일어났다.

꺼져. 해나가 오리한테 말했다. 이게 다 너 때문이야.

뭐라고요? 오리가 물었다. 이번엔 또 뭐가 문제예요?

석양을 향해 날다

해나는 뒷마당 잔디밭에 오리와 함께 있었다. 해가 막 지고 있었다. 정원 가장자리는 형광빛의 주황, 분홍, 금색 구름에 에워싸여 있었다.

저것 봐. 해나가 오리에게 말했다. 어머니가 저 구름을 보면 좋아하셨을 거야. 그림으로 그리셨을 거야.

오리는 발을 쭉 뻗고 커다란 날개를 퍼덕이면서 하늘로 올라갔다. 오리가 올라가자 정원에 그림자가 드리워졌다. 그의 날개가 일으키는 차가운 바람에 해나 주위의 낙엽이 움직였다. 그리고 해나는 오리의 검은 그림자가 밤으로 변했고, 오리가 떠났음을 깨달았다. 신호도 없이. 한 바퀴 도는 일도 없이. 작별 인사도 없이.

해나는 풀밭에 주저앉아 서서히 떠오르는 별을 바라보며 기다렸다. 별들이 처음에는 하나씩 하늘에서 떨어지더니, 나중에는 한꺼번에 쏟아져 해나 옆에 내려와 무너진 벽돌처럼 쌓였다. 해나의 심장 박동이 표시하는 1초, 1초가 빠르게 지나가기도 하고, 귓전에 몰려드는 바닷소리 같은 침묵을 지키며 기다리기도 했다. 죽어가는 과정이 이렇게 차가울지 해나는 몰랐었다.

그 꿈이 너무도 강렬해, 열린 창문을 통해 이른 아침 햇살과 시원한 바람이 들어와 깨어났을 때 해나는 놀라고 말았다. 침구가 바닥에 떨어져 있었고, 해나는 창틀에서 물이 담긴 컵을 떨어뜨렸으며, 떨어진 컵은 발밑의 시트를 적시며 자국을 남기고 있었다.

해나는 급히 옷을 입고 장화를 신고 낙엽 갈퀴로 무장한 다음 오리를 꺼내주러 달려 나갔다. 정원은 전날 밤의 꿈에서 본 모습과 너무도 비슷했고, 해나는 그 일이 있었던 곳에 풀이 쓰러져 있거나 벽돌 조각이 남아 있지는 않은지 쳐다보았다. 오리가 아직 거기 있는지 궁금했다. 오리가 있었다.

오리는 꼬리 깃털을 활짝 펴고서 우리에서 당당히 걸어 나왔다. 그러고는 문득 걸음을 멈췄다. 오리는 목 뒷부분을 날개 사이, 하트 모양의 납작한 곳에 문지르며 해나를 쳐다보았다. 해나는 오리를 안아 들고, 예전처럼 품어주고 싶을 뿐이었다. 하지만 그러지 않았다. 귀뚜라미 두 마리와 메뚜기 한 마리를 오리에게 건넨 뒤, 잔디밭을 지나 사이먼에게 전화하기 위해 안으로 들어갔다.

큰 말에서 어색하게 내려와 불 속으로

그렇게 오랫동안 함께 지냈는데, 해나는 왜 그렇게 초조했을까?

전화를 받은 사이먼의 음성에서 지치고 조심스러운 기색이 느껴졌고, 어떻게 지내냐는 해나의 물음에 그는 피곤하다고 대답했다. 도시를 정리하는 동안 일은 중단되었다고도 했다.

지진이 났을 때 어디 있었어?

카페에서 점심을 먹고 있었어.

혼자였어?

몇 명과 같이 있었어.

해나는 이렇게 물으면서 가슴이 두근거리는 것을 느꼈다. 다른 사람이 있어?

응. 몇 명과 같이 있었어.

장난치지 마, 사이먼. 누굴 만났어?

나도 오리를 찾았냐고?

바보 같은 소리 하지 마. 무슨 말인지 알잖아.

모르겠어. 말해봐.

다른 사람을 사랑해?

목이 죄어오고, 가슴에 숨이 턱 막혀버린 것 같았다.

거기에 대해선 대답하지 않겠어. 사이먼이 조용히 말했다.

왜? 있다는 거지, 그렇지? 말해줘, 사이먼.

아니. 사이먼이 말했다. 말하지 않을 거야. 세상에서 가장 사랑하는 사람이 사랑에 화답해주는지 알지 못하는 기분이 어떤 건지 당신도 알기를 바라니까. 내가 그랬듯이 당신도 많은 생각 해보길 바라.

잔인해.

그래. 정말 잔인한 느낌이지? 마음이 아파. 그렇고말고.

그래서 내가 생각을 하면 그다음엔 어떻게 해?

몰라. 당신이 내린 결론에 따라 다르지.

계속 생각하고 있는데, 당신이 보고 싶어.

여기서 지내는 게 어떤지 알아? 오리는 어때?

돌아와, 사이먼.

이 대화는 시시각각 무의미해지고 있어. 여긴 모든 게 엉망이야.

여기도 모든 게 엉망이야.

당신은 상상도 못 할 거야. 식수도 없고, 하수도도 없어. 땅에는 더러운 물이 부글거려. 사방이 진흙탕이고. 사방이 돌무더기야. 먼지에. 쓰레기에. 길은 구부러지고 갈라졌어.

그러니까, 집으로 와.

그럴 수 없어. 할 일이 너무 많아. 진흙을 치우고, 진짜 도움이 필요한 사람들을 찾아야 해. 남자가 소리를 지르고 있는데, 돌무더기에 깔려서 아무도 도와줄 수 없었어. 우리 모두 부서진 콘크리트를 헤쳐보았지만, 할 수 없었다고. 그 사람은 소리를 지르고 또 지르더니, 울다가 소리가 멈췄어. 다행히. 하지만, 그건……. 누군지 모르겠지만, 그 사람을 생각하면…….

해나는 사이먼의 울음소리를 들었다. 숨을 몰아쉬는 소리가 들리더니 이내 아무 소리도 없었다.

사이먼?

해나는 기다렸다.

어쨌든. 사이먼이 말했다. 어쨌든.

미안해. 해나가 말했다.

음, 그래.

진심이야.

결국 언젠가는 삶을 다시 평가해야만 하는 나이가 되는 거야. 나쁜 일이 아닐지도 모르지.

부탁이야, 사이먼. 그의 이름이 해나의 목구멍에 들러붙어 나오지 않았다.

그래서……. 누군가에게 필요한 존재가 된다는 게 좋아. 어쨌든, 이제 가봐야 해.

해나는 사이먼의 한숨 소리를 들었다.

그래, 가야지. 가야지. 해나가 말했다.

침묵이 흘렀다. 사이먼이 아직 거기 있다는 것을 알 수 있었지만, 또 한편으로는 그가 거기 없다는 것도 알 수 있었다.

가가린

오리는 데크에 올라와서 무릎에 전화기를 놓은 채 소파에 앉아 있
는 해나를 보았다. 오리가 부리로 창문을 쳤다. 탁 탁 탁. 틱 탁 탁 탁.
오리는 옆으로 옮겨 가 나뭇가지를 하나 들더니 긴 하루 동안 무엇을
해야 할지 모르는 노파처럼 발로 바닥을 탁 탁 쳤다. 어머니가 그랬듯
오리도 해나 없이 아무것도 하지 못했다. 오리는 해나가 정원에 내려
가 잡초를 뽑기를 기다리고 있었지만, 해나는 오리를 쏘아버리고 싶
을 뿐이었다. 해나가 없으면 오리는 무용지물처럼 느꼈다. 실제로 무
용지물이었다. 해나를 통해서만 오리는 세상에서 자신의 가치를 착각
하며 느낄 수 있었다. 늙은 어머니가 해나와 함께 사는 동안, 자신이
여전히 어머니이고 해나가 딸이라고 느꼈던 것처럼. 사실, 그 관계는
반대가 되었는데도 말이다. 그리고 그녀, 해나는 그 누구의 어머니도
아니었다. 대체 어떻게 이런 지경이 되었을까? 오리가 없었다면 남편
은 여전히 함께 있었을 것이다. 물론, 남편이 없었다면 오리도 없었을
것이다.

그리고 유리 가가린은 이 일에 대해 어떻게 생각할까? 하늘에서 바
라보면 달을 향해 날아오르는 나방만큼의 의미도 없는, 애증과 열망
이 뒤섞인 이 가련한 댄스를?

**지구는 아름다운 파란빛이다. 하늘은 까맣다. 별이 보인다. 오, 그렇다. 하지
만 잠깐. 아, 저기 오리를 키우는 여자가 있는데 귀뚜라미와 지렁이를 찾는 모
양이다.**

지구의 판이 움직이자, 한 남자가 소리를 지르고 또 지르지만 아무

도 돕지 않는다. 오리가 울자 해나가 오지만, 남자는 달아난다.

그런데 이제 해나의 울음소리는 아무도 듣지 못하고, 지구가 갈라지자 남자는 폐허 속에 서 있게 된다.

결정

이튿날 해나는 또 전화를 걸었다.

사이먼. 해나가 말했다. 내가 갈게. 결정했어.

이 말을 할 때의 안도감, 그 밀려드는 안도감이라니. 너무나 간단하고 분명한 일이었기에 해나는 울음을 꾹 참았다. 결정을 내리고 나자 빨리 가고 싶어 견딜 수 없었다. 해나는 차로 떠날 것이고, 일거리를 가져갈 것이며, 오리를 티 아와무투에 내려놓고 크라이스트처치로 계속 갈 생각이다.

아니, 해나. 사이먼이 조심스레 말했다. 여기 상황이 좋지 않아.

괜찮아. 나도 도울 수 있어. 뭘 가져갈지만 말해줘. 거기서 뭐가 필요한지. 차에 실을게.

필요한 건, 진짜 필요한 건 혼란 속에서 최대한 안정을 유지하는 일이야. 결혼 문제 상담을 하기에 별로 좋은 시기가 아니라고. 어쨌든, 사이먼이 특유의 어조로 이렇게 덧붙였다. 당신한테는 오리가 있잖아.

그건 해결했어. 클레어랑 밥한테. 아직 묻지는 않았지만—

미안해, 해나. 달리 어떻게 말해야 할지 모르겠어. 지금 당장은 당신이 오지 않았으면 좋겠어. 오지 마. 놀라게 하지 마. 부탁이야.

해나는 허를 찔린 기분이었다. 자신의 맨팔을 문질렀다. 갑자기 추위가 느껴졌다.

해나?

한참 만에 해나가 말했다. 그럼…… 돌아오긴 할 거야?

물론이지. 이야기를 해야 한다는 건 나도 알아. 지금 이 상태로는 우리 관계에 관심을 가질 수가 없을 뿐이야. 여기 상황 덕분에 모든 것이 명징해졌어. 아주 여러 가지로 엉망진창이야.

무슨 말이야?

지금은 말할 수 없지만, 나중에 다 이야기해 줄게.

매기랑 토비랑 지내고 있어?

응.

토비는 괜찮아?

그건 왜 물어?

괜찮아?

전보다 나아.

사이먼. 거기서 무슨 일이 있는 거야? 지진 말고. 적어도 설명을 해 줘야지.

지쳤어. 사이먼이 말했다. 부탁이야, 해나. 좀 인내심을 가지면 안 돼?

차가 있지.

응. 데니스가 그 차를 가져갔어. 매기랑 토비랑 함께 비행기로 왔고.

그래? 그럼 데니스도 알고 있었어? 그거 대단하네. 온 가족이 다 알고 있다니. 모두 다 함께 짰구나. 당신이랑 내 문제인 줄 알았는데, 나는 해당되지도 않는 것 같아. 그렇게 피곤한데 귀찮게 굴어서 미안해. 지진이 난 와중에 사과하려고 들어서 미안해. 모두에게 사랑한다고 전해주고, 잘 있어. 나도 나대로 살 거야.

사랑? 사이먼이 말했다. 해나, 그 말을 들으니 반갑네. 한동안 못 듣던 말인데.

당신만 그런 건 아니야.

여기가 어떤지 알기나 해?

몰라. 그래서 당신이 연락을 안 하는 거잖아. 내가 이기적이라는 생각이 들도록.

지금은 그런 식의 이야기를 상대할 수가 없어. 가야 해, 해나. 그냥 잘 곱씹어보고, 좀 정신을 차리면 다시 이야기하자.

고기도 안 주는데 뭘 씹으라는 거야?

잘 있어, 해나.

사이먼은 전화를 끊었다. 해나는 먼저 끊지 않은 자신에게 화가 났다. 오리를 상자에 넣고 차에 탄 뒤 무작정 가버릴까 하는 생각도 해보았다. 하지만 사이먼의 말이 옳았다. 크라이스트처치가 그렇게 현실의 고통에 신음하고 있는데, 차 트렁크에 처량한 심정을 가득 싣고 달려갈 수는 없었다.

제22장

내게 해당된다면

해나는 따뜻한 비눗물에 손을 담가 문지르고, 문지르고, 또 문지르고 싶은 마음이 간절했다. 그래서 손빨래를 해야 하는 옷을 챙겨, 데크 난간에서 돌아다니는 오리를 피해 집 옆을 조심스레 돌아 세탁실로 갔다. 세탁실 앞, 세탁기에 넣을 하얀 수건 두 개를 놓아두었다. 물을 틀어 통을 채웠다.

하지만 불쑥 오리가 해나의 발밑에 와 있었다. 오리 박사가 아니라 하이드 씨, 오리의 탈을 쓴 늑대였다. 검은 가죽신을 신어 발가락은 가렸지만 발등이 드러난 해나의 발이 표적이었다. 오리는 멈출 수 없는 광기에 사로잡혔다. 해나는 오리의 그 눈빛을 알았다. 오리는 해나의 발과 신발을 찢어놓더니 멈췄다. 그리고 해나의 얼굴을 향해 발을 들었다. 해나에게 날아오를 태세였다. 해나는 커다란 플라스틱 양동이를 들어 오리에게 씌웠다. 단번에.

양동이 밑으로 삐져나와 흔들리는 꼬리 이외에 오리는 갇혔다. 양동이는 해나의 손안에서 덜컥거리며 움직였지만, 해나는 몸을 돌려 세탁실에서 달려 나온 뒤 현관문을 통해 안으로 들어갔다. 문을 잠갔다. 그때 통에 받으려고 틀어놓은 온수와 냉수가 기억났다.

해나는 다시 뒤로 달려 나가 낙엽 갈퀴를 잡았다. 데크 위로 올라와 오리가 양동이에서 빠져나와 도사리고 있는 세탁실로 돌아갔다. 낙엽 갈퀴로 막고, 해나는 오리 옆으로 지나가 수돗물에 손을 뻗었다. 하지만 이번에도 오리는 해나 쪽으로 몸을 던지더니 갈퀴 아래로, 위로, 다시 아래로 공격했다. 진정해. 해나가 스스로에게 말했다. 해나는 수세에 몰렸다. 다시 양동이 속임수를 써서 전처럼 현관으로 들어가려고 했지만, 물론 문은 잠겨 있었다.

그리고 오리가 나타났다.

해나는 뒤로 달려 내려가면서 붉은 청어를 미끼로 던지듯 신발을 벗어던지고 세탁실로 몸을 던졌다. 신발은 청어가 아니었다. 오리는 원하는 것을 얻었다. 해나는 이제 오리가 검은 신발을 쪼고 또 쪼는 광경을 지켜보았다. 오리는 마치 신발 속으로 급히 들어갈 것처럼 바닥을 움켜잡고서 부리를 안으로 밀어 넣었다. 꼬리를 흔들어대고 온몸을 떨며 해나의 신발 속으로 들어가려고 어찌나 집중하던지, 할 수만 있다면 오리의 안팎이 뒤집힐 것 같았다. 그리고 오리는 신발을 위로 높이 서너 번 던졌다. 죽은 검은 새를 움직이게, 날게 하려는 것 같았다. 오리는 신발을 다시 잡았다. 그리고 이번에는 수건이었다. 신발 한 짝과 수건. 한쪽에는 신발, 한쪽에는 수건을 두고서 오리는 목을 쭉 뽑고 꼬리를 흔들었고, 그때 해나는 그것을 보았다. 그 작은 혹을 보았다. 0.36초 이전인지, 이후인지는 알 수 없었지만, 아주 작은 것이 보였다. 그의 배 깃털 뒤로 핑크색의 작은 혹이 드러났다. 20센티미터나 되는 코르크스크루는 아니었다. 오리는 진정하고 엎드린 채 수건과 신발을 움켜쥐고 있었다. 수건은 밤새 다녀가는 선생님이 언젠가 만나게 될 거라고 일러준 흰 오리와 가장 닮은 존재였던 것이다.

그렇다면, 확실히 수컷이구나. 해나는 생각했다. 늘 그렇게 짐작은 했지만, 마침내 확인할 수 있었다.

너무나 큰 절망감이 엄습했다. 이 오리의 고립에, 무리와 헤어져 정상적인 기능을 하는 오리가 될 수 없음에 책임감이 느껴졌다. 오리에게 건넬 수 있는 유일한 자양분은 옥수수 몇 줌뿐이었다. 해나는 엉망이 된 상황에 좌절했다. 다시 한번 해나는 너무나 외롭고, 진정한 자아와 너무나 멀어져 차라리 죽는 편이 나을 법한 존재에게 먹을 것과 잘 곳을 제공하게 된 것이다.

해나가 데크로 걸어가자 오리는 어색한 기색을 보였다. 오리는 열심히 계단을 올라갔다. 완전히 의기소침한 모습이었다. 오리가 이번에는 해나를 쳐다보지 않았다.

오리야? 해나가 말했다.

오리는 해나를 무시했다. 난간 위에서 물통으로 뛰어들어 목욕을 하려나 싶었다. 그러더니 오리는 연못으로 날아갔다. 오리가 목욕을 하면서 날개를 첨벙거리는 소리가 들려왔다. 그리고 오리는 돌 위에 서서 이 지저분한 에피소드를 씻어내려는 듯, 깃털을 하나하나 다듬었다.

정당화 : 밤중의 생각

수건이나 신발과 섹스하는 것이 자식을 낳을 희망도 없이 사랑을 나누는 것보다 무의미한가? 적어도 그건 어느 불쌍한 머스커비 오리 암컷이, 멋대로 구는 사나운 수컷에게 정복당하는 경험을 모면하게 해주기는 했다. 오리 암컷이 만족하는 기색은 전혀 없어 보였다. 특히 자연의 여신도 암컷의 편을 들어 공격자의 배배 꼬인 도구와 맞서도록 암컷을 만들어주었다는 사실을 생각하면 말이다.

해나는 돌아누워 베개를 정리한 뒤, 확실한 답을 구하지 못한 채로 선잠에 빠져들었다.

섹스 인형

해나가 집 모퉁이를 돌아 나타나자 오리는 깜짝 놀랐다. 해나는 차를 타고 나갔다가 커다란 비닐봉지를 들고 돌아왔다. 오리는 목련 나뭇가지로 날아오르더니 볏을 세우고 서성이며 오갔다.

오리야. 해나가 불렀다. 네게 줄 게 있어. 오리는 무릎을 구부리고 나뭇가지에서 날아올랐다가 구르듯이 착지하며 해나를 맞았다. 해나는 검은 신발을 신고 있었고 오리는 발치로 날아왔다.

잠깐, 잠깐, 잠깐. 해나가 외쳤다. 해나는 봉지에 손을 넣어 하얗고 폭신한 데이크론 베개를 꺼냈다. 해나는 그것을 들어 보여준 뒤 오리 앞에 던졌다. 오리는 거기 뛰어오르더니 부리로 쪼고, 꼬리를 마구 흔들며, 눈을 번득였다.

오리야. 애너벨을 소개할게. 네 새로운 친구란다.

이웃과 만나다

오리가 데크 난간에서 뛰어내릴 때는 어디라도 갈 수 있을 것 같았다. 말리는 것은 아무도 없었다. 오리는 난간에서 몸을 날려 목련 나무를 한 바퀴 돈 뒤 남미로도, 고향 티 아와무투로도 갈 수 있었다. 야생의 소리를 듣고, 변화하는 계절의 힘을 느끼고, V자 모양으로 무리를 지어 남쪽으로 떠나는 머스커비 오리들과 합류할 수도 있었다. 남쪽이 아니면 북쪽으로. 또는 동쪽이나 서쪽으로. 어디로든.

하지만 사실 그건 그렇지가 않았다.

오리는 날아올라 정원의 해나에게로 갔다. 해나 옆에 착지하는 오리는 가슴과 목이 땅에 닿지 않게 하려고 발을 헛디디며 불안한 기색이 역력했다. 오리에게는 커다랗고 단단한 날개가 생겼다. 해나의 머리를 때릴 수도 있도록 관절이 달린 날개였다. 그리고 오리는 아무 데도 가지 않았다. 오리는 해나가 사는 영역을 알 수 있었고, 그것이 자신의 영역이라고 여겼다.

하지만 이따금 오리는 실수로 그 영역을 넘어가곤 했다. 해나가 창고 옆 파인애플 구아바 나무 밑에서 잡초를 뽑고 있을 때였다. 오리는 연못에서 해나를 향해 날아가다가 그 나무 위로 지나갔다. 착지할 곳이 뒤쪽 이웃의 마당밖에 없었다. 해나는 대문 밖으로 달려 나가 작은 길을 걸어 이웃집으로 가야 했다. 한 손에 낙엽 갈퀴를 든 해나는 그랜트 우드의 고딕 그림 속에 들어간 느낌이었다. 삼지창 대신 낙엽 갈퀴를 들었으며, 옆에 남자가 없다는 점만 빼면.

실례합니다. 이웃 사는 사람인데요, 제 오리가 댁으로 들어간 것 같아요.

어머, 귀여워라. 오리를 키우세요? 여자가 막 목욕을 하고 잠옷을 입은 키가 들쭉날쭉한 세 아이들을 데리고 나와 말했다.

잠깐 들어오시겠어요? 바로 며칠 전에 이웃과도 사귀어야 한다고 말했었는데.

고마워요, 그리고 싶지만…… 어두워지기 전에 재워야 해서요.

네? 그렇군요. 아이들을 키우는 엄마는 충분히 이해한다는 듯 말했다.

해나가 그 집 뒤로 돌아가보니 오리가 정성 들여 가꾼 채소밭을 가로질러 해나가 준비해 간 수건을 향해 달려왔다.

이웃이 창문을 열더니 말했다.

어머, 그 오리 안전한가요? 엄청 크네요. 얼굴은 왜 그래요? 꼭 원숭이 엉덩이 같네. 독수리처럼 생겼어요.

얘는 오리예요. 머스커비 오리. 해나는 너무 잘난 체하지 않으려고 애썼다.

뭐요?

머스커비요. 머스커비 오리. 아, 수컷이에요. 멕시코에서 왔어요.

오, 그래요. 여기 일부러 데려왔어요?

해나는 수건으로 싼 오리를 몸에 꼭 붙이고, 버둥거리는 발을 진정할 때까지 꽉 쥐고서 달아났다. 놀란 아이의 손을 쥐고 있는 느낌이었다. 낙엽 갈퀴는 다른 쪽 팔에 끼고 있었다.

오리가 또 나가면 어쩌지? 저 아이들이 뒷마당에서 빨간 샌들을 신고 부드럽고 하얀 발에 맨팔로 놀고 있으면 어쩌지? 그러면 오리가 달려들까?

지금까지 오리가 공격한 것은 해나뿐이었지만, 그렇다고 오리가 안전하다고는 솔직히 말할 수 없었다.

담 뒤로 공용 도로를 다시 걸어오는 동안, 해나는 한동안 연습했던 말을 꺼냈다.

오리야, 이제 너는 떠나야 해. 여기서는 행복할 수 없고, 이제 우린 함께 지낼 수 없어.

무슨 말이에요? 떠나다니? 행복할 수 없다니 무슨 소리예요?

음, 그렇게 탈출하는 거 말이야.

탈출한 거 아니에요. 착지할 자리가 없었어요. 당신이 나무 밑에 숨어 있었으니까. 당신 옆에 있고 싶었다고요. 여기서 행복하지 않다니, 진짜 무슨 말이에요? 내가 뭘 잘못했다고?

네가 위험해질 수도 있어. 앞으로는 상황이 달라질 거야. 네 몸에 공격성이 숨어 있다고. 네 얼굴을 봐.

무례하네요. 저 집 여자도 마찬가지고요. 원숭이 엉덩이라니, 기가 막혀서!

알아. 무례한 소리였어. 어쨌든 오리야. 네가 떠나지 않으면 남자는 돌아오지 않을 거야.

아, 그것 때문이군요. 그 남자가 싫어요. 그 남자가 나한테 앙심을 품고 있다는 걸 전부터 알고 있었어요.

오리는 들고 있던 해나의 팔에서 몸을 빼내고 목을 돌려 해나를 쪼았다. 둘은 이제 거리에 나와 있었다. 자동차가 한 대 지나갔다. 놀란 오리는 불을 뿜는 용처럼 기세 좋게 해나의 살갗을 움켜쥐었다. 해나는 겨우 대문 빗장을 열고 오리를 안고 들어와 정원 층계에 내려놓았다. 오리는 다리와 날개, 수건과 깃털이 한데 뭉쳐진 꼴로 층계 하나를 굴러 내려왔다. 그러고는 홱 돌아서 해나의 장화로 달려들었지만 해나가 낙엽 갈퀴를 들어 막았다.

현관문 옆에는 이런 상황에 대비해 준비해둔 베개, 가짜 애너벨이 하나 더 있었다. 해나는 갈퀴를 처든 채 거기까지 뒷걸음질로 갔고, 아니나 다를까 오리의 열정은 곧바로 애너벨에게 향했다.

휴전이었다. 당분간은.

제23장

뒷마당 호텔

며칠 후 아침, 오리를 마당에 풀어주던 해나는 잔디밭에서 우리까지 파놓은 구덩이를 발견했다. 그 바닥에는 깃털과 옥수수가 들어 있었다. 오리는 가만히 있지 못하고 푸드득거리면서 옆걸음질 쳤다.

해나가 미루고 있었지만, 오리가 비록 당분간이라고 해도 함께 있는 동안에는 밤에 지낼 곳을 해결할 때가 되었다. 우리가 만족스럽지 못한 지는 한참 되었다. 사이먼이 알아낸 것처럼, 오리는 나무 위에서 잤다. 해나는 머스코비 오리들이 커다란 발톱이 달린 발로 나뭇가지에 앉아 있는 사진을 발견했다. 하루 종일 데크 난간이나 목련 나뭇가지에 앉아 있는 편을 좋아하는 것을 보면 높은 곳에 있는 것이 좋은 모양이었다. 그 나무의 가지 하나를 제외하면 해나의 집에는 적당한 큰 가지가 없었다.

오리의 우리는 해나의 허벅지 정도까지 닿았다. 사이먼이 새끼 오리를 위해 지어주었을 때는 그렇게 커 보이던 우리는, 오리가 위로 기지개를 펴거나 날개를 펼칠 공간조차 없었다. 오리는 이제 밤마다 잠자리에 들기 위해 고개를 숙여야 했고, 골방으로 들어가 작은 꿈을 꾸는 노인네처럼 보였다.

게다가 오리의 먹이를 찾으러 밤에 침입하는 동물들의 흔적을 본 해나는 행동을 시작할 수밖에 없었다.

낡은 열쇠 구멍은 열쇠를 세게 밀어 넣어야 겨우 돌아갔다. 문이 끼익거리며 열렸고, 경첩 하나는 떨어져 있었다. 해나는 창고를 비운 뒤 빗자루와 양동이, 호스를 가져가 벽에 늘어진 거미줄을 치웠다. 해나가 재채기를 여러 차례 하자 바깥 풀밭에 있던 오리가 몸을 꼿꼿이 세웠다.

해나는 선반에서 사이먼의 책을 챙겨 그 용도로 쓰기 위해 바깥에 가져다 놓은 플라스틱 깔개에 얹었다. 다시 안으로 들어온 해나는 물에 비누를 풀어 선반과 작업대, 그 아래 의자에 뿌렸다. 그리고 호스 물로 헹궜다. 창틀과 창문을 닦고 열어놓았다. 안에서 깨끗한 냄새가 나기 시작했다.

따뜻한 바람에 말리면서 해나는 문가에 서서 먼지를 풍기는 책들을 하나씩 훑어보았다. 표지를 걸레로 하나하나 닦은 뒤 슈퍼마켓 봉지에 넣었다. 대학교 교과서, 공학 서적, 프로젝트 노트. 해나는 남편의 글씨와 표시, 밑줄을 치고, 형광펜으로 긋고, 자신에게는 아무런 의미도 없는 표를 적어놓은 것을 보니 왠지 서글퍼졌다. 다시 한번 두 사람의 차이가 상기되었다. 하지만 그들은 서로를 보충해주었다. 사이먼은 꼼꼼한 사람이었다. 작고 깔끔하며 뒤로 살짝 기울어진 그의 글씨체만 봐도 알 수 있었다. 그는 온 세상의 지식을 차근차근 정리해 갖고 다니는, 논리적인 사람이었다. 해나는 창고 같은 머릿속에 아는 것을 아무렇게나 두서없이 쑤셔 넣고 다니는 몽상가였다.

각종 서류와 증명서 중에는 해나 자신이 사이먼에게 쓴 편지가 한 통 있었다. 그를 그리워하며 애정을 담아 쓴 편지였다. 할머니가 돌아가신 직후였고, 해나는 어머니와 함께 휴가 중이었다. 편찮으시던 할머니를 오래 간병하던 어머니가 허전해하며 남편, 즉 해나의 아버지를 다시 그리워하는 것이 걱정된다는 내용도 있었다.

해나는 읽던 것을 잠시 멈췄다. 그가 정말 아버지였을까? 그게 중요한가? 어떤 사실을 '아는' 것이 이후의 삶을 얼마나 바꾸어놓을까? 혹은, 과거의 삶을 얼마나 바꾸어놓을까? 한 사람이 그 정보에 따라 행동을 하지 않는 한, 결과가 변하지는 않았다.

어머니의 사고와 표현이 돌아가실 무렵에는 너무 불분명해져서 아버지에 대한 말이 헛소리였을 가능성이 높았다. 해나는 왜 그 일이 중요하다는 듯 집착하는지 스스로에게 물어보았다. 매기와 유전자 검사를 할 수도 있었지만, 그게 무슨 소용일까? 유전자 정보를 전달해준 아이도, 손주도 없었다. 아버지가 누구였든 해나의 가계도는 거기서 끝났다. 사이먼 베이커와 해나 베이커.

종착역.

끝. 모두 여기서 내린다.

오리는 그늘에 배를 깔고 앉아 눈을 감고 평화롭게 있었지만, 해나가 편지를 무릎에 떨어뜨리자 깨어나더니 꼬리를 흔들었다.

왜 그래요? 오리가 물었다.

방금 한 가지 생각을 했어. 해나가 말했다. 나는 늘 네가 고아라고 생각했거든. 하지만, 네 아버지 말이야. 아버지는 아마 아직 살아 있겠지. 아버지 기억나니?

내 아버지는 여러 아버지 중 하나였어요. 오리가 말했다. 날 아들로 알아보지 못했어요. 아버지가 많이 있었는데, 엄마가 그렇게 잔인하게 죽고 난 다음엔 모두 내 형제 자매들을 죽이는 데 가담했어요.

어머, 그러니? 그거 끔찍하구나. 하지만, 부모님이 서로 영원히 사랑한다고 말한 적이 있잖아. 어머니가 아직 살아 있었다면 말이야.

그냥 로맨틱한 생각이었어요. 그렇게 생각하는 게 좋았거든요. 하지만 이제는 삶에 대해서 더 잘 알아요. 어른이 되었으니까요.

해나는 여기저기 던져놓은 베개가 오리가 그렇게 맹렬하게 반응하던 수건과 해나의 발을 대신하게 된 과정을 생각해보았다. 오리의 베개 연인. 오리의 섹스 인형.

네가 태어난 곳에 살던 다른 오리 생각도 하니?

아뇨. 당신이랑 같이 있고 싶어요.

그거 고맙구나, 오리야.

먹이 찾으러 갈 거예요?

네 호텔을 치우고 있어. 널 기쁘게 해주려고.

지금도 기뻐요. 오리가 말했다.

나도 아버지가 누군지 잘 몰라.

그렇겠죠. 그걸 확실히 아는 존재도 있나요?

음, 전에는 확실했는데, 이제는 괜한 의심이 들어.

또 수수께끼를 하는 건가요? 오리가 일어나 접시 쪽으로 걸어가더니 물을 마시고 하늘을 향해 부리를 들었다. 꿀꺽 꿀꺽 꿀꺽 꿀꺽 꿀꺽.

해나는 한숨을 쉬고는 책에서 먼지를 닦아내는 일을 계속했다.

공책 한 권에는 흑백 사진을 작은 비닐 봉투에 넣어 셀로판테이프로 붙여놓은 것이 들어 있었다. 해나는 손톱으로 테이프를 긁어내고 안에 든 사진을 꺼냈다.

사이먼이 어렸을 때 사진들이었다. 해나가 알기 전의 사진. 피아노 앞에 앉아 건반에 손가락을 올려놓은 채 놀라 입을 벌리고 카메라를 돌아보는 사진이 있었다. 검은 머리카락이 얼굴을 가리고 있었다. 젊어서 통통한 뺨. 막 나기 시작한 수염. 마루 건너편, 의자 위 창문에서 햇살이 쏟아져 들어오고 있었다. 데이지 꽃병이 탁자에 놓여 있고, 매트 위에 하얀 개 한 마리가 햇볕을 받으며 자고 있었다.

아시아계 소녀가 웃으며 같은 의자에 앉아서 사진을 찍는 사람을 향해 손을 내밀고 있는 사진도 있었다. 여자는 꼭 맞는 스커트와 모직 셔츠를 입고 있었고, 몸집이 아주 작았다. 검고 긴 머리카락은 어깨 뒤로 넘어가 있었다.

같은 여자가 아시아 식당에서 아마도 가족인 듯한 사람들과 친구들과 찍은 사진도 있었다. 사이먼과 그 여자가 함께 찍은 사진도 서너 장 되었다. 하나는 어딘지 모를 시내의 한 거리를 손을 잡고 걷고 있는 사진, 또 하나는 시드니 하버 브리지를 배경으로 바위에 앉아 있는 사진, 다른 하나는 둘이 편안하게 포옹하고 있는 사진. 여자는 주방에서 사이먼의 무릎에 앉아 유혹하듯 웃고 있었고, 사이먼은 여자를 꼭 껴안고 있었다.

마지막 사진은 그 여자가 병원에서 포대기에 싼 아기를 안고 있는 사진이었다. 지친 얼굴이었다. 흑백 사진이라 여자의 얼굴은 핏기가 사라진 것처럼 보였고 너무 무표정해서 심란할 정도였다.

그리고 그 사진과 함께 얇은 종이에 적힌 편지 한 통이 있었다.

사이먼에게.

투엔의 소지품을 정리하다가 이 사진을 발견했는데, 당신이 원할지도 모른다는 생각이 들었어요. 답장할 필요는 없어요. 부모님께서 내가 당신에게 편지를 쓰는 걸 알면 좋아하지 않으실 거예요. 하지만 당신도 투엔을 생각하고, 이 일을 생각하는 게 좋을 것 같았어요. 어머니는 늘 울고 계시고 잘 드시지도 않아요. 아버지는 화가 나서서 그 누구와도 말을 안 하세요. 당신을 믿은 자신을 탓하고 계시죠.

론.

해나는 사진들을 다시 보고 편지를 여러 번 읽어본 뒤 비닐 봉투에 도로 넣어 책과 따로 두었다. 해나는 좀 더 알아낼 사실이 있을까 싶어 책을 계속해서 정리했다. 가슴이 답답하고 텅 빈 느낌이었다. 해나는 책을 모아 닦아낸 선반에 올렸다.

해나는 예전 우리에서 그릇과 비닐로 덮은 쿠션을 가져다 바닥에 놓았다. 그리고 쿠션을 깨끗한 흰 수건으로 덮었다. 해나는 오리가 높은 곳에서 자기를 원하는 경우에 대비해 작업대에 수건을 덮은 방수 베개를 놓아두었다. 후크에는 정원 손질용 도구를 다시 걸었다.

해나가 돌아서니 계단에 오리가 있었다.

무슨 일이에요? 오리가 물었다.

말했잖아. 네가 살 새 집이야. 오성급 호텔이지. 들어와. 네 수건에 앉아. 마음에 들 거야.

싫어요. 오리가 말했다. 그러니까, 왜 그렇게 화를 내요? 왜 모든 걸 다 내팽개쳐요? 내가 뭘 잘못했는데?

잘못한 거 없어.

뭐가 문제예요?

해나는 오리를 마주 보았다.

아무것도 아니야. 됐니?

오리는 다리를 뻗더니 뒤통수 깃털로 목을 문지르며 볏을 세웠다. 날개가 펼쳐지기 시작했다.

좋아. 진정해. 그러지 마. 소리 질러서 미안해.

해나는 오리를 들고 계단에 앉았다. 오리는 씩씩거렸다.

속이 상해서 그래. 남자 때문에.

남자는 여기 없잖아요.

그렇지.

그런데요?

지금껏. 사이먼이 불임이라고 해서 아이를 갖지 않았어. 사이먼은 열여덟에 볼거리에 걸렸고, 그래서 아이를 못 갖는다고 했거든. 그런데 이제 보니 이미 아이가 있었던 모양이야. 그러고도 한마디도 안 했다니. 지금껏. 누군가를 잘 안다고 생각했는데, 알고 보니 아니었어.

하지만 말했잖아요. 내가 말했잖아요. 기억 안 나요?

그렇게 건방지게 굴 건 없잖아. 세상에, 삶이란 참 이상하구나.

당신이 이상하게 만들면 이상해지는 거예요.

미안해, 오리야. 삶은 이상한 거야. 다른 소리일랑 그만둬. 우리를 보렴. 네가 내 어머니니? 네가 내 아이야? 너는 버려졌기 때문에 내가 돌봐야 하는 오리인 거니? 내 어머니 절반을 먹어버려서 버릴 수 없는 오리인 거야? 내 아버지는 누구이고, 어디 있어? 죽은 거야, 아니면 살아 있는 거야? 내 남편이랑 내 아이는 또 어디 있니? 혼란스러워서 머리가 터질 것 같아.

남을 무시하는 것 같네요. 우리가 서로 좋아하니까 친구 사이인 것은 아닌가요? 철학자인 척 구는 동안에 그런 생각은 안 들었나요?

해나는 오리를 감싸 안고 날개를 꼭 쥔 다음 돌아서서 창고 안 축축한 바닥에 내려주었다.

자. 그런 건 논점을 벗어난 문제야. 새 집에 온 걸 환영한다. 뒷마당 호텔이야.

오리는 쿠션 쪽으로 가더니 조심스레 부리로 쪼아보았다. 그런 다음 그릇을 살펴보았다. 창고 가장자리와 구석을 조사하고는 꼬리를 다급하게 흔들었다.

중층에 침대가 있단다. 해가 뜨고 나면 룸서비스가 올 거야. 나중에 보자. 생각할 일이 많거든.

해나는 집으로 걸어가 반대편으로 들어가서 현관으로 나와 정원으로 나갔다. 거리를 지나 바다로 향했다. 누군가 든든하게 따라와줄 사람, 곁에서 걸어줄 사람, 방파제 둑에 함께 앉아줄 사람, 무심한 듯 자신의 삶을 이해해줄 사람이 간절했다. 지금 해나에겐 오리밖에 없었지만 오리는 대문 너머까지 따라와주지 않을 것이다.

기온이 떨어지고 있었다. 하늘 한구석에 어둠이 밀려들었다. 우르릉거리는 천둥을 몰고 다니는 먹구름이었다. 다른 곳의 하늘은 새파랬다.

해변에 닿은 해나는 돌담을 지나 모래사장을 가로질러 시커먼 물웅덩이로 갔다. 샌들을 적시던 물이 발목까지 차올랐다. 얕은 물에서 모래를 파는 두 아이와 놀고 있는 어머니 한 명 이외에는 바닷가에 아무도 없었다.

해나는 팔짱을 끼고 그들을 바라보았다. 아이들은 키득거리며 입을 다무는 조개를 잡고 있었다.

아이들이 있으면 좋겠어요. 해나가 여자한테 말했다.

여자는 물을 뚝뚝 떨어뜨리며 일어나 앉았다. 뚱뚱한 여자였다. 가슴과 엉덩이를 검정 꽃무늬 옷에 겨우 밀어 넣고 있었다. 다리에도 살이 많았다. 팔도 마찬가지였다. 커다란 뺨의 피부는 탱탱했고 긴 검은 머리는 이마에서 싹 뒤로 넘겨놓았다. 여자는 경계하는 눈초리로 이렇게 말하는 해나를 바라보았다. 온 세상에서 최고로 좋은 일일 거예요. 제겐 오리가 있지만, 아이와는 다르죠.

그 말과 동시에. 둥그런 손이 작은 손을 잡았고, 다른 손이 또 하나의 손을 잡았다. 아이들은 어머니에게 끌려가며 불평을 했고, 바지춤이 흘러내린 채 엉망인 꼴로 다가온 낯선 여자를 돌아보았다. 모래사장에서 어머니는 아이들을 수건으로 꼭꼭 싸맸다. 그녀는 깔개와 불룩한 가방을 어깨에 멨다. 그들은 모래사장을 가로질러 차로 갔다.

해나는 한동안 혼자 서 있었다. 바다를 보며, 텅 빈 바다를 보며, 울면서. 우르릉거리는 바다가, 남아 있는 파란빛을 빨아들이고, 비를 내릴 준비를 했다. 헛된 나날들은 흘러가고, 지친 머리를 달랠 폭신한 자리를 찾는 부랑자가 끄는 수레처럼. 텅 빈 지푸라기들, 짧은 지푸라기들, 마지막 지푸라기들. 빈 찻잔, 텅 빈 눈빛, 가장 좋은 시절을 보낸 삶의 바싹 마른 찌꺼기. 이 순간까지 오는 동안 이쪽저쪽으로 휘청거리던 삶. 끝났다. 그리고 이렇게 되었다. 해나의 존재는 이렇게 이루 말할 수 없이 끔찍한 고독으로 끝났다.

바보.

바다에서 놀던 몇 명이 자동차로 돌아가기 시작했다. 하늘 위, 달빛에 점점이 비친 갈매기들은 밤에게서 빌려 온 진자주색 독약을 젓고 있었다. 그리고 비가 오기 시작하자 새카만 물그릇이 해나 머리 위에서 쏟아진 것처럼, 곧바로 젖어버렸다. 해나는 거기 남아 얼굴에, 옷에, 등에 쏟아지는 물을 핥으며 그저 공격을 견디고 있었다. 달리 무슨 일을 하기에는 너무 지치고 너무 젖었기 때문에. 처음 한 방울을 맞고 나니 비는 차갑지 않았다. 거기 오래 있으면 바닷물이 차올라 해나를 집어삼킬 것이고, 그러면 다시는 아무 일도 하지 않아도 될 것 같았다. 다시는.

갑자기 빗소리 사이로 고음의 목소리가 들렸다.

노란 선드레스에 녹색 카디건을 입은 여자가 엄청나게 큰 골프 우산을 받치고서 쏟아지는 빗속에서 이렇게 외쳤다.

저기요…… 저기요…… 제가…….

해나는 주위를 둘러보았다. 바닷가에 자신 외에는 아무도 없었다.

혹시 도움이 필요한가요? 너무 많이 젖었네요.

구명 밧줄도 없이 물에 빠진 개를 구하려는 이 사람은 모르는 사람이었다.

여자는 신발을 벗더니 스커트를 잡고서 꿋꿋이 해나를 향해 물을 헤치고 왔다. 그러더니 매니큐어를 한 손으로 해나의 팔을 잡고 마치 석상처럼 굳어 있는 해나를 달래어 움직이게 했다. 해나는 매끄러운 피부, 핑크색 손톱과 가느다란 손가락을 보았다. 식탁에 닿으면 달칵 소리를 낼 것이라고 해나는 생각했다. 중지에는 큼지막한 은반지가 끼워져 있었다. 비가 그녀의 둥그런 스커트 뒤에 닿아 탱탱하고 까무잡잡한 종아리로 떨어지고 있었다.

어서요. 여자가 해나의 티셔츠를 당기며 말했다. 빨리 가요. 감기

걸리겠어요. 이 우산은 둘이 써도 충분해요. 어서 가요.

둘은 물을 헤치고 나왔다. 해나는 묵묵히 따랐고, 여자는 생색을 겨우 감추며 명랑하게 이런저런 인사말을 계속했다.

전 모니카예요. 차에서 책을 읽고 있었어요. 바다에 나와 책 읽는 걸 좋아하거든요. 고개를 들고 보니 바다가 우리 쪽으로 달려들고 있었어요. 엄청나게 극적이었죠. 너무나 강렬하고 불길했어요. 그러다 저기 서 있는 당신이 보였어요. 마치 비랑 같이 떨어져서 거기가 어딘지 모르는 사람처럼 말이에요. 뭔가 단단히 잘못되었다고 생각했어요. 전화를 걸어줄까요?

모래사장에 올라온 해나는 우산 밑에서 벗어나 빗속으로 들어갔다. 머리에서 눈과 입으로 물이 줄줄 떨어졌다.

어디로 데려다드릴까요? 데려다줄게요. 적어도 비가 그칠 때까지 비라도 피해요. 차나 커피를 갖다 드릴까요? 점심은 드셨어요? 차는 어디 있어요?

미안해요. 멀리 살지 않아요. 걸어야 해요. 괜찮아요.

해나가 처음으로 입을 열었다. 해나의 목소리에 모니카는 움찔하더니 태도를 바꾸었다. 실망한 표정이었다.

해나는 구조자를 마주 보았다. 염려하는 듯한 지적인 눈빛, 립스틱, 태양에 그을린 가슴에 매달려 있는 호박 목걸이, 가슴골까지 이어진 자잘한 주름, 우산 밑에 자리 잡은 다정한 호기심이 보였다.

해나는 이 여자를 따라가며 가련한 이야기를 모두 털어놓고 싶었다. 어머니, 오리, 떠난 남편, 그리고 그가 너무나 그립다는 것. 그렇다. 게다가 그의 거짓말까지. 그리고 에릭. 에릭도 이 이야기 어딘가에 제자리가 있을까? 어딘가 따뜻한 식탁에 앉아 있었다면, 해나는 지루한 삶의 상자를 열어 이 낯선 사람에게 이런저런 자세한 이야기를 들려주었을지도 모른다.

대신 해나는 이렇게 말했다. 미안해요. 정말, 미안해요. 바보 같은 짓이었어요. 아무 생각이 없었어요. 아니, 생각이 너무 많았어요.

하지만 너무 젖었잖아요.

알아요. 제가 타면 차가 다 젖을 거예요. 고마워요, 모니카. 이제 괜찮아요. 그리고 오리한테 돌아가야 해요. 마지막 문장은 가벼운 마음으로, 재미있으라고 한 말이었지만 여자는 동정하는 듯한 표정으로 쳐다보고 있었다.

갑자기 비가 그쳤다. 하늘에서 쏟아붓던 물통이 비어버린 모양이었다. 해나는 모니카에게 다시 고맙다고 말한 뒤 모래사장을 지나, 공원을 건너, 집으로, 따뜻한 욕조로 향했다. 옷에서 물이 뚝뚝 떨어지고 있었다. 숱한 사람 중에 토비가 그리웠다. 그리고 크리스마스 방문 이후 자주 그랬듯, 그가 궁금했다. 그의 안부가 궁금했다.

비에 젖은 새끼 오리

물통이 빈 것이 아니었다. 오후 내내 비가 간헐적으로 내렸다. 오리는 목련 나무 위에 올라가 일하려는 해나를 창문으로 쳐다보고 있었다. 평소에는 늘 살랑거리며 꼿꼿이 서 있는 오리의 꼬리가 아래로 축 늘어져 불쌍한 모습을 하고 있었고, 위에서 쏟아지는 빗물을 내려 보내는 역할을 하고 있었다. 오리 깃털이 지붕이라면 꼬리는 배수관이었다. 그리고 날개는 살을 발라낸 생선의 가시 같았고, 갈색 물을 뚝뚝 떨어뜨리고 있었다.

커다란 물방울이 오리의 배 밑에 붙어 있었다. 오리는 완전히 우울한 표정이었지만, 새 창고나 예전 우리, 적어도 비를 맞지 않을 수 있는 데크 밑으로 날아갈 수 있었음에도 불구하고 비를 피하려고 하지 않았다.

오리의 처량한 존재가 해나의 집중을 방해했다. 오리는 해나를 비추는 거울과 같았고, 그의 행동은 마치 해나를 놀리는 듯이 느껴졌다. 일을 할 수가 없었다. 해나가 옥수수를 좀 가져다주자 오리는 부리로 건드려보기만 하고 먹을 기운을 내지 않았다. 부리 밑에 옥수수를 한 줌 갖다 대며 부드럽게 얼렀지만, 오리는 해나를 쿡 찔렀다. 세게 찌른 것은 아니지만, 분명한 경고였다. 해나는 안으로 들어와 다시 컴퓨터 앞에 앉았다.

푹 젖은 깃털 때문에 오리는 말라 보였고, 작아 보였다. 당당하고 둥근 모습은 모두 솜털과 공기였던 것이다. 해나는 이제 중미 열대지방에서 온 머스커비 오리는 다른 대부분의 오리보다 방수 능력이 떨어지고 춥고 축축한 곳에서는 감기에 걸릴 수도 있다는 것을 알고 있었다.

해나는 오리가 폐렴에 걸릴까 봐 걱정되었다. 오리는 온몸을 돌돌 말고서 추위와 빗물, 수모를 견디고 있었다.

결국 해나는 더는 견딜 수가 없었다. 해나는 비옷을 입고 수건을 들고 밖으로 다시 나가 어릴 때처럼 오리를 수건으로 단단히 덮어주었다. 해나는 오리를 안고 안으로 데리고 들어와 무릎에 앉혔다. 오리는 처음에는 수건 속에서 버둥거렸지만 일단 해나가 자리에 앉자 조용해졌다. 해나는 수건을 오리 깃털 속으로 꾹 눌렀다. 이미 수건은 푹 젖었다. 해나의 비옷에서 떨어진 물이 바닥에 고였다. 오리는 신음 소리를 내며 따뜻한 공기 속으로 목을 내밀었다.

자, 오리야. 해나가 말했다. 이제 좀 낫지?

오리는 해나의 젖은 비옷 소매 속으로 부리를 밀어 넣었다. 어쩌면 함께 조화롭게 사는 것이 가능했을지도 모른다. 그리고 오리의 흰 눈꺼풀이 감기고, 손에 올린 부리가 무거워질 때, 해나는 오리를 좀 더 꼭 끌어안으면서 생각했다. 오리를 행복하게 만들어주기 위해서라면 무엇이든, 어떤 짓이든 할 수 있다고.

시간이 지나고, 해나는 장화를 신고서 오리를 수건에 감싼 채로 밖으로 데리고 나갔다. 이번에 오리는 버둥거리며 부리로 해나를 쪼려고 했다. 해나는 새 창고로 오리를 데려갔다.

창고 안으로 들어간 해나는 수건에서 오리를 풀어주었다. 오리는 가슴으로 쿵 떨어졌지만, 일어나 자기 침대를 쪼았다. 오리는 발끝으로 일어나며 거대한 날개를 푸드덕거렸다. 그렇다. 새 집이 마음에 든 것이다. 오리는 강아지처럼 몸을 푸르르 떨어 깃털에서 물을 털어냈다. 그리고 가슴과 배의 깃털을 정리한 뒤 부리를 하늘로 치켜들어 물을 마셨다. 하지만 해나가 문을 닫자 오리는 굳은 채, 믿을 수 없다는 표정으로 해나를 보았다.

비가 그칠 때까지만. 해나가 오리를 안심시킨 뒤 양철 지붕 위로 비가 투둑투둑 떨어지는 집으로 돌아왔다.

제24장

별나라 여행

이튿날 폭풍우가 그쳤다. 해나는 마감이 있어서 오전 내내 실내에서 일을 마친 후 원고를 우편으로 보냈다. 한 가지 일을 마칠 때 느끼는 안도감에 속이 후련했다.

해나는 정원으로 나갔다. 오리가 진흙탕을 뒤지며 지렁이를 찾는 동안 해나는 나뭇가지를 줍고 낙엽을 치웠다. 오리가 달려들 때에 대비해 갈퀴를 준비하고 있었지만, 애너벨이 여럿 생긴 이후로 둘의 관계는 호전되었다.

어…… 안녕하세요, 해나. 덤불이 춤을 추며 물방울을 떨어뜨리고 있었다. 에릭의 딸이 나타났다. 갈색 머리는 올려 묶어 문어발처럼 삐죽삐죽 튀어나와 있었다.

어머, 안녕하세요, 실라. 어떻게 지내요? 실라는 예전처럼 컬러풀하게, 연두색 타이츠에 긴 초콜릿색 상의를 입고 있었다. 해나는 실라의 피부가 얼마나 젊고 맑은지, 또 그녀가 물이 떨어지는 잎 사이에서 얼마나 굳세고 꼿꼿하게 서 있는지 감탄했다.

좋아요, 고마워요. 하지만 아빠 때문에 잠깐 이야기를 하고 싶어서요.

그때 로즈메리가 나뭇잎 사이를 뚫고 나와 엄마의 연두색 다리를 붙잡았다.

나 분홍색 토끼 있어요. 로즈메리가 말했다.

오리가 그들에게 슬그머니 다가왔다.

저 병아리는 얼굴이 빨개요. 로즈메리가 오리를 가리키며 말했다.

오리는 떨고 있었다. 꼬리를 흔들며. 나를 향해 숨을 쉬고 있었다.

저건 오리란다. 해나가 말했다. 병아리가 아니야. 하지만 가까이 가면 안 돼. 착하지. 가끔 사나워지거든.

정말로 오리가 날개를 펴고 천천히 주위를 돌고 있었다.

괜찮아요. 제가 볼게요. 실라가 말했다. 다른 게 아니라, 요즘 아빠가 이상한 행동을 하는 걸 보셨나 해서요.

해나는 갈퀴를 잡고 손잡이를 턱에 댔다.

그런 게 있긴 해요. 우선 몇 달 동안 저한테 한마디도 안 했거든요. 갑자기 뭔가 마음에 안 드셨나 봐요. 그리고 또 하나는……. 해나는 에릭이 밤중에 벌인 일을 딸에게 모두 밝히기가 내키지 않아 잠시 망설였다. 음, 또 하나는 얼마 전에 에릭이 정원을 돌아다니고 있었어요. 이해가 안 되는 일이었어요. 왜 그러는지 잘 모르겠어요. 왜요? 실라한테도 이상하게 행동하시나요?

로즈메리가 나뭇가지를 들고 오리를 찌르고 있었다.

이건 진심인데, 오리 놀리지 마. 물릴 수도 있어.

실라가 아이에게 오리에게서 떨어지라고 했다.

오늘 오후에 로즈메리를 봐달라고 했는데, 방금 와보니 아빠가 잊어버리셨더라고요. 옷은 입고 있지만, 제가 여기 왔을 때까지도 침대에 누워 계셨어요. 평소에는 정리를 잘하시는데, 집도 엉망이에요. 사방에 물건이 흩어져 있어요. 널브러진 옷가지와 신문이 읽지도 않은 채 접혀 있고요. 먹다 남은 음식 접시가 나뒹굴어요. 절 의심하는 것처럼 따라다니기도 해요. 무서워요. 로즈메리를 맡기고 가도 될지 모르겠어요. 도대체 왜 그러시는지. 혹시 해나가 뭘 좀 아시나 해서요.

로즈메리가 개구리 주위에서 노는 올챙이마냥 엄마 다리 주위를 뛰어다녔다.

그랬으면 좋겠네요. 이런 얘기를 들으니 유감이지만, 그러고 보니 왜 그런 일이 있었는지 조금 이해가 돼요. 저나 남편 때문인 줄 알았는데…… 병원에 가보시는 게 어떨까요?

그렇게 말했는데, 아빠는 기분 나빠 하면서 곧바로 싫다셔요. '내가 망할 의사를 왜 만나?' 실라는 목소리를 줄이고 퉁명스럽게 말했다.

흐음, 그럼 힘들겠네요.

둘의 대화는 창문을 두드리는 소리에 방해를 받았다. 그리고 에릭의 침실 창문이 그들 위쪽에서 열렸다.

실라! 무슨 일이냐? 거기서 뭘 하는 거야! 에릭의 얼굴은 시뻘게졌고, 희끗희끗한 머리는 불이 난 잔디밭처럼 산발이었다. 그는 다시 안으로 사라졌다.

내가 로즈메리를 봐줄까요?

실라는 망설였다. 괜찮아요. 맥스는 친구랑 놀기로 했으니까, 친구들만 만나면 돼요. 커피 한 잔 하는 거요. 쉽게 취소할 수 있어요. 아빠랑 이야기를 하면서 정리를 좀 하려고요. 하지만, 고마워요. 해나는 괜찮으세요? 피곤해 보이네요. 살이 많이 빠지셨어요.

아, 그래요? 그럴지도 모르겠네요.

사이먼은 잘 계시죠? 한동안 못 뵈었네요.

잘 있어요. 크라이스트처치에 일하러 갔어요.

크라이스트처치요!

네, 하지만 무사해요. 우리 동생 내외랑 함께 있어요. 운이 좋았죠.

오래 계실 건가요?

이번 지진 때문에 계약 기간이 늘어났어요. 그러니 언제까지 있을지는 아직 몰라요.

힘들겠네요. 참, 아빠한테 가봐야겠어요. 저기, 로즈를 좀 봐주시면—30분만 봐주시면 좋겠어요. 정리 좀 하는 동안만요. 가능할까요?

물론이죠! 해나는 허리를 숙여 아이를 안아 들고, 아이가 다리로 자신의 등과 배를 휘감도록 해주었다.

주머니에 그게 꽃이니? 어머, 이것 좀 봐. 바지에도 예쁜 꽃이구나.

로즈메리는 자주색 벨벳 오버롤을 입고 있었고, 안에는 핑크색 티셔츠를 입었다. 정원을 손질하느라 고무장갑을 끼고 있던 해나의 손가락이 바짓단 디자인을 가리켰다.

핑크색이에요. 로즈메리가 해나의 손에서 고무장갑을 잡아당기더니 놓았다. 왜 살이 떨어져요?

털갈이를 하고 있어. 새살이 또 돋을 거야.

실라는 덤불을 지나 돌아갔다. 에릭. 잔디밭을 걸어 나와 반대편에서 실라를 기다리고 있던 그의 목소리가 들렸다.

대체 거기서 뭘 하는 거냐? 로즈메리는 어디 있어?

그러고는 에릭이 덤불을 뚫고 달려 나왔다. 구덩이에서 공기를 찾아 튀어나오는 야생동물처럼 그는 나뭇가지를 마구 부러뜨리며 나왔다. 그의 얼굴은 납빛으로 비틀어져 있었고, 가슴은 분노로 헐떡였다.

내 손녀를 데리고 뭘 하는 거요? 돌려주시오. 당장!

에릭의 손이 떨리고 있었다. 그리고 실라가 돌아왔다.

아빠. 아빠, 진정해요.

로즈메리는 울면서 통통한 팔을 엄마에게 뻗었다. 에릭과 실라는 모두 아이를 해나에게서 받으려고 했고, 해나는 몸을 뻗어 실라에게 아이를 건넸다. 에릭에게서 몸을 피하던 해나는 정원 가장자리 벽돌에 발을 헛디뎠다. 해나가 휘청거리기 시작했다. 균형을 잡으려고 에릭의 셔츠를 잡았다. 실라가 로즈메리를 구하려 달려들다 아버지와 머리를 부딪쳤다. 이마를 맞대고 싸우는 염소 꼴이었다. 그들은 모두 신음 소리를 내며 땅에 쓰러졌다. 해나는 여전히 에릭의 셔츠를 잡은 채 그를 끌고 넘어졌다. 실라는 머리를 부딪쳐 어지러운 상태였지만 로즈메리가 에릭과 해나를 따라 쓰러지기 전에 붙잡았다. 그들은 모두 젖은 풀밭에 주저앉았다.

잠시 아무 소리도 없었다. 로즈메리조차 울음을 멈췄고, 모두 다친 데가 없는지 확인했다. 에릭은 고개를 돌려 해나의 팔에 묻고 있었다. 머리에서 고약한 냄새가 나는 것 같았다. 샤워가 필요했다. 귓불에 늘어진 살, 귀에서 튀어나온 꺼먼 털, 예전에는 단정하게 다듬었던 털이 보였다. 해나는 손을 들고 손가락을 그의 이마에 올려놓을 수도 있었지만, 그러지 않았다. 대신 배가 아프도록 깔깔 웃어대면서 에릭을 일으켰다. 로즈메리는 다시 울기 시작했다. 실라는 고개를 들고 해나를 노려보며 로즈메리를 달랬다. 그들은 모두 여름날 피크닉을 나와 풀밭에 누워 있는 것 같았다. 그렇게 편안한 자세였다.

그리고 오리.

오리는 입을 벌리고, 끼룩거리며 다가와 뻘건 머리를 해나 위로 들이밀더니 붉은 살갗으로 에워싸인 까만 눈으로 노려보았다. 오리가 어찌나 해나에게 바짝 다가왔는지, 콧구멍이 하늘을 가렸다. 해나는 웃음을 멈추고 자신을 깔고 쓰러진 에릭에게서 벗어나려고 했다. 오리가 조심스레 다가오더니 그 미친 듯한 눈으로 쏘아보았다. 계속 쫏쫏거리며 다가온 오리는 해나의 티셔츠와 머리카락을 머뭇머뭇 쪼았다.

안 돼, 안 돼, 오리야. 에릭, 에릭. 해나가 말했다. 비켜요! 하지만 다시 보니 오리의 날개가 펼쳐지지 않았다. 염려가 되어서 그러는 것이지 공격하는 것은 아니었다.

오리야. 해나가 말했다. 난 괜찮아. 우리 모두 무사해. 해나는 에릭의 등 밑에서 몸을 빼냈다. 그의 머리가 풀밭으로 떨어졌다. 그는 콧김을 내뿜었다.

오, 이런. 실라. 아버지가. 에릭. 빨리.

실라는 로즈메리를 내려놓았고, 둘은 에릭의 팔짱을 끼고 부축해 세웠다. 머리가 푹 꺾였고, 입가에서 침이 흘렀다.

빨리요. 해나가 실라에게 말했다. 베개랑 담요 가져오고 구급차를 불러요.

실라는 다시 덤불을 뚫고 나갔다. 우리 집에서요. 해나가 실라를 불렀지만 소용없었다. 해나는 에릭의 어깨 뒤에 자리를 잡고, 그의 머리를 무릎에 얹었다. 그러고는 그의 셔츠 안으로 손을 넣어 가슴털 사이를 쓰다듬었다. 11년 전에는 없던 물렁한 살이 만져졌다. 그 아래, 갈비뼈 밑에서 쿵쿵 뛰는 박동이 느껴졌다.

로즈메리가 엄마를 쫓아 덤불을 빠져나가려고 했다.

쉬이, 아가, 엄마는 올 거야. 여기 와서 할아버지랑 있어.

하지만 로즈메리는 계속 반대편으로 갔다.

해나는 에릭의 머리카락과 얼굴을 쓰다듬었다. 식은땀과 하루 이상 자란 수염으로 끈적이고 껄끄러운 얼굴이었다. 에릭, 괜찮을 거예요. 무슨 일이든, 우리가 알아서 할게요. 얼굴은 회색이었고 입술은 자주색이었다. 하얀 발은 바지에서 튀어나와 있었고, 이리저리 뻗은 발가락은 멀찍이서 주인을 멍하니 지키는 보초병 같았다. 음악가가 연주를 그만두면 이렇게 되는 거지. 해나는 생각했다. 그들을 하나로 모아주던 요소가 쓰러진다. 이 살로 만든 갑옷 안쪽 어딘가, 해나가 덤벼들어 12일 동안 춤을 추었던 밝은 사람이 있었다. 아니, 어쩌면 그 영혼이 이미 떠났을지도 몰랐다. 몇 가지 부분이 한 사람의 전체를 구성하는 걸까? 해나는 문득 궁금해졌다.

실라가 이불과 베개 두 개, 휴대전화를 가지고 나왔다.

로즈메리는 어디 있어요?

실라를 따라갔어요.

로즈메리?

실라는 침구를 해나에게 던지고 아이를 데리러 돌아갔다.

해나는 에릭을 옆으로 눕히고 머리에 베개를 받친 후 땀이 난 차가운 몸에 이불을 덮어주었다. 음악은 어떻게 되었는지 다시 궁금해졌다. 포화 속의 씨앗처럼, 음악은 보호막을 두르고 그의 머릿속에 자리잡았을지도 모른다. 해나는 밴드가 공연할 때, 멤버들이 주고받던 눈빛을 기억했다. 어쩌면 그는 무리를 그리워하고 있을지도 몰랐다.

해나가 젖은 풀밭에 누운 그에게 이불을 덮어주는데 그가 눈을 크게 뜨더니 해나를 보았다. 사랑해요, 해나. 그가 중얼거렸다. 그 말이 해나를 관통했다. 해나는 그의 팔을 꼭 쥐고 이불을 어깨까지 덮어주었다. 괜찮을 거예요. 해나가 속삭였다. 하지만 에릭의 눈은 주위를 둘러보고, 이불에서 해나로, 풀밭으로, 오리로, 빨랫줄의 수건으로, 잿빛 하늘로 옮겨 갔다.

여기가 어디지? 에릭이 가래 낀 목소리로 물었다. 어디요? 그는 머리를 세우더니 목을 쭉 뺐다. 여기서 뭘 하는 거요?

쓰러졌어요.

쓰러져? 쓰러지다니 무슨 소리요? 그런 짓은 안 해. 왜 이놈의 담요를 덮고 있는 거요?

실라는 로즈메리를 데리고 돌아왔다. 아버지 머리 옆에 쪼그리고 앉더니 아버지의 가슴에 손을 얹었다.

아빠. 구급차가 오고 있어요.

바보 같은 짓 좀 하지 마라. 망할 구급차는 뭐하게? 난 괜찮다. 그는 어깨에서 이불을 밀어내더니 힘겹게 일어나다가 또 쓰러질 뻔했다. 준비를 하고 있던 해나가 재빨리 그의 팔을 잡았다. 실라도 반대편에서 붙잡았다.

괜찮다니까. 얼굴에서 다시 땀을 흘려대면서 그는 해나의 팔을 움켜쥐었다. 좀 어지러운 것뿐이야. 빨리 일어나느라.

잠깐 여기 앉아요. 진정할 때까지.

두 여자는 그를 데크 계단 아래로 부축해 앉혔다. 로즈메리가 뒤따라왔다. 오리는 부들부들 떨고, 꼬리를 마구 휘저으며, 흥분해 입을 벌린 채 해나를 뒤따랐다. 에릭은 얼굴을 손으로 감싸 쥐고 굵은 손가락 끝으로 감은 눈을 쓰다듬다가 이마와 머리를 문질렀다. 그리고 손을 데크에 짚더니 몸을 일으켰다. 이번에는 천천히, 막으려는 손길을 물리치고는 덤불 쪽으로 다가갔다.

실라가 해나에게 눈짓했다. 구급차는 어쩌죠?

취소해야겠어요. 하지만 병원에는 꼭 가보셔야 해요. 정상이 아니에요.

오리가 갑자기 잔디밭을 내달리더니 베개를 향해 덤벼들어 부리로 귀퉁이를 쪼면서 몸으로는 베개를 짓눌렀다. 늘 하던 대로.

내 베개에서 떨어져, 이 더러운 놈아! 에릭이 덤불에서 잎이 달린 나뭇가지를 꺾어 오리에게 휘둘렀다. 오리는 하던 행동을 멈추고 다리를 벌린 채 목을 꼿꼿이 세우더니 요란하게 소리를 질렀다. 떨어지라니까!

에릭이 허리를 숙이고 오리의 발밑에서 베개를 빼앗았다. 더러운 새 같으니.

오리는 부리와 발톱을 베개에 꽉 붙이고 떨어지지 않았다. 날개를 퍼덕이면서.

떨어져, 이놈아! 에릭이 오리와 함께 베개를 마구 흔들었다.

떨어져, 이 망할 괴물아!

에릭, 그만둬요. 진정하세요! 그래 봐야 더 사나워질 뿐이에요.

하지만 에릭이 마지막으로 한 번 더 세게 흔들자 오리는 팅겨나가 연못가 돌 위에 떨어졌다. 해나가 달려갔지만 오리는 몸을 세우더니 날아가 에릭의 다리를 부리로 쪼고 바짓단을 움켜쥐었다.

아야, 이놈아! 이 망할 놈! 에릭이 발길질로 오리를 떼어냈지만, 오리는 다시 다리에 덤벼들었다. 이번에는 오리가 무릎을 굽혀 에릭의 얼굴을 보면서 날아오르려고 했다.

안 돼, 안 돼, 안 돼!

에릭이 분노를 터뜨리며 발길질을 했지만 오리는 동시에 공격을 시작했다. 해나는 몸을 던져 오리와 에릭을 모두 구했다. 그러나 해나가 오리를 감싸 안는 순간 에릭의 발이 해나의 뺨을 후려쳤고, 그 바람에 해나는 다시 한번 쓰러졌다. 해나는 또 공격당할까 두려워 몸을 움츠리며 굴렀다. 오리가 품에 있어 함께 굴렀다. 오리의 퍼덕거리는 날개와 해나의 배를 움켜쥔 발이 느껴졌다. 해나는 오리를 놓치지 않았다. 뺨이 따가웠고, 피 맛이 났다. 시큼하고 씁쓸한 냄새. 옆에서 꿈틀거리는 근육의 모든 진동을 흡수하면서, 해나는 놓지 않았다.

로즈메리가 울고 있었다. 그리고 남자의 목소리가 들렸다. 안녕하세요, 안녕하세요, 안녕하세요, 안녕하세요. 무슨 일인가요?

해나의 어깨에 손이 닿았다. 검은 바지를 입은 다리 두 개. 머리 옆에는 검은 가방이 놓였다.

그리고 해나는 달아나려는 미친 새를 끌어안고 쓰러져 있었다.

아무도 널 다치게 하지 않을 거야, 오리야. 해나가 이렇게 말할 때 하늘이 주위에서 빙빙 돌고, 해나를 통해, 해나 속으로, 밤하늘 전체가 별들과 함께 머릿속으로 흘러들어 오는 것 같았다. 그리고 둘만 남은 그들은 너무나 쉽게, 그리고 매끄럽게 별들 사이로, 그토록 많은 별들 사이로 유영했다. 날기가 너무 쉬웠고, 얼마나 유쾌하고 또 얼마나 힘도 안 들던지, 그 가벼움을 믿을 수 없었다. 오리와 단둘이서.

혼돈

백색. 사방에. 눈부신 백색. 하얀 불빛. 빨강. 하얀 바탕에 빨강. 얼룩. 피. 피. 베개. 새하얀 색. 눈, 목, 치아의 통증. 왜 이 방에 있는 걸까?

이곳은 깨끗하게 단장하고 사이먼의 귀가를 기다리고 있는 그들의 침실이었고, 해나는 새 베개를 베고 피를 흘리고 있었다. 진흙 범벅인 옷은 시트를 더럽히고 있었다. 다행히 신발은 벗은 채였다.

해나는 일어나 앉았다. 머리가 아팠다. 목도 그랬다. 얼굴을 쓰다듬어 보니 뺨이 부어 있었다. 손가락으로 입안의 아픈 곳을 눌러보았다. 잇몸과 아픈 치아 두 개. 눌러보니 치아가 모래밭의 돌멩이처럼 움직였다. 입안에도 상처가 있었다.

해나는 손을 뻗어 커튼을 걷었다. 밤이었다. 방에서 비치는 불빛에 데크 난간 위에 있던 오리가 벌떡 일어나 꼬리를 흔들고, 목을 꼿꼿이 세우고, 움직이는 커튼을 눈으로 좇았다.

밤이었다. 그런데 오리는 자러 가지 않았다.

해나는 발을 움직여 바닥을 밟고 일어나려다 침대에 다시 주저앉았다. 방이 빙글빙글 돌았고, 머리를 무릎 사이에 떨구었다. 다시 일어나 아래층으로 갔다.

라디오에서 찡찡 울리는 소리가 났다. 해나는 주방과 라운지 불을 켰다. 탁자 위 컴퓨터 옆에는 아직도 종이가 흩어져 있었다. 빵 한 덩어리와 마마이트*, 버터가 작업대 위에 놓여 있었다. 시간이 늦었다. 해나는 얼얼한 뺨을 눌렀다.

그리고 음악이 멈추고, 라디오를 끄려는 순간, 아나운서의 목소리가 들렸다. 속보입니다. 일본에서 큰 지진이 일어났습니다. 쓰나미가 뉴질랜드를 향하고 있습니다. 경보입니다. 해안에서 대피하십시오.

또 속보가 나왔다. 세상이 축구공처럼 걷어차여 쪼개지고 있었고, 해나는 혼자 하늘로 내던져질 것이다. 밖에서는 어스름에 놀란 오리의 유령이, 모든 것과 연결된 오리가 지구를 산산조각 낼 진동에 떨고 있었다. 해나의 머리를 둘로 쪼개고 있는 진동에.

해나는 물을 한 잔 마시고 컴퓨터 앞에 앉았다. 크라이스트처치, 그리고 일본. 지진. 그것이 해나 앞에서 벌어지고 있었다. 모든 것을 집어삼키는 거대한 파도를 찍은 비디오였다. 건물들, 배들, 마을 전체, 교각. 검은 물에 불이 붙었다. 사람들은 어디에 있을까? 사람이 없었다. 어떻게 사람 없이 이런 일이 벌어질 수 있을까?

라디오에서는 속보를, 쓰나미 경보를 계속해서 반복하고 있었다. 견딜 수 없었다. 해나는 라디오를 껐다.

해나는 일어났다가, 앉았다가, 다시 일어나 창가로 가서 여전히 가만있지 못하는 오리를 내다보았다. 오리는 난간을 따라 하얀 몸뚱이를 이리저리 움직이고 있었다. 밤중에 묶어놓은 하얀 축구공처럼.

해나는 다시 컴퓨터로 돌아와 무시무시한 영상을 반복해서 보았다. 그리고 컴퓨터를 닫았다. 때려 부수고 싶었다.

사이먼은 어디 있을까? 둘이 함께 있지 않다는 것이 어처구니없었다. 해나는 메시지를 보냈다. 이렇게 무너지는 건 견딜 수 없어. 우리

---

* 맥주 이스트를 농축해서 만든 스프레드의 일종.

는 어떻게 되는 거야? 우리가 알던 모든 것들이 이렇게 끝나버리는 거야?

그리고 그때까지 자던 어머니의 침실로 가서 옷장을 열었다. 빈 상자는 없었지만, 겨울옷을 넣어둔 상자를 꺼내 그것을 모두 침대 위에 쏟았다. 주방으로 돌아온 해나는 그 상자에 신문과 낡은 수건을 두 장 덧댔다. 그리고 물 한 병, 접시 하나, 밀가루 한 포대를 슈퍼마켓 봉지에 넣었다.

또? 해나는 재빨리 샤워를 했다. 얼굴을 닦는 동안 부어오른 뺨과 관자놀이와 눈 밑의 검은 멍을 거울로 살폈다. 조심스레 이를 닦고 핏물을 뱉어냈다. 새 옷을 입고, 상자를 들고 오리가 씩씩거리고 있는 데크로 나갔다.

오리야, 가자. 해나가 억지로 신나게 말했다. 이거야. 해나는 오리의 보드라운 배에 손을 밀어 넣었고, 오리는 평소처럼 해나의 품에 뛰어들면서 발톱으로 살을 꽉 쥐었다.

이거야, 오리야. 해나가 다시 말했다. 오리를 꽉 끌어안고, 흔들어주고 싶었다. 오리의 붉은 얼굴 살갗을 자신의 뜨거운 뺨에 대고 싶었다.

이 밤중에 무슨 일이에요? 오리가 불평했다.

오리야. 미안해.

해나는 오리를 데크에 내려놓았던 상자에 넣었다. 오리는 생존을 위해 힘을 아끼면서 주위를 살폈다. 해나의 배신이 놀라웠다. 해나는 오리의 깃털에서 풍기는 흙냄새를 맡을 수 있었다. 해나가 손을 놓자 통통한 꼬리가 떨렸다. 오리는 목을 흔들며 발톱으로 상자 양쪽을 꽉 쥐었고, 해나가 뚜껑을 닫으려고 하자 커다란 날개로 막았다. 해나가 너무나 얇은 뚜껑 덮개 네 개를 닫으려고 하자 상자 전체가 흔들렸고, 오리의 목이 머리를 이쪽저쪽으로 밀어댔다. 하지만 해나는 결국 네 개의 고정 장치를 모두 닫았다.

집 안으로 들어간 해나는 가둔 오리를 주방 바닥에 내려놓고 상자 위에 의자를 놓았다. 해나는 방으로 달려 들어가 상자를 묶을 팬티스타킹을 찾았다. 돌아와보니 의자는 바닥에 떨어져 있었고, 오리가 밖으로 나와 씩씩거리고 있었다.

젠장. 해나가 말했다.

해나는 소파에 털썩 주저앉아 허리를 숙여 러그를 치운 다음, 방 가장자리로 걸어찼다. 이미 해나는 마룻바닥에 앉아 있었다. 물이 없는 물웅덩이 같았다. 오리는 배가 고팠다. 오리는 주방 바닥을 돌아다니기 시작했다. 그리고 오리는 날개를 바짝 펼치고 머리를 끄덕이면서 해나의 다리 쪽으로 다가왔다.

오리야. 해나가 불렀다.

또다시 우는 소리. 오리는 해나가 무서운 것일까?

오리야. 미안해. 세상이 무너지고 있어. 남편과 함께 있어야 해. 더 이상 여기 혼자 있을 수는 없어.

오리는 대답하지 않았다. 자정이 지난 시각이었다. 해나는 머리가 아팠다. 어째서 오리를 우리에 데려다 놓고 아침에 다시 생각하려 하지 않을까? 말도 안 되는 상황이었다.

그러다 바닥에 검정 양말을 함께 말아놓은 것이 보였다. 잘됐다. 해나는 다시 일어나 가위를 찾아서 양말 한 짝의 발가락 부분을 잘라냈다. 불을 껐다. 이제 복도 불빛만 비추고 있었다.

오리야. 해나가 조용히 말했다. 이리 와.

해나가 뒤로 다가가자 오리는 열심히 씩씩거렸고, 해나가 안으려고 팔을 갖다 대자 코에서 뜨거움 김을 뿜어댔다. 해나는 오리를 잡아 소파에 앉히고 씨름을 하면서 오리 머리에 양말 밴드를 씌웠다. 싸움은 끝났다. 해나는 눈가리개를 하나 더 씌우면서 부리와 콧구멍을 막지 않도록 했다. 오리는 양말 눈가리개를 씌우자 잠이 들었고, 해나의 손은 뜨뜻한 붉은 머리를 트로피처럼 쥐었다. 해나가 손을 놓자 오리의 목은 S자 모양으로 몸뚱이에 파묻혔고, 부리는 가슴 위에 자리 잡았다.

맹렬한 반항이 사라졌다.

좋아.

해나는 거기 앉았다. 그리고 죽은 듯이 잠든 오리를 상자에 넣을 준비를 했다. 오리는 고개를 발작적으로 움직이며 반응했다. 하지만 다시 조용해졌다.

어쩌면 죽음의 발작인지도 몰랐다.

해나는 양말을 살짝 벗기고 확인했다. 오리의 눈이 빠르게 깜빡였다. 해나는 손끝으로 그것을 느낄 수 있었다. 그리고 오리는 목을 홱 돌렸다. 다시 깨어난 것이다. 오리는 해나의 무릎에서 벗어나 날개를 퍼덕였다.

그리고 주위의 모든 가벼운 것들이 날아올랐다. 먼지, 종이, 창틀의 죽은 나방과 파리들. 오리의 날개가 공기를 때리자 모두 동시에 춤을 추기 시작했다. 해나는 지진과 쓰나미, 슬픔이 어떤 것인지 잠시 느낄 수 있었다. 이동. 뭔가 움직이면 주위의 모든 것이 자리를 옮겼다. 진흙 속에서, 공기 중에서, 삶 속에서 움직이는 것이 주위의 모든 입자에 영향을 주었다. 해나는 그 현상에 익숙했다. 그것은 편집이었다. 한 단어를 바꾸면 글 전체에, 시 전체에 영향을 주었다. 나머지 부분이 다시 평가되고, 다시 구성되면서, 사라진 것이 발견되었다.

오리는 바닥에서 굵은 다리를 벌리고 서 있었다. 해나를 마주 보면서.

오리야. 해나가 할 수 있는 말은 그것뿐이었다.

왜 그래요? 나한테 무슨 짓이에요?

오리야. 때가 되었어. 티 아와무투 말이야. 널 데려가야 해.

티 아와무투라뇨! 티 아와무투! 내가 뭘 잘못했다고 그래요?

아냐. 아무것도 잘못하지 않았어, 오리야. 미안해. 넌 아무 짓도 안 했어.

그럼, 왜 날 그 끔찍한 데로 데려가는 거예요?

오리야. 세상이 무너지고 있어. 땅 밑 깊숙한 곳에서, 바다 밑에서, 뭔가 움직여서 바다가 엄청난 반응을 일으키고 있어.

그래서요? 그게 티 아와무투랑 무슨 상관이에요? 우리랑 무슨 상관이에요? 우리가 서로 사랑하는 줄 알았는데. 우리가 영원히 함께일 줄 알았는데. 티 아와무투에서 무슨 일이 있었는지 알잖아요. 잘 알잖아요. 내 엄마한테 무슨 일이 있었는지. 나를 거기 버려서, 똑같이 되는 게 좋아요? 당신은 몰라요. 피랑, 이빨이랑. 엄마는 내 앞에서 끌려갔어요. 엄마 머리에서 이빨이 튀어나오고, 잇몸이 드러나고, 엄마가 사라지고 나니 달빛 아래 납작해진 풀만 남았더군요. 그리고 다음 날

367

밤에 매가 왔어요. 또 하나가 잡혀 갔어요. 숨을 곳이 없었어요. 삼촌들이 나머지는 죽였어요. 물속에 빠뜨렸어요. 물에 빠져 죽었어요. 다음은 내 차례였을 거예요. 엄마가 없으면 온 세상은 적으로 변해요.

오리는 온몸을 떨면서, 입을 벌리고 분홍색 혀를 내밀며 헉헉거리고 있었다.

오리야. 내 무릎에 앉아. 잠깐만.

싫어요.

부탁이야.

오리는 옆에 놓인 상자와 바닥에 흩어진 수건들을 보았다.

당신을 더 이상 믿지 않아요.

해나는 한숨을 내쉬었다.

나더러 어쩌란 말이에요? 오리가 더듬거렸다. 뭐든지 좋아요. 날 내보내주면 혼자서 자러 갈게요. 혼자 어두운 정원을 지나고, 당신이 준비해놓은 새 창고로 가서 문을 닫아달라고 부탁도 하지 않을게요. 물론 해주면 고맙겠지만, 그게 싫으면 안 해도 돼요. 하지만, 부탁이니―날 보내지 말아요.

오리야. 네가 잘못한 건 없어. 그저 더 이상 대처할 수가 없다는 단순한 문제야.

대처할 수가 없다니, 무슨 소리예요? 뭘 대처한다는 거예요?

널.

이보세요? 어떻게 나를 대처해야 한다는 거죠? 아무것도 하지 않아도 돼요.

넌 나한테 의존하고 있어.

모두가 의미 있는 상대에게 의존해요. 이제 나는 당신한테 아무 의미도 없나요?

오리야. 난 이제 지쳤어. 내 얼굴을 봐. 날 좀 봐. 널 구하려다 이렇게 된 거야.

해나의 얼굴을 걷어찬 발길질을 다시 기억하자, 둘은 동시에 주저앉았다. 둘은 다시 기운이 빠지면서 무너졌다. 둘은 서로 마주 보았고, 보이지 않는 탯줄 같은 연결 고리를 여전히 느낄 수 있었다.

그러다 갑자기, 오리가 처량한 자세를 바꾸더니 다시 꼿꼿하게 서서 눈을 사악하게 빛냈다.

당신 어머니를 마저 먹을래요.

해나가 물론 지나가는 말로 잠깐 언급하긴 했지만 어머니의 유해를 사료에 섞는다고 대놓고 이야기한 적은 없었다. 오리의 노골적인 말에 해나는 충격을 받았다. 그리고 오리도 알고 있었다. 오리는 당당하게 고개를 까닥였다.

내가 무슨 말을 하는지 모르는 척 말아요.

해나는 당황했다. 그리고 부끄러웠다.

처음에는 몰랐어요. 뭔가 이상한 것이 있기에……. 그러다 하루하루 지날수록 내 속에 뭔가 존재한다는 것을 느끼게 되었어요. 바로 그녀였어요. 그녀는 화를 냈어요. 내게 갇혀버렸다고 생각했어요. 그리고 그녀는 나 때문에, 내 보기 싫은 외모 때문에 기분이 상했어요. 그녀의 말 그대로예요. 그래요. 그녀가 그렇게 말했다고요! 밤이면 그녀는 꿈속을 찾아왔어요. 그러면 우리는 아주 거칠게 싸웠어요. 그녀는 내키지 않아 했지만 내게 기생하면서 내 마음속 구석구석을 갉아먹었어요. 그녀를 더 많이 먹을수록 싸움은 더 거칠어졌어요. 그녀는 자유를 원했고 나는 그녀를 가두고 있었어요.

해나가 오리를 노려보았다. 해나는 어머니가 돌아가신 후 자신은 어머니 꿈을 꾸지 않았다는 것을 깨달았다.

미안해. 해나가 말했다. 네가 어머니를 데리고 날아갈 줄 알았어. 그런데 결국, 네가 해낸 것은 정원까지 뛰어가는 것뿐이었어. 어머니는 롤러코스터는 좋아하지 않으셨어. 하지만, 나는 건……, 넌 담장 밖으로는 나가지도 않았지. 어머니처럼, 너도 네가 생각하는 한계에 갇혀 있어. 널 막을 것이 없는데. 어머니를 막을 것이 없었던 것처럼.

한계는 한계예요. 오리가 말했다. 나더러 어딜 가라는 거예요? 담장 너머, 덤불 지나서도 가봤어요. 매번 당신이 달려왔잖아요. 덤불을 뚫고 갔을 때 당신 친구 에릭은 전혀 반겨주지 않았죠. 미친 악마 같으니. 그리고 여기 목련 나무 위에서 저 너머도 살펴봤어요. 뒷마당에 뒷마당. 도로랑 자동차들. 그러니, 한번 물어볼게요. 어디로 갈까요? 내가 어머니를 데리고 어디로 가기를 바랐어요? 티 아와무투요?

네가 매일 멀리 공원에 갈 줄 알았어. 아니면 바다 건너로. 네가 날고 날고 또 날아서 철새 기러기들처럼 이곳을 떠날 줄 알았어. 너와 같은 오리들이 반갑게 맞아주는, 푸른 언덕 너머 빛나는 호수에 닿을 때까지. 널 직접 데려가려고도 했지만, 나도 네가 걱정되었어. 개들도. 차들도. 너는 오리가 생존하는 법을 본능적으로 아는 것 같아서 야생의 본능이 지시하는 대로 할 줄 알았지. 그리고 네가 어머니를 데리고 갈 거라고 상상했어. 내가 어리석었지.

그래요. 어머니도 당신이 간섭하는 경향이 있다고 하더군요.

뭐? 어머니가 말씀을 하셨어? 나에 대해서? 또 뭐라고 하셨어?

신경 끄세요. 당신은 모든 걸 그냥 두지 못한다고 했어요. 가만히 내버려두지 못한다고. 그리고 당신 가족에게 정신병이 있는데, 그래서 당신이 걱정된다고.

어머! 정말! 별소리 다 듣겠네. 솔직히 말이야, 사실은 어머니가 정신병이 있으셨어.

죽은 사람은 정신병에 걸리지 않아요. 그들은 진리를 알아요. 그들은 원래의 본성으로 돌아가지요. 뒤늦은 깨달음을 얻었으니까요. 책임감이나 반응, 후회 같은 귀찮은 것 없이도 인생을 안다고요. 그들은 살아생전에 마지막 깃털이라도 바쳐서 얻고자 했던 통찰을 갖고 있어요. 자신의 어리석은 생각만 아니었다면, 생전에 얻을 수 있었을 통찰. 당신 어머니가 말했듯이 그림을 다 그리고 나서야 한 걸음 물러서서 완성된 작품을 볼 수 있는 법이죠.

해나는 포기한 듯 웃었다.

좋아. 그 동그란 머릿속에 또 뭘 감춰두었니?

그 순간 오리는 뻣뻣하게 굳더니 목을 길게 빼고는 창문을 바라보며 울어댔다. 고양이들이 꼬리를 움직이며 데크에 모여 있었다. 그들도 먹지 못했다. 해나는 일어나 깡통을 하나 열어 고양이 그릇에 붓고는 문을 열어주었다. 고양이들이 열심히 먹이를 먹어치우고 다시 나갔다.

고양이들. 해나가 지금 떠나면 누가 먹이를 줄까?

해나는 작업대에 기대서서 팔짱을 꼈다. 오리는 여전히 경계하는 눈으로 해나를 보면서 조심스레 목을 꼬고 있었다.

오리야. 내가 궁금한 건 왜 이런 이야기를 그동안 안 했냐는 거야. 사료에. 어머니의 유해를 넣은 것.

해나는 이렇게 말하면서도 움찔했다.

패를 한꺼번에 보여줄 순 없잖아요. 오리가 교활하게 말했다. 당신이 어떻게 반응할지도 몰랐고요. 비밀임이 분명했으니까요. 내가 그만둘 때까지 당신은 한마디도 하지 않았어요. 그러니까 나도 같은 질문을 할 수 있어요. 왜요? 그러니까……, 이제 다 깨어났으니까, 여기 있으면서 그녀를 마저 먹겠어요. 알겠죠? 약속해요. 그럼 모두 만족이잖아요. 음, 당신 어머니는 아니겠지만…… 뭐, 무슨 일을 하다 보면 희생도 감수해야 하는 법이죠.

너무나 무신경하게 느껴지는 말이었다. 게다가 감추어놓은 패는 몇 장이나 되는 걸까? 세상이 이렇게 극적으로 갈라지고 있는데, 밤은 어쩌면 이토록 고요하고 조용하고 깊은 것일까? 잠시 해나는 잊고 있었다. 해나는 컴퓨터를 켜고 뉴스를 더 찾아보고 싶은 유혹을 억눌렀다. 지금 이 상태만으로도 압도될 지경이었다.

좋아, 그럼, 오리야. 해나가 말했다. 약속을 하는 거라면 지금부터 시작하자. 내 무릎에 앉아서 버둥거리지 않는다면 오늘 밤에 떠나지 않을게. 처량한 소리 같지만, 난 그냥…… 널 안고 싶어. 누가 꼭 안아주는 것 이외에는 그게 최고거든. 그런 다음 아침이 되었을 때 우리가 모두 존재한다면, 그때 상황을 다시 검토해보자.

오리는 한숨을 쉬더니 몸을 쭉 뻗었다. 오리는 목을 빼고 날개를 두어 번 퍼덕이고는, 발끝으로 서서 다시 자리를 잡았다.

음, 쓰다듬는 건 안 돼요. 오리가 말했다. 머리도 쓰다듬지 말고, 목

뒤도 만지지 말아요. 깃털 밑을 긁지도 말고요. 알겠어요?

그래, 그래. 알겠어. 해나가 말했다. 그리고 해나는 이렇게 덧붙였다. 네가 좋아하는 줄 알았는데?

음, 틀렸어요. 전 야생동물이라고요. 그걸 자주 잊는 모양인데.

전에는 좋아했어. 해나가 고집을 부렸다.

개구리랑 올챙이. 애벌레랑 나비. 오리는 이렇게만 말했다.

해나가 다시 소파에서 일어났다. 오리가 게걸음을 치자 바닥을 긁는 소리가 들렸다.

또 하나 더 있어요. 오리가 말했다.

그래? 뭔데?

오리가 부리로 짓는 것이 비웃음이었을까?

배가 고파요.

그렇지. 당연하지. 해나는 냉장고로 가서 얼린 옥수수 봉지를 꺼내 일부를 그릇에 담았다. 그리고 물을 좀 뿌린 뒤 전자레인지에 데웠다.

사실, 오리야, 말하다 보니 나도 한 가지 부탁할 게 생겼어.

좋아요. 뭔데요?

해나는 오리 앞에 신문지를 깔고 옥수수의 온도를 확인하고 나서 신문지 위에 그릇을 놓았다.

내 무릎에 앉으면 네 꼬리 위에 비닐봉지를 덮어도 되니? 음⋯⋯, 혹시 모르니까.

오리는 그릇에 부리를 넣고 게걸스레 먹어대며 옥수수 알을 사방으로 튀겼다.

한참 뒤 오리가 멈추자 해나가 다시 물었다.

오리야?

뭐요?

오리는 물을 찾고 있었다. 해나는 데크로 가서 그릇을 가져왔다. 오리는 물을 먹더니 고개를 쳐들었다.

네가 괜찮다면, 꼬리 위에 비닐봉지를 덮어도 되냐고 물었어.

오리는 화가 난 척 해나를 노려보았다.

아, 괜찮아요. 그렇게 해요.

해나는 복도의 불을 끄고 상자에서 수건과 슈퍼마켓 봉지를 가져왔다. 오리는 해나에게 안겨 소파로 옮겨 갔고, 해나는 무릎 위에 수건을 얹고 자리에 앉은 다음 오리의 뒤쪽을 어색한 손놀림으로 봉지에 넣었다. 해나가 오리를 끌어안으려고 하자 오리는 해나의 팔을 물었다.

그리고 그들은 그렇게 어둠 속에 앉아 있었다.

꼭 옛날 같구나, 오리야. 해나가 이렇게 말했지만 오리는 부리 끝을 날개에 파묻고 곤히 잠들어 있었다.

지옥과 파도

그리고 눈을 감은 해나 앞에 좀 전에 본 영상들이 펼쳐졌고, 세상이 무너지고 모두가 굴러가고 있는 것 같았다. 그동안 항상 도사리고 있던 심연 속으로 너무나 느릿느릿, 무시무시하게 자유낙하 하는 느낌이었다. 바다가 솟아올라 덮치고, 무시무시한 동물이 막고 있던 담장을 뚫고 지나가는 그 넋을 빼놓는 광경을 해나는 떨칠 수 없었다.

땅과 바다를 갈라놓는 믿음이 부서졌다. 모래로 나누어놓은 영역이 갈라지고 땅이 갈라졌다. 건물은 산산조각이 나 부서졌다.

불에 타서 바다 위를 떠가는 집. 자동차와 배와 컨테이너, 그리고 모든 것을 바다가 삼켰다. 그 가장자리 어딘가에서 대학살이 지겨워진 괴물이 고개를 떨어뜨리고 한숨을 쉬었다. 숨을 내쉰 괴물은 다시 숨을 들이쉬었다. 그러고는 돌아갔다. 죽은 사냥감을 풀어주었다. 그리고 어딘가, 누군가가 괴물의 혀를 보고 움츠렸다가 살았다며 안도했다. 모든 것에는 끝이 있으므로, 그리고 그 언저리에는 반대편에서 놀란 표정으로 저걸 보라고, 나는 행운이라고 말하는 사람이 있으므로. 나는 특별하니까, 나는 세상에 줄 것이 있어서 살아남도록 선택되었다고. 나는 이유가 있어서 선택된 것이라고.

그리고 지구가 벌어졌다 닫혔다. 그리고 그 살갗에서는 물이 흘러나왔다. 그리고 기능 장애를 일으키는 장기에서 새어 나오는 악취, 방사능의 가능성에 대한 이야기가 나왔다.

우리는 대지에 내려온 영혼일 뿐이고, 대지의 여신이 치맛자락을 흔들면 다시 하늘로 날아가는 것이다.

제25장

눈에는 눈

해나의 휴대전화가 울리고 있었다. 해나는 소파 위로, 해나와 멀리 떨어져 있는, 머리를 묻고 있었던 쿠션에서 고개를 들어보려고 했다. 목이 꼼짝도 하지 않았다. 전화기. 뒷주머니에. 그리고 오리. 오리. 전화 소리가 멈추더니 다시 시작됐다. 동쪽 하늘에 파란빛이 보였다. 해나는 등을 소파에서 들어 주머니에서 전화기를 꺼냈다. 오리가 무릎에서 바닥으로 미끄러지며 비닐봉지와 함께 떨어졌다.

여보세요. 아, 사이먼. 사이먼, 안녕. 해나는 삐걱거리는 목 뒤를 쓰다듬으며 소파에서 고쳐 앉았다.

해나, 왜 그래? 목소리가 엉망이야. 아파? 방금 메시지를 봤어.

방금 깼어. 지금 몇 시지? 마른 혀가 입안의 침입자처럼 느껴졌다.

일곱 시쯤. 미안해. 평소라면 일어나 있을 시각이라.

이젠 평소 같은 게 아무것도 없어.

당신 같지 않은 소리를 하네. 괜찮아?

아……, 아니. 이가 아파. 안 돼!

오리가 봉투를 질질 끌고 걸어가 겨우 모아놓은 내용물을 바닥에 흘렸다.

왜 그래?

아냐, 방금 깼는데, 당신 전화를 받으니 반갑네.

당신 문자를 받았어. 몸 안 좋은 거 아냐? 목소리가 이상해.

이상한 자세로 자고 있었어.

그 소리는 뭐야? 혼자 있는 거 아니야?

오리가 못마땅한 소리를 내면서 자세를 취하고 있었다.

오, 젠장. 해나가 말했다. 응, 당연히 혼자지. 그놈의 오리야.

오리! 이제 오리랑 잠도 같이 자는 거야? 사이먼의 목소리가 굳어지면서 해나에 대한 염려는 증발해버렸다.

그런 건 아니야.

그런 게 아니라니, 해나? 방금 깼잖아. 그리고 오리가 거기 있고. 그놈이 결국 내 침대 자리를 차지했군. 다 알겠어. 이제 행복하겠군.

이제 두 사람은 서로에게서 멀어지는, 허공 속에서 갈라진 음성일 뿐이었다.

바보처럼 굴지 마. 이런 건 처음이야. 침대에서 잔 것도 아니고. 속이 상했어. 일본 때문에.

해나, 술 마셨어? 말도 안 되는 소리를 해.

그래. 아무것도 말이 안 돼. 나도 동감이야.

뭘 먹고 있어? 입에 뭐가 있어?

입속에 꼬박 샌 밤이 들어 있어. 입속에 뒤죽박죽이 되어버린 말이 있어. 그것들이 당신에게 할 질문을 만드느라 이리저리 뒤척여서 숨이 막혀. 아주 무서운 질문들을.

해나, 지금은 이야기하기 좋은 때가 아닌 것 같아. 안 좋은 때 전화를 한 것 같아.

자고 있었다니까.

오리랑.

이봐, 끊어야 되겠어. 라디오를 켜봐. 일본을 검색해보라고. 돌아오긴 할 거야? 내 동생은 어때? 우린 아직 부부 사이야? 당신 애가 있어? 당신은 뭘 하고 사는 거야? 잘 있어.

해나는 전화를 끊고 소파 너머로 던져버린 뒤 얼굴을 감싸 쥐었다. 손가락으로 관자놀이와 눈 밑의 부어오른 곳, 부드러운 뺨을 조심스럽게 만졌다. 몇 시간 전에 만진 옥수수 냄새가 났다. 옥수수, 그리고 비누. 입이 말랐다. 해나는 눈을 떴다. 손가락 사이로 새벽빛이 스며들었다. 오리가 해나의 발가락을 쪼고 있었다. 바쁘게 살피면서. 잡고. 당기고. 아얏.

그만해! 해나는 발을 들고 일어나 기지개를 켰다. 오리는 뒤로 물러나 몸을 세우더니 울었다. 해나는 문을 열고 오리를 데크로 내보냈다. 오리는 그릇으로 뒤뚱거리며 가더니 물을 마시고는 문을 닫는 해나를 쳐다보았다. 그리고 해나는 싱크대로 가서 물을 큰 잔에 따라서 창가로 가져가 마셨다. 오리를 쳐다보면서.

누군가에게는 인생이 계속되고

뉴질랜드의 쓰나미 경보는 당일 해변에 가지 말라는 주의보로 내려갔지만 인터넷에는 또다시 속을 메스껍게 하는 지진 사진들이 올라왔다. 주로 일본 북부 동해안을 따라 덮친 파도 사진이었다. 해나는 억지로 컴퓨터를 껐다. 날마다 바닷가를 산책하는 일에 대해 생각하지 않을 수 없었다. 만약 갑자기 바다가 자신을 집어삼킨다면? 해나는 언제나 자신과 바다 사이의 경계가 분명하다고, 밀물 때와 썰물 때의 차이와 폭풍이 불어닥칠 때의 실력 행사를 염두에 두기만 하면 된다고 믿었고, 그것이 안전하다고 확신했다. 그 외에는 늘 신뢰의 문제였다. 세상은 그런 것이었다. 모든 살아 있는 것과 죽은 것 사이의 조화, 동물의 본성에 따라 예측하는 것에 대한 신뢰. 그렇지 않고서야 누군들 자유롭게 숨 쉴 수 있을까?

하지만 이제 해나는 진통제를 두 알 먹고 어두운 방 침대에 누울 수 있을 뿐이었다. 그러나 그 순간 문을 두드리는 소리가 났다.

실라가 혼자 문 앞에 서서 티 코지*처럼 생긴 것 밑에 두려움과 활기를 모두 감추고 있었다. 실라는 입을 딱 벌렸다.

어머나, 눈에 멍 좀 봐요. 실라가 말했다. 오, 이런. 미안해요. 아빠가 이 모습을 보면 창피해하실 거예요.

그럴 거 없어요. 사고였으니까. 들어와요. 차 한 잔 해요.

아뇨, 애들을 앤드루에게 맡기고 왔는데, 그 사람이 집을 좀 손보려

---

* 찻주전자 보온용 덮개.

나 봐요. 토요일이라서 다행이죠. 전 아빠한테 뭘 좀 갖다 주러 왔어요. 아빠는 병원에 있어요. 검사를 한다고 해요. 우선 혈압이 굉장히 높은데, 아빠 행동도 살펴봐야 한대요. 옆집에서 정리를 좀 하고 있었어요. 집 안 꼴이 무슨 폭탄이라도 맞은 것 같더군요. 아무튼, 해나가 좀 어떤지 보러 왔어요. 어제 괜찮다고 하셨지만 그런 것 같지 않네요. 아무한테서도 도움을 안 받으려고 하셨어요.

난 괜찮아요. 해나가 거짓말을 했다. 맞은 후로는 기억이 잘 안 나지만, 이제 괜찮아요. 근데 일본 지진이랑 쓰나미 소식을 듣고 충격을 받았어요.

전 세계에 영향을 주고 있는 어마어마한 사건이 이미 몇 마디 충격으로 요약되고, 그 여파에 직접 영향을 받지 않은 사람들의 일상적인 대화 속으로 들어왔다.

아, 그러게요. 실라가 말했다. 어젯밤 병원에서도 모두 그 이야기였어요. 무서워요.

실라는 손톱을 깨물며 가만히 있었다. 참, 오리가 거칠더군요. 로즈메리나 맥스가 다시는 혼자 여기 오지 못하게 할게요. 미친개보다 더해요. 아빠 다리가 멍투성이인데 의사들이 뭐냐고 물었어요.

해나의 심장이 철렁했다.

보통 때라면 괜찮아요. 해나는 또 거짓말을 했다. 에릭한테 경고하려고 했는데.

그랬던가? 기억이 나지 않았다. 해나는 이마를 눌렀다. 정확히 어떻게 된 거죠?

하지만 아무튼요.

해나는 웃어 보이려고 했다. 얼굴이 아팠다.

신고하진 않을게요. 실라가 말했다. 하지만 걱정되었다는 얘기는 해야 되겠어요.

아뇨, 아니에요. 진짜. 그냥 멍청한 오리인걸요. 실제보다 더 사납게 보여요. 빨간 얼굴 때문에 화가 난 것같이 보이니까요. 날개도 그렇고요. 하지만 전부 허세예요. 이빨도 없는걸요.

정말요? 이빨이 없어요? 그럼 어떻게 먹어요?

음, 부리 주위에 작은 돌기가 있어서 지렁이나 벌레 같은 걸 잡을 수 있어요. 그리고 돌을 삼켜서 위장에서 먹은 것을 갈아요.

사이먼 같은 말투였다.

음, 아빠 다리에 아주 심한 멍이 생겼는데.

사실, 에릭이 오리를 공격했으니까요.

제가 보기에는 오리가 아빠를 공격했어요.

해나는 금속 우리를 들고 부츠와 작업복, 두꺼운 가죽 장갑을 착용한 남자들이 밴에서 내려 야생 애완동물을 잡아가는 광경을 떠올렸다.

실라, 미안해요. 정말이에요. 상황이 마음대로 되지 않네요. 오리가 하얀 베개를 좋아해서 그래요. 내가 잘 볼게요. 에릭은 이제 어때요? 병원에 갔다니 다행이네요. 에릭에게…… 내가 걱정하고 있다고 전해줘요.

다행히 괜찮을 거 같아요. 아빠는 약을 먹어야 하는데, 절대 안 먹어요. 그러거나, 아니면 너무 많이 먹거나. 구제불능이에요.

해나는 앞으로 나가 실라를 잠시 안아주었다.

연락해요. 걱정해주는 딸이 있으니 에릭은 행운아예요.

해나는 실라의 창백한 얼굴이 붉어지는 것을 보고 놀랐다.

고마워요. 실라는 수줍게 말하고 돌아섰다. 이런 일이 있고 나니 좀 더 신경을 써야 한다는 걸 알겠어요. 모든 것이 당연하다고 생각하다가……. 아무튼 가서 아빠가 어떤지 살펴봐야겠어요. 설마 혼자 퇴원한 건 아니겠죠.

둘이 함께 웃다가 그가 탈출했을 가능성이 높다는 것을 깨달았다.

음식이 맛있고 간호사가 참을성이 많기를 바라야죠. 해나가 말했다.

실라를 향해 손을 흔들던 해나에게 뭔가 움직이는 것이 보였다. 오리가 뒷마당을 돌아 가까이 다가오면서 집 주변을 살피고 있었다. 빨간 머리가 쏙 하고 모퉁이를 돌아 나오면서 눈으로는 해나를 보았다.

오리야! 안녕! 너 보러 가던 중이야.

오리의 머리가 사라졌다. 해나가 몇 걸음 걸어가보니 오리가 보이지 않았다.

그리고 데크에도 나무에도 오리는 없었다. 어쩌면 모든 걱정이 끝난 것 같았다. 더 이상 결정을 내릴 필요도 없었다. 사이먼에게 전화를 걸어 문제가 해결되었다고 말할 수도 있을 것이다.

그렇다고 해도 해나는 오리를 부르며 마당을 돌아다녔다. 해나는 덤불 사이로 기어가 에릭의 집으로 가서 계속 오리를 찾았다. 어느 따뜻한 날 오후, 에릭의 첼로 연주를 들으며 한가로운 시간을 보냈던 정원의 구석진 곳까지. 예전에는 그곳에 제라늄, 데이지, 채송화, 장미가 자라고 있었다. 이제 그 꽃들은 잡초에 뒤덮여 괴로워하고 있다.

오, 저런.

제26장

또 한 명의 손님과 제안

안녕, 팻. 여기가 버려진 오리의 성지라면서? 그게 맞니? 나 여기 있다. 꽥 꽥 꽥. 갈 곳이 없다. 크라이스트처치부터 날아왔는데. 날개가 지쳤다. 녹초가 되었다. 그리고 그들이 날 쫓고 있다. 담비, 흰 담비, 매, 그런 것들. 쥐들. 들어가도 되니? 부탁이야. 안에서 꽥꽥거리자. 빨리. 꽥.

토비! 무슨……?

토비는 알 수 없는 절망의 표정을 지었고, 붉은 머리가 이마에 내려오도록 머리를 숙였다. 조커가 애원하는 듯한 자세였다.

어어어, 얼굴이! 이것이 바로 일천 척의 배를 띄운 얼굴인가요? 넵, 그렇다고 하겠어요.

토비는 염려의 뜻으로 휘파람을 불었다.

해나는 그날 두 번째로 현관문을 열고서, 손잡이에서 손을 미처 떼지도 못한 채 문턱에 서 있는 토비를 보고 놀란 표정을 지었다. 무늬 없는 검은 티셔츠에 검은 재킷, 청바지와 발치에는 운동 가방. 그리고 빛나는 눈 아래 검은 그림자. 피부는 전보다 더 창백하고 지쳐 보였다.

넵, 저예요. 토비냐 아니냐. 그것이 문제로다. 신이 버린 오리, 토비예요. 집이 없어서 잘 곳을 찾고 있어요. 섹스는 안 돼요. 영국인이니까. 아뇨, 영국인 아니에요. 하지만, 잘 곳만 있으면 돼요. 말썽 일으키지 않을게요. 네? 좋아요, 안 돼요? 괜찮죠?

해나는 팔을 벌리고 뒤꿈치를 들고 서서 그를 안았다. 토비는 허리를 숙여 해나의 포옹을 받았다. 그 앙상한 어깨와 시큼한 담배 냄새가 얼마나 고마웠는지. 우주에는 대체 어떤 마법이 펼쳐지고 있는 것일까?

매기도 함께 왔어요? 해나는 답을 잘 알면서도 물었다.

아뇨. 자력磁力이 없어졌어요. 전 멀찌감치 버려진 선한 사마리아인이에요. 오, 이런. 아무리 뒤져도 날 못 찾을 거예요. 여기 있을 거니까. 하지만 해나가 오렌지를 곁들인 로스구이를 차려주고 날 내쫓으면 그럴 수 없을지도 모르죠. 해나에겐 그럴 권리가 있으니까. 하지만 그러지 않기를 바라요.

그래요, 물론 안 그러죠. 해나가 말했다. 들어와요. 실은 토비를 보니 너무 반갑네요. 해나는 눈물이 차오르는 것을, 얼굴이 일그러지는 것을 느꼈다.

어, 아뇨, 아뇨, 아뇨, 아뇨……. 울지 마요, 제발, 제발. 난 감정에 약해요. 이러면 가봐야 해요. 토비는 가방을 들고 돌아가는 시늉을 했다.

해나는 재킷을 쥐고 장난스럽게 그를 당겼다. 토비는 돌아섰고 이번에는 해나를 끌어안으면서 가방으로 쳤다.

자요. 토비가 말했다. 안에 들어가서 차를 마시면서 당신 얼굴을 그렇게 때린 놈 이야기를 해주세요. 문에 부딪쳤다고는 하지 말아요.

해나는 차를 끓이면서, 토비가 데크를 돌아다니며 담배를 피우다 해나가 부르자 화분에 꽁초를 버리는 모습을 보았다. 식탁에 앉은 토비는 의자 끝에 엉덩이를 걸치고 달아날 태세를 갖추는 사람처럼 다리를 벌렸다. 차에 생강 쿠키를 담그면서 토비가 말했다. 생강 쿠키에게 생강 쿠키를. 해나는 조심스레 가장자리를 깨물어 먹었다. 그는 절반을 물었다가 젖은 쿠키가 떨어지기 직전에 입에 넣었다.

오리는 잘 있어요? 토비가 물었다.

개는……, 잘 있어요. 아마도. 실은 숨어 있어요. 크라이스트처치는 어때요?

거긴—뭐라고 하더라? 참 좋은 질문이에요. 네, 하지만. 좀 더 구체적으로 물어봐줄래요?

아, 음……. 해나는 쿠키를 오물거렸다. 어디서 시작해야 할지 토비가 더 잘 알걸요.

지진요? 엉망이죠. 토비가 갑자기 돌아서면서 무릎으로 치는 바람에 식탁이 요란하게 쓰러졌다. 해나의 온몸의 신경이 폭발했다.

세상에! 정말 놀랐네요.

바로 그거예요. 날마다 이런 일이 벌어지고 있어요. 가끔은 작고, 가끔은 크고. 밤에도, 낮에도. 그런데 큰 게 올지 안 올지는 알 수가 없어요. 이미 큰 게 왔다고 생각했는데, 2월에 20초 동안 지진이 왔을 때는 더 심각했으니, 이보다 더 큰 것이 또 올 수도 있는 것 같아요. 하지만 지나가는 컨테이너 트럭이 다음 지진인지 아닌지조차 알 수 없어요. 잠시 동안은 아무것도 모르는 상태였다가, 그다음 순간 아드레날린이 온몸에서 솟구쳐요. 아무튼…… 남편 사이먼은 우리를 구덩이에서 파내고 있어요.

그의 이름이 나오자 해나는 뱃속이 뒤집히는 기분이었다. 날이 너무나 잔잔하고 고요했다. 토비는 벼룩이었고 해나는 그의 주인, 고양이였다. 그에게 물어볼 것이 있었지만, 너무 빨리 질문을 던졌다가는 그가 놀라 달아날까 봐 두려웠다. 그래서 둘은 일본과 지구, 그의 일 이야기를 했다. 해나의 눈에 대해서도.

눈이 꽤 아름다운데요. 토비가 말했다. 다른 남자는 어떻게 그 눈에서 빠져나올 수 있었던 걸까요?

해나는 웃었다. 실은 그 사람은 병원에 있어요.

저런, 그럼 당신 성미를 건드리지 말아야겠군요. 토비는 자신의 손바닥을 주먹으로 쳤다. 팡, 팡, 딱! 그런데 진짜, 어떻게 된 건가요?

해나는 한숨을 쉬었다. 좀 복잡한 이야기인데, 한마디로 말하면 사고였어요. 옆집 남자가 말썽을 부렸죠. 발길질을 하는데 내 얼굴이 끼어들었고요.

토비는 찡그리며 해나의 눈을 살폈다. 하루, 이틀 지나면 괜찮아질 것 같아요. 토비가 말했다. 내가 사람을 죽인 적도 있다는 거 알죠.

어, 아뇨, 그건 몰랐는데. 모르는 편이 나을지도 모르겠네요.

어떤 할머니였어요. 열세 살 때였죠. 학교 수업을 마치고 축구 연습을 한 다음 집으로 돌아오던 길이었어요. 전 공을 차고 있었어요. 좀 세게 찼는데, 공이 야트막한 담장을 넘어갔어요. 흰머리에 핑크색 카디건을 입은 한 부인이 좁은 베란다의 둥근 플라스틱 테이블에 앉아서 글을 쓰고 있었어요. 등이 동그랬어요. 공이 그분 목 뒤를 향해 쭉 날아가더라고요. 부인은 가벼운 플라스틱 의자에 앉아 있다가 아래 정원으로 떨어졌어요. 그 순간 테이블을 붙드느라 테이블도 같이 떨어졌죠. 담장에 목재 문이 달려 있었는데 안쪽 빗장이 도저히 안 열렸어요. 겨우 안으로 들어가니까 부인이 천수국 꽃밭에 쓰러져서는 끙끙 앓고 있었어요. 정수리에는 헤어롤이 두 개 붙어 있는 채로요. 부인이 절 쳐다보았죠.

테이블을 치우고, 공을 들고서 나무 계단을 올라갔어요. 두 번째 계단에 접시가 하나 놓여 있었어요. 문을 두드리고, 또 두드렸어요. 페인트에 커다란 방울이 말라붙어 있었어요. 붉은 목재 문이었지요. 할아버지 한 분이 한참 뒤에 나왔어요. 문을 조금 열더니 나를 보고는 마치 무슨 일이 있었는지 아는 사람처럼 화를 냈죠. 그 할아버지는 반바지에 녹색 티셔츠를 입고 있었는데, 앞섶에 뭘 흘린 자국이 있었어요. 부인이 의자에서 떨어졌어요. 내가 그렇게 말했어요. 정원으로요. 할아버지가 부인을 불렀어요. 에일사. 그러고는 난간을 양손으로 잡더니 옆걸음으로 계단을 내려갔어요. 할아버지는 정말 힘겹게 풀밭에 앉았어요. 에일사. 에일사. 계속 이렇게 부인을 불렀어요. 에일사. 어떻게 해야 할지 모르겠더군요. 거기 서 있다가 그냥 나왔어요. 그들을 돕지도 않았어요.

토비는 말을 멈췄다. 해나를 쳐다보지도 않고, 먼 곳을 응시하며 빠르게 말하던 토비가 이제 해나의 표정을 살폈다. 토비는 숨을 크게 들이쉬더니 멈췄다. 그래, 토비, 숨을 쉬어.

음, 그거예요. 알겠죠? 제가 살인자라는 걸.

저런. 하지만 돌아가시지 않았을지도 모르잖아요.

돌아가셨어요. 그다음 주에 그곳을 지나가는데 검은 옷을 입은 사람들이 음식 접시를 들고 그 문으로 잔뜩 들어가더라고요. 그때 할아버지가 나오면서 날 봤어요. 모두에게 내가 할머니를 발견한 아이라고 했죠. 에일사를. 베란다 위 후크에 걸어놓은 우리에 왕관앵무새가 한 마리 있었어요. 그 새가 피가 얼어붙는 듯한 소리를 질렀어요. 세상을 향해 내가 할머니를 발견한 아이가 아니라 할머니를 죽인 아이라고 알리려는 거였죠.

그럼 아무도 몰랐어요?

네. 몇십 년 만에 처음으로 당신한테 이야기한 거예요. 매기한테도 안 했어요. 이유는 모르겠어요. 왜 당신한테 이야기했을까요? 모르겠어요. 그냥 생각나서 이야기했어요. 사실 머릿속에서 떠나지 않는 일이었어요. 죄책감. 그리고 그 할머니가 살아 있을 때 나를 보던 표정. 할머니가 죽을 때 마지막으로 머릿속에 남아 있던 사람이 바로 나일까 하는 것도. 그 후로 다시는 축구를 하지 않았어요.

토비는 팔을 문지르며 살을 꾹 눌러보았다.

음, 내게 말해주다니 영광이네요. 하지만, 사실 당신 잘못이 아니에요.

내가 공을 안 찼더라면 그 할머니는 그때 돌아가시지 않았을 거예요. 그다음 날이나 몇 년 뒤에 돌아가셨겠죠. 하지만 제가 공을 찼어요. 공이 그분 목 뒷덜미에 정통으로 맞았고요. 그러니 나 때문에 그분이 그때 돌아가신 거예요. 한 달쯤 지나고 그 집에 '팝니다'라는 간판이 붙었어요. 그리고 앵무새 우리도 없어졌어요. 한 가지 위로가 되는 게 있다면, 지금쯤이면 그 할머니가 분명히 돌아가셨을 거라는 사실이죠. 그거예요.

음. 해나가 말했다. 토네이도가 집을 덮치고 지나간 것 같은 느낌이 들었다.

브랜디 한 병은 여기 없겠죠? 다정한 해나. 고백 뒤에 겪는 심리적 충격에는 그게 가장 좋은 처방인데. 그리고 눈에 멍이 들었을 때도 마찬가지죠. 나처럼 눈이 충혈되었을 때도.

에릭이 벌거벗고 찾아왔던 날, 해나는 병에 남아 있던 브랜디를 마일로에 따라 마셔버렸다. 해나는 자리에서 일어나 밖으로 나갔다가 쿠앵트로* 병을 들고 돌아왔다.

해나는 토비에게 도자기 그릇장에서 가져온 차와 오렌지를 줬고, 토비는 고맙다고 하면서 알 수 없는 소리를 중얼거렸다. 해나가 리큐어 두 잔을 따르는 것을 보며 토비가 이렇게 덧붙였다. 미안, 레니. 해나가 한 잔을 토비에게 건네자 토비는 단번에 들이켰다. 해나는 잔을 코에 대고 여름 햇볕에 말린 오렌지 통에서 풍기는 향을 들이마셨다.

마법처럼 에센스가 담겨 있어요. 해나는 아쉬운 듯 말했다. 향기를 맡으니 다른 곳에 온 것 같군요.

그럼 지금은 어디 있어요? 토비가 한 잔을 더 따르며 말했다.

지금……. 해나는 망설였다. 사이먼이랑, 숲으로 피크닉을 왔어요. 걷다가 방금 쉬려고 멈췄어요. 햇빛이 나뭇가지 사이로 들어와 썩어가는 낙엽을 비추고 있어요. 오렌지를 하나 까서 쪼갠 다음 사이먼에게 건네고 있어요. 사이먼이 내 손목을 잡아 오렌지를 먹고, 내 손바닥에서 오렌지 조각을 핥는 그 사람 혀가 느껴져요. 그 사람은 날 잡아당겨 키스하고—

됐어요! 그만! 토비가 말했다. 충분해요!

미안해요. 갑자기 부끄러워진 해나가 말했다. 생각도 안 하고 있었는데, 당신이 묻는 바람에 그만. 요즘 좀 정신이 오락가락해요.

* 프랑스에서 오렌지 껍질로 만든 리큐어.

당신은 늘 그래요. 요즘 그런다는 것도 믿지만요. 토비의 손바닥이 테이블을 지나와 네모난 병을 잡았다. 그는 또 한 잔을 따랐다. 잔이 작다고 토비는 씩 웃으며 말했다.

그럼 당신은 어디에 있나요? 해나가 물었다.

토비는 술을 빙빙 돌리며 잔을 들여다보았다. 토비가 또 한 모금을 마시자 가느다란 목에 건, 약해 보이는 피치스톤 목걸이가 팽팽하게 당겨졌다. 한참 만에 토비는 고개를 들어 해나를 보았다. 난 당신이랑 있어요, 해나. 바로 여기 당신이랑 있어요. 내 아내랑 당신 남편은 크라이스트처치에 있고, 우리는 여기서 우리 식대로 다정하고 부드럽게 놀고 있죠. 그러니 어떻게 생각해요?

그 사람이…… 그 사람이 바람을 피우고 있나요?

참 좋은 질문이네요. 괜찮나요? 토비는 이렇게 말하고 다시 한번 병을 들더니 이번에는 빈 머그잔에 술을 부었다. 음, 정말로 궁금하시다면, 알려드릴 수 없어요. 그들은 물론 함께죠. 둘은 서로 뗄 수 없는 사이가 되었어요. 아, 내가 약간 말썽을 일으켜서…… 좀 심하게 한 적이 있는데…… 입원했을 때, 당신 남편이 괴로워하는 내 아내를 돌봤을 때도 두 사람이 잘 맞지 않았나요? 참 감동적이었죠. 그러다 2월 22일. 레스토랑이 망하기 직전이라 일자리를 잃었죠. 아무튼, 그건 중요하지 않아요. 중요한 게 뭔지 모르겠지만. 중요한 게 뭐죠?

그래서, 그럴 수도 있다는 건가요?

그럴 수 있어요. 제 짐작은 아니라는 거지만, 누가 알겠어요? 사이먼은 많이 울어요. 근데 그게 상관이 있나요? 무슨 의미가 있나요? 진심으로 달래주는 거? 둘은 지금 바람을 피우고 있어요. 단둘이서 각자의 절망에 빠진 서로를 돌봐주고 있겠죠. 아, 제발. 그들은 너무나 당당해요. 미안해요. 당신 남편이지만…….

걱정 말아요. 생각나는 대로 말해요. 나도 알고 싶어요.

대체 뭐하게요? 그러니까, 무슨 차이가 있어요? 그 사람을 사랑하나요?

음, 네, 사랑한다고 생각했어요.

그건 마치 임종 시에 느끼는 감정을 표현하는 것 같네요.

아뇨, 음, 사랑해요. 물론 사랑해요.

물론? 이런 것들을 어떤 의미에서 늘 함께였기 때문에 당연히 받아들여야 해요? 이제 우리 발밑의 땅이 단단할 것이라고 믿을 수 있어요? 발가락에 와 닿는 파도를 믿을 수 있어요? 모든 게 변해요, 해나.

그래서 당신은 매기를 사랑하나요? 해나가 쿠앵트로를 홀짝이다가 갑자기 한 모금에 삼키자 모든 감각이 오렌지 향에 폭발할 것 같았다.

이것만 말할게요. 당신 남편은 내 아내랑 내 집에 있어요. 당신 남편은 당신이 이제 자길 사랑하지 않는다고 생각해요. 그 사람은 당신이 자기보다 오리를 더 사랑한다고 생각해요. 그래서. 뭐가 뭔지도 모르고, 불쌍하죠. 거기서 개처럼 일하면서 땅을 파고, 벽돌을 치우고, 할머니들을 보살피고 그러고 있어요. 지진이 그 사람의 오리가 되었어요. 그리고 매기 때문에 난 지치고 있어요……. 아마 그 사람이 매기의 오리가 되고 있는 것 같아요.

그래요? 약 때문인가요, 토비?

말도 꺼내지 말아요. 모두 알아서 하고 있어요. 대충은. 울퉁불퉁한 돌길을 달리다 보면 자전거에서 떨어지기도 하잖아요? 그리고 사람들이 피해 지역을 복구하다 보면, 결국엔 괴로워져요. 좀 지나면 더 큰 사고가 일어날 거라고 생각하게 되니까요.

토비는 빈 잔을 만지작거리더니 한 모금을 마셨다. 우리는 모두 같아요, 해나. 모르겠어요? 모두 그래요. 한 사람도 빠짐없이. 우리에겐 버팀목이 있어요. 언젠가 그것이 지팡이가 되거나, 묘비 위로 자라는 잡초를 바라볼 때 기댈 수 있는 낡은 담장이 되겠죠.

토비는 재킷을 더듬거리더니 안쪽에 손을 넣어 담뱃갑을 꺼냈다.

담배 시간. 토비는 머리를 손으로 빗어 넘기며 이렇게 말했다. 그리고 일어나서 문을 열었다. 해나는 식탁에 앉아 있었다. 쿠앵트로를 한 잔 더 따랐다. 벌써 술 때문에 어지러워지고 있었다. 해나는 하루 종일 아무것도 먹지 못했다는 것을 깨달았다. 생강 쿠키 하나밖에 먹지 못했는데, 벌써 점심시간이 지나고 있었다. 해나는 냉장고로 가서 유통기한이 지나지 않은 훈제 연어 한 팩을 꺼냈다. 그리고 빵을 몇 조각 구웠다. 접시에 담은 음식을 식탁 한가운데 차려놓고, 작은 접시 두 개와 나이프를 양쪽에 하나씩 놓은 다음 자리에 앉았을 때, 토비가 다시 들어왔다.

뭘 좀 먹는 게 좋을 것 같아서요. 해나가 연어 한 덩어리를 토스트에 얹으면서 말했다.

오리요. 토비가 말했다. 토비는 담뱃갑을 식탁에 놓고서 손바닥으로 이리저리 굴렸다. 정원 저 아래 베개에 붙어 있어요.

오, 거기 있어요? 그건 애너벨이에요. 애너벨 때문에 우리 관계가 바뀌었어요. 오리가 전에는 날 공격했지만, 이제는 베개가 있으니까 괜찮아요. 보통 때라면 오리가 날 노려보고 있을 테지만, 실은 어제 아주 까다롭고 긴 밤을 보냈거든요. 그래서 날 피하는 거예요.

그렇군요. 토비는 연어와 토스트를 천천히 씹고 있는 해나를 뚫어져라 쳐다보았다. 해나 아주머니, 내가 이렇게 미묘한 상황을 해결할 수 있게 때맞춰 도착한 것이면 좋겠어요. 보세요. 어쩌다 보니 이렇게 되었어요. 제안할게요. 내가 오리의 고향으로 데려다줄게요. 거기가 어디였죠? 케임브리지? 티 쿠이티?

티 아와무투요.

티 아와무투, 좋아요. 함께 즐거운 드라이브를 할 수 있어요. 그러니까—, 이제 한 가지 비밀을 털어놓을게요. 오리가 여기 있으면 당신 남편은 돌아오지 않을 거예요. 그건 알고 있어요? 나는 알아요. 그렇게 말했어요. 그래서 생각해봤어요. 오리가 가고, 당신 남편이 돌아오면, 나는 아내와 다시 사는 거예요. 어때요? 하지만 쓸데 없는 데 신경쓸 시간이 없어요. 이미 늦었을지도 몰라요. 선택해요. 오리인지, 남편인지. '소피의 선택'과 같은 상황이에요. 아주 힘든 딜레마죠. 정말 사랑하는 게 누군가요?

부탁이에요, 토비. 심술부리지 말아요. 피곤해요.

그랬다. 해나는 모두 모여 앉아 술을 마시며 상황을 이야기하고 있는 모습을 상상했다. 사이먼이 누구에게든지 비밀을 털어놓는 것이다. 토비와 매기, 사이먼은 알코올 중독자 모임이자 오리 때문에 홀아비가 된 남자들의 상담 모임의 일원이다. 모두는 자신의 이야기를 털어놓고 있다. 서로를 동정하면서.

토비는 난처한 표정으로 인상을 찡그린 채 침묵을 흡수하는 듯 아무 말도 하지 않았다. 그리고 식탁 가장자리를 따라 담뱃갑을 문지르고 있었다. 토비는 몸을 숙이더니 다리를 긁었다.

이것 참. 토비가 말했다. 그렇게 힘든 결정일지 몰랐네요. 그러니까 오리랑 힘든 상황 사이에서 선택하기가 정말로 힘든 거군요. 20년을 넘게 산 남편이랑 6개월 기른 오리랑. 사이먼 말이 옳았어요. 젠장, 해나.

그렇게 간단하지 않아요. 해나가 말했다.

내 말이 그 말이에요.

어머니 문제를 생각해야 해요.

그렇군요. 토비는 식탁을 가로질러 다가와 해나의 손을 잡았다. 예상하지 못한 공감의 표현, 다정함의 표현에 해나의 가슴이 벅차올랐다.

해나, 내 사랑. 내 처형. 아주 끔찍한 소식이 있어요.

해나는 눈을 깜빡였다. 또 눈물이 차올랐다.

뭔데요?

당신 어머니. 어머니요……. 어머니는 돌아가셨어요. 9개월 전에 돌아가셨다고요.

해나가 벌떡 일어나자 의자가 뒤로 넘어가 벽에 부딪쳤다.

젠장! 그만 좀 놀려요! 내가 바보 같아요? 사이먼이 당신한테 뭘 먹이고 있었어요?

제길. 토비가 담담하게 말했다. 다시 시작해도 될까요?

날 조롱하러 왔군요.

해나, 해나, 아니에요. 앉으세요. 그렇게 말하면……. 그래요, 맞아요. 오지 말았어야 해요. 호텔을 찾아볼게요. 네, 좋아요. 또 한 명의 선한 사마리아인이 쓰러지는군요.

토비가 술병에 손을 뻗었다. 해나가 병을 잡았다.

안 돼요. 그만 마셔요.

토비가 일어났다.

뭐라고요, 해나 아주머니?

해나는 토비의 새하얗고 가느다란 손이 다시 자신의 손을 잡을 때 그 번득이는 눈빛을 결코 잊을 수 없었다. 이번에 그 눈에는 상냥함이라고는 없었다. 둘은 식탁 반대편에서 병을 쥐고 겨루며 눈빛을 교환했다.

충분히 마셨어요.

토비의 손가락이 해나의 손을 누르면서 손톱으로 찔러왔다. 해나의 손가락은 병목을 꼭 잡았다.

그 말에 얼마나 짜증이 나는지 모를걸요. 그 독기 어린, 악독하게 비웃는, 잘난 체하는 말이.

앉아요. 해나가 명령했다. 놀랍게도 토비는 명령에 따랐다. 병을 손에서 놓지 않은 채, 엉덩이로 의자를 확인하면서. 해나는 발로 의자를 가까이 당기고 앉았다. 병은 식탁 한가운데 놓여 있었다.

해나는 토비의 손 밑에서 손을 빼냈다. 스물네 시간 만에 우리 집에서 또 한 명이 구급차를 타고 실려 나가는 건 원하지 않아요.

분노의 불길이 가라앉았다. 저절로 꺼진 것이다. 바삭거리는 재는 아직 남아 있었다. 해나는 심장이 두근거렸다. 엄지손가락으로 손을 문질렀다. 토비는 잔에 술을 붓고 마시더니 병에 마지막으로 남은 것을 해나의 빈 잔에 따랐다. 해나는 토비에게서 시선을 떼구고 말라붙은 음식을 들면서 숨을 고르려고 노력했다. 식탁 나무가 무엇인지 기억나지 않았다. 나뭇결이 강물처럼 흘러가고 있었다. 나이테 한 줄마다 세월을 표시해주었다. 해나는 이 나무가 살면서 무슨 일을 겪었는지, 지진이 몇 차례나 그 뿌리를 흔들어놓았을지 궁금했다.

그만 떠나줄게요. 토비가 말했다.

아뇨, 그러지 말아요. 부탁이에요. 함께 티 아와무투로 갈게요. 아직도 그러자고 한다면요. 함께 갈 사람이 있으면 좋겠네요. 맞아요. 그렇게 해야 해요.

뭐, 아무래도 상관없어요.

하지만 오늘은 아니에요.

그래요.

내일 갈까요?

좋아요.

그때 무슨 일이 있었는지 몰라요. 해나가 말했다.

토비는 머리를 문지르며 중얼거리면서 식탁에 팔꿈치를 괴고 있었다. 저, 미안해요, 해나. 사과할게요. 일찍 일어났어요. 사실, 밤새 거의 못 잤어요. 오늘 아침에 비행기를 타기 전에 가만있지 못하고 서성거렸어요. 용서하세요. 그렇게 말한 게 잘못이었어요. 절벽에 선 술꾼이랑 싸우는 건 좋지 않아요.

토비는 긴 손가락으로 곱슬머리를 쓰다듬었다. 해나는 아무 말도 하지 않았다. 이런저런 생각이 스쳐 지나가는 동안, 토비를 쳐다보고 있었다. 잔해가 여기저기 흩어진 물에서 빠져나가려는 사람이 몇이나 될까? 바로 하루 전, 멍하니 삶의 사소한 문제들을 생각하다가 지금 마지막 숨을 거두고 있는 사람이 몇이나 될까? 그에 비하면, 해나와 사이먼이 임종하는 가운데 침대에 똑바로 누워 돌아가신 어머니의 죽음은 얼마나 편안하고 평화로우며 평범했는가? 그리고 온 세상에서 이 순간 서로 얽혀 있는 사람들은 몇 명이나 될까? 해나는 밤새 순순히 무릎 위에서 잠자던 오리를 생각했다. 밤새 오리의 따뜻한 날개 밑에 손을 넣고 싶은 충동과 싸웠다. 그렇게 낯설고도 놀라운 일체감을 느끼기 위해서 필요한 건 그것뿐이었다.

마침내 토비가 고개를 들었다. 토비는 눈썹을 치켜세우며 눈을 떴고 해나에게 광대처럼 억지웃음을 지어 보였다. 잿빛 입술은 꼭 다문 채.

내 매력은 모두 사라졌어요. 창밖으로. 무슨 말을 하던 중이었죠?

나더러 오리랑 남편 중에서 고르라고 했어요. 망설이는 걸 오해하지 말아요. 사이먼이 그립고, 사이먼을 사랑하니까.

그 말에 해나는 손을 들어 입을 가리고 손가락을 깨물었다. 이가 살 속으로 깊이 박히더니 아픔이 느껴지지 않을 때까지 더욱, 더욱 세게 파고들었다. 적어도 그 덕에 울지 않을 수 있었다.

해나는 연어를 그에게로 밀었다.

먹어요.

토비는 신음 소리를 냈다. 사실, 해나. 난 좀 누워야겠어요. 잠을 별로 못 잤어요. 토비는 쿠앵트로를 한 모금 더 마시더니 몸을 떨었다. 젠장. 토비는 머리를 팔에 파묻고는 다시 떨었다.

좋아요. 침대를 준비할게요.

해나는 이불장으로 가서 깨끗한 시트와 베갯잇을 꺼내 어머니가 쓰던 빈방으로 가져갔다. 지난 두세 달 동안 해나가 자던 방이었다. 토비는 욕실에 가더니 가방을 들고서 해나 뒤로 다가왔다. 시트를 벗기는 해나를 토비가 말렸다.

해나. 해나. 해나. 그럴 것 없어요. 시트 갈지 말아요. 토비가 중얼거렸다. 아무 시궁창이라도 괜찮아요. 중력을 못 견디겠어요.

해나는 토비를 올려다보았다. 토비의 얼굴은 톱으로 깎아놓은 듯 뼈가 전부 튀어나와 있었다. 그의 살에서 핏기가 빠져나가고 없었다. 해나는 물러서서 토비가 지나가게 해주었다. 토비는 휘청거리더니 침대에 쓰러져 발에서 구두를 벗어 던지려고 했다. 구두가 꼼짝도 하지 않자 짜증을 냈다.

자요, 내가 해줄게.

해나는 바닥에 무릎을 꿇고서 구두끈을 풀었다. 길고 윤이 나는 구두였다. 발끝에 줄무늬가 난 갈색 구두였다. 해나는 구두를 치워놓았다. 하얀 다리 끝에 달린 발에 양말이 신겨져 있었다. 다른 쪽도. 이번에 해나는 구두를 더 효율적으로, 발뒤꿈치부터 벗겨냈다. 해나는 구두를 가지런히 놓고 일어났다.

됐어요. 해나가 말했다. 토비는 멍한 표정으로 일어나 앉았다.

해나. 토비가 속삭였다. 있잖아요. 토비는 손가락을 하나 들더니 벽에 걸린 타원형 거울을 가리켰다. 해나는 그 옆에 섰다. 그가 거울에 비친 자신의 모습을 보면 좋아하지 않을 터였다. 그는 살이 빠지고, 등이 굽고, 흐트러진 머리카락이 쑥 들어간 눈 위로 드리워진 노인 같았다. 축 처진 입술 뒤로는 아랫니가 보였다. 그리고 해나 또한 퉁퉁 부은 눈 때문에 무시무시한 꼴이었다.

쉬잇. 해나가 말했다. 지쳐서 그래요. 해나는 그와 거울 사이에 섰다. 자, 누워요. 토비는 머리를 세차게 흔들더니 두피를 문질렀다.

자, 토비. 해나가 달랬다.

그분이 늘 있어요?

누가요?

어머니요. 날 가리키고 있어요.

바보 같은 소리 말아요. 해나가 말했다. 그건 당신이었어요. 당신이 스스로를 가리킨 거예요.

어머니였어요. 입술이 움직이고 있는데, 소리는 안 들렸어요. 뭐라고 말씀은 하시는데, 안 들렸어요.

해나는 그의 엉덩이 밑에서 이불을 끌어냈다. 그리고 토비를 안아주었다. 외투 밑으로 몸이 떨리고 있는 것이 느껴졌다. 해나는 토비의 떨리는 몸을 매트리스에 내려놓고 베개를 한번 털어준 뒤 머리를 뉘었다. 베개 밑에서 해나의 잠옷이 삐죽 튀어나왔다. 토비의 턱 밑에 작은 톱니가 움직였다. 해나는 토비의 발을 올려 시트 밑에 넣어주었다. 어깨까지 이불도 덮어주었다.

추워요. 토비가 속삭였다. 너무 추워요. 피가 얼어붙는 것 같아요. 토비는 손으로 이불을 움켜쥐고 턱 밑까지 올렸다.

해나는 전기담요 스위치를 켰다.

물요. 토비가 중얼거렸다.

하지만 해나가 물주전자를 갖고 돌아왔을 때 토비는 이미 잠들어 있었다. 해나는 침대 옆의 빈 잔에 물을 따라놓고 침대 가에 앉아 거울을 들여다보았다. 실라의 말이 옳았다. 정말 살이 빠졌다. 해나는 눈을 감고서 토비의 숨소리를 들었다. 멀리서 희미하게 들려오는 비난하는 듯한 목소리처럼, 속삭이고 공모하는 소리를. 바깥 목련 나무에서는 찌르레기 한 마리가 부산하게 지저귀고 있었다. 사람들을 가득 채운 비행기 한 대가 하늘 위로 위태롭게 날아갔다. 자동차도 지나갔다. 또 한 대가 지나갔다. 세상은 계속 돌아가고 있었다.

해나는 다시 눈을 떴다. 여전히 눈 한쪽이 감긴 자신의 모습만이 보였다. 거울 속, 토비가 누워 있는 곳, 베개 밑, 뒤의 벽, 방 한쪽에 덩그러니 놓여 있는 작은 꽃무늬 안락의자를 살폈다. 움직이는 그림자가 있는지, 변하는 빛이 있는지 찾아보았다. 어머니가, 잠든 토비 옆, 잠옷에 싸놓은 유골 항아리에 든 재, 아니 재의 절반만은 아니라는 실마리를 찾을 수만 있다면.

해나는 허리를 숙이고 핼쑥한 토비의 뺨에 입을 맞추었다. 그러고는 손을 들어 그의 차가운 이마를 가볍게 짚어보았다. 해나의 파란 잠옷이 베개 밑으로 삐져나와 있었다. 그를 깨우는 것이 두렵지 않았다면, 해나는 잠옷을 끄집어내고 그 옆에 넣어둔 크림과 머리끈, 뭉쳐놓은 화장지 몇 장을 함께 꺼냈을 것이다. 해나는 전기담요 온도를 낮춘 다음 방에서 나왔다.

상황 설명

정원에서 오리는 해나가 연못 옥잠화 옆에 놓아둔 베개 하나를 깔고 평화롭게 앉아 있었다. 그러다가 해나를 보고 벌떡 일어나 달려와서는 발을 깨물더니, 애너벨에게 달려가 뻔뻔하게 섹스를 했다.

해나는 토스트와 연어 한 쪽을 더 먹으면서 차갑고 축축한 바닥에서 엉덩이를 이리저리 움직여보았다. 주위의 모든 풀이 반짝였다. 오리는 베개에서 일어나 연못으로 걸어가더니 섹스 후 목욕을 시작했고, 물을 사방으로 튀기며 아가베 잎에 물방울을 남겼다.

오리야?

해나는 빵 한 조각을 던졌다. 오리는 무시했다.

어젯밤 말이야.

오리는 재빨리 부리를 몸에 묻더니 효율적으로 깃털을 하나하나 다듬기 시작했다. 오리는 마치 불평 없는 아이들을 하나씩 핥아주는 아빠 같았다.

사료 말이야. 그거 생각해 봤는데, 지금은 안 하는 게 좋겠어. 너한테도, 어머니한테도 좋은 일이 아니야.

이번에는 미지샘. 그다음엔 날개. 오리가 모르는 것은 아무것도 없었다. 분별 있는 선생님 덕분에 오리는 모든 것을 이해했다. 해나에게도 그런 멘토가 있었다면 얼마나 좋았을까.

널 티 아와무투에 데려갈 거야. 거기 가면 매력적인 흰 머스커비 오리가 있을 거야. 정말 아름다운 오리도 있고. 진짜 암컷 오리 말이야. 그리고 거기 가면 연못도 있어. 여기보다 훨씬 더 큰 연못에는 잠자리랑 개구리, 골풀이 살고 있고, 친구들이랑 햇볕을 쬘 수 있는 너른 풀밭도 있고, 원할 때마다 올라갈 수 있는 굵은 가지가 있는 나무들도 많아. 그리고 덤불 속에 은신할 곳도 많아. 오리들도 많을 거야. 너 혼자서 포식자를 지키지 않아도 되니까, 눈을 감고 잘 수 있을 거야. 밤이 되면 모두 전기 담장이 지켜주는 곳으로 들어가서 자도 돼. 그리고 지렁이랑 귀뚜라미, 메뚜기, 바퀴벌레가 가득한 웅덩이도 있을 거야.

오리는 기지개를 켜면서 날개를 펼쳤다.

밤에 오는 선생님한테 흰 오리에게 어떻게 해야 하는지 배워야 할지도 모르겠다. 흰 오리가 여럿일 수도 있지. 날개랑 다리가 달린 예쁜 애너벨 말이야. 그리고 베개에는 없는…… 부분도 있고.

오리는 무관심한 표정으로 머리를 등에 문질렀다.

오리야, 너도 굉장히 잘생겼어. 네 깃털은 최고야. 네가 태어난 알처럼 매끈한 깃털이 제자리에 자라고 있잖니. 흰색 바탕에 회색 무늬도 아름답고. 새빨간 부리도 탐스러워. 어딜 가든 네 인기는 최고일 거야. 최고의 수컷. 내가 만약 오리라면…….

오리는 갑자기 눈을 밝히며 고개를 까닥였다.

네가 그리울 거야, 오리야.

오리는 발톱을 들어 뒤통수를 세게 긁고는 연못가로 다가가더니 해나와 반대편으로, 옥잠화와 풀밭을 지나 민들레 잎을 우적우적 먹었다.

그래, 아무튼. 해나가 말했다. 내일이야, 알았지? 못 들었다는 소리는 하지 마.

불침번

그리고 밤이 되었을 때, 오리가 호텔에 자러 간 후 해나는 옷을 입은 채로, 토비가 자는 방 안락의자에 동그마니 앉았다. 어둠 속에는 너무나 불안한 것이 많았기 때문이다. 지구가 산산조각 난다면, 혼자 있고 싶지 않았기 때문이다. 그러나 지구가 멀쩡하다면, 토비가 죽을지도 몰라 두려웠고, 자신이 함께 있다면 그런 일을 막을 수 있을 것이기 때문이다. 빽빽한 숲 가장자리에 서서 사랑하는 이들을 집으로 부르는 여자처럼.

밤중 고요한 시간, 해나는 토비의 신음 소리를 듣고 졸다가 깨어나 침대로 가서 시트를 토닥여주었다. 그러자 토비의 몸이 어둠 속에서 일어났다.

맥스? 토비가 중얼거렸다.

토비, 토비. 해나가 속삭이는 소리가 방 안을 채웠다. 매기는 없어요.

어떻게 된 거죠! 누구세요? 무슨 일이에요?

쉬, 토비, 나예요, 해나. 미안, 미안해요.

해나, 이게 무슨 일이에요? 내가······?

해나는 의자에서 일어나 불을 켰고, 토비는 눈이 부셔 찡그리면서 팔로 눈을 가렸다.

꺼요. 꺼요.

해나는 그렇게 했다. 그리고 문 옆에 망설이며 서 있었다.

무슨 일이에요, 해나? 여기서 뭐 하는 거예요?

미안해요. 그냥…… 걱정이 돼서요. 이제 갈게요.

간다니요? 어딜 가요?

내 침대로요.

매기는 어디 있어요?

크라이스트처치에요.

아, 그렇죠. 그렇지, 그렇지. 맞아요, 맞아. 세상에. 알겠어요. 젠장. 물 한 잔만 마셨으면 좋겠어요.

해나는 침대 옆 서랍장으로 가서 놓아두었던 컵을 더듬어 찾았다. 해나가 토비의 손에 컵을 쥐여줄 때, 두 사람의 마른 손가락이 닿았다.

토비는 꿀꺽거리며 물을 마시고 테이블 옆에 컵을 놓았다.

고마워요. 천사님.

그리고 그는 이불 밑으로 풀썩 누웠다. 잠시 후 토비가 잠든 소리가 들렸다. 해나는 주전자에서 물을 다시 따라놓고는 사이먼의 귀환을 위해 준비해놓았던 새하얀 침실을 향해, 무거운 발걸음을 옮겼다.

제27장

상자에서 나온 백만 가지 질문들

그 후로 이틀이 지나서야 그들은 눈가리개를 한 오리를 상자에 담아 차 뒤에 신고 출발할 수 있었다. 해나는 뽑기를 하는 아이처럼 상자에 손을 얹고 앉아 있었다.

눈에 씌운 양말 덕분에 오리는 내키지 않지만 졸음에 빠졌다. 해나가 턱 밑에 손바닥을 대어주자 오리는 안심하는 것 같았다. 손을 빼면 오리가 놀라, 겨우 몸에 맞는 상자 안에서 요란하게 부스럭거릴 것이다. 해나의 손길에 안정을 취할 만큼 믿어주다니 안심이 되었다. 그럼에도 불구하고, 아니, 그 때문에, 해나는 배신자가 된 기분이었다. 이번에 오리를 꾀어—, 아니……, 붙잡아 상자에 억지로 넣는 작업은 사전에 계획한 대로 토비가 오리의 몸뚱이를 멀찌감치 붙잡고 해나가 머리 위로 양말을 씌워 실행에 옮겼다. 그리고 토비가 상자를 들고서 뚜껑을 닫았다. 멀리 계곡 반대편에서 일꾼들이 집을 망치로 부숴 해체한 뒤 건축 자재를 쓰레기통에 넣는 소리가 들려왔다. 사방에 그 소리가 울렸다. 해나는 근처 나무와 지붕에 앉은 새들이 비난하며 고개를 까닥이는 것을 상상했다. 해나가 바로 마침내, 결국 달려든 고양이였다.

괜찮아, 오리야. 해나가 상자에 대고 속삭였다. 괜찮아.

하지만 사실은 그렇지 않았다.

토비는 조용히 운전했다. 그가 집중하며 운전하는 동안 세모난 코, 홀쭉한 뺨, 꼭 다문 입술이 보였다. 그가 문 앞에 찾아와 악한 마녀의 물레 바늘에 찔려 자고, 또 자고, 또 자는 사이 해나의 집은 담쟁이덩

굴에 뒤덮인 지 얼마나 되었을까? 지구가 태양 주위에서 궤도를 찾은 지 얼마나 되었을까? 오리들이 공룡의 모습으로 지구에서 걸어 다닌 지 얼마나 되었을까? 그리고 처음 오리가 나타난 이후로 얼마나 많은 오리들이 지구에 왔다가 떠났을까? 새끼 오리로 태어나 포식자의 이빨과 혀 사이에서 죽은 것은? 그리고 이 오리, 이 어리석은 오리는? 자연의 여신이 완벽하게 고안한 깃털과 밤새 다녀가는 선생님. 해나의 마음속을 어지럽히는 말도 안 되는 후회와 슬픔의 의미는 무엇일까? 거시적인 관점에서 의미가 있는 것은 무엇일까?

해나는 클레어에게 전화를 걸어 방문할 예정이라고 알렸다. 셋째 날, 매기에게 알리는 것이 좋지 않겠냐고 해나는 토비에게 조심스레 물었다. 토비는 어깨를 으쓱하며 그렇다고 하고서 해나가 내민 전화기를 가지고 정원으로 갔다. 자신의 전화기는 일부러 두고 왔다고 했다. 해나는 토비가 연못 주위를 돌면서 무신경하게 돌을 차며 낮은 목소리로 통화하는 것을 지켜보았다. 엷어지는 햇볕이 그의 깡마른 등을 비추었다. 그리고 안으로 들어온 토비는 아무 말도 없이 전화기를 해나 손에 쥐여주더니 방으로 가버렸다. 해나가 나중에 살짝 들여다보니 토비는 흐트러진 침대에 팔을 베고 누워 있었다. 해나의 잠옷은 아직도 베개 밑에 있었다.

괜찮아요? 해나가 침대 끄트머리로 다가가며 물었다.

매기가 약간 열 받았나 봐요. 오리를 데려가는 게 좋겠어요.

토비의 시선이 해나 쪽으로 다가오더니 다시 하얀 천장으로 돌아갔다.

머스커비 오리가 사실은 브라질에서 온 거, 알아요? 해나가 토비에게 물었다. 1500년대 스페인 정복자들은 인디언 마을에서 야생 머스커비를 식용으로 잡아놓은 것을 보았어요. 그래서 스페인 사람들과 포르투갈 사람들이 머스커비를 유럽으로 데려가 많이 먹었대요. 이제 머스커비는 멕시코랑 남미의 다른 지역에서 살아요.

해나 백과사전. 토비가 대답했다.

해나는 다른 손으로 뚜껑을 열었다. 안녕, 오리야. 괜찮니? 해나가 속삭였다. 오리는 불편한 기색으로 몸을 움직였다. 부리가 뜨거웠다. 목적지에 도착해 차에서 내리기 전 해나는 오리의 따뜻한 숨결을 손가락으로 모아 주머니에 넣어둘 셈이었다.

사랑은 참 알 수 없는 거야. 해나가 한숨을 쉬었다.

해나 아주머니. 그런 얘기는 시작도 말아요. 지금으로선 사랑은 준엄하고 가차 없는 거예요. 이 오리를 제자리에 돌려놓으면 우리는 상황을 똑바로 볼 수 있을지도 몰라요.

머스커비는 기러기나 다른 새처럼 옮겨 다니지 않아요. 해나가 덧붙였다.

해나는 오리가 북쪽으로 돌아가다가 어느 날 갑자기 지친 모습으로 뒷마당으로 찾아와, 데크 계단에 앉아 씩씩거리며 창문을 통해 인사하는 건 아닐까 하고 상상하다가 이 사실을 확인해보았다.

달그락

벌써. 벌써 오리가 그리웠다.

클레어는 돌길을 달그락거리며 밟고 나와 그들을 맞았다. 그들을 만나, 해나가 마침내 정신을 차리게 되어, 너무나 반가운 얼굴이었다. 토비는 차에서 내려 기지개를 켜더니 담뱃불을 붙이고는 발장난을 쳤다. 크리스마스 때 토비도 클레어를 만난 적이 있었고, 담배를 든 한쪽 팔을 큰 날개처럼, 추락하기 직전의 경비행기처럼 뻗고는 클레어와 어색하게 뺨을 맞대면서 인사했다. 해나는 창문을 내렸다. 안녕하세요, 안녕하세요. 해나의 손은 여전히 성가신 부록이 되어버린 상자 안에 있었다. 곧 내릴게요. 해나는 팔을 빼냈다. 상자가 폭발을 일으켰다. 해나는 뚜껑을 꾹 누르고 수건으로 덮었다. 클레어가 차 문을 열었다. 깔끔한 갈색 바지를 헐렁하게 입고, 흙색 블라우스와 진녹색 카디건이 탄탄한 배를 가리고 있었다. 클레어는 야외용 복장을 하고 있었다. 희끗희끗한 머리는 반듯한 직모였다. 공기는 시원했고, 젖소 냄새가 풍겼다. 어디선가 트랙터 굴러가는 소리와 개 짖는 소리가 들려왔다.

해나는 쿵쿵거리는 상자를 차에서 내리며 도움을 사양했다.

와서 차 한 잔 하려무나.

현관은 걸어놓은 온갖 물건과 냄비들, 벽에 아무렇게나 매달려 있는 고구마 잎으로 비좁았다. 줄줄이 늘어선 개미들은 창문틀을 따라 움직이고 있었다. 신발과 장화, 우산이 든 상자들. 구석에 놓인 거미줄 쳐진 뻣뻣한 우비들.

상자는 현관에 두고 차랑 스콘을 먹고 나서 개를 안내해주자.

오, 음. 클레어 아주머니. 얘를…… 호텔이든 어디든 데려다줄 때까지, 제가 상자를 갖고 있어도 될까요?

호텔? 그것 재미있구나, 얘야. 그러렴. 오리가 가만히 있기만 한다면 그래도 된다.

그래서 해나는 낡은 벨벳 쿠션이 붙은 꽃무늬 소파에 앉아 무릎에 상자를 올려놓은 채 차를 마시면서, 휘핑크림과 잼을 곁들여 제일 작은 스콘을 먹었다. 집 안에서는 고기를 천천히 익히며 요리하는 냄새가 났다. 맨틀피스에는 밥과 클레어의 흑백 결혼사진이 놓여 있었다. 교회 계단에 서서 얼굴에 미소를 짓고서 손을 꼭 잡고 있는 전형적인 신랑 신부의 모습이었다. 그런데 무엇에 눈이 부셔서 찡그린 것일까? 햇빛? 영원히 함께 살아야 한다는 사실의 자각? 그리고 아이가 없는 그들 역시 오리들에게 둘러싸여 있다. 그들은 해나보다 오리를 잘 키웠다. 이제는 해가 나무들 뒤로 살짝 넘어가면서 베네치안 블라인드 사이로 들어온 가느다란 빛이 벽에 비쳤다.

해나는 애프터눈 티를 피해 잔디밭 주위를 돌아다니며 또 담배를 피우는 토비를 보았다. 그 뒤로, 달리아와 전기 담장 너머로 느릅나무 아래 나무 창고까지 작은 방목장이 펼쳐져 있었다. 그리고 하얀 오리와 닭들이 나무 아래 여기저기 돌아다니는 것도 보였다. 방목장 아래로 돌아 흐르는 개울처럼 보이는 부분도 있었다.

잘 알아들을 수 없는 라디오 소리가 집 안 어딘가에서 들려왔다. 클레어가 말을 건네고 있었고 해나의 일부는 기계적으로 대답하고 있었다. 날씨에 대해, 눈가에서 사라지고 있는 멍에 대해, 일본과 크라이스트처치, 사이먼의 안부(오리가 돌아왔으니 기뻐하겠구나, 얘야), 햇볕이 싫은지, 블라인드를 닫아줄지, 아, 맞다, 저녁 식사로 오리를 먹자는 농담까지.

그러게요. 해나가 무릎 위에 올려놓은 상자를 고쳐놓으며 말했다. 어두워지기 전에 오리를 잘 곳에 데려다주는 것이 좋을 것 같았다. 오리가 안절부절못하고 있었다.

클레어가 일어나 해나의 잔과 접시를 치우려다 접시 위에 남은 스콘을 보았다.

그리고 토비도 안절부절못하고 있다고, 클레어가 창 쪽으로 고갯짓을 하며 다 안다는 듯한 말투로 말했다. 반짝이는 혀끝이 클레어의 입술 사이로 삐져나와 있었다. 꼭 해야 할 말이 있는 듯이. 그러다 클레어가 갑자기, 오리가 놀라지 않게 살며시 일어나려던 해나에게 다가왔다.

너랑 토비 사이에 아무 일도 없겠지, 얘야. 클레어가 어찌나 조그맣게 속삭였는지 해나는 자신이 잘못 들었나 싶었다. 그저 네가 오후 내내 저 사람한테서 눈을 떼지 못하는 것 같아서 말이야. 사이먼한테는 너뿐이다. 그런 일이 있다면 사이먼 마음이 아플 거야. 가뜩이나 힘든 일도 많았잖니.

상자를 안고 있지 않았다면, 해나는 클레어를 밀어버렸을 것이다. 음, 실제로 그러지는 않았겠지만, 그러고 싶었다. 해나는 스콘을 먹지 않은 것에 대해 이런 식으로 복수한다는 터무니없는 생각이 들었다.

"힘든 일도 많았다"는 게 무슨 뜻인가요. 해나가 조심스레 물었다. 사실 편하게 살았죠. 솔직히 좋은 것만 누리고 살았어요. 하지만, 지금 해나의 삶이 그렇다고는 생각할 수 없었다.

아이 문제 말이야. 사이먼한테는 끔찍했지. 그렇게 착한 애였는데.

해나의 가슴속에 분노가 치밀었다.

저, 클레어 아주머니. 해가 지기 전에 오리를 데려다 놓아야 해요.

더 일찍 올 줄 알았다. 그런다고 했잖니. 사실 어제 온다고 했지. 어제 기다리고 있었단다.

미안해요. 계획대로 되지 않았어요. 해나는 토비가 오늘 한낮이 되어서야 일어났다는 말은 하지 않았다.

뭐, 내가 관여할 일은 아니지. 방은 따로 준비해놨다.

해나가 홱 돌아서자 상자 안의 오리도 빙 돌면서 다시 발버둥을 쳤다. 해나는 상자를 턱과 무릎으로 고정하고 문을 열었다. 계단을 내려가 자동차를 돌아서 토비가 담배를 피우는 잔디밭으로 갔다. 토비는 느릅나무 옆에서 밥과 이야기를 하고 있었다. 단정한 재킷을 입은 도시 소년 토비와 머리를 산발하고 셔츠 단추를 채우지 않은 채 코끼리 코 같은 팔뚝까지 소매를 걷어 올린 밥. 지저분한 청바지에 장화.

어, 왔구나. 밥이 말했다. 새 한 상자.

밥은 상자 옆으로 돌아와 해나의 뺨에 키스했다. 피부는 차가웠고, 뺨은 통통하고 꺼끌꺼끌했으며, 농장의 냄새가 났다.

자, 어디 볼까? 뭐가 들었는지. 밥은 손을 뻗어 상자를 받으려고 했지만 해나는 손길을 피했다. 그들의 음성과 동작 때문에 오리는 다시 한번 양옆으로 비틀거렸다.

아뇨, 미안해요, 밥 아저씨. 지금 여기 두고 가지 않을 거예요. 아니, 그런 일은 없을 거예요.

해나는 자신의 얼굴을 바라보는 토비의 믿을 수 없다는 심정을 느낄 수 있었다.

부탁이에요, 토비. 이제 가면 안 될까요. 지금요. 오리는 여기 두고 가지 않을 거예요.

잠깐만요, 해나. 토비가 말했다. 토비는 해나의 팔을 꽉 잡았다. 잠시 실례할게요, 밥.

그러게, 친구. 그럼.

토비는 해나를 데리고 밥과 사육장, 나무, 집에서 떨어진 방목장 쪽으로 재빨리 걸어갔다. 언덕 위에 출입구가 나왔고, 그곳을 통해 다른 방목장으로 들어갈 수 있었다. 토비는 그 입구로 올라갔고 해나는 상자를 그에게 맡긴 뒤 함께 올라갔다. 그들은 해가 내리쬐는 풀밭에 앉아 상자를 사이에 두었다.

좋아요. 토비가 팔짱을 끼고 재킷 속으로 손을 넣은 채 단호하게 말했다. 정말 훼방꾼처럼 구네요. 불어요. 왜 그러는 거예요?

견딜 수가 없어요. 해나는 이렇게 말하고는 얼굴을 가리고 울었다. 여기, 이 방목장, 오리가 태어난 바로 이곳에서 신경쇠약을 일으키고 있었다. 이 자리에서 해나는 결국 무너져버릴 것 같았다. 그러다 멈췄다. 분노가 자기 연민을 삼켜버렸다. 달걀 껍질처럼 산산이 부서졌던 신경 조각이 모두 제자리로 돌아갔다. 지금 무너지기 시작하면 다시는 멈출 수 없을 것이다. 여긴 그럴 수 있는 곳이 아니었다.

해나. 토비가 팔짱을 껴서 몸을 꼭 끌어안고 앞뒤로, 앞뒤로 흔들며 말했다. 보이지 않는 바람에 흔들리는 벌레처럼. 그런 느낌이 드는 게 정상이에요. 쉽지 않을 줄 알았어요. 하지만 이겨내야 해요.

해나는 상자 안에서 수건을 끄집어내어 뚜껑을 연 뒤 한쪽으로 젖혔다. 오리가 뒤뚱뒤뚱 나와 고향 땅을 밟았다.

이겨낼 것 없어요. 해나가 말했다.

지금이 아니면 언제 할 거예요?

안 해요.

해나는 오리를 끌어안고 목에 손을 댔고, 부리에 씌운 양말을 벗겨내면서 바삐 깜빡이는 눈꺼풀을 느꼈다. 오리는 볕 드는 풀밭에 서서 그곳 언덕에 자라는 나무의 가지를 살폈다. 그늘이 그들을 가려주었고, 오리는 뻣뻣이 서서 입을 벌리고 있었다. 오리의 세상이 사라졌다. 그 대신, 낯선 하늘과 그림자와 냄새와 풀밭이 자리 잡았다. 오리야. 해나가 이렇게 부르며 손을 뻗어 오리를 무릎에 앉혔다. 오리는 거기 가만히 앉아 발톱으로 해나의 허벅지를 꽉 누르고, 목을 이리저리 돌리며 낯선 공기를 혀로 느꼈다.

밤이 되기 전에 데려다줘야 하지 않겠어요? 토비가 말했다.

봐요, 얘가 돌처럼 굳었어요. 해나가 말했다.

해나, 오늘 밤에는 돌아갈 수 없어요. 완전히 지쳤어요.

운전은 내가 할게요.

해나는 오리를 맡아야죠. 왜요, 왜 그러는 거예요? 무슨 일 때문에?

클레어 아주머니가……. 솔직히, 믿을 수가 없어요. 우선, 우리 사이에 대해서 뭐라고 하는 것부터요. 당신이랑 나를. 솔직히, 정말이지.

토비는 우습다는 듯 고개를 젖혔다.

허! 그것 때문이에요? 해나. 단지 핑계를 찾으려는 거예요. 변명거리를 말이에요. 오리를 내놓지 않으려고. 아직 고비는 오지도 않았어요. 금단증상 말이에요. 상황을 파악해봐요. 베개랑 그러는 거, 미친 짓이라고요. 저기, 나무 아래 저 녀석이랑 같은 동물들이 있어요. 오리는 저기서 살아야 해요. 보내주지 않는 건 잔인한 짓이에요.

오리를 봐요. 나랑 있으면 행복해하잖아요.

당신이 친구들 대신이고, 우리가 살던 곳에서 데려왔고, 트라우마가 있으니까 당신이랑 있고 싶어 하는 거예요. 당신이랑 내가 어느 사막에서 한 번도 본 적 없는 생물들에게 둘러싸여 있다고 상상해봐요. 그럼 서로에게 집착하고 싶겠죠. 상황이 너무 낯서니까. 아무튼, 달리 방법이 없어요. 우리가 바람이라도 피운다고 생각하는 여자 따위. 무시해요. 미친 클레어한테 누가 신경을 쓴다고 그래요? 아무것도 아니에요.

음, 또 있어요.

봐요, 해나. 곧 해가 질 거예요. 오리를 생각해요. 정말 오리를 아낀다면.

토비는 일어나서 언덕을 내려가기 시작했고, 들고 있던 상자와 수건이 그의 무릎에 닿았다. 해나도 일어났다. 해나는 오리를 안고 토비 뒤에서 걸었다.

오리야. 해나가 속삭였다. 토비 말 들었지? 토비 말이 옳아. 너는 진정한 네 자신을 찾을 기회를 갖게 될 거야.

별 쓰레기 같은 소리. 오리가 말했다. 지금도 나는 진정한 나 자신이에요. 그게 아니면 누구란 말이에요? 내가 무슨 다른 자신이 될 수 있어요? 나한테 무슨 짓을 하는 거예요? 당신을 믿었는데. 우린 친구 사이인 줄 알았는데. 우린 서로 사랑한다고 생각했는데. 당신은 어디

로 갈 거예요? 여긴 어디예요? 적대적이에요. 무서워요. 뭔가 무서운
일이 일어날 거예요. 느낌만으로도 알 수 있어요. 나한테 이러지 말아
요.

해나는 창고를 드나드는 밥을 보았다. 닭과 오리들이 한쪽으로는
나무 벽, 다른 한쪽으로는 철조망으로 덮은 닭장과 우리, 양철 지붕
아래 긴 은신처로 이동하고 있었다. 해나가 집에서 보았던 가느다란
개울이 은신처 한쪽에서 반대쪽으로 흐르고 있었다. 다른 오리들이
향하는 곳은 여기였다. 닭들은 따로 집이 있었다.

그리고 당신 어머니도 아주 끔찍한 짓이라고 생각해요. 당신에게
아주 실망했어요. 어머니는 당신에게 배신당한 기분이래요. 나도 마
찬가지예요.

방목장 끝에 또 출입구가 있었다. 토비가 거기서 기다리고 있다가
해나를 도와주었다.

해나. 토비가 귓속에 대고 말했다. 울지 말아요. 부탁이에요. 토비
는 해나를 옆으로 끌어당기더니 머리에 입을 맞추었다. 쉿.

해나는 젖은 뺨을 어깨로 닦으려고 했다. 그리고 오리를 들어 날개
사이에 얼굴을 문질렀다. 시큼한 흙냄새가 났다.

제발요. 오리가 움츠리며 구시렁거렸다. 거길 만지는 건 싫다고요.

저. 밥이 닭장 문을 닫으면서 불렀다. 이제 된 거지? 밥은 거기 묻
힌 생각을 파내기라도 하듯 귓속에 손가락을 넣었다. 그들이 다가가
자 밥이 선량하게 말했다. 나라면 오리를 절대 그렇게 안지 않을 거
야.

오리가 좀 놀랐어요. 해나가 밥에게 말했다.

내가 어릴 때, 애완용으로 양을 키웠어. 이름은 '블루버드'였지. 나를 즐겁게 해줬으니까. 밥은 거친 손을 들어 오리를 쓰다듬었고, 오리는 그의 손등을 세게 물었다. 정말 정이 들더군. 어느 날 집에 돌아와 보니 양이 사라지고 없었어. 어머니가 양이 너무 순해서 순회 서커스단에 보냈다는 거야. 일주일 뒤에 한 남자가 밴을 타고 와서는 잘 포장된 소시지, 스테이크, 갈비, 스튜용 고기 등등을 가져왔어. 다행히 그때는 뭐가 어떻게 된 것인지 잘 몰랐지. 늘 언젠가 서커스가 시내에 오면 블루버드가 나를 알아보고 공연 중에 내게 달려올 거라고 상상했어.

밥은 셔츠 속에 손을 넣더니 가슴을 문질렀다. 자. 밥이 말했다. 오리를 우리에 넣자. 사나운 놈을 따로 떼어놓거나, 어미랑 새끼들을 넣어두는 데 쓰는 우리가 있거든.

토비, 차에서 베개랑 수건을 갖다 주겠어요?

베개라고 한 건 아니지? 토비가 떠나자 밥이 말했다. 해가 거의 저물고 있었다. 밥은 철조망으로 둘러놓은 가로 3미터 세로 2미터 넓이의 마른땅의 문을 열었다. 낙엽 하나가 나무에서 홀로 떨어지듯, 해나의 심장이 서서히 가라앉았다.

자, 오리야. 해나는 밝은 목소리로 내내 불평하는 오리에게 말했다. 적응할 때까지만 여기서 지내.

밥이 이미 그릇 대용으로 쓸 뚜껑에 사료를 담아두고 바닥에는 곡식 알갱이를 뿌려놓았다. 구석에는 녹이 슨 드럼통을 뒤집어 커다란 동굴을 만들어놓았다. 저기서 자야 한다는 걸 오리가 어떻게 알까? 해나는 생각했다. 해나는 오리를 바닥에 내려놓았다. 오리는 다시 고개를 들면서 앓는 소리를 냈다. 오리는 땅이 갈라지기라도 할 것처럼 조심스레 발을 들었다. 겉보기엔 침착해도 오리가 겁에 질려 굳어 있다는 것을 해나는 알 수 있었다. 토비가 베개 두 개, 비닐로 덮은 취침용과 애너벨을 가져왔다. 드럼통에 베개 두 개가 다 들어갔다. 혹시 밤에 비가 올까 봐 해나는 애너벨을 뒤에다 넣었다. 그러면 주위 벽의 녹이 벗겨진 부분도 막아줄 것 같았다. 다른 베개는 토비가 내민 수건으로 덮어주었다.

궁전이군. 밥이 배에다 손을 올려놓고 쳐다보며 말했다. 다음에는 침실용 스탠드도 필요하겠어.

그렇다. 이미 어둠이 내려앉고 있었다. 해나는 차가운 공기가 에워싸고, 밤공기가 다리에서, 그리고 머리에서 목덜미로 전해져 오는 것을 느꼈다. 오리는 개울로 가서 물을 마셨다. 물이 개울 소리를 내며 목구멍으로 넘어가는 동안 오리는 해나를 쳐다보았다. 오리는 사랑하고 믿었던 이들에게 배신당한 모든 오리들을 위해, 한탄하듯 부리를 하늘로 쳐들고 물을 삼켰다. 오리는 물 마시기를 멈추더니 해나를 보면서 걸어갔다. 그러고는 고개를 숙이며 인사했다. 고마워요. 고마워. 함께 즐거운 시간을 보내준 것, 그렇게 잘 돌봐준 것, 내 똥을 다 치워준 것, 좋은 먹이를 찾아준 것 모두 고마워요. 함께해줘서 고마워요. 가끔 나 때문에 힘들었죠. 이제 뉘우치고 있어요. 그래요, 후회요. 전에 그 말 때문에 함께 웃기도 했었죠. 이제 무슨 말인지 이해해요. 나는 현명한 오리답게, 꿋꿋이 내 운명을 받아들이겠어요.

오리야.

해나는 쪼그리고 앉아 오리 배에 손을 넣었다. 오리는 해나의 팔로 뛰어올랐고, 해나의 다른 팔이 오리를 잡아주었다. 둘 모두에게 너무나 익숙한 동작이었다.

이제 날 여기서 데려가요. 오리가 명령했다.

오리야, 미안해. 해나가 속삭였다. 아침에 보자. 해나는 오리를 드럼통의 게걸스러운 아가리 속으로 밀어 넣었다. 오리는 뒷걸음질 쳤다. 해나가 베개를 두드렸다. 침대야, 오리야. 해나는 오리를 다시 들었다. 오리가 달아나려고 발을 버둥거렸고, 해나가 이번에는 뒤쪽부터 안으로 밀어 넣자 다시 튀어나왔다.

그냥 두렴. 괜찮을 거다. 걱정하지 말고. 어차피 오리인걸.

해나는 사람들을 잊고 어둠 속에서 기다리며 지켜보았다. 토비와 밥. 사이먼. 매기. 어머니.

해나는 뒤로 물러났다. 갑자기 나무 위에서 커다란 날개가 푸드덕거리는 소리가 들려왔다. 그러고 나서. 그러고 나서, 밥이 문을 열자 그들이 밖으로 나왔다. 토비가 해나의 팔을 잡았고, 울퉁불퉁한 땅을 지나 둘은 돌아왔다. 해나는 돌아보았지만, 오리는 마치 하얀 유령처럼 보이지 않았다. 움직임도 없었다. 하지만 해나는 오리가 자신을, 멀어져가는 자신을 뚫어져라 쳐다보고 있다는 것을 알 수 있었다. 어둠이 오리를 에워싸고, 오리가 해나를 빨아들여 둘 다 존재하지 않게 될 때까지.

제28장

거리의 탄생

　이번에는 해나가 운전했다. 어둡고 칙칙한 날이었다. 토비는 해나 옆에서 헤드레스트와 창문 사이에 머리를 대고 졸고 있었다.

　자동차는 한 사람과 사랑하는 대상 사이에 얼마나 빠르게 거리를 만들어낼 수 있는가. 실제로 출발한 것도 너무 빨라 부자연스러웠지만, 이동하는 속도 역시 부자연스러웠다. 해나의 마음을 너무나 꽉 묶어놓았던 끈이 오리에게서 멀어지면서 빙글 빙글 빙글 돌아 풀어지는 것이 느껴졌다. 지금, 옆 우리에서 호기심을 느끼며 돌아다니는 오리와 함께, 오리는 무엇을 하고 있을까? 게다가 비도 내리고 있었다.

　해나는 창문을 때리는 빗소리, 나무가 흔들리는 소리에 깼다. 두통이 느껴졌다. 사람들이 일어나서 돌아다니고 있었고 커피 냄새가 났다. 해나는 너무 아파서 움직일 수 없다고 판단했다. 계속 누워 있으면 하루 더 지내게 될 터였다. 해나가 오리와 하루를 더 지내야 한다는 뜻이기도 했다. 서두르지 않는 것이 나을 듯했다. 토비도 분명히 자고 있을 것 같았다.

　지금, 오리에게서 점점 더 멀어지고 있을 때도 토비는 자고 있었다. 오늘 아침, 해나가 나무에서 뚝뚝 떨어지는 비를 우비에 맞으며 집에서 나타났을 때처럼, 오리는 지금도 해나가 돌아오기를 기다리고 있을 것이다. 오리는 해나를 보더니 울타리 쪽으로 달려와 인사했다. 해나가 돌아왔다! 오리는 밤새 살아남았고 해나가 돌아왔다. 오리는 해나에게 안겼다.

　오리야. 해나가 부드럽게 말했다. 안녕.

오리는 대답하지 않았지만 얼마 전부터 그랬던 것처럼 버둥거리지 않고 가만히 있었다. 해나의 팔은 구명정이었고, 그들은 집으로 돌아가는 것이었다.

해나는 오리를 우리에서 꺼내 들고 돌아다녔다. 수컷보다 훨씬 더 예쁘게 생긴 작은 머스커비 오리들이 놀라 달아났다. 그 오리들의 얼굴은 부드러운 핑크색이었고, 부리부터 눈까지 예쁘장한 마스크를 쓰고 있는 모습이었다.

오리와 해나가 새로운 울타리 안으로 들어가자 상냥한 오리 두 마리가 새끼들을 데리고 해나의 오리를 불안하게 처다보았다. 그들의 우리에도 같은 개울이 흐르고 있었다. 솜털 뭉치 같은 새끼 오리 한 마리가 개울에서 떠내려가다가, 뛰어나와 다시 진흙탕을 달려가서는 물속으로 뛰어들었다. 놀이터에서 미끄럼틀을 타는 아이 같았다.

저렇게 작았던 때를 기억하니, 오리야? 정말 귀엽고 보송보송하지. 내가 반해버린 것도 당연해.

해나는 진흙에 미끄러지면서 큰 우리로 다가갔다. 비가 내리고 있었다. 우리에 있던 암컷이 짝 옆에서 계속 뛰어오르기도 하고 내달리기도 했다. 이 수컷의 볏은 부리 밑에 조그맣게 달려 있었다. 해나의 오리한테 붙은 체리 모양의 볏에 비하면 평범하게 느껴졌다.

그리고 오리는 그 수컷을 보더니 해나의 품에서 벗어나려고 했다. 해나는 오리를 내려놓았다. 오리는 그 수컷을 향해 뻔뻔하게 다가갔다. 수컷이 움직임을 멈추고 돌아서서 오리를 마주 보더니 울었다. 해나의 오리처럼 히힝거리는 소리가 아니라, 세련된 울음소리였다. 수컷이 날개를 펼치는 것을 보고 해나는 놀랐다. 해나의 오리도 신호를 읽고는 피했다. 수컷은 날개를 펼친 채, 쫓아내려는 듯 오리 옆으로 다가왔다. 둘 다 머리를 끄덕거리고, 꼬리를 흔들었다. 속도가 빨라졌다. 볏이 꼿꼿하게 섰다. 서로 점점 더 빠르게 움직였다. 결국 해나의 오리가 울타리를 따라 자라난 잡초 속으로 피했다. 오리는 울타리가 부서진 틈으로 머리를 밀어 넣었지만, 구멍이 너무 작았다. 다른 수컷은 오리를 위협하고 있었다. 됐어! 해나가 오리를 안고 공격자를 쫓아냈다. 공격자는 굴하지 않고 당당하게 둘을 쫓아왔다.

밥이 달걀 바구니를 들고서 코끝에 물을 뚝뚝 떨어뜨리면서 창고에서 나왔다. 그거 봤다. 밥이 웃으며 말했다. 기 싸움을 하는군.

여긴 안전하지 않아요. 해나가 말했다.

결국 잘 지내게 될 거야. 일단 적응만 하면. 품종이 좋은 오리야. 내가 기르는 새보다 덩치도 크고, 저 볏 좀 보라지. 때맞춰 잘 왔어. 저 녀석도 어린 수컷이거든. 다른 놈들은 다 숨어 있어. 날개 깃털이 없으니까 싸움을 안 해. 녀석도 제 앞가림하는 법을 배우게 될 거야. 저 새끼들을 봐라. 밥이 새끼 오리들을 가리키며 말했다. 곧 쟤들이 녀석의 하렘이 될 거다. 머스커비 천국에서 사는 셈이지. 이제 걱정하지 마라.

해나가 오리를 쳐다보았다. 그게 아니면요? 해나가 물었다. 그럼 어쩌죠? 순회 서커스에 보내나요?

자, 이제 집으로 가자. 클레어가 아침을 차려놓고 기다릴 거다. 녀석은 우리에 두고.

어떻게 하는지 보게 암컷도 같이 넣어줘도 되나요?

그럼, 그럼.

해나가 오리를 우리에 내려놓는 동안 밥이 큰 우리로 가서 암컷 하나를 잡아다 그곳에 넣어주었다.

해나의 오리는 새빨간 얼굴로 서 있었다. 언제나처럼 눈으로는 해나를 바라보면서.

뭘 하는 거예요? 오리가 중얼거렸다. 정말 창피하네요. 날 창피 주려는 건가요?

밥이 암컷을 우리에 넣어주었다. 하얗고 폭신한 털에다, 불안한 두 눈 주위에 빨간 무늬가 있는 오리였다. 암컷은 그물 쪽으로 다가갔다가 드럼통 뒤로 숨었다. 해나의 오리는 암컷을 무시했다. 상황을 파악하지 못하고 있었다. 이 침입자도 데크에서 먹이 그릇을 찾아오는 멧비둘기나 참새, 블랙버드, 찌르레기나 마찬가지였다. 오리는 해나만 쳐다보았다. 오리는 물웅덩이를 찾아가더니 물을 마셨다. 밥이 문을 열어 암컷을 내보내고는 다시 닫았다.

가자꾸나. 밥이 말했다. 아침 먹자.

젖은 길이 펼쳐져 있었다.

수컷을 친근하게 알아보다니 놀라웠어요. 해나가 토비에게 말했다. 수컷에게는 인사를 하러 다가갔어요. 공격할 의도는 없었어요. 오리가 열심히, 마침내 자신이 뭔지 알았다는 듯 그 수컷한테 다가갔어요. 그 수컷이 그렇게 무섭게 반응해서 안됐어요. 당연히 위협을 느꼈겠죠.

아, 흐음, 그래요, 뭐요? 토비가 말했다.

하지만 암컷들은 오리한테 아무 의미가 없었어요. 아무 반응도 하지 않았어요.

그리고 비가 너무 많이 와서 애너벨을 꺼내놓을 수 없었다. 밥에게 설명하려고 했지만 밥은 도저히 믿을 수 없다는 표정으로 해나를 쳐다보았다. 해나가 새 수건을 침구로 쓰도록 내놓자 밥은 고개를 저었다.

약속은 못 해. 밥은 상냥하게 말하면서 수건을 받아 창고 작업대에 던졌다. 밥은 머리를 긁으면서 나타났다. 하지만 솔직히 말하는 건데, 녀석을 돌봐주면 돌봐줄수록 적응하는 데 오래 걸려.

호스 없나요. 해나가 부탁했다. 아침에는 밤에 쓴 수건을 호스 물로 씻어주고 나무 어딘가에 걸어놓기만 하면 돼요.

최선을 다해보마. 밥은 해나의 어깨를 꼭 잡아주었다. 하지만, 애너벨 말인데. 녀석이…… 애너벨로 만족하면…… 짝을 어떻게 찾겠니?

해나는 도로에서 벗어나 피크닉 지역으로 차를 몰았다. 노부부가 나무 테이블에 보온병과 샌드위치를 펼쳐놓고 앉아 있었다.

토비가 일어나 앉았다. 왜 그래요?

돌아가요. 해나가 말했다. 도저히 안 되겠어요. 걔한테 너무한 것 같아요. 무슨 일인지 이해하지 못할 거예요. 걔가 아는 걸 전부 빼앗아버리다니.

해나가 결국 걸어 나오자 오리는 믿을 수 없다는 표정이었다. 해나가 돌아볼 때마다 오리는 목을 쭉 빼고 해나를 바라보았다.

토비는 손끝으로 머리를 세게 긁었다. 해나, 해나. 해나, 해나, 해나. 해나, 해나.

토비는 문을 열고 밖으로 나와 손을 깍지 끼고 기지개를 켰다.

해나는 운전대를 꽉 쥐고서 노부부를 관찰했다. 너무나 평범한 부부는 아무 말 없이 평소 습관대로 움직이고 있었다. 여자가 남자에게 샌드위치를 건넸다. 남자는 여자를 보지도 않고 샌드위치를 받았지만 그의 손끝은 여자의 손을 잠시 쓰다듬었다. 여자가 뜨거운 음료를 컵에 따랐다. 남자는 한 번 후 불더니 마셨다. 먹고 마시는 동안 둘은 길 건너편에 펼쳐져 있는 농장을 바라보았다. 그들은 얼마 동안 함께 지냈을까? 그들은 어디로 가고 있으며, 또 어디에 가보았을까? 해나는 그들 사이에 감도는 편안함이 부러웠다. 언젠가 우리도 저렇게 될 거라고 사이먼은 그런 부부를 볼 때면 말하곤 했다.

그리고 클레어도. 어젯밤 저녁 식탁에서 스튜와 매시포테이토, 구운 고구마를 먹으면서 이런저런 이야기를 했다. 아기 이야기가 나왔다. 토비는 예민하게 그 주제를 피하려고 했다. 토비. 토비는 분명히 알고 있었다. 그리고 그녀는. 그녀는 몰랐다. 하지만 창고에서 발견한 편지를 통해 알게 된 해나는 모른 척하고서 대화를 통해 몇 가지 사실을 더 알아낼 수 있었다. 데니스에 관한 것. 사이먼의 형. 그리고 투엔. 시드니에서 사이먼의 애인이었던 여자. 사이먼이 학교를 졸업하고 얼마 후에 사귄 여자. 그리고 투엔은 임신을 했다. 사이먼 아이였을까, 데니스 아이였을까? 해나가 알기로 아기는 죽었다. 어째서, 어째서 사이먼은 그 이야기를 한 번도 안 했을까? 그 많은 대화 중에 그 이야기는 한 번도 나오지 않았다. 연인이 있었다는 언급 한 번, 암시 한 번 없었다. 그리고 토비가 염려스러운 눈으로 쳐다보는 것을 보면, 해나만 모르는 것을 그도 알고 있는 것이었다.

그리고 토비가 안다면 매기도 알 것이다.

해나는 집으로 돌아가는 동안에 그 이야기를 꺼내려고 했지만, 토비가 피했다. 토비는 아무것도 모른다고 했다. 부당한 일이었다. 생각하면 할수록 오리를 집으로 데려와 사이먼 따위는 잊어버리고 영영 함께 살고 싶었다.

그리고 토비가 담배 연기를 몰고 다시 차에 탔다.

실은 해나. 토비가 말했다. 지금까지는 잘하고 있어요. 이제부터 가장 어려운 부분이에요. 아니, 지금이 가장 어려운 부분의 일부예요.

오리를 버리는 데 전문가쯤 되는 것처럼 말하네요.

어떻게 보면 그렇죠. 아내를 버린 적이 있으니까요. 첫 아내요. 누구나 집착하는 것과 중독되는 것이 있어요. 우리한테 좋지 않은 영향을 주는 것들요.

부인한테 무슨 일이 있었어요?

그 사람. 정말로 사랑했어요. 나는 제빵사였고, 늦게까지 바쁘게 일했어요. 그 사람은 명랑했어요. 그리고 나는 야무지고 믿음직했지만 좀 보수적인 편이었고요. 하지만 우리는 서로의 약점을 보완해줬어요. 많이 웃었죠. 그러다 알게 되었어요. 지나치게 명랑하다는 걸. 외도. 외도가 계속되었어요. 그리고 그 사람은 멈추지 않았어요. 하루는 내가 나가버렸어요. 문자 그대로 말이에요. 어떤 계획조차 없었죠. 산책을 나가 생각을 했고, 생각은 멈추지 않았어요.

그들은 한참 말없이 앉아 있었다. 해나는 그가 얼마나 심각했을지 생각해보았다. 한 젊은이가 웃음이 많은 아내에게서 한 걸음, 한 걸음 멀어지면서 거리를 걸어 다니는 모습을. 둘이서 몇 달 전, 해변으로 걸어갔던 일이 기억났다. 그는 얼마나 확고한 발걸음으로, 빠르게 걸었던가.

어딜 갔어요?

그냥 걸었어요. 밤새도록, 낮이 될 때까지, 시골 자갈길을 따라 걸었어요. 한쪽에는 숲이, 또 한쪽에는 농장이 있었어요. 그러다 정신을 차려보니 어느 문 앞이었어요. 문을 열자 꽃이 자라난 돌길이 오두막까지 이어져 있었죠. 정원 안 덤불 사이에 나무 의자가 놓여 있었어요. 의자에 누워서 잤어요. 그러다 깨어나보니 굉장히 아름다운 여자가 있었어요. 이름이 에마였는데, 내 옆에 커피랑 갓 구운 케이크를 들고 서 있었어요. 에마는 화가였어요. 에마가 집 안으로 들어오라고 했고, 난 아내에게 돌아가지 않겠다고 말했어요. 그날 밤 에마는 내 보수적인 세상을 부수고 성실함과 예상을 뛰어넘는 세상을 알려줬어요. 내 삶이 무의미하다는 것을 알게 되었지만, 그 안에서 의미도 알게 되었죠. 뭐 그런 거요. 모두가 언젠가는 깨닫게 되는 것들요. 상투적인 깨달음이죠.

해나는 상투적인 깨달음을 얻은 적이 있었는지 잘 알 수 없었다. 동화 같은 얘기네요. 해나가 말했다. 아니면, 약이라든가?

바로 그거예요. 일주일쯤 뒤에 에마가 날 집에 데려다줬어요. 다시는 만나지 못했죠. 아내와 나는 두 아이를 낳을 때까지 함께 살았지만, 결국 별거하게 되었을 때는 별로 상처가 남지 않았어요. 여전히 괜찮은 친구였죠. 뭐, 그럭저럭요.

하지만 아이들은 어쩌고요?

아, 아이는 버리지 않아요. 아이들이 결국 우릴 버리게 되죠. 둘 다 런던에 있어요. 왜 세상의 모든 아이들은 런던으로 떠나는 걸까요? 어쨌든 아니에요. 아이는 함께 키웠어요. 그래요, 맞아요. 그 부분은 이상적이진 않았어요.

하지만 토비의 아이들이라고 확신했어요?

아뇨, 하지만 아이들을 너무 사랑해서 알고 싶지도 않았어요. 중요한 문제였지만, 중요하지 않기도 했어요.

피크닉 테이블에서 여자가 참새들에게 빵 껍질을 던져주더니 점심을 싸 온 종이를 접고 또 접어 아주 작게 만들었다. 그 여자는 마지막 남은 음료를 땅에 버리고는 보온병 뚜껑을 닫았다.

또 다른 좋지 않은 것들은요? 그건 언제 버릴 계획이에요?

해나, 몰랐어요? 쿠앵트로 이후에는 한 방울도 마시지 않았어요. 밥이 나더러 도시 겁쟁이라고 했어요. 맥주도, 위스키도, 와인도 다 사양했더니. 지금이 며칠째죠? 나흘째?

오, 미안해요. 몰랐네요. 음, 당신에게 무슨 꿍꿍이가 있는지는 모르겠지만. 하지만, 진짜예요, 토비. 대단해요. 그런데 얼마나 계속할 건가요?

당신이 오리랑 떨어져 있는 동안 계속하죠.

오리를 돌보는 걸 어떻게 중독에 비유할 수 있어요?

돌보는 것의 정도에 달려 있는 문제죠. 자, 핸. 경주를 합시다. 한 번에 하루씩.

해나는 시동을 걸었다.

문제는 떠나는 게 아니라 오리가 나 없이 어떻게 지내는지 궁금하다는 거예요.

알아요. 일주일쯤 지나면 더 확실히 알게 될 거예요. 하지만, 사이먼도 생각 좀 해줘요.

아직도 개에 대해서 모르는 게 너무 많아요. 가령, 가끔 오른발 오른쪽 발가락이랑 중간 발가락 사이에 부리를 밀어 넣거든요. 일부러 하는 행동인데, 머스커비한테는 뭔가 의미가 있는 거예요. 하지만 나는 그게 뭔지 몰라요. 걔 진짜 이름도 몰라요. 다른 오리들 사이에 있으니까 이름을 모르는 게 더 큰 문제가 되었어요. 이름이 없으니 개의 존재가 사라지는 것 같았어요.

럼펠스틸스킨 어때요? 럼플드레드스킨이라든가.

그거네!

둘은 함께 웃었다. 해나가 차를 돌려 나가자 노부부는 밝게 손을 흔들며 인사했다.

침입자들

두 사람이 집으로 돌아왔을 때, 해가 지고 있었다.

누가 왔나 보네. 해나가 길을 걷다 멈추고 말했다.

바보 같은 소리 말아요. 토비가 말했다.

아니에요, 진짜예요. 봐요, 불이 켜졌어.

우리가 켜놓고 간 모양이죠.

아뇨, 그러지 않았어요. 나갈 때 불을 켜놓지는 않았어요.

그리고 문이 열려 있었다. 그들은 안으로 걸어 들어갔다. 매기가 식탁에 앉아 레드 와인 한 병을 따서 옆에 두고 있었다. 사이먼은 작업대에서 나무 숟가락을 들고 있었다. 요리를 하다니! 줄무늬 행주가 그의 앞섶에 매달려 있었다. 양파와 버섯을 젓고 있었다. 스토브의 큰 냄비에서는 물이 끓고 있었다. 식탁에는 샐러드가 있었다.

와아. 매기가 딱딱하게 말했다. 바람둥이들이 오네.

사이먼이 돌아서서 작업대에 기대더니 손을 뒤로 돌려 싱크대 손잡이를 잡았다.

안녕. 토비가 이렇게 말하고는 매기에게 다가갔지만, 매기가 자리에서 일어나지 않자 머리에 키스를 했다. 매기는 와인을 마셨다.

여긴 무슨 일이에요? 냄새 좋네요. 흐음, 파스타인가요? 사 인분은 되나요?

해나는 문 앞에 서 있었다. 해나와 사이먼은 움직이지 않고 서로 바라보기만 했다. 사이먼은 세련된 검은색 새 셔츠를 입고 있었다. 소매는 팔꿈치까지 걷고 있었다. 수염을 면도해서 어쩔 줄 몰라 하며 두려운 표정을 짓고 있는 입술이 드러나 있었다. 입가와 턱의 피부는 파랗게 느껴졌다. 그가 얼마 만에 돌아온 것인가? 그리고 그는 얼마나 멀리 떨어진 곳에 있었는가. 그들 사이에는 섬이, 목재로 만든 아일랜드가 놓여 있었다. 전에는 몹시 자랑으로 여겼던 물건이었다. 그런데 어쩌다 해나는 아일랜드를 에워싸고 있는 해자를 몰랐을까. 해나는 다른 일에 정신을 파느라, 그 해자에 모여든 굶주린 동물들을 알아차리지 못했다.

안녕. 해나가 아일랜드 너머를 향해 말했다.

해나가 깨운 물새들이 내는 소리였을까? 아니, 그건 매기였다.

오, 잊었네. 매기가 중얼거렸다. 서로 모르는 사이죠. 사이먼, 여긴 내 언니 해나예요.

해나. 사이먼이 작게 말했다. 어디 갔었어?

오리를 돌려주고 왔어. 오리를 보냈어. 토비가 도와줬어. 밥이랑 클레어 댁에 있었어.

해나는 문을 꼭 잡고 서 있었다.

그러니까 이제 끝났어. 해나가 말했다.

사이먼은 한쪽 어깨를 으쓱했다.

이제 변명거리가 없지. 해나가 덧붙여 말했다.

자, 둘이 이야기하는 동안 내가 요리를 맡으면 어떨까요? 토비가 말했다.

아니, 아니, 괜찮아. 거의 다 됐어. 사이먼이 접시에 두었던 나무 숟가락을 들면서 말했다. 사이먼은 프라이팬에 든 음식을 젓기 시작했다. 그러고는 토마토 병을 열어 내용물을 부었다. 그의 뒤에 있는 창문에 김이 서렸다. 사이먼은 해자를 가로질러 식탁으로 와서 매기의 병을 들더니 와인 한 방울을 팬에 떨어뜨렸다. 그리고 작업대의 빈 잔을 채운 다음 병을 도로 매기에게 가져갔다. 해나는 두 사람이 눈빛을 교환하는 것을 보았다. 너무 늦었다. 해나의 결혼 생활은 끝이 났다.

그런데 여기 왜 온 거야? 해나가 사이먼에게 물었다.

해나는 서서히 벽에 등을 대고 바닥에 주저앉았다. 독이 든 해자에 발이 닿았다. 몸이 무거웠다. 지구 한가운데의 무엇인가가 해나를 붙잡아서 당기고 있었다.

행복한 커플이 어떻게 지내고 있는지 보려고 했지. 매기가 가로채듯 말했다. 걱정이 됐거든. 하지만 그럴 필요가 없었어. 새들은 날아가도 온갖 증거를 둥지에 남겨놓지.

매기는 식탁에서 일어나 사이먼이 요리를 하는 곳으로 다가갔고, 그의 등에 손을 대고 무릎을 꿇어 싱크대에서 큰 냄비를 하나 꺼냈다. 매기는 해나의 다리를 넘어 밖으로 나갔다. 잠시 후 돌아온 매기는 마술을 보여주는 마술사처럼 냄비를 내밀었다. 해나는 내키지 않았지만 안을 들여다보았다. 해나의 머리끈, 크림. 잠옷. 토비의 양말, 속옷.

토비는 크림이나 머리끈을 쓰지 않는다고 매기가 말했다. 그렇지, 토비? 그리고 대체 언제부터 파란 드레스 잠옷을 입은 거야? 매기는 냄비를 토비의 코 밑에 들이밀었다. 그리고 이 양말이랑 속옷은 내 남편 건데. 그렇지, 토비? 조심해. 냄새가 날지도 몰라.

토비는 그 내용물을 쳐다보았다. 왜 그래, 매기? 이게 다 뭐야? 무슨 소릴 하는 거야?

사이먼이 움찔하며 등을 돌렸다.

그런 게 아니라고 해나가 말하려고 했지만, 말이 입 밖으로 나오지 않았다. 마른 파스타가 끓는 물에 들어가는 소리, 물이 첨벙이는 소리가 들려왔다. 해나는 몸을 뒤집어 그곳에서 기어 나왔다. 몸을 겨우 일으켜 복도를 지나고 계단을 올라 침실로 들어갔다. 신발을 벗고, 침대로. 해나는 오리털 이불을 머리까지 뒤집어쓰고 얼굴을 베개에, 오리털 베개에 묻었다.

문이 열렸다. 누군가 침대에 앉거나 누운 것처럼 매트리스가 가라앉았다.

등 한가운데가 눌렸다. 젠장. 땅속 끝까지 아직 얼마나 더 남은 것일까?

해나.

이름. 이름의 무게. 이름 주위를 올가미로 묶어 당기는 느낌. 지혈대를 갖다 대어 혈액의 흐름을 막는 느낌.

해나.

누군가 해나의 얼굴에서 이불을 걷어냈다. 해나는 돌아누워 내다보았다. 토비가 파스타 한 접시를 무릎에 올려놓고 앉아 있었다.

배 안 고파요.

당연히 그렇겠죠. 하지만 핑계가 있어야 했어요. 앉아봐요, 해나. 제발. 당신이 필요해요.

해나는 몸을 일으켜 앉은 뒤 머리를 벽에 기댔다.

왜요?

내려와줘요. 토비가 말했다. 둘 다 술 마시고 있어요. 당신이 없으면 나도 술을 안 마실 수가 없어요. 부탁이에요, 해나.

아, 그렇군요. 그럼 오리를 데려올 수 있겠네요. 그러면 아무도 더 이상 애쓸 필요 없겠네.

농담이길 바라요.

그래요, 농담이에요. 해나는 잠옷을 밀어내며 말했다. 뭐, 약간은.

토비가 일어나더니 창문을 열고 침대 반대편에 앉아 담뱃불을 붙였다. 토비는 연기를 깊이 들이마시더니 바깥을 향해 손을 뻗었다.

있잖아요. 토비가 말했다. 내 주제에 조언을 해도 될까요? 뻔뻔하다는 거 나도 알고, 입 닥치라고 할 수도 있지만, 당신이 사이먼한테 먼저 손을 내밀면…….

내가요? 하지만 그 사람이 먼저 떠났잖아요!

그래요, 겉으로는 그럴지 모르지만, 사이먼은 당신이 한참 전에 먼저 떠났다고 느낄 거예요. 그리고 이런 얘기 듣기 싫겠지만, 매기한테 듣지 않도록 내가 미리 말할게요. 매기가 나한테 화가 나서 그 얘기를 하고 있었거든요. 어젯밤에 둘이 같이 잤어요. 쉬잇, 잠깐만요. 베개 밑의 당신 물건. 거기 있는지도 몰랐어요. 하지만 매기랑 사이먼은 그걸 보고 짐작한 거예요. 우리가 바람을 피웠다고. 아무튼. 아니라고 했지만, 그때 두 사람은 제기랄 까짓 거, 해버렸던 거죠. 하지만 잘되지는 않았던 것 같아요. 침대에 당신 어머니가 있는 걸 본 거예요! 나하고도 함께 있었던 모양이더군요. 그렇죠?

아. 맞아요. 잊고 있었어요. 오, 가엾은 엄마. 모든 일이 너무 정신없네요. 미안해요. 엄마랑 함께 지내고 있었거든요. 지금은 엄마가 어디 있나요?

토비는 담배를 한 번 더 깊이 빨고는 연기를 내뿜었다.

매기가 창고에 갖다놨어요. 집에서 가장 먼 곳에다 치웠대요.

오, 그렇군요. 그럴 줄 알았지만, 다 털어놓으니 반갑네요. 그들 생각은 더 안 해도 되니까. 솔직히 마음이 더 편안해지네요.

해나는 주위를 둘러보며 위안을 받으려고 했지만, 침실에는 아무런 색깔도 없었다. 해나는 방을 왜 그렇게 깨끗하게 칠하려고 했는지 기억해보려 했다. 서랍장에 사이먼의 속옷이 깔끔하게 개어져 있었다. 그 아래 서랍에는 양말과 티셔츠가 들어 있다. 해나는 서랍장에서 사이먼의 옷가지를 싹 치워버리는 것을 상상했다.

해나 해나 해나. 토비가 불렀다. 이 일은 오리를 데려오는 것과는 상관없어요. 그래요. 부탁이에요. 포기하지 말아요. 하지만 이 일은 함께 해결해야 해요. 매기랑 사이먼은 정말로 사랑하는 오리가 없어서 애너벨이랑 잔 거라고요.

토할 것 같아요.

아뇨, 그렇지 않아요.

아니, 진짜예요. 토할 것 같아요. 해나는 손으로 입을 막고 구역질을 했다.

아뇨, 해나. 토비는 이렇게 말하면서도 방 안에 통이 있는지 찾았다. 해나가 정신을 차리고 보니 턱 밑에 파스타가 가득 든 접시가 놓여 있었다. 해나는 그것을 침대 옆 테이블에 치워두었다.

괜찮아요? 좋아요. 자, 우리의 미래는 전부 이 결정에 달려 있어요. 당신이 사이먼을 받아주면, 매기랑 나는 예전으로 돌아갈 가능성이 높아져요. 일단 내가 술을 끊는다는 전제하에요. 진짜예요. 그렇게 보이지 않겠지만, 우린 술만 마시지 않으면 잘 맞아요. 오리를 잘 처리했으니까, 이제 사이먼한테 한 번만 상냥하게 대해주세요.

오리를 처리한 건 아니에요. 그리고 당신이 술을 영영 끊었다는 게 벌써 몇 번째인가요?

음, 오리는 시골에 보냈죠. 자기 종족에게. 그리고 나는, 이번에는 정말 결심했어요. 이번에는 확실해요. 이건 재혼이고, 재혼은 망치고 싶지 않아요. 하지만 해나. 다정하고 착한 해나 아주머니. 사이먼이랑 조금만 노력해보세요.

그러고 싶은지 나도 잘 모르겠어요. 그리고 사이먼은 날 사랑하지 않아요. 그는 날 버렸어요. 게다가 내 동생이랑 자다니. 정말 말도 안 돼요! 그리고 당신들이 나한테 알려주지 않은 비밀도요.

아뇨, 사이먼은 애너벨이랑 잔 거예요. 그리고 당신을 사랑한다는 건 당신도 알잖아요. 어머니가 돌아가신 건 사이먼한테도 힘든 일이었어요. 게다가 지진까지…… 당신이 사이먼의 손을 잡아만 준다면…… 그게 그렇게 어렵나요? 손끝만 대어준다면. 지금 모든 것이 위태로워요. 우리는 공중의 탁구공이에요. 어디에 착지할지, 당신이 영향을 줄 수 있어요. 지금 노력하지 않으면―지금 말이에요―봐요, 바로 지금 이 순간…….

해나는 『이상한 나라의 앨리스』에 나오는 것처럼 손가락이 계속 늘어나서 사이먼의 소맷자락 또는 면도한 턱을 만지는 상상을 해보았다. 그러면 사이먼은 해나의 손길에 혐오감을 느끼는 말미잘처럼 굴었다. 그게 아니라면 사이먼의 손이 해나를 잡아당길까? 알 수 없는 일이었다. 해나는 이제 더 이상 남편을 알 수 없었다.

토비는 제물처럼 파스타를 들었고, 둘은 아래층으로 내려갔다. 매기와 사이먼은 식사를 마치고 식탁을 치우고 있었다. 빈 와인 병과 잔은 버려져 있었다.

드디어 오셨네! 매기가 외쳤다. 얼레리꼴레리.

해나는 머리가 쑤셨다. 문득 밖에서 오리 소리가 들린 것도 같았지만, 그건 해나 자신이 낸 한숨 소리였다. 팔뚝이 뭔가가 찌르는 듯 아팠다. 해나는 팔을 치웠다. 다시 핀으로 찌르는 듯한 아픔이 느껴졌다. 토비가 몰래 해나를 꼬집고 있었다. 아얏, 이러지 말아요. 해나가 어깨 너머로 그를 노려보며 말했다. 아파요. 토비는 다시 아주 세게 꼬집었다. 팔 뒤쪽 부드러운 살이었다.

그만하라니까! 해나가 발을 구르며 고함을 질렀다.

매기와 사이먼은 우뚝 멈췄다. 매기가 앞에서, 사이먼은 뒤에서, 정확히 같은 각도로, 더러운 접시와 식기를 같은 높이로 든 채, 입을 딱 벌리고, 동시에 움직임을 멈췄다.

말도 안 되는 짓 좀 그만해! 해나가 외쳤다. 해나 스스로도 놀라 심장이 마구 뛰기 시작했다. 다 지겨워! 대체 무슨 짓들이야? 이 집에서 무슨 짓들을 벌이는 거야? 집을 내놓으라는 거야?

변변치 않은 소리라는 것을 해나 자신도 알았지만, 할 말은 해야 했다. 그리고 너무나 해나답지 않은 행동이라 매기와 사이먼 모두 해나를 멍하니 쳐다보고 있었다. 토비가 씩 웃으며 엄지를 올리고 자신을 쳐다보는 것이 해나에게 보였다.

해나는 홱 돌아서서 내뱉듯 말했다. 사이먼, 이야기 좀 해도 되겠어? 둘이서만. 잠깐이라도 내 동생 옆에서 벗어날 수 있다면 말이야.

토비는 앞으로 나가 매기의 손에서 접시와 포크를 받았다. 우아한

동작이었다. 토비는 매기의 손을 잡았다. 부인, 가실까요?

그리고 둘은 떠났다. 사라졌다.

실내는 숨소리조차 들리지 않을 만큼 고요했다. 긴장감이 감돌았다.

그래서! 사이먼의 얼굴에 실망감이 떠오르는 것이 보였다. 사이먼의 새로운 얼굴에는 핏기가 없었다. 20년 동안 수염 속에 숨어서 낙담과 고독을 감추고 있던 입술이 드러나 있었다. 그는 집을 떠난 사이에 늙어버렸다. 그의 아버지가 심장마비로 돌아가셨을 땐, 지금의 그보다 젊은 나이였다. 해나의 아버지도 마찬가지였다. 이토록 약한 남자들의 심장이라니. 세월이 그의 살갗을 파고들어 균열과 자국을 남기고 눈가에 주름을 만든 지는 얼마나 되었을까? 해나가 전에는 알아보지 못했던 지적이고 상냥한 느낌도 있었다.

해나는 갑자기 그가 자신 없이 죽을까 봐 두려워진다. 해나는 해자를 건너 사이먼에게 다가가고, 사이먼은 이제 무엇을 기다리는 것인지는 모르지만 기다리고 있다. 진흙탕에서 발을 빼어 가까이 다가가기만 했을 뿐인데, 해나는 거기에 설 수 있었다. 해나의 얼굴이 사이먼의 부드러운 검은 셔츠에 닿는다. 사이먼은 돌아서지 않고 뒤의 작업대에 접시를 내려놓고, 해나는 등에 닿는 따뜻한 손길을 느낀다. 모든 행동이 평형상태를 향해 부드럽게 변하고 있다. 그의 턱이 해나의 머리 위에 닿는다. 새카만 하늘을 배경으로 목련 나무 위로 달이 떠올라 유리창을 통해 날카로운 빛을 비추고 있다.

달 좀 봐. 해나가 말한다.

사이먼이 돌아서서 해나 옆에 친구처럼 선다. 사이먼은 사흘 동안 슈퍼문이 뜰 거라고, 달의 궤도가 지구에서 356,577킬로미터로 매우 가까워지기 때문이라고 한다. 평균 거리는 382,900킬로미터라고 한다.

어쩌면 다 그것 때문일지도 모르겠네. 해나가 말한다.

사이먼은 손을 들어 해나의 팔을 꼭 잡는다. 그것 때문이라고 설명할 수 있는 것은, 달이 떠오를 때 평소보다 크게 보이는 현상뿐이라고 사이먼은 대답한다.

사이먼은 싱크대로 가더니 수돗물을 튼다. 물이 접시에 쏟아진다. 사이먼이 버섯 한 조각을 떼어낸다.

돌아와서 좋아. 해나가 말한다.

사이먼은 고개를 끄덕이며 해나를 쳐다보더니 우울하게 웃는다. 해나는 그가 원래 이렇게 웃었는지, 아니면 지금만 그런 건지 알 수가 없다. 마치 재채기를 참는 것 같은 표정이다.

응, 사이먼의 대답은 그것뿐이다.

제29장

눈이 없는 다리

이튿날 매기와 토비는 크라이스트처치로 돌아갔다. 그리고 토비가 사이먼의 차를 오클랜드로 몰고 와, 몇 달 동안 옛 친구들과 함께 지진에서 멀리 떨어져 지내며 술을 끊기로 했다. 매기는 이따금 토비를 만나러 가기로 했다. 치료를 위한 시간이기도 하고, 토비 스스로 시험을 치르는 시간이기도 했다. 어쩌면 그들 모두는 시험을 치르고 있었다. 그들은 새로운 공연을 위해 개작한 낡은 연극에서 예전의 배역을 맡기 위해 오디션을 보는 셈이었다.

그들은 대문 앞에서 키스와 포옹을 나누고 떠났다. 토비와 해나, 사이먼과 매기. 고마워요, 상냥한 해나 아주머니. 토비가 말했다. 곧 돌아올게요.

보고 싶을 거예요, 정말로. 해나가 대답했다. 해나는 매기와 사이먼은 아무 말이 없는 것을, 둘의 포옹이 뜨거운 것을 알고 있었다. 사이먼은 매기에게서 재빨리 몸을 빼내며 눈가를 닦았고, 제정신이 아닌 표정이었다. 제기랄. 매기는 돌아서서 해나에게 기계적으로 인사하더니 밴에 급히 올라탔다. 비행기 타기 좋은 날이네요. 매기는 몸을 숙이고 안으로 들어가면서 다른 승객들에게 말했다.

그리고 그들은 떠났다. 사이먼이 대문을 열고 걸어 들어가자 해나도 뒤를 따랐다. 그의 행동 하나하나가 무기력하게 느껴졌다. 안으로 들어오니 실내는 침묵으로 냉랭했다. 둘은 주방으로 갔다. 차 마실래? 해나가 주전자에 물을 채우며 물었다.

그거 좋겠네. 고마워. 사이먼은 이렇게 말하고 소파에 털썩 주저앉아 데크 너머 마당을 내다보았다.

왜 그래?

아니. 그냥 피곤해서. 침대에서 함께 자는 게 익숙하지 않아. 춥네. 그렇지?

각자 침대 끄트머리에 딱 붙어서, 극지방 같은 마룻바닥을 내려다보며 자는 것은 정확히 말해서 침대에서 함께 자는 것이 아니다. 하지만 해나는 그런 말을 하지 않았다. 어마어마한 공간을 사이에 두고 함께 잤다는 말도 하지 않았다. 티백을 잔에 넣고 뜨거운 물을 붓는 동안 해나는 아직도 우유를 넣는지, 설탕이나 꿀을 넣어줄지 묻고 싶어졌다.

사이좋게 지내려는 노력에도 불구하고 사이먼은 낯선 사람 같았다. 해나가 알던 사이먼은 토비와 매기와 함께 밴을 타고 떠나버렸고, 별로 존재감 없는 웬 늙은이가 해나의 집에 굴러 들어왔다. 당혹감이 몰려왔다. 그토록 오랜 세월 느꼈던 정상이라는 느낌은 다 어디로 간 것일까?

해나가 차를 건네자 사이먼은 잔을 내려다보며 공손히 받았다. 사이먼은 해나를 쳐다보기가 힘들었다. 해나는 사이먼 옆에 앉을지, 혹시 사이먼이 혼자 있고 싶은 건 아닌지 궁금했다. 음악을 틀까? 해나가 그 앞에 서서 물었다.

틀고 싶으면 틀어.

뭐 듣고 싶어?

당신이 골라. 아무거나.

해나는 모아놓은 시디를 뒤졌다. 밥 딜런? 처음 만났을 때, 그들은 늘 밥 딜런을 들었다. 아니었다. 밥 딜런을 듣기에는 너무 아슬아슬한 상황이었다. 드보르자크 첼로 콘체르토? 아니, 그건 에릭이었지. 올드 크로 메디슨 쇼? 아니, 그것도 에릭이었지. 아…… 레너드 코언. 괜찮 겠지? 〈댄스 미 투 디 엔드 오브 러브〉, 〈아임 유어 맨〉. 코언이 정확 하게 지적하고 있듯이, 두 사람은 전에 놀던 곳에서 아파하고 있으니 까.

좀 줄여줄래? 사이먼이 손가락을 반시계 방향으로 돌리면서 말했 다.

해나는 차를 들고 밖으로 나갔고, 데크를 지나 계단 맨 아래에 앉 아서 마셨다.

오리야. 해나는 길게 자라 바람에 흔들리는 풀을 향해 말했다. 인생 이란 건 대체 뭘까? 옆집에서 아이들이 노는 소리가 들렸다. 나중에 아이들이 계속 거기 있다면 잠깐 들러 에릭이 어떤지 물어볼 생각이 었다. 하지만 지금은 아니었다.

잠시 후 사이먼이 옆으로 왔다. 해나는 일어나서 그의 팔을 잡고 정원 가장 구석진 곳의 창고로 데리고 갔다. 해나는 그가 내키지 않아 하는 것을 느낄 수 있었다. 그리고. 열쇠는 어디서 찾았어?

둘은 함께 창고에 서 있었다. 사이먼은 주위를, 선반에 올려둔 공책 을 둘러보았다. 해나가 얼마나 많은 거미줄을 치웠는지, 얼마나 눈이 따갑도록 먼지를 씻어냈는지 모를 것이다. 그리고 오리의 흔적까지 도. 오리가 거기서 오래 지내진 않았지만 미묘한 냄새는 여전히 남아 있었다.

해나는 사이먼에게 오리가 마지막엔 거기서 지냈다고 말하고는,

핑크색 모헤어 깔개로 감싼 어머니를 매기가 책 옆에 치워놓은 것도 가리켰다. 사이먼은 눈길을 피했다. 토비의 조언대로 해나는 그가 매기와 보낸 하룻밤을 언급하지 않으려고 했다. 에릭과의 외도를 떠올리면 죄책감이 느껴지기도 했지만, 해나는 관대하고 담대한 사람이된 것 같았다. 고백을 해야 한다면, 또 한 차례 판도라 상자의 뚜껑을여는 셈이었다.

하지만 그냥 덮어둘 수 없는 문제가 있었다. 해나는 편지와 사진이든 비닐 봉투를 꺼내 사이먼에게 건넸다.

사이먼은 해나를 쳐다보았지만, 봉투를 건드리지 않았다.

그래. 사이먼이 말했다. 음. 당신도 안다니 다행이네.

다른 사람들도 다 알지.

그래, 그래, 미안해. 말하려고 했어. 처음부터. 그러려고 했지만⋯⋯ 당신이 날 미워할 것 같았어. 부끄럽기도 했고. 어머니 장례식이 끝나고 매기에게 이야기했어. 함께 술에 취했을 때였지. 형제자매 사이의경쟁에 대해 이야기하다가⋯⋯ 그 얘기가 나왔어.

하지만 데니스의 아이 아니었어? 해나가 봉투를 선반 위에 다시 올려놓으며 물었다.

아니, 내 아이야. 음, 사실은 확인하지 않았어. 하지만 시기로 봐서아마 내 아이였을 거야. 어렸을 때였어. 첫 여자 친구였지. 아마 당신을 만나기 전에 만난 진짜 여자 친구는 그 여자뿐이었을 거야. 그 사람 어머니는 베트남 사람이었어. 아버지가 기자였는데 베트남에 갔다가 어머니를 만났어. 투엔. 두 분이 전쟁을 피해 떠나왔는데, 이렇게된 거지. 비극적인 아이러니였어. 헤어졌을 때 임신한 것도 몰랐어.

엉망진창이었지. 데니스가 그 사람을 사랑했어. 나도 사랑했고. 투옌이 선택해야 했는데, 데니스를 선택했지. 그러다 임신한 걸 알게 되었을 때, 데니스가 투옌과 관계하고 싶지 않다고 해서 투옌이 내게 돌아왔어. 투옌이 데니스를 원한다는 걸 알았기 때문에 옳지 않다고 생각했지. 하지만 그러다 눈이 없는 아기가—딸이었는데—태어났고, 다른 데도 잘못되었어. 뭐였는지는 잘 모르겠어. 내장의 문제였다나 봐. 통 먹지를 않았어. 눈이 없어서, 살갗에 바나나 모양으로 쏙 들어가 있었지. 지금도 눈에 선해.

사이먼은 잠시 눈을 감고서 엄지와 검지로 콧등을 꼬집었다.

사흘 뒤에 아이가 죽었어. 제대로 대처하지 못했지. 데니스도 나도 아이가 죽고 나서 투옌을 찾아가지 않았고, 나는 그 일 전에 투옌이 데니스를 선택했다는 핑계를 댔지. 음, 그게 완전히 사실은 아니었어. 두어 차례 꽃을 들고 투옌을 찾아갔거든. 하지만 예의를 갖추고 정중하게 대했어. 할 말도 없었어. 그 일로 투옌이 얼마나 괴로웠는지 모르고 있었어. 하지만 아무튼, 우리는 결혼을 하기에는 너무 어렸어. 참 후회가 돼. 좀 더…… 공감해줄 수 있었는데. 어리기는 했지만 그건 핑계가 될 수 없겠지. 그러다…… 두어 달쯤 뒤에 투옌이 다리에서 뛰어내렸어.

사이먼은 다리를 움직였다. 그는 창고 벽에 몸을 기대고 서 있다가, 작업대에 앉았다. 그래서, 그렇게 된 거야. 사이먼은 멍하니 벽에 붙은 깃털을 떼어내어 깃털 끝에 붙은 솜털을 만지작거리며 말했다. 해나는 그를 지켜보았다. 그 깃털을 사랑했었다. 오리가 기지개를 켜면서 날개를 퍼덕이고 창고 안의 모든 것을 흩날렸을 때, 그 깃털도 하늘 높이 날아올랐을 것이다. 사이먼은 깃털을 옆으로 날려 보내더니 해나를 쳐다보았다. 해나는 허리를 숙여 바닥에 떨어지던 깃털을 잡았다.

사이먼은 그 이야기를 매기에게 한 이후로 그때의 기억이 계속 떠오른다고 했다. 그리고 오리. 해나가 오리에게 정을 붙이는 것이 자신을 더욱 힘들게 만들었다고 했다.

그럼 그 일은 모두 볼거리에 걸리기 이전이었어?

아니. 불임은 내가 의식적으로 한 행동이었어. 결국 정관수술을 해줄 의사를 찾았어. 볼거리에 걸린 건 아니고. 음, 걸리긴 했지만 불임이 된 건 아니야. 말했듯이 당신한테 처음부터 다 말할 생각이었는데, 매번 말을 꺼내려고 할 때마다 그럴 수 없었어. 그러다…… 볼거리 이야기를 했고. 그러고는 너무 늦어버렸지. 너무 오랫동안 묻어둔 이야기였어. 아무튼 이제 털어놔도 변할 것은 없다고 스스로에게 말했지. 한동안 묻고 있었어. 그런데 장모님 장례식 날 밤에 매기와 진이랑 샴페인을 섞어 마시고는 무모한 짓을 했어. 물론 꼭 알아야 할 사람한테는 말하지 않았지만. 알려야 할 의무가 있는 사람한테는. 그리고, 그러고는 그 오리를 데려왔지……. 맙소사. 그런 감정이 생겨날지 누가 알았겠어. 그때까지 완벽하게 지각 있는 행동만 하던 아내가 오리한테 반할 줄이야. 그리고 내게 오리는 마치 죽은 아이가 환생한 것처럼 느껴져 괴로웠어. 마지막 지푸라기였지. 하지만 내게 책임이 있다고 느꼈어. 내가 오리를 당신한테 갖다 주었으니까. 여러모로 당신에게 못할 짓을 했지.

둘은 한숨을 쉬었고, 사이먼은 트럼펫을 불다 지친 사람마냥 입을 부풀렸다.

아. 해나가 말했다. 오리가, 우리가 저한테 어떤 것들을 느꼈는지 알게 되면 좋겠어. 오리가 일깨워준 것이 있긴 해.

사이먼은 몸을, 너무나 무거운 몸을 작업대에서 일으켰다.

그렇지. 사이먼이 다시 말했다.

해나가 창고에서 나가자 사이먼도 뒤따랐다. 나무에는 새 지저귀는 소리가 가득했다. 짹짹거리고 구구거리는 소리가 가느다란 휘파람 소리와 섞였다. 진지하고 다급하게 진행되는 회의에서 들리는 소리 같았다. 해나는 그들이 무슨 말을 하고 있는지, 다른 종류의 새들이 서로 무슨 뜻인지 이해할 수 있는지 궁금했다. 해나는 해나와 토비가 오리를 상자에 넣은 후로 오리가 사라졌다는 것을 새들도 알고 있는지, 그것이 새들의 태도에 영향을 주었는지 궁금했다. 해나는 한때 일에서 느끼는 압박감을 상징하는 데 쓴 까마귀들을 떠올렸다. 해나는 마지막 두어 건의 계약은 거절했고, 나머지는 다 쏘아버렸다. 해나는 외부 세계를 거부하고 점점 멀어져갔다.

그런데 이제, 포르말린에 절여놓은 이 오랜 비밀, 사이먼이 그날 밤 매기에게 이야기했을 때, 뚜껑이 망가진 항아리에 든 그 비밀이 밝혀졌다. 그러는 바람에 그날 밤 이후로 내용물이 계속 새어 나왔던 것이다.

잔디밭을 지나 집으로 돌아오던 중, 해나가 걸음을 멈추고 돌아서서 사이먼의 팔을 잡았다.

있잖아. 해나가 말했다.

응?

잘 들어봐! 해나는 사이먼의 팔을 세게 흔들었다. 오리야! 오리가 돌아왔어! 우리에게 돌아왔어.

사이먼 역시 오리가 내는 독특한 소리를 알아차리고 믿을 수 없다는 표정을 지었다. 둘은 함께 고개를 들고 방향을 확인했다. 데크도, 풀밭도 아니었다. 나무였다. 오리가 목련 나무 위에 앉아 있었다. 하지만.

밀식조잖아! 사이먼이 말했다. 그는 목소리에서 안도감을 감추지 못했다. 오리 흉내를 내고 있어.

그의 말이 옳았다. 나뭇가지 위를 뛰어다니는 밀식조의 하얀 수염과 몸의 실루엣이 보였다.

그 순간, 덤불이 흔들리더니 작은 아이 둘과 머리를 위로 치켜 묶은 실라가 들어왔다.

안녕하세요. 실라가 말했다. 목소리가 들리는 것 같았어요. 안녕하세요, 사이먼. 반가워요. 해나, 아빠 소식을 알려드리려고요. 꽃이랑 편지 고맙다고 전해달래요.

로즈메리가 달려왔다. 병아리는 어디 있어요? 로즈메리가 해나에게 수줍은 말투로 물었다. 햇빛에 한쪽 눈을 찡그리면서. 맥스는 연못으로 달려가고 있었다.

병아리가 아니라, 오리란다. 머스커비 오리. 이제 여기 없어.

어디 있어요?

걔는…… 서커스에 데려갔어. 다른 오리들이랑 놀라고.

어머, 그렇다면 한시름 놓았네. 실라가 말했다. 우리가 주위에 있으면 문제가 될 것 같았거든요. 지난번에 공격하는 걸 보니. 아빠는 일주일쯤 뒤에 돌아올 거예요. 아직도 몇 가지 검사랑 재활 훈련 중이신데, 무엇보다 약을 제대로 드시는 게 중요해요. 정기적으로 약을 드셔야 하지만 몸이 나빠질 때까지 내버려두었다가 갑자기 한꺼번에 드시거든요. 아무튼, 한동안은 아빠랑 함께 지내려고 해요. 집을 사고싶은데, 같이 살면 집세도 아끼고 아빠도 돌봐드릴 수 있으니까요. 몇달, 아니면 1년만이라도. 아빠가 좋아질 때까지. 아니면 아빠 상태가정말 나빠질 때까지요.

첨벙하는 소리와 함께 비명 소리가 들렸다. 맥스가 연못에 빠졌다. 맥스는 허리까지 물이 차오른 상태로 앉아서 파닥거리는 금붕어를 잡아보려고 손과 턱을 놀리며 애를 쓰고 있었다.

그거 봤어요! 실라가 달려가는 동안 맥스가 외쳤다. 내가 잡았어요!

맥스의 얼굴은 의기양양하게 빛나고 있었다. 맥스는 다리로 기어올라가 가무잡잡한 짧은 팔을 벌리고 있었는데, 면 티셔츠는 몸에 달라붙었고, 반바지엔 온통 녹색 점액이 묻었다.

안 돼. 실라가 외쳤다. 다시는 뛰어들지 마. 이것 봐, 다 젖었잖아. 정말, 저 연못에 담장을 쳐야 해요. 로즈메리! 로즈메리! 뭐 하는 거니? 닭장에서 빨리 나와!

병아리가 없어. 로즈메리는 잔디밭에 아직 놓아둔 우리에서 기어나왔다. 무릎과 핑크색 드레스는 진흙으로 더러워져 있었다.

그게 뭐니. 어머나, 그 꼴이 뭐야!

정원에 침입자들이 가득했다.

사이먼은 돌아서서 데크로 터덜터덜 올라갔다. 실라는 아이들을,

더러워진 로즈메리와 물을 뚝뚝 흘리는 맥스를 데리고 소용돌이의 여파처럼 사라졌다.

해나는 정원에서 새 소리를 들으며 머리에 내리쬐는 따뜻한 가을 햇볕을 느꼈다. 불편한 느낌이 들었다. 마음속을 샅샅이 뒤져보았지만, 불안한 마음의 원인을 찾았다 싶을 때마다 그것은 맥스의 손에서 달아난 금붕어처럼 사라져버렸다.

집이 그들 주위로 점점 확장되다

침묵이 끈적끈적한 거미줄을 구석구석에 치고 있었다. 그들은 함께 사는 법에 자신감을 잃은 채, 벽에 대고 말하고 있었다. 그들 관계의 모든 요소가 혼란에 빠져 있었고, 그들은 각자 예전 상태로 돌아왔음에 안도하는 척 연기하고 있었다. 그들은 똑같이 낡은 가면, 누더기가 된 의상을 입고 있었다. 처음 만난 이후로 연습해온 스텝에 맞추어 춤을 추었지만, 둘 다 견딜 수 없이 단조로운 곡조에 조롱당하는 기분이었다.

호두

이 주 뒤 에릭이 퇴원하자 해나는 격식을 차려 직접 구운 머핀을 가지고 그를 찾아갔다. 해나는 불안했다. 옷을 세심하게 고르고, 결정을 내리기 전에 두 번이나 바꿔 입었다. 실라가 문을 열더니 해나를 주방으로 안내했다. 그러고는 에릭이 전보다는 좋아졌지만, 여전히 좀 이상하다고 말해주었다.

어째서, 십 년이 더 지난 지금도 해나는 에릭과 이야기하고, 웃고, 서로 마음껏 놀리고, 그가 바로 이 주방에서 첼로를 연주하는 동안 베이컨과 달걀을 굽던 그 시절이 떠오르는 것일까? 어쩌면 그가 덤불 옆 풀밭, 해나 옆에 누워 즉흥적으로 했던 말 때문인 것 같았다. 그런데 지금 그는 창문에 등을 기대고 의자에 앉아, 빛을 차단하기 위해 높이 들고 읽고 있는 잡지로 얼굴을 가리고 있었다.

손님이 왔어요, 아빠. 실라가 머리만 쏙 내밀며 이렇게 말하고는 해나와 에릭을 두고 밖으로 나갔다. 에릭이 잡지를 내리자 그가 보였다. 피부는 늘어지고, 뺨은 연한 분홍빛을 띤 노인 에릭이. 그리고 예전의 광경은 사라졌다.

안녕하세요. 해나는 머핀을 그 앞에 놓았다. 돌아와서 다행이에요.

에릭은 잡지를 내려놓더니 의자를 탁자 쪽으로 당겼다.

그래요. 에릭은 이렇게 중얼거렸고, 다행히 다정하게, 그리고 매우 수줍어하며 말했다.

해나는 에릭의 맞은편에 앉았다. 힘드셨죠.

사과를 해야 되는데…….

아뇨. 나아졌으니 다행이에요. 해나는 깔끔한 주방을 둘러보았다. 그가 갖고 있는 온갖 주전자와 양념이 든 통, 병과 가전제품 뒤에 넣어둔 꾸러미가 모두 정돈되어 있었다. 과일이 담긴 그릇이 햇볕을 받아 빛나고 있었다. 페이조아, 바나나, 키위가 담긴 그릇 속에 호두 하나가 보였다. 크레용과 펠트펜으로 그린 그림은 냉장고에 자석으로 붙여놓았다.

방금 생각났는데…… 한동안 첼로 소리도, 바이올린 소리도 못 들었어요.

네. 먼지가 쌓이고 있죠. 다른 것들도 그렇고요.

다시 음악을 듣고 싶어요. 해나가 말했다.

가벼운 뇌졸중이. 에릭이 말했다.

네?

가벼운 뇌졸중이라고. 약한 뇌졸중이.

네? 해나는 그가 손으로 머리를 쓰다듬고, 자신의 목 뒷덜미를 만지던 것이 떠올랐다.

에릭이 천천히 고개를 끄덕였다. 네. 그렇게 말하더군요. 가벼운 뇌졸중이 쌓이고 있다고.

아, 병원에서 그렇게 말했다고요?

케이크 고마워요. 에릭이 말했다. 실내에서 뛰어다니는 아이들이 내는 소리와 우는 소리가 들려왔다. 다시 어린아이들의 에너지로 집이 살아나고 있었다.

가봐야겠어요. 해나가 말했다. 그냥 인사하러 왔어요. 그뿐이에요.

고마워요. 에릭이 말했다. 그의 눈에서 갑자기 눈물 한 방울이 흘러

내렸다.

에릭. 해나가 부드럽게 말했다. 괜찮아요? 왜 그래요?

배가 고프군요. 에릭이 말했다.

해나는 사과나 바나나, 페이조아를 먹으라고 권했다. 머핀은 어때요? 버터를 발라줄게요. 오늘 아침에 구운 거예요. 하지만 에릭은 해나의 말을 무시했다.

배가 고파요. 그가 다시 말했다. 여기서는 아무것도 먹을 걸 안 줘요.

에릭은 해나를 빤히 쳐다보았다. 그러더니 손을 뻗어 해나가 살아 있는지 확인하려는 듯, 팔목을 꽉 잡고는 흔들었다. 해나의 눈에도 눈물이 차올랐다. 손을 빼내고 일어나다가 초록색 플라스틱 자동차를 밟았다. 해나는 미끄러져 넘어지지 않으려고 탁자를 잡아야 했다.

어머나. 둘은 동시에 웃었다.

여행 잘하시오. 에릭이 갑자기 밝은 목소리로 말했다.

나중에 봐요, 악어 씨. 해나는 주방을 나서며 그에게 키스를 보내고는 밖으로 나왔다.

어두운 생각

이제 꼭 반세기를 살았네. 해나는 불을 끄고 남편 옆에 누워서 생각했다.

어머니가 돌아가셨을 당시 나이는 79세였다. 해나도 그만큼 오래 산다면 앞으로 28년을 더 살아야 했다. 그 세월이 마치 풍선처럼 텅 비어 있는 느낌이었다. 지금까지 산 기간의 절반 이상을 다시 살아야 했다. 그 시간 동안 무엇을 해야 할까? 할 일이 한 가지도 떠오르지 않았다. 할 말이 한 가지도 떠오르지 않았다. 말할 상대도 없었다.

옆에 누운 사이먼은 꼼짝도 하지 않았다. 그는 잠들지 않았지만, 해나에게서 등을 돌리고 떨어져 누워 있었다. 마치 눈 속에서 길을 잃고, 자신의 속을 파먹는 불씨 주위에 동그랗게 온몸을 말고 있는 사람 같았다. 해나는 모르는 체했다. 남편이 괴로워한다는 사실이 기뻤다. 사실, 해나도 괴로웠으니까.

해나는 이불 밑에서 살그머니 빠져나와 아래층으로 내려가서, 미닫이문을 열고는 추위에 팔짱을 끼고 데크 가운데로 나갔다. 저 멀리 커다란 머스커비 오리 한 마리가 44갤런 드럼통 위에 홀로 앉아, 주위에서 동물들이 부스럭거리며 내는 낯선 소리에 눈을 껌뻑, 껌뻑거리고 있었다. 이제 해나가 거기 없으니, 오리는 낮이 되면 누구의 눈을 찾고 있을까? 더 이상 아무와도 관계를 맺지 않을 것이다. 아무도 알아보지 않을 것이다. 어떻게 오리를 그렇게 배신할 수 있었을까?

해나는 몇 차례 전화를 걸었지만, 밥과 클레어 모두 오리가 잘 지내고 있다고 했다. 오리는 첫 며칠 동안 잘 먹지 않았지만, 이제는 밥이 갖다 주는 사료와 해나가 남겨두고 온 밀을 먹고 있었다. 애너벨에 관해서는, 오리가 암컷들에게 반응하려면 그런 것은 의미가 없다고 했다. 잠깐이지만 수컷들이 오리를 알아보고는 망을 따라 걸어 다니는 일도 있었다고 했다.

오리는 애너벨이 없으면 상실감을 느낄 것이다. 잔인한 짓이었다. 어떻게 사람들이 그렇게 잔인할 수 있을까? 하루에 한 번씩 호스로 수건에 물을 끼얹어주는 것은 별로 힘든 일도 아니었다. 그들은 오리가 적응할 기간을 주지 않았다. 약물에 중독된 사람들도 차츰 적응할 기간이 필요하다. 그러지 않으면 죽게 될 수도 있었다.

발이 시려왔고 바람에 잠옷 자락이 움직였다.

등 뒤에서 불이 켜졌다. 사이먼이 화장실에 가는 소리가 들렸다. 해나는 데크에서 나와 계단 아래에 앉아서는 무릎을 턱에 꼭 붙이고, 잠옷 자락을 다리에 감쌌다. 그러자 위의 데크에 불이 켜지고, 또 켜졌다. 항구에 들어오는 크루즈 선박마냥 집 전체가 금세 환하게 밝혀졌다.

해나. 해나! 밤중에 울려 퍼지는 해나의 이름에서 당혹감이 느껴졌다.

해나?

그리고 사이먼이 계단 바로 뒤에 서서 정강이를 해나 뒤통수에 댔다. 그의 그림자가 위협적으로 덮쳐 와 잔디밭에 또 한 겹의 검은색을 드리웠다.

왜 대답을 안 해?

당신을 미워하니까. 이렇게 대답하고 싶었다.

추운데 왜 밖에 나와 있어?

당신이 내 동생이랑 잤으니까. 내 자궁은 깃털만 잔뜩 든 쓸데없는 구멍이니까. 당신 때문에 내 오리를 이유 없이 버려야 했으니까.

그러다 죽겠어. 걱정이 됐다고. 왜 대답을 안 했어?

당신은 나를 이제 사랑하지 않으니까. 내가 앞으로 남은 평생을 부유하며 살도록 날 잘라냈으니까.

해나? 말 좀 해봐.

사이먼이 해나 옆에 앉아 엉덩이를 바짝 붙이더니 팔을 어깨에 둘렀다. 그리고 몸을 돌려 해나를 쳐다보았다. 그의 납작한 손바닥이 해나의 뺨에 흐르는 눈물을 닦아냈다.

당신이 미워. 해나는 당연하다는 말투로 중얼거렸다. 그리고 그 말을 하자 돌이킬 수 없었다. 해나의 심장에서 자갈을 잔뜩 실은 트럭이 시커먼 무더기를 향해 돌진했다.

사이먼의 팔이 해나의 어깨에서 뚝 떨어지고, 새 한 마리가 나무 위쪽의 가지에서 날아갔다.

유감이군. 사이먼이 말했다. 참 유감이야. 그러더니 또 한 번 덧붙였다. 정말 지독하게 유감이야.

뭐, 아니길 바랐어? 내 동생이랑 잤잖아. 무시하려고 했지만, 그럴 수 없어.

실은, 내 말을 안 믿을 줄 알지만, 그러지 않았어.

맞아. 당신 말 믿지 않아. 그리고 더 나쁜 건 당신이 아직도 걔를 사랑한다는 거야.

해나. 내 말 잘 들어.

해나가 토비와 돌아오기 전날 밤, 사이먼은 위층에서 침대를 정리하고 있었다고 했다. 그러다 매기가 놀라 고함을 지르는 소리가 들려왔다. 둘 다 약간 취한 상태였다. 사이먼이 내려가보니 매기는 화가나서 이미 제정신이 아니었다. 베개 밑에서 나온 해나의 잠옷과 소지품이 토비의 양말, 속옷과 함께 테이블에 놓여 있었다. 사이먼 역시분개했다. 잘못에 잘못으로 대응하는 것이 옳은 일은 아니라고, 사이먼은 시인하면서도, 무슨 영문이었는지 복수심에 둘이 함께 침대에들어갔다고 했다. 그런 다음 사이먼이 침대에 뭔가 불룩하게 튀어나온 것이 있다는 걸 느끼고 살펴보았고, 유골 항아리를 발견했다. 매기는 제정신이 아니었다. 매기는 그것을 들고 창문을 열더니 아래 덤불로 던져버렸다. 그들은 기력을 소진해 잠들어버렸다. 그리고 둘 다 어머니 꿈을 꾸고 깨어났다.

내 꿈은 정말 생생했어. 사이먼이 말했다. 장모님이 팔짱을 끼고, 돌아가신 날 입었던 레이스 잠옷 차림으로 우리 사이 침대에 앉아 계셨어. 그리고 리듬에 맞춰 몸을 흔들면서 짐 리브스의 노래를 부르셨어. "당신이 당신이라서 사랑하는 거야."

사이먼은 해나의 어깨에 턱을 댔다.

울면서 깨어났어. 정말 이상했어. 매기의 꿈이 무엇이었는지 말해주지 않아서 잘 모르겠지만, 분명히 장모님이 나오셨어. 꿈 때문에 우리는 깜짝 놀랐어. 매기가 정원으로 내려가 항아리를 찾아올 정도였지. 매기는 그걸 몇 년 전 당신이 크리스마스 선물로 장모님께 드린분홍색 담요로 덮었어. 다음 날 아침, 매기가 그걸 창고에 가져간 건당신도 알지. 매기는 혼자 있겠다고 고집을 부렸어. 굉장히 심란해했어.

그 노래, 당신 꿈에 나온 노래 말이야. 해나가 말했다. 엄마가 좋아하셨던 노래야. 우리가 어렸을 때, 겨울밤이면 난롯가에 모여서 짐 리브스를 듣곤 했어. 그거 알고 있었어?

글쎄. 당신한테 들은 적이 있을지도 모르겠군.

엄마. 해나가 말했다. 하지만 그런 일이 없었다면, 당신이랑 매기는……

그래, 솔직히 말하면, 그렇게 되었을 거야. 하지만 그러지 않았어.

하지만 중요한 건 의도야.

그래? 그런가? 흠, 중요한 게 뭔지 말이 나왔으니 말인데, 당신도 나한테 해명해야 할 일이 있을걸. 음?

해나는 한숨을 쉬었다. 맙소사. 아무 일도 없었어. 당신도 알다시피, 방에 칠을 했어. 당신이 돌아온다면, 방을 깨끗하게 준비해놓고 싶었어. 새로운 시작의 상징이랄까. 그래서 엄마가 쓰던 방에서 자고 있었어. 확인해봐도 좋아. 거기 아직도 내 옷가지가 놓여 있으니까. 뇌진탕을 일으킨 날은 아마 그걸 잊고 무의식적으로 우리 침실로 올라왔던 모양이야. 사실, 아직도 그때 일이 잘 기억나지 않아. 새 베개에 피도 묻혔어. 아무튼, 토비가 왔을 때, 상태가 좀 좋지 않아서 침대에 쓰러졌어. 잠옷이랑 내 물건이 그때까지도 베개 밑에 있었지. 그러다 보니 나도 다른 잠옷을 입고 지냈고, 그걸 잊고 있었어. 위층에서 지냈으니까. 믿거나 말거나 그렇게 된 거야.

당신 말을 믿어, 해나. 토비가 다 설명해줬어. 하지만 또 있어.

그래, 뭔데? 해나가 물었다. 사이먼이 턱을 자기 가슴 쪽으로 당겨 가더니, 한쪽 어깨로, 다시 가슴으로, 다시 다른 어깨 쪽으로 움직였다. 또 목운동이었다.

당신이랑 에릭은? 그건 의도였어, 우연이었어?

해나는 뱃속이 뒤틀리는 것 같았다. 뭐라고 대답해야 할지 알 수 없었다.

무슨 말이야?

아니라고 하지 마, 해나.

11년 전 일이잖아.

아, 그렇군. 오래전에 저지른 불륜은 문제가 되지 않는 거로군. 의도가 중요하지. 실제로 일어났는지, 일어나지 않았는지는 중요하지 않아. 장소는? 방식은? 해도 되는 것과 해서는 안 되는 것은 다 따로 있어. 부정한 생각을 한 적 있어, 해나?

그만해, 사이먼. 알았어. 대체 그 일은 어떻게 알았어?

아, 그 점도 최종 판결에 영향을 주는 건가? 내가 어떻게 알아냈는지도? 흠, 말해주지. 장모님이 말씀해주셨어. 고맙게도.

엄마가? 하지만 엄마는 몰랐는데. 아무도 몰랐어. 아무한테도 말하지 않았어. 아무도. 에릭이랑 나만 알았는데……. 음, 나는 아무한테도 말하지 않았어.

뭐, 장모님이 말씀해주셨어. 그러니 장모님은 알고 계셨어.

그게 언제였어?

음, 돌아가시기 얼마 전이었어. 얘기하려고 벼르고 계셨던 것 같았어.

아, 이제 알겠다. 그래서 당신이 에릭한테 뭐라고 했구나.

내 아내와 당신이 부적절한 관계를 가졌다고 생각한다고 조용히 말했어. 그자가 부인하지 않기에 이제 우리 집에 오지 말라고 했지. 그뿐이었어. 아주 점잖은 대화였지.

나한테는 왜 아무 말도 안 했어?

장모님 상태가 안 좋아져서 당신이 감정적으로 힘들었잖아. 그리고 돌아가신 후에 많이 슬퍼했고. 당신 말대로, 그리고 에릭 말대로, 지나간 일이니까. 언젠가는 이야기를 꺼냈을지도 모르지. 지금 이렇게 한 것처럼.

둘은 한동안 말없이 앉아 있었다. 계곡 건너편 어느 파티장에서 들뜬 목소리가 흘러나왔다. 거리가 멀어, 수트케이스에서 내용물이 흩어지듯이 문장에서 단어들이 떨어져 나와 무슨 뜻인지는 알아들을 수가 없었다. 몇몇 부분만 그곳까지 닿았다. "하지만 너 혹시⋯⋯." "어, 그렇지만 넌, 넌⋯⋯." "총알같이 따따거리며⋯⋯." 자주 터져 나오는 웃음소리는 알아들을 수 있었다. 파티를 하는 사람들은 젊었다. 해나는 그들의 편안한 웃음이 부러웠다.

해나는 사이먼과 처음 사귀기 시작했을 때, 함께 대학의 파티에 갔던 일을 생각했다. 사이먼이 어딘가, 아마도 술을 가지러 갔을 때 해나는 남극 황제펭귄의 수가 줄어든다고 열심히 떠들어대던 입 냄새나는 남자에게 붙잡혔다. 그의 짧게 자른 머리와 레몬색 셔츠와 타이가 기억났다. 헤어스프레이 냄새도 분명히 났지만, 그의 입 냄새 때문에 해나는 자꾸만 구석으로, 구석으로 피해 그의 몸과 해나의 척추가 정확히 90도 각도가 되었다. 다시 자리로 돌아온 사이먼은 처음에는 말도 걸지 못하고 잠시 머뭇거렸다. 해나는 어이가 없다는 표정을 지었다. 사이먼이 그 남자의 타이 끝을 잡더니 맥주 잔에 푹 담갔다가 한쪽 뺨에 문질렀다. "남자에게 보내는 작은 따귀." 그리고 사이먼은 다른 쪽 뺨에도 문질렀다. "인류를 향해 날리는 거대한 따귀. 자, 이제 그만 비켜주시죠." 사이먼이 말했다. "이 사람이 재미 없어 하는 거 안 보여요?"

당시 해나는 그 사건이 무서웠지만, 필요하면 사이먼이 자신을 구해줄 수 있음을 처음 알 수 있었던 계기이기도 했다. 그 남자는 지금 무엇을 하고 있을까? 그때 그는 당당하게 해나를 몰아붙이던 재수 없는 인간이었다. 이제 해나는 그도 사람들 사이의 사회적 신호를 읽어낼 줄 모르는 외톨이였을 뿐임을 알게 되었다. 누군가 그에게 입 냄새가 난다고 말해주었을까? 황제펭귄의 수는 여전히 줄어들고 있었다. 그는 해나의 기억 속에 자리 잡고 있는 무명의 존재였다. 그가 휙 돌아 사이먼과 마주 섰던 것도 기억났다. 싸움이 날 것 같았다. 해나는 그 남자의 팔을 잡고서 잘 모르는 사람들이 담배를 피우고 있던 발코니로 나갔다. 안녕하세요. 해나가 말했다. 여긴……. 아, 미안하지만 이름이 뭐였죠? 그들 모두가 대화를 시작하자마자 해나는 달아나 사이먼에게로 갔다.

몸이 떨렸다.

추위 때문에 온몸이 쑤셨지만, 집 안으로 들어가 모든 것이 다시 정상인 척하기는 싫었다.

내가 보기엔 이런 거야. 사이먼이 말하고 있었다. 사이먼은 커다란 플리스 가운 한쪽을 들어 해나를 덮어주었다. 우리는 이제 오십 대야. 당신이 나를 싫어하니까 헤어지자고 하는 거겠지. 하지만 이건 물어봐야겠어. 사랑은? 당신을 사랑해, 해나. 우리가 헤어지면 다른 사람을 만날 수도 있겠지만, 만날 수 없을 수도 있어. 아니면 살아가면서 아무도 만나지 않고 독신으로 지낼 수도 있겠지. 자유롭게. 하지만 그런 걸 원하지 않아. 당신과 함께 있고 싶어. 당신이랑 함께 있는 게 좋아.

그럼 왜 집을 나갔어?

당신이 날 쫓아냈잖아. 그리고 장모님이 돌아가신 후, 다른 이유로 우리는 서로 멀어졌어. 내겐 생각할 시간이 필요했지. 때마침 크라이스트처치에서 일을 하라기에 일단 가보고, 그런 후에 무슨 일이 일어나는지 지켜보려 했던 거야.

분명히 매기가 시킨 거야. 당신은 매기를 사랑하잖아.

해나. 난 당신을 사랑해. 거기서 계약할 수도 있다고 전에도 말했잖아. 게다가 당신에게 같이 가자고도 했고. 당신이 같이 가준다면 더 좋겠다고 말했지만, 당신은 싫다고 했지. 매기에게 그 계약 이야기를 했더니 매기는 하라고 했어. 사랑이라면, 글쎄, 당신이 토비를 사랑하는 것과 같다고 할까? 우리 사이랑은 아주 달라, 해나. 당신도 알잖아. 매기는 나처럼 늙은 아저씨를 절대 좋아하지 않을 거야. 나는 지루해지는 경향이 있다는 결론을 내렸어. 매기와 토비는 취하지 않았을 때는 명민하고 재미있고 함께 잘 지내. 내게도 친절하고. 하지만 매기는 토비 때문에 힘든 일을 겪었어. 토비는 약이나 술에 취하면 고약하게 굴기도 해. 잘못을 저지르기도 하지. 하지만 매기가 나한테 그런 쪽으로 관심을 가질 리는 없어.

사이먼은 이제 혼잣말을 하고 있었다.

당신이 그렇게 지루하진 않아. 해나가 말했다.

하지만 상당히 지루하긴 하지. 사이먼이 말했다.

해나의 마음속 한구석이 조금씩 열리고 있었다. 팽팽하던 막이 끝에서 끝까지 찢어지며 웃음을 터뜨리고 있었다. 해나는 그것을 겨우 참았다.

그래. 해나가 조용히 말했다. 그럴지도.

경찰 헬기 한 대가 하늘을 지나가고 있었다. 하늘 위의 기계에 탄 남자들이 아래 세상을 내려다보고 있었다. 해나는 그들이 바다의 움직임을 볼 수 있는지 궁금했다. 하지만 그들은 누군가, 매를 피해 웅크리고 있는 들판의 쥐 같은 존재를 찾는 데 집중하고 있었다.

해나는 벌떡 일어나 손을 흔들며 소리를 지를 수도 있었다. 항복할게요! 우리는 서로의 것을 훔치고, 정보를 숨기고, 신체 일부를 처리하고, 외도를 저질렀어요. 동물을 학대하고, 서로를 학대하고, 불결한 생각을 했어요. 약물도 했어요. 당신들이 찾는 범죄자가 바로 우리예요.

하지만 헬기는 떠났고 멀리서 소리만 들려왔다. 그들은 아무도 원하지 않는 존재였다. 계곡 너머 파티는 잦아들더니 실내로 옮겨 갔다. 이제 그들은 알 수 없는 벌레들이 내는 소리에 에워싸였다. 밤이 지나가며 들려오는 풀벌레 소리.

당신이 내 질문에 한 가지는 대답해줄 수도 있을 거 같아, 사이먼. 해나가 말했다.

뭔데?

지금까지 나는 어떻게 시간을 채웠지? 내 일 분, 한 주, 한 달, 한

해, 그리고 여러 해 동안 내가 뭘 했지? 내가 바로 이 시점까지 어떻게 온 거지? 나는 뭘 했어? 내 인생으로 무슨 일을 한 거야?

사이먼은 대답하지 않았다. 사이먼은 해나를 가운 속에서 편안하게 더 꼭 끌어안았다. 주위의 덤불, 야자나무의 모든 잎이 대답을 기다리듯 그들 쪽으로 기울어지고 있었다. 어마어마하게 큰 극락조화의 잎이 그들이 하는 말을 기다리고 있었다. 자동차 한 대가 휙 지나갔다.

참 좋은 질문이군. 사이먼이 한참 만에 말했다. 하지만 내가 대답해줄 수 있을지 모르겠어.

젠장. 해나가 말했다.

사이먼은 불편한 듯 엉덩이를 움직였다.

크라이스트처치에서 지낸 이후로 나도 비슷한 질문을 해봤어. 당신과의 소동이 있었고. 그리고 지진이 났지. 2월의 그 지진을 겪은 사람이라면 그 누구도 멀쩡하지 못할 것 같아. 나는 아직도 악몽을 꿔.

사이먼은 고개를 저으며 한숨을 내쉬었다.

거기 있었을 때, 크든 작든 그 경험을 함께 나눈 사람들과 있었어. 이상하긴 하지만, 거기 있었던 사람들끼리만 공유하는 것이 있었어. 모두가 그 순간에 어디 있었는지 이야기했어. 날아가는 냉장고랑 전자레인지에 맞을 뻔했다든지, 사랑하는 사람들과 헤어졌다든지, 방을 나서는데 바로 그 순간 바위가 지붕에서 떨어졌다든지. 지진이 난 다음에 우리는 모두 함께 모여서 돕고 있었어. 그건 뭔가 의미 있는 일이었지. 쓸모 있는 존재가 되었다는 느낌. 공동체의 일원이 되었다는 느낌. 그런데, 당신이 이 말을 들으면 미쳤다고 할 거야. 지금은 그들을 버린 것 같은 느낌이야. 지진은 아직도 끝나지 않았는데, 나는 여기서 아무 일도 안 하고 있어. 죄책감이 느껴져. 외로워. 적어도 거기 있으면 내가 겪은 일을 모두가 알아주니까.

그럼 돌아가고 싶어?

아니, 그런 것 같진 않아. 계속해서 무서운 일이 벌어지니까, 빠져나와서 마음이 놓여. 그리고 나는 어쨌든 거기 사람은 아니니까. 떠나든가 말든가 나의 선택이었지. 떠나지 않는 사람들도 있었어. 하지만, 나는 그 생각에서 벗어날 수가 없었어. 당신과 예전처럼 함께 있고 싶었어. 우리가 함께이든 아니든, 함께 있어줄 수 있다는 걸 알고 싶었어.

예전 같은 사이는 될 수 없을 거야. 모든 게 달라질 거야. 어머니는 돌아가셨고, 당신은 지진을 겪었어. 해나는 '그리고 나는 오리를 만났고'라고 덧붙이고 싶었지만, 부적절한 말 같았다. 해나는 말했다. 지금까지 일어난 일 때문에 우리 삶의 축이 바뀌었어.

해나는 사이먼의 체온에 필사적으로 매달리듯 다가갔다.

문제는, 끔찍한 절망감이 든다는 거야. 사이먼이 말했다.

해나는 사이먼이 산꼭대기에 앉아 회색의 우울증 꾸러미를 안고 있는 광경을 상상했다.

사이먼. 해나가 말했다. 미안해. 해나는 사이먼의 차가운 무릎을 만졌다. 대신, '괜찮아질 거야'라고 말할 수도 있었지만, 그가 몇 달 전 같은 말을 했을 때 너무나 무신경하게 느껴졌던 것이 기억났다.

바보 같은 소리지. 나도 알아. 하지만. 돌 더미에 깔려 괴롭게 죽어가던 그 사람 말이야. 그 사람은 무슨 생각을 했을까? 그 사람의 존재를 채우고 있던 온갖 생각과 의식이 달아나고, 생명이 사라지는 과정. 그의 인생이 만든 데이터가 빠져나가고. 그래서……. 당연히 혼자서, 고통 속에 울고 있는 다른 사람들도 떠오르고. 우리의 삶 자체가 아주 외롭고 이기적인 것처럼 느껴져. 그러다. 토비 말이야. 당신도 아는지 모르겠지만, 토비는 약물 과다 복용으로 거의 죽을 뻔했어. 매기한테 는 끔찍하게 힘든 일이었지. 내가 큰 도움은 안 되었지만, 거기 있어 주어서 매기는 기뻤을 거야.

사이먼. 해나는 자신의 단순한 어휘가 마음에 들지는 않았지만 다 시 말했다. 미안해. 우리가 무엇을 할 수 있을까? 해나의 손끝이 사이 먼의 무릎을, 단단한 힘줄과 익숙한 허벅지 살을 쓰다듬었다.

사이먼은 해나를 더 꼭 끌어안았다.

그건. 나도 모르겠어.

사실, 나는 당신을 싫어하지 않아.

그럼 나아진 거네. 하지만 아직도 갈 길이 멀어.

그때 생각나. 우리가 어렸을 때. 해나가 말했다. 당신이랑 로이가 타라루아스에 캠핑을 갔을 때. 내가 감기에 걸렸었잖아. 오두막에서 모닥불을 피우고 당신을 기다리는 건 좋았어. 그런데 당신은 때가 되 어도 오지 않았어. 아마 1년쯤 사귄 때였을 거야. 당신이 늦는다는 걸 알았을 때는 이미 사방이 캄캄했지. 가진 거라곤 양초뿐이었는데. 창 문에 비바람이 몰아치는데, 거기 누워서 당신을 걱정했어. 당연히 휴 대전화도 없던 시절이었고. 당신이 없는 삶을 상상해보려고 하다가, 당신이 없으면, 음, 죽은 것이나 다름없다는 결론을 내렸어. 하지만 당신이 돌아왔을 때…… 로이가 발목을 접질렸지. 당신이 걸어 들어

왔을 때, 나는 침낭에서 읽던 책에서 고개만 들고 '안녕'이라고만 말했어. 부루퉁하게. 아무렇지도 않은 척하던 모습에 나 자신도 놀랐던 기억이 생생하게 떠올라. 내가 지금 왜 이 말을 하는지 모르겠지만……. 어휴, 정말 춥다. 해나가 마침내 말했다.

나도.

얼어 죽겠어. 들어가자.

움직일 수가 없어. 엉덩이가 아파. 돌처럼 굳었어.

나도.

어쩌면 우린 죽은 걸지도 모르겠어. 사이먼이 말했다.

그럴지도 모르지. 모든 증세가 나타나고 있잖아.

아, 그렇군.

그런가 봐.

그래도 함께라서 다행이다.

나도.

해나는 사이먼의 손을 잡아 가슴에 댔다.

정말, 정말, 정말, 당신이 싫지 않아. 해나가 말했다.

다행이군. 사이먼이 몸을 일으키며 신음 소리를 내면서 기지개를 켰다. 그는 해나를 부축해주었고, 둘은 함께 안으로 들어갔다.

제30장

다음 날 아침

침실 커튼 틈으로 햇빛이 들어올 때, 해나는 남편 품에 편안히 안긴 채로 누워 있었다.

그들을 그렇게 서서히 갈라놓은 것이 무엇이기에, 두 사람 사이의 거리를 채울 수 없다고 생각했을까? 다시 이을 수 없다고. 하지만 이제 그들은 이렇게 누워 있었다. 높은 곳에서 떨어지며, 달에서 떨어진 돌처럼 이리저리 구르다가 서로의 품에 안착한 것일지도 모른다.

해나는 몸을 돌린 채 자고 있는 사이먼의 얼굴을 보면서 새로 드러난 그의 입술을 요모조모 뜯어보았다. 사이먼은 입술을 살짝 벌리고 약하게 코를 골고 있었다.

해나는 사이먼이 깨어나기를 끈기 있게 기다렸다. 밤은 특히 부드러웠고, 자신들이 다시 발견한 만족감을 그 무엇도 방해할 수 없다는 사실에 둘은 너무나 감사했으며 또 안도했다. 그것은 마치 읽고 있던 책에 잘못 꽂아둔 레시피처럼 내내 그 자리에 있었지만 찾지 못했던 것이다. 그들의 삶이란.

사이먼이 문득 숨을 몰아쉬더니 입으로 놀란 소리를 냈다. 사이먼은 눈을 떴다가 감았고, 다시 눈을 뜨고 해나를 바라보며 긴장을 풀고 부드러운 표정을 지었다.

아, 안녕. 사이먼이 따뜻한 미소를 지었다.

안녕. 해나는 사이먼의 몸에 더욱 꼭 붙었다.

잠시 후 해나가 말했다. 사이먼?

음?

멋진 날이 될 것 같아.

이미 멋진 날인걸. 사이먼은 해나의 얼굴에서 머리카락을 넘겨주었다. 뼛속까지 느껴져. 주위의 벽은 새하얬지만 창문 위 천장에는 거미 한 마리가 열심히 집을 짓고 있었다.

생각해봤는데……. 해나가 말했다.

흐음?

드라이브 갈래?

좋지. 가자.

우리가 혹시…… 티 아와무투에 가도 될까? 가서 자지는 말고, 오리한테 인사만 하고 돌아오는 거야. 그것 이외에는 아무것도 부탁하지 않을게. 그냥 불쑥 찾아가는 거야.

사이먼은 해나의 제안이 거기 내려앉기라도 했듯 귀를 벅벅 긁으며 긴장한 표정을 지었다. 그리고 고개를 벽으로 돌렸다. 사이먼은 다시 해나를 쳐다보았다. 인상을 찌푸리고, 아랫니로 콧수염이 있던 자리를 깨물었다.

하지만 정말 가기 싫으면 안 가도 돼.

해나는 기다렸다.

좋아. 사이먼이 짧게 한숨을 쉬며 말했다. 그리고 해나의 이마에 키스했다. 좋아. 좋다고. 가자.

깜짝 방문

그들이 다가갔을 때, 클레어는 정원에서 장화를 신고 일하고 있었다. 클레어는 허리를 손으로 받치며 힘든 표정으로 일어났다. 그러고는 눈을 가늘게 뜨더니 차를 향해 다가왔다.

어머, 놀랄 일이로구나. 클레어가 작업용 장갑을 벗고 매무새를 가다듬으려는 듯 머리카락을 쓰다듬으면서 말했다. 클레어의 머리카락은 그 지역의 버들가지처럼, 암소들이 끝을 뜯어 먹은 모양새라고 해나는 생각했다.

둘이 차에서 내리고 클레어가 포옹을 했다. 잡초를 뽑으려 한다고 했다. 잡초는 금방 자라니까. 들어와라. 찻물을 올릴게. 막 토스트에 달걀을 먹으려던 참이야. 어서 오렴. 그리고 달걀 좀 가져가라. 우리가 다 먹을 수가 없단다. 잘 지냈니, 해나? 둘이 함께 오니 더 반갑구나. 근데 밥은 어딜 갔는지 모르겠네. 이웃집에 갔을 텐데. 참 쌀쌀하구나, 그렇지? 아, 밥이 어딜 간다고 했지? 어서 들어와, 어서.

해나는 사이먼 곁으로 가서 그의 장갑에 손을 넣었다.

실은, 고모님. 사이먼이 말했다. 클레어는 장화 뒤꿈치를 콘크리트에 거꾸로 박아놓은 삽자루에 대고 두드려 벗느라 정신이 없었다. 장화를 벗은 클레어는 하얀 종아리 위로 두꺼운 초록색 양말을 올리고, 그 위로 청바지를 내린 뒤 현관에 놓아둔 털 슬리퍼를 신었다.

실은, 차를 마시기 전에 해나가 오리를 보고 싶답니다. 괜찮지요?

그럼, 물론이지, 물론이야, 그럼. 해나. 내려오렴. 어디 있는지 알지. 함께 갈래, 사이먼?

사이먼은 해나의 눈을 보았고, 해나는 어깨를 으쓱했다.

난 괜찮아. 해나가 말했다. 사실, 해나는 혼자서 오리를 만나는 것이 더 좋았다. 둘의 만남을 사이먼 때문에 타협하거나 중단하는 것도 싫었고, 예전의 질투심이 되살아나는 것도 원치 않았다.

해나는 집 옆을 돌아가면서 흥분으로 어찌할 바를 몰랐다. 발걸음이 낙엽을 스치며 바쁘게 움직였고, 가을의 달콤한 흙냄새가 풍겨왔다. 해나는 너무나 자연스럽게 이런저런 생각을 연상시키는 시골 냄새가 좋았다. 방목장을 돌아 머스커비 오리들이 돌아다니는 느릅나무 숲으로 갔다. 닭들이 땅에서 먹을 것을 쪼고 있었다. 해나가 다가가자 암닭 몇 마리는 꼬꼬거리면서 피했고, 그러자 모두가 해나에게서 달아났다.

해나는 걸음 속도를 늦췄다. 머스커비 오리들도 해나를 주시하면서 거리를 유지했다. 수컷들은 대부분 꾀죄죄했고, 날개 깃털이 뽑힌 것들도 있었다. 밥이 지난번에 말했듯이 털갈이를 하는 시기였다. 해나는 새끼 오리들이 어미 주위에서 한 달쯤 전에 보았던 작은 오리들과 함께 꽥꽥거리고 있는 우리로 갔다. 그 옆 우리에는 44갤런 드럼통이 놓여 있었고, 그 베개는 철조망에 붙어 있었다. 사료를 담아두던 뚜껑은 비어 있었다. 오리는 어디 있을까? 해나는 오리가 다른 머스커비 오리들과 함께 지낸다는 사실을 깨닫지 못했다.

해나는 다른 우리와 닭장을 확인한 뒤 나무들 주위를 돌아 연못을 내려다볼 수 있는 곳으로 올라갔다. 머스커비 두 마리가 물가에서 헤엄을 치며 해나의 오리가 그렇게 했듯이 눈을 치켜뜨고는 벌레들을 잡아먹고 있었다. 얕은 물에서는 부들이 자라고 있었고, 아마 덤불을 따라 시든 꽃들이 늘어져 있었다. 연못 수면에는 좀개구리밥이 떠다니고 있었다. 물총새 한 마리가 근처 나뭇가지에서 날아올라 어디론가 가버렸다.

그리고 해나는 풀밭과 물 위에 떠다니는 하얀 깃털을 찾고 있었다. 방목장도 훑어보았다. 해나는 휙 돌아 풀밭과 나무, 우리와 연못, 풀밭, 나무, 우리, 풀밭 나무 우리 연못 풀밭을 살폈다. 이렇게 초조하다니 어이없는 일이었다. 해명이 필요했다. 어쩌면 해나가 오리를 알아보지 못한 것일지도 모른다. 어쩌면 오리가 무리 생활에 너무 잘 적응해서, 해나가 데려갈까 봐 두려워 숨어 있는 것일지도 모른다.

연못가로 내려가 진흙탕에 발을 빠뜨리며 오리를 불렀다. 골풀 밑에서 쥐 한 마리가 튀어나와 들판을 내달리더니 구멍 속으로 사라졌다.

그러다 저 멀리 마누카 나무에 거의 가려진 방목장에서 한 남자가 문을 닫는 것이 보였다. 그는 옆에 세워놓은 흰 트럭에 올라탔다. 트럭에 시동이 걸렸고, 그 트럭이 언덕을 돌고 비포장도로를 달려 가까이 다가오는 소리가 들려왔다. 트럭이 다가오자 운전대 위로 머리카락이 날아오르는 것이 보였다. 당연히 밥이었다. 밥은 창고 옆에서 차를 멈췄다. 해나는 달려가 차에서 내리는 밥에게 다급하게 인사했다. 차 문이 부러진 날개마냥 운전석에서 열려 있었다. 해나는 땀으로 끈적거리는 밥의 뺨에 키스했다.

클레어가 전화를 했더군. 밥이 말했다. 네가 여기 있다고. 사이먼은 어디 있지?

클레어 아주머니랑 같이 있어요. 전 그냥…… 오리를 찾고 있었어요. 해나는 밥의 표정에서 뭔가 잘못되었음을 알 수 있었다. 해나는 당장이라도 흘러내릴 것처럼 눈물이 글썽거리기 시작했다.

오, 클레어가 말 안 하던가? 바로 어제…….

밥이 말을 멈췄다.

네? 오리한테 무슨 일이 생겼어요? 지금 어디 있어요?

쉿. 아니, 오리는 잘 있어. 밥은 셔츠 밑으로 손을 넣어 겨드랑이, 겨드랑이 뒤, 어딘지 모르게 가려운 곳을 열심히 긁어댔다. 나는 밖에 있었어. 밖에 있었는데 누가 길에서 집으로 들어왔더구나. 가끔 그런 일이 있어. 표지판도 세워놓았는데.

밥은 해나의 표정을 살폈다. 차를 한 잔 마시자.

말씀해주세요. 제 오리를 어떻게 한 거예요?

전화도 하지 않고 온 사람들이었어. 뒷자리에 어린 남자아이가 있었는데, 아주 얼굴이 하얬어. 알고 보니 아픈 아이더구나. 집에 데려갈 오리를 찾는대. 전에도 한 마리를 키웠는데…… 해외에 나가느라 다른 데 보냈다더구나. 상냥한 가족이었어. 인도인이었지. 아이의 애완동물로 오리를 한 마리 구한다고.

그래서 제 오리를 주셨군요.

음, 클레어가 오리를 고르라고 했더니 네 오리를 원한다고 했단다. 클레어는 그게 네 오리인지 몰랐어.

하지만 오리가 공격하면 어떻게 하려고요? 그 아이는 몇 살이었는데요?

아마 열 살이나 열한 살쯤 됐을걸? 아주 창백했어. 커다란 갈색 눈을 가졌더구나. 그런데 정말로 머스커비 오리를 갖고 싶었나 봐.

주소는 아세요? 애너벨을 줬어요? 클레어가 애너벨 이야기는 해주셨겠죠? 애너벨이 없으면 오리가 공격할 테니까요.

아니, 아, 그 이야기는 잊었구나. 오리는 다른 오리, 암컷한테 관심을 가졌어. 실은 단 한 마리의 오리한테 관심을 가졌고, 둘은 아주 잘 지냈거든. 아마 새끼도 낳았을 텐데.

주소를 알려주실 수 있어요? 확인해보려고요. 오리가 좋은 집에 갔는지 말이에요.

아니, 그냥 왔다가 갔어. 어디선가 나타나서 오리를 데리고 가버렸다. 웰링턴이나 오클랜드에서 왔을 거야. 아니면 호크스 베이였던가? 솔직히 어디 사는 사람인지 잘 모르겠구나.

해나는 풀밭에 털썩 주저앉았다. 속이 이상해요. 해나가 말했다. 정말이에요. 토할 것 같아요.

오, 밥이 말했다. 뭘 좀 갖다 줄까?

이러시다니 믿을 수가 없어요. 아니, 안 믿어요. 서커스에 보냈다는 말을 이렇게 하시는 거죠? 그렇죠?

아니, 해나. 바보 같은 소리 말아라. 그리고 내가 있었더라면 그러지 않았을 거야. 클레어는 걔가 네 오리인 걸 몰랐어. 클레어가 보기에 오리는 다 같은 오리거든. 게다가 그 아이가 너무 좋아했던 모양이야. 집 앞에 개울도 있고, 울타리도 모두 쳐놓았대. 머스커비 오리에 대해 아주 잘 아는 사람들이야.

해나는 풀을 한 줌 뜯어냈다. 그 아래 검고 기름진 땅에서 지렁이 한 마리가 나왔다. 사이먼에게 와서 나 좀 데려가달라고 해주시겠어요. 해나가 말했다. 바로 집으로 가고 싶다고 전해주세요.

밥이 돌아가자 해나는 풀밭에 누워, 사이먼이 다가와 옆에 무릎을
꿇고 따뜻한 손으로 어깨를 잡아줄 때까지 기다렸다.

제31장

빵

6월 3일. 해나 어머니의 1주기가 되는 날이다. 모스크바에서 여섯 명이 화성 탐사 시뮬레이션을 시작한 지 1주년이 되는 날이기도 하다. 그들은 목적지에 도착해 돌아오는 중이었고, 현재 지루함과 싸우고 있다.

히터를 켜고 해나는 빵을 만들고 있다. 먼 옛날부터 빵을 구울 때면 오븐에서 흘러나오던, 그 마음이 편안해지는 냄새로 실내가 가득 찼다. 해나는 숨을 들이쉬면 어머니와 할머니, 그리고 그 위로, 위로, 위로 세월을 거슬러 올라가는 할머님의 냄새를 맡을 수 있다. 그 전통은 해나로 끝나고 말았지만.

데크 창문 옆 바닥에는 아이 둘이 엎드려, 각자 공책 한 권과 사인펜 한 통, 크레용 한 상자를 들고 있다. 아이들 엄마는 에릭을 데리고 병원에 갔다. 로즈메리는 구불구불한 타원을 그린 다음 크레용으로 칠하고 있다. 이따금씩 스티커를 두 장 들고서 그것을 떼어달라고 해나를 부르기도 한다. 맥스는 날개처럼 팔을 펼친 것들이 여기저기 떠다니는 것을 그리고 있다. 맥스는 아직 그것들을 땅에 세울 생각이 없다. 짙은 연기가 피어오르는 것도 그렸다. 적군에게 불이 붙은 것이다.

해나는 어머니 생각이 났지만 그 순간 구체적으로 떠오르는 일은 없다. 어머니의 존재…… 따뜻하고 관대하고 상냥하며, 유머 감각이 있고, 색채와 아름다움을 사랑하던 사람이 생각난다. 급하게 띄엄띄엄 적어낸 이력서를 채울 흔한 내용들. 그리고 해나는 오리가 어떻게 되었을지 궁금하다. 오리가 아직 살아 있는지, 애너벨에게서 예쁘장한 분홍색 얼굴을 가진 오리에게로 옮겨 갈 수 있었는지. 해나는 밥의 이야기를 믿기로 했다. 그게 아니라면 너무 견디기 힘드니까. 그리고 오리가 아내와 새끼 오리들을 데리고 개울가에서 뒤뚱거리며 돌아다니고 있는 것이 사실일지도 모른다. 머스커비 오리를 좋아하는 창백한 남자아이의 보살핌을 받으면서.

사이먼은 이틀 전 차를 가지러 크라이스트처치로 갔다. 오클랜드로 차를 가져오겠다는 토비의 계획은 마지막 순간 다른 일 때문에 미뤄지는 상황을 여러 차례 겪으며 취소되었고, 매기와 토비가 사이먼과 함께 와서 며칠 머무르는 것으로 바뀌었다. 해나는 그들이 보고 싶다. 토비가 떠난 뒤, 토비와 해나는 각자 금단현상을 겪는 동안 문자메시지로 가벼운 농담을 주고받으며 서로 격려해주었다. 차츰 토비의 메시지는 냉소적이고 우울해지더니 뜸해졌고, 그러다 끊어졌다. 크라이스트처치는 여전히 불안한 지진이 계속되고 있다. 한편 매기와 사이먼은 계속 연락을 주고받고 있다. 사이먼은 토비가 잠시 나빠졌다가 다시 좋아지고 있다고 알려주었다.

오븐 타이머가 울리고 해나가 빵 두 덩어리를 꺼낸다. 틀을 뒤집어 빵을 꺼낸 뒤, 똑같이 생긴 갈색 빵을 식힌다. 창문을 열자 뜨거운 김이 상쾌한 아침 공기와 섞인다.

무슨 영문인지 열린 창문으로 이런저런 기억이 흘러들어 온다. 멀리서, 해나가 프림로즈 힐에 있는 어머니를 찾아갔던 날 생겨난 질문들. 작고 수심 어린 목소리가 묻는다. 그러니 시를 써서 머릿속에 넣어둘까?

해나로서는 어머니에게 그러라고 하는 것이 최선 같았다. 그러자 어머니가 물었다. 토요일에 그들이 가져갈까?

엄마가 원하시면 가져갈 거예요.

그리고 해나가 떠나기 전 어머니의 뺨에 키스했을 때, 어머니는 물었다. 그 사람들이 널 데려가고 나서, 잘 돌봐주겠다니?

해나는 한숨을 쉰다. 옛 추억이 다시 밀려들어 온다. 어떻게 보면, 딱 하루 정도는, 그날만큼은 그것이 반갑기도 하다. 해나는 그 추억이 사랑과 하나이고, 이해할 수도 통제할 수도 없는 미묘한 것이며, 언젠 가는 해나 마음속 어딘가, 편안히 고통 없이 자리 잡을 수 있다는 사실을 알고 있다.

소파에 앉던 해나는 아이들이 형태와 색채를 가지고 이런저런 실험을 하고 있는 모습을 본다. 그리고 그들 사이에 엎드려 종이를 한 장 갖고서 함께 그리기 시작한다.

소금

바다에 닿으면 사이먼과 다른 사람들은 두고 해안으로 향한다. 작은 파도가 발에 와서 부딪친다. 빵 두 덩어리를 비닐봉지에서 꺼내어 물에 담가 딱딱한 껍질이 잘 젖게 한다. 너무 젖지는 않도록, 하지만 촉촉하게. 이렇게 하면 빵을 오래 씹지 않아도 된다.

바다와의 경계에 마치 길 잃은 오리처럼 흩어져 있는 하얀 구름을 제외하면 하늘은 새파랗다. 바다도 은빛 파도 이외에는 파랗다. 카이트 서퍼 한 명이 푸른 잔디밭의 메뚜기처럼 통통 뛰며 서핑을 하고 있다. 바닷가에는 저 멀리 남자 한 명과 개 한 마리, 그리고 이쪽으로 다가오는 커플뿐이다. 남자가 나뭇가지를 던지고 개는 바다로 달려가 그것을 물어 오고 있다. 개를 경계하며 바라보지만 충분히 멀다.

거기 어딘가, 갈매기 한 떼가 모두 한 방향으로 모여 앉아 차가운 바람을 피해 머리를 날개 밑에 넣고 있을 것이다. 가로등이나 나무 위에 정찰병도 하나 앉아 먹을 것을 찾고 있을 것이다. 빵을 조금 찢어 공중으로 던진다. 아무런 반응도 없다. 같은 조각을 들어 다시 던진다. 조금 걷다가 다시 반복한다. 있다. 정찰병 둘이 고개를 든다. 그들이 빵을 알아보았다.

그들은 날아올라 하늘 높은 곳에서 돌다가 발치에 착지해 먹을 것을 삼킨다. 그들은 신호를 보내 경쟁자들이 오기 전에 자기 몫을 먼저 챙긴다. 다른 갈매기들도 어디선가 보고 있었던가, 아니면 다른 정찰병이 있었던 모양이다. 빵을 더 던져준 다음에야 찾아오는 것을 보면. 그들 간의 소통하는 방법이 있는 것이 분명하다. 또 물에 적신 빵 껍질을 던져준다. 갈매기들이 조용히 받아먹는다. 부리가 날카롭고 빨갛다. 또 빵을 잘라서 던지자 갈매기 세 마리가 더 찾아온다. 그리고 갈매기가 또 오면 빵을 더 던져주고, 빵은 금세 사라진다. 빵 조각이 모두 사라진 것을 확인하고 다시 던져준다.

사이먼과 매기, 토비는 해변 너머 풀밭에 자라는 포후투카와 나무 아래 모여 있다. 토비의 여윈 얼굴이 두툼한 모자 밑으로 삐져나와 있고, 몸에는 파란 패딩 점퍼를 입고 있다. 얼굴이 자줏빛이다. 담배를 피우고 있다. 매기는 붉은 스카프와 검은 모직 코트를 껴입고 있다. 사이먼은 빨간 파카와 청바지 차림으로 가장 편안해 보인다. 그럼에도 불구하고 그들 모두는 추위 탓에 이곳에 있는 것이 별로 즐겁지 않다. 해나가 가자고 우겨서 온 것이다. 사이먼과 토비가 찬성하자 매기는 하는 수 없이 따라왔다. 매기는 잘해보려고 노력 중이다.

해나가 빵을 바람에 날리자 갑자기 하늘 가득 갈매기들이 날아온다. 사이먼이 알려준다. 커다란 것들은 검은 등 갈매기다. 그리고 덩치가 작은 검은 부리와 검은 다리의 갈매기가 있고, 붉은 부리와 붉은 다리 갈매기도 있다. 검은 부리 갈매기와 붉은 부리 갈매기가 빵을 공중에서 잡는 걸 봤어. 사이먼이 말한다. 녀석들은 매미니 모기, 딱정벌레 등등 날아가는 벌레를 잘 잡아. 그리고 저기 큰 갈색 갈매기는 검은 등 갈매기의 새끼야.

해나는 첫 번째 남은 빵을 셋으로 잘라 조각을 나눠준다. 토비는 하얀 손가락을 소맷부리에서 꺼내 빵을 받는다. 손등에 털이 듬성듬성 나 있지만, 보온에는 도움이 되지 않는다. 해나 아주머니, 우리 다 죽겠어요. 토비가 이를 앙다물고 말한다. 따뜻한 카페에 가서 커피나 마셔요. 아니면, 영혼을 데워주는 와인이라든가. 아니, 토비. 와인은 안 돼. 매기가 말한다. 모두 묵묵히, 모래 위에 모여 미친 듯이 울어대는 갈매기에게 빵을 던져준다.

자, 이제 가요. 이렇게 말하고 바닷가를 따라 걷기 시작한다. 갈매기들이 앞에 내려앉는다. 검은 등 갈매기 한 마리가 입을 벌리더니 소리를 지른다. 녀석의 식도는 시간의 중심으로, 모든 거창한 질문의 블랙홀로 연결된다. 두 번째 빵 덩어리에서 자른 조각을 던져주지만 녀석은 불평하느라 바쁘다. 날개와 발과 부리를 정신없이 움직이고 있다. 또 한 조각을 던져주자 녀석은 그것을 받는다.

작은 조각 하나를 하늘 높이 던진다. 주위에, 머리 위에 온통 날갯짓과 몸이 부딪치는 소리뿐이다. 갈매기 몇 마리가 재빠르게 날아 공중에서 정확하게 낚아채 가는 멋진 광경에 빵을 또 하늘로 던진다. 그들이 빵이 날아오르기를 기다렸다가 손쉽게 부리로 잡는 광경이 좋다. 팔을 공중으로 들어 던지는 느낌도 좋다. 해나가 멈춘다. 다른 이들은 빵을 모두 나눠주었고, 모여서 이야기를 하고 있다. 사이먼이 해변에서 주운 것을 살펴보고 있다. 모두 진지해 보인다. 사이먼이 매기의 어깨에 손을 얹는다. 토비가 모래에서 발을 구르고 있다.

해나는 그들에게 돌아간다. 그들은 모두 인상을 찌푸리고 진지한 표정으로 해나를 쳐다본다.

해나의 가슴이 내려앉는다. 점점 더.

왜? 해나가 묻는다.

사이먼이 대변인이다.

당신이 한 일을 알고 있어. 사이먼이 말한다. 매기와 토비가 그 옆에 나란히 서 있다. 매기는 사이먼의 팔에 몸을 꼭 붙이고 있다. 토비는 발을 구르며 손을 비비고 있다. 뼈를 부싯돌로 삼은 모양이다.

왜?

우리랑 상의해도 좋았잖아.

뭘?

지금 매기가, 장모님이 갈매기가 되어 돌아오고 싶어 하셨다고 말해줬어. "세상 위로 날아오르고" 싶어 하셨다고. 그래서 토비가 추리를 해냈어. 그런 거지, 그렇지?

응, 그래.

우리한테 말하지 그랬어.

알아, 미안해. 하지만 묻지 않았잖아……. 우리가 어떻게 해야 하는지. 그래서 모두 모였고, 어제가 기일이었으니까……. 미안해.

그리고 해나의 가슴은 더욱, 더욱 가라앉았다.

해나는 돌아서서 그들과 떨어져 아무도 없는 해변을 걷는다. 남은 빵이 든 비닐봉지가 해나의 무릎에 부딪친다. 산책하던 커플은 사라졌다. 갈매기들은 흩어지고 있지만, 몇 마리는 여전히 해나 앞의 모래에서 기다리고 있다.

해나! 해나! 그들이 해나를 에워싸며 다가오고 있다. 사이먼, 토비, 매기까지 서로 어깨동무를 하고서, 울고 있는 해나에게 다가온다. 해나가 쳐다보았더니 그들도 울고 있다. 해나를 바라보며, 움직이며, 웃고 있다. 매기까지도.

잡았어요, 해나. 토비가 떨며 말한다. 달아날 수 없어요.

그들은 해나를 놓아주며 뒤로 물러난다. 바람에 해나의 머리카락이 얼굴을 가린다. 매기는 스카프를 더 꽉 묶는다.

사이먼이 다가오더니 따뜻하게, 괜찮다는 듯 안아준다. 그리고 이렇게 말한다. 방금 의논을 했는데, 멋진 아이디어라고 생각해. 음, 처음엔 우리 모두 그렇게 생각하지 않았지만. 너무 특이한 방법이고, 우리라면 그런 진취적인 생각을 해내지 못했을 거야.

미리 말해줬으면 좋았잖아. 매기가 말한다.

알아, 미안해. 하지만—

아무튼, 우리도 함께하고 싶어요. 빵은 아직 남았겠죠. 토비가 말한다.

또 하나 남은 빵의 3분의 2 정도를 꺼내 매기에게 건네자 매기가 그것을 나눈다. 사이먼과 토비에게. 매기는 그런 다음 잠시 멈춘다. 둘은 어린 소녀처럼 눈물을 흘리며 서로를 바라본다. 매기가 한 발자국 다가오고 둘은 재빨리, 꼭, 끌어안는다. 그리고 매기는 해나의 몫을 건넨다. 둘 다 너무 떨고 있어 가까스로 손에서 빵을 놓치지 않는다.

그리고 이제, 울면서, 웃으면서, 바람을 향해 외치면서, 모두 어머니를 하늘로 던진다. 새들이 돌아와 허겁지겁 빵을 먹어치운다. 몇 마리는 날아가며 어머니를 잡아 하늘로 솟아오른다. 빵이 다 떨어지자 사이먼과 매기, 토비와 함께 갈매기를 바라본다. 점점 더 높이 날아 세상을 내려다보기 좋은 자리를 찾는, 저 아래 바다의 움직임을, 짜디짠 바다의 움직임을 살피기 좋은 곳을 찾는 갈매기들을.

감사의 글

집필 공백 기간을 갖고 있던 내게 테이블에 앉아 글을 쓰라고 강요해준 클래치에게 감사한다. 그리고 위니 가족의 우정과 후원에 감사한다. 하지만 우리에게 필요할 때 팀은 어디에 있었는지?

그리고 초고를 읽고 내게 확신을 준 용감한 이들에게 감사를 전한다. 데이비드 화이트, 케이티 헨더슨, 주디 월퍼드, 캐런 브린, 앤 글래머지나, 메리 홈, 클렘 화이트, 잰시 화이트, 크리스 던.

랜덤하우스 편집부에, 특히 나를 괴롭혀준 해리엇 앨런에게 고마움을 전한다. 내 마음속에서 당신은 늘 나를 밀어주는 분입니다.

또한, 나를 늘 사랑해주고 도와주는 가족에게, 그리고 나의 상냥한 남편 데이비드에게, 그의 깊은 사랑과 인내심, 그가 전해주는 영혼의 자양분과 놀라울 정도의 믿음에 깊이 감사한다.

내 어머니를 그토록 친절하게 보살펴주신 세인트앤드루스 요양원의 간호사분들께.

그리고 머스커비 오리에 대해 내가 아는 모든 것을 가르쳐준, 하늘나라로 간 치코에게.

『오리의 신비로운 언어학 이론』은 주디스 화이트가 전작이자 첫 장편소설이었던 『꿈꾸는 밤을 가로질러*Across the Dreaming Night*』를 내놓은 지 14년 만에 발표한 두 번째 소설이다. 긴 공백에도 불구하고, 여성의 심리를 섬세하고 예리하면서도 유머러스하게 그려내어 호평을 받았던 전작의 주제의식과 독특한 문체는 여전하다. 이 작품 역시 우울과 상처, 불안에 시달리는 주인공의, 그리고 우리의 내면을 진지하면서도 심각하지 않게, 보편적이면서도 결코 진부하지 않은 방식으로 탐색하도록 이끈다.

어머니를 여읜 뒤 슬픔과 무기력에 빠져 있던 해나는 새끼 오리 한 마리를 키우게 된다. 어머니를 잃은 상실감을 대신할 수 있다는 듯 오리를 키워보라고 보낸 친척, 그리고 농장에서 쇼핑백에 오리를 꾸역꾸역 담아 데려온 남편에게 해나는 원망을 느끼지만, 뺙뺙거리며 자신에게 절대적으로 의지하는 작고 귀여운 오리에게 이내 마음을 빼앗기고 만다. 게다가 몇몇 애완동물들과 달리 대소변을 가리지 못하고 매일 지렁이와 달팽이를 잡아 먹여야 하는 등 손이 많이 가는 오리를 돌보는 일에 집중하는 동안 해나는 슬픔을 잠시 잊는다.

제목에서 어느 정도 추측 가능하겠지만 해나는 오리와 대화를 한다. 어미를 잃고 어쨌든 곧 죽을 처지에 놓여 있었던 오리는 세상에 대해 아무것도 모르면서도 상실과 불안, 그리고 결핍의 정서를 해나와 공유한다. 애정을 떳떳하게 요구하고, 남편을 질투하며, 때로는 오리답게(?) 실수를 해놓고 천연덕스럽게 모른 체하는 오리. 그리고 오리의 애정에 부응하고, 오리와 남편의 사이를 중재하고, 오리를 야단치는 과정을 통해 해나 자신이 미처 생각하지 못했던 것들, 입 밖으로 차마 꺼내지 못했던 비밀들이 서서히 드러나기 시작한다.

해나가 여동생 매기를 생각할 때 오리가 처음 말을 건네는 설정에서 알 수 있듯이, 오리와의 대화는 해나의 가족관계, 그리고 얼마 안되는 인간관계의 면면을 조금씩 보여준다. 어려서부터 부모님의 애정을 놓고 경쟁해온 매기는 자유분방하고 자기주장이 강한, 해나와는 전혀 다른 성격의 소유자이다. 대부분의 자매 사이처럼 해나와 매기 사이에도 때때로 불안한 긴장감이 맴돈다. 또 결혼 22년째인 남편 사이먼은 믿음직하고 좋은 사람이지만 해나의 복잡한 심리를 전혀 이해하지 못하는데, 어머니의 죽음을 너무 오래 슬퍼한다고, 또 오리에게 너무 집착한다고 불만을 표하기도 한다.

특별히 나쁘거나 어딘가 잘못된 것도 없는, 그저 보통의 가족 관계 속에서 차츰 조금씩 드러나는 해나의 부드럽고 지적이며 상처 입은 내면은 그녀를 매우 독특하고 매력적인 인물로 만들어준다. 여러 가지 안타까운 상황에도 불구하고 해나는 독자의 공감이나 이해를 곧바로, 손쉽게 요구하지 않는다. 이 책에 관한 한 리뷰에서 동물을 사랑하지 않는 사람에게 이 이야기가 호소력을 발휘하지 못할지도 모른다고 지적한 바와 같이, 오리 때문에 사람들과 점점 멀어지고 스스로를 고립시키는 해나의 행동이 일견 이해하기 어려울 수도 있기 때문이다. 그러나 이 상냥하고 조심스러운 소설은 해나가 경험한 것, 해나가 느끼는 것을 하나하나 차근차근 드러내면서 결국에는 우리로 하여금 그녀의 편에 서게 한다.

해나가 그동안 겪어온 일들과 가슴속 깊이 감춰둔 상처가 조금씩 드러날수록 오리가 상징하는 바도 분명해진다. 오리는 그녀가 낳지 못한 아기이자, 파킨슨병에 걸려 인간의 존엄성을 상실해가며 세상을 떠난 어머니이기도 하다. 오리는 해나가 성취하지 못하는 소통을 가능하게 해주며, 완벽하게 이루지 못한 관계를 대체하는 존재다. 오리는 해나가 스스로 인생에서 실패라고 여기는 것들을 대면하게 해주고, 그것과 결국에는 어렵사리 화해하고 치유에 이르도록 해준다.

이 이야기는 상실과 고통에 대처하는 법, 다시 말해 인생을 살아가는 법에 관한 은유이기도 하다. 해나가 오리를 키우기 시작해 오리와 헤어지는 과정이 2011년 뉴질랜드의 크라이스트처치 지진과 동시에 진행되는 것은 우연이 아니다. 아름답고 지적인 어머니를 끝까지 보살피지 못하고 프림로즈 힐에 맡겼다는 죄책감, 그리고 죽음이 한 사람을 망가뜨리는 과정을 지켜보는 경험이 해나에게 가하는 심리적 트라우마는 천재지변이 남긴 트라우마와 중첩되며 사적인 경험을 보편적인 것으로 확장시킨다.

그렇기에 해나가 남편과 동생, 제부, 그리고 무엇보다도 자기 자신과 이루는 화해는 독자들을 설득하고 치유하는 힘을 지닌다. 크라이스트처치를 재건하는 과정과 나란히 해나의 인간관계가 조금씩 회복되어 가고 그들과의 소통 또한 재개되기 시작하지만, 이 이야기는 그것만이 인생을 제대로 살아가는 방식이라고 말하지 않는다. 대신 해나의 기괴한 결심에 그녀가 사랑하는 모든 이들이 이해하고 동참하는 마지막 장면은 비상하는 자유, 속박으로부터의 해방이야말로 진정한 소통과 관계를 형성하는 조건임을 보여준다.

이야기 자체도 읽는 이에게 위로와 행복감을 주지만, 우리에게는 다소 낯선 머스커비 오리와 이국적인 뉴질랜드의 자연 풍광, 그리고 그곳 사람들의 삶의 방식을 만나보는 것도 이 소설이 선사하는 중요한 즐거움 가운데 하나다. 특히 이 모든 것을 전달하는 주디스 화이트의 간결한 언어는 그야말로 시적이고, 신비롭기까지 하다. 부디 작가의 섬세한 묘사와 시적 함축이 독자의 가슴에 가 닿길 바란다.

오리의 신비로운
언어학 이론

초판 1쇄 펴낸날 2016년 6월 30일

지은이 주디스 화이트
옮긴이 이나경
펴낸이 양숙진

펴낸곳 (주)현대문학
등록번호 제1-452호
주소 06532 서울시 서초구 신반포로 321(잠원동, 미래엔)
전화 02-2017-0280
팩스 02-516-5433
홈페이지 www.hdmh.co.kr

© 2016, 현대문학

ISBN 978-89-7275-780-1 03840

* 책값은 뒤표지에 있습니다.